# A garota anônima

# GREER HENDRICKS & SARAH PEKKANEN

# A garota anônima

TRADUÇÃO: FÁBIO ALBERTI

AN ANONYMOUS GIRL
COPYRIGHT © 2019 BY GREER HENDRICKS AND SARAH PEKKANEN
PUBLISHED BY ARRANGEMENT WITH ST. MARTIN'S PRESS.
ALL RIGHTS RESERVED.
COPYRIGHT © FARO EDITORIAL, 2021
TODOS OS DIREITOS RESERVADOS.

*Nenhuma parte deste livro pode ser reproduzida sob quaisquer meios existentes sem autorização por escrito do editor.*

Diretor editorial: **PEDRO ALMEIDA**
Coordenação editorial: **CARLA SACRATO**
Preparação: **VALQUIRIA DELLA POZZA**
Revisão: **BÁRBARA PARENTE** e **ALUNOS DO CURSO REAL JOB REVISOR LABPUB: ANDRÉIA XAVIER DOS SANTOS, CAMILA KAHN, CRISTIANE AMARANTE, HELENA BOSCHI, JONATAS ELIAKIM, LUCIERE DE SOUZA, MARCIA ANUNCIAÇÃO, MARIANA BARONI, MARINA PARRA E TAINÁ FRANÇA VERONA**
Capa: **OSMANE GARCIA FILHO**
Projeto gráfico e diagramação: **SAAVEDRA EDIÇÕES**

Dados Internacionais de Catalogação na Publicação (CIP)
Angélica Ilacqua CRB-8/7057

Hendricks, Greer
   A garota anônima / Greer Hendricks, Sarah Pekkanen; tradução de Fábio Alberti. — São Paulo: Faro Editorial, 2021.
   368 p.

   ISBN 978-65-86041-53-8
   Título original: An anonymous girl

   1. Ficção norte-americana I. Título II. Pekkanen, Sarah III. Alberti, Fábio

20-4015                                                      CDD 813.6

Índice para catálogo sistemático:
1. Ficção norte-americana 813.6

1ª edição brasileira: 2021
Direitos de edição em língua portuguesa, para o Brasil, adquiridos por **FARO EDITORIAL**
Avenida Andrômeda, 885 – Sala 310
Alphaville – Barueri – SP – Brasil
CEP: 06473-000
WWW.FAROEDITORIAL.COM.BR

**De Greer**
*Para os meus pais, Elaine e Mark Kessel*

**De Sarah**
*Para Roger*

# PARTE 1

> **OPORTUNIDADE:**
>
> Procuramos mulheres de 18 a 32 anos para participar de um experimento sobre ética e moralidade. Compensação generosa. Anonimato garantido.
>
> Entre em contato para mais detalhes.

É FÁCIL JULGAR AS OUTRAS PESSOAS PELAS SUAS ESCOLHAS. A mãe levando um carrinho de compras cheio de doces e gritando com o filho. O motorista de um conversível caro que força a ultrapassagem sobre um veículo mais lento. A mulher na cafeteria que não para de tagarelar no celular. O marido que trai a esposa.

Mas e se você soubesse que a mãe havia perdido o emprego justamente naquele dia?

E se você fosse informado de que o motorista havia prometido ao filho que iria vê-lo jogar na escola, mas foi obrigado a comparecer a uma reunião de negócios de última hora por insistência do chefe?

E se a mulher na cafeteria tivesse acabado de receber um telefonema do amor da sua vida, um homem que havia partido o seu coração?

E se a esposa do marido infiel não conseguisse nem suportar que ele a tocasse?

Talvez você também julgue de maneira precipitada uma mulher que, por dinheiro, decide revelar seus segredos mais íntimos a algum desconhecido. Mas deixe de lado as suposições, pelo menos por enquanto.

Existem razões por trás das ações de todos nós. Mesmo quando escondemos essas razões das pessoas que pensam que nos conhecem bem. Mesmo quando essas razões estão enterradas tão profundamente que nós não conseguimos reconhecê-las.

# CAPÍTULO 1

### Sexta-feira, 16 de novembro

**Muitas mulheres querem que o mundo as veja como diferentes.** O meu trabalho é produzir transformações dentro do intervalo de quarenta e cinco minutos de cada atendimento.

As minhas clientes parecem diferentes quando chegamos ao final de uma sessão de maquiagem. Elas parecem mais confiantes, mais radiantes. Chegam até a se mostrar mais felizes.

Mas tudo o que eu posso oferecer é uma solução temporária. Não tem jeito, as pessoas voltam a ser o que eram antes, voltam a ser elas mesmas.

Para uma verdadeira mudança, as ferramentas que eu posso oferecer não bastam; é preciso mais do que isso.

**É fim de tarde de sexta-feira, e faltam vinte minutos para** as seis. Horário de pico. Também é um momento em que as pessoas querem se tornar uma versão melhor de si mesmas.

Quando as portas do metrô se abrem na Astor Place, eu sou a primeira a sair e o meu braço direito está doendo, como sempre acontece depois que passo o dia inteiro carregando a minha maleta preta de maquiagem.

Mantenho-a atrás do meu corpo, para conseguir passar pelo espaço na catraca – é a quinta vez que passo pelas catracas hoje –, e então subo rapidamente as escadas.

Quando chego à rua, coloco a mão no bolso da minha jaqueta de couro e pego meu celular. Abro minha agenda, que é constantemente atualizada pela empresa que trabalho, a BeautyBuzz. Eu forneço os horários em que posso trabalhar, e eles enviam minha programação por mensagem.

Meu último compromisso de hoje fica próximo da estação *Eighth Street*. São duas clientes, o que significa sessão dupla – noventa minutos. Estou com o endereço, os nomes e o contato telefônico. Mas não faço ideia de quem estará me aguardando quando eu bater à porta.

Eu não tenho medo de estranhos. Aprendi que rostos conhecidos podem oferecer mais perigo.

Memorizo a localização exata e então desço a rua, desviando do lixo que caiu de uma lata cheia demais. Um lojista abaixa o portão da fachada da sua loja, e a barulhenta peça de metal chacoalha. Três estudantes universitários, com suas mochilas penduradas nos ombros, divertem-se dando pequenos empurrões uns nos outros enquanto passo por eles.

Estou a duas quadras do meu destino quando o meu celular toca. O identificador de chamada mostra que é a minha mãe.

Deixo tocar mais uma vez e olho para a pequena fotografia circular dela sorrindo.

"Vou vê-la daqui a cinco dias, no Dia de Ação de Graças, quando for visitá-los", digo a mim mesma.

Mas não consigo ignorar a ligação.

A culpa é o maior peso que eu carrego.

— Oi, mamãe. Tudo bem? — pergunto.

— Tudo bem, querida. Só liguei para saber como estão as coisas.

Eu posso imaginá-la na cozinha da casa de subúrbio na Filadélfia, onde eu cresci. Ela está mexendo o molho no fogão – eles comem cedo, e o cardápio das sextas-feiras é sempre carne assada e purê de batata – além da taça de vinho na mão, algo que ela se permite nos fins de semana.

Há uma cortina amarela cobrindo a janelinha sobre a pia e um pano de prato pendurado na porta do forno, com as palavras "Passe por cima e siga em frente" impressas sobre a imagem de um rolo de macarrão. O papel de parede com motivos florais está um pouco solto, e um amassado na parte de baixo da geladeira lembra o dia que meu pai acertou um pontapé nela depois de o time dele perder uma final.

O jantar já estará pronto quando o meu pai chegar em casa, de volta do seu trabalho como corretor de seguros. Minha mãe o receberá com um beijo rápido. Eles chamarão a minha irmã Becky para a mesa e a ajudarão a cortar a carne em seu prato.

— A Becky fechou o zíper da jaqueta esta manhã — minha mãe diz. — Sem a ajuda de ninguém.

Becky tem 22 anos, e é seis anos mais nova que eu.

— Isso é maravilhoso — eu digo.

Às vezes eu gostaria de morar mais perto dos meus pais para poder ajudá-los. Outras eu me envergonho de me sentir tão aliviada por não morar.

— Mãe, posso ligar para você depois? — eu continuo. — Estou a caminho de um compromisso de trabalho.

— Que bom! Foi contratada para outro espetáculo?

Eu hesito. A voz da minha mãe está mais animada agora.

Não posso contar a verdade, então começo a falar apressadamente:

— Sim, mas é só uma pequena produção. Provavelmente a mídia nem vai estar tão presente. Mas a maquiagem é muito elaborada, realmente incomum.

— Estou tão orgulhosa de você — minha mãe diz. — Mal posso esperar até a semana que vem para saber as novidades.

Tenho a impressão de que ela quer me dizer mais alguma coisa, mas, mesmo sem ter chegado ao meu destino, eu encerro a ligação.

— Mande um beijo pra Becky. Eu amo vocês.


As MINHAS REGRAS PARA QUALQUER TRABALHO COMEÇAM ANTES mesmo que eu chegue ao local do serviço.

Eu avalio as minhas clientes no momento em que as vejo – sobrancelhas que ficariam mais bonitas se fossem escurecidas, ou o nariz que poderia ser sombreado para parecer mais delicado –, mas sei que elas estão me avaliando também.

Regra número um: meu uniforme informal. Eu me visto de preto, o que elimina a necessidade de escolher e combinar uma nova roupa toda manhã. Além disso, transmite uma impressão sutil de autoridade. Escolho tecidos confortáveis, fáceis de lavar, e que pareçam tão limpos às sete da noite quanto estavam às sete da manhã.

Não há muita distância física quando se está maquiando alguém, por isso mantenho minhas unhas curtas, o hálito fresco e os cabelos presos numa trança. Eu nunca mudo esse padrão.

Passo álcool em gel nas mãos e coloco uma pastilha de menta na boca antes de tocar a campainha do apartamento 6D. Estou cinco minutos adiantada. É mais uma das minhas regras.

Subo de elevador até o sexto andar, e então sigo o som da música em volume alto – "Roar", de Kate Perry – pelo corredor até chegar às minhas clientes. Uma está usando roupão de banho e a outra veste camiseta e short. Sinto no ar os cheiros que indicam o último tratamento de beleza delas – os produtos químicos usados para realçar as mechas loiras do cabelo da garota chamada Mandy e o esmalte de unhas secando nas mãos que Taylor está abanando no ar.

— Aonde vocês irão esta noite? — pergunto. Se for uma festa, provavelmente será algo mais ousado, já um jantar costuma ser algo mais sutil.

— Ao Lit — Taylor responde.

Não sei do que se trata, e isso fica evidente na minha expressão. Então a garota explica:

— É no Meatpacking District. Drake esteve lá na noite passada.

— Legal — eu digo.

Eu caminho entre os objetos espalhados pelo chão – um guarda-chuva, um suéter cinza amarrotado, uma mochila – e afasto para o lado o pacote de pipocas e latas de energético pela metade que estão na mesa de centro, abrindo espaço para minha maleta. Eu a destravo, e suas laterais se abrem, revelando bandejas e mais bandejas de maquiagem e pincéis.

— Que tipo de *look* vocês têm em mente?

Alguns maquiadores aceleram o trabalho, tentando encaixar o maior número possível de clientes num só dia. Eu prefiro abrir um pouco mais de tempo na minha agenda para fazer algumas perguntas. Só porque uma mulher deseja olhos esfumados e cores neutras nos lábios não significa que outra não esteja pensando em lábios bem vermelhos e apenas uma leve camada de rímel. Eu invisto nesses poucos minutos iniciais para ganhar tempo no fim do serviço.

Mas também confio em meus instintos e minha capacidade de observação. Quando essas garotas dizem que querem um visual sexy e com cabelo bagunçado, eu sei que a intenção delas na verdade é ficarem parecidas com a Gigi Hadid, que está na capa da revista jogada no sofá.

—Vocês vão se formar em quê? — pergunto.

— Comunicação. Nós temos interesse na área de relações públicas. — Mandy parece indiferente, como se eu fosse uma adulta chata perguntando-lhe o que gostaria de ser quando crescer.

— Parece interessante — comento, levando uma cadeira para debaixo da luz mais forte do lugar, diretamente sob o lustre do teto.

Começo com Taylor. Tenho quarenta e cinco minutos para criar a imagem que ela deseja ver refletida no espelho.

— A sua pele é incrível — digo. Mais uma regra: encontre uma característica que você possa elogiar em cada cliente. No caso de Taylor, isso não é difícil.

— Obrigada — a garota responde, sem tirar os olhos do celular. Ela começa a comentar em voz alta sobre as postagens do Instagram: "Alguém quer mesmo ver mais uma foto de *cupcakes*?"; "Jules e Brian estão tão apaixonados, que nojo"; "Pôr do sol inspirador, então tá... Ainda bem que a noite de sexta-feira está bombando na sua sacada".

Enquanto eu trabalho, o bate-papo das garotas se mistura com o zumbido do secador de cabelo e com os ruídos do trânsito da cidade. Eu me concentro totalmente nas pinceladas de diferentes bases que apliquei no queixo de Taylor a fim de escolher a tonalidade perfeita para a pele dela, e misturo na mão os tons de cobre e areia que vão acender os pontos dourados em seus olhos.

Estou aplicando pó bronzeador nas bochechas da garota quando o celular dela toca.

Taylor para de teclar e pega o telefone.

— Número privado. Devo atender?

— Sim! — Mandy responde. — Pode ser o Justin.

Taylor franze o nariz.

— Mas quem é que atende o telefone numa sexta à noite? Ele pode deixar uma mensagem.

Alguns momentos depois, ela aperta o botão do viva-voz e a voz de um homem enche a sala:

— *Aqui é Ben Quick, assistente do Grupo de Pesquisa Shields. Estou confirmando a sua entrevista deste fim de semana para amanhã e domingo, das oito às dez da manhã. O endereço é o mesmo: Hunter Hall, sala 214. Encontro você no saguão e a acompanho até a sala.*

Taylor revira os olhos e eu afasto o meu aplicador de rímel.

— Pode manter o seu rosto imóvel, por favor? — eu peço.

— Perdão. Onde é que eu estava com a cabeça, Mandy? Vou estar acabada demais para conseguir acordar amanhã cedo.

— Dê o cano e pronto.

—Tá. Mas são 500 dólares. Dá pra comprar uns suéteres bem legais.

Essas palavras quebram a minha concentração; eu preciso fazer dez atendimentos para ganhar 500 dólares.

— Aff. Pode esquecer. Eu é que não vou acordar cedo para ir responder a uma droga de questionário — Taylor diz.

*Deve ser legal,* eu penso, olhando para o suéter amarrotado num canto. E, quando me dou conta, já estou perguntando:

— Um questionário?

Taylor dá de ombros.

— Um desses professores de psicologia precisa de estudantes para uma pesquisa.

Fico curiosa para saber quais perguntas são feitas nessa pesquisa. Talvez seja parecida com um teste de personalidade.

Eu dou um passo para trás e examino o rosto de Taylor. Ela tem uma beleza clássica, com uma estrutura óssea invejável. Essa garota não precisa de quarenta e cinco minutos de tratamento.

— Já que você vai ficar fora até tarde, vou delinear os seus lábios antes de aplicar *gloss* — eu digo. — Dessa maneira a cor vai durar.

Pego o meu *gloss* favorito, com o logo da BeautyBuzz no tubo, e o deslizo sobre os lábios cheios de Taylor. Depois que termino, ela se levanta para conferir o resultado no espelho do banheiro, seguida por Mandy.

— Uau! — escuto a Taylor dizer. — Ela é boa mesmo. Vamos fazer uma *selfie*.

— Primeiro a minha maquiagem!

Eu começo a guardar os cosméticos que usei em Taylor e avalio o que vou precisar para Mandy quando percebo que Taylor deixou o celular dela na cadeira.

A *minha* diversão na noite de sexta-feira vai se resumir a dar um passeio com Leo, meu terrier mestiço, e limpar a maquiagem dos meus pincéis – depois de cruzar a cidade de ônibus até a minha pequena quitinete no Lower East Side. Estarei tão cansada que provavelmente vou cair na cama antes que Taylor e Mandy peçam o primeiro coquetel no bar.

Eu olho novamente para o celular na cadeira.

Então desvio o olhar para a porta do banheiro. Está parcialmente fechada.

Posso apostar que Taylor não vai nem se dar ao trabalho de telefonar para cancelar a entrevista.

— Eu preciso comprar o iluminador que ela usou — Taylor diz.

Quinhentos dólares seriam uma grande ajuda para a minha conta bancária este mês.

Minha agenda já está acertada para amanhã. Não tenho nenhum atendimento marcado para antes do meio-dia.

—Vou querer um efeito dramático nos meus olhos — Mandy diz. —Vou perguntar se ela tem cílios postiços.

Hunter Hall, das oito às dez da manhã – dessa parte eu me lembro. Mas quais eram mesmo os nomes do médico e do seu assistente?

Tudo acontece muito rápido. Em um instante estou olhando para o celular, e no instante seguinte ele está na minha mão. Nem faz um minuto que a garota deixou o celular, e o bloqueio de tela ainda não foi acionado. Ainda assim eu preciso olhar para baixo a fim de navegar até a tela da mensagem de voz, o que me obriga a tirar os olhos da porta do banheiro.

Toco na tela para ouvir a mensagem mais recente, e então aperto o celular contra o meu ouvido.

A porta do banheiro se move, e Mandy faz menção de sair de lá. Eu giro o corpo, sentindo o meu coração bater forte. Não vou conseguir recolocar o aparelho no lugar sem que ela veja.

*Ben Quick.*

Não vou deixar que o pânico tome conta de mim. Posso fingir que o celular caiu da cadeira, e digo a Mandy que acabei de pegá-lo.

— Espere, Mand!

*Assistente do Grupo de Pesquisa Shields... das oito às dez da manhã...*

— E se eu pedisse a ela uma cor mais escura para os lábios? — Taylor pergunta a Mandy.

"Vamos lá", eu penso, torcendo para que a mensagem termine rápido.

Hunter Hall, sala 214.

— Fale com ela — Mandy responde.

*Encontro você no sag...*

Desligo o telefone e o solto novamente sobre a cadeira no instante em que Taylor sai do banheiro e dá o primeiro passo na direção da sala.

Como será que ela havia deixado o aparelho? Com a tela para cima ou para baixo? Mas não há mais tempo para tentar me lembrar disso: Taylor está perto de mim.

Ela olha para o celular, e eu sinto um frio na barriga. Agora estou encrencada. Acabo de me lembrar que a garota tinha deixado o celular na cadeira com a tela virada para baixo. E eu o coloquei ao contrário.

Engulo em seco e tento pensar em uma desculpa.

— Ei — ela diz.

Levanto os olhos devagar para encará-la.

— Adorei. Mas você pode tentar um tom mais escuro de *gloss*?

Aliviada, eu solto o ar lentamente, sentindo a tensão diminuir.

Refaço os lábios dela mais duas vezes – primeiro aplicando uma cor arroxeada, depois retornando à tonalidade original, firmando o tempo todo o meu cotovelo direito com a mão esquerda para que os meus dedos trêmulos não arruínem as linhas – e quando enfim termino, me dou conta de que os meus batimentos cardíacos haviam voltado ao normal.

Quando saio do apartamento e elas se despedem com um obrigada indiferente e nenhuma gorjeta, minha decisão está confirmada.

Programo o alarme do meu celular para 7h15.

### Sábado, 17 de novembro

Na manhã seguinte, repasso o meu plano com cuidado. Às vezes, uma decisão tomada por impulso pode mudar o curso da sua vida.

Não quero que isso aconteça novamente.

Espero do lado de fora do Hunter Hall. É uma manhã nublada, e o ar está denso. Vejo uma jovem correndo na minha direção e por um momento a confundo com Taylor; mas é apenas uma garota praticando corrida. Às 8h05 – ou seja, cinco minutos depois do horário marcado – não há nem sinal de Taylor, que provavelmente ainda está dormindo. Então eu entro no saguão do prédio, onde um cara usando calça cáqui e camisa azul com botões está consultando o relógio.

— Perdão pelo atraso! — Eu me aproximo dele.

—Taylor? — ele pergunta. — Eu sou Ben Quick.

Foi uma aposta certeira supor que Taylor não ligaria para cancelar o compromisso.

— A Taylor está doente, por isso me pediu para vir e responder ao questionário no lugar dela. Meu nome é Jessica. Jessica Farris.

— Ah, é? — Ben hesita. Ele me olha de cima a baixo, me examinando.

Eu saí de casa usando tênis de cano alto e com uma mochila pendurada no ombro. Imaginei que não seria má ideia ficar parecida com uma estudante.

— Pode me dar um segundo? — ele diz finalmente. — Preciso checar se podemos fazer isso.

— Claro — respondo, tentando imitar o tom ligeiramente entediado que Taylor usou na noite passada.

Lembro a mim mesma de que o pior que pode acontecer é ser informada de que não posso participar. Se não puder, paciência; compro um café e levo Leo para um longo passeio.

Ben se afasta um pouco e pega o celular. Tento ouvir o que ele está dizendo, mas sua voz é muito baixa.

Em um dado momento, ele caminha até mim.

— Quantos anos você tem?

—Vinte e oito — respondo, e é verdade.

Espio na direção da entrada para me certificar de que Taylor não vai dar as caras no último minuto.

—Você mora atualmente em Nova York? — Ben pergunta.

Faço que sim com a cabeça.

Ben ainda tem mais duas perguntas para mim.

— Em que outro lugar você viveu? Viveu em algum lugar fora dos Estados Unidos?

Balanço a cabeça numa negativa.

— Só morei na Pensilvânia. Foi onde cresci.

— Tudo certo — Ben diz, guardando o celular. —Você está autorizada a participar do estudo. Para começar, preciso que me informe o seu nome completo e endereço. Posso ver algum documento de identificação?

Seguro a mochila na mão e a vasculho até encontrar minha carteira, e então entrego a ele minha carteira de motorista.

Ele bate uma foto do documento, e em seguida eu lhe passo o restante dos meus dados.

— Posso agendar o seu pagamento amanhã, quando a sua sessão for concluída, se você tiver uma conta.

— Tenho — respondo. — Taylor me disse que são 500 dólares, certo?

— Sim, está correto. Vou enviar tudo isso para Shields, e então levarei você até a sala.

Mais simples impossível.

# CAPÍTULO 2

### Sábado, 17 de novembro

Você não é a participante que esperávamos receber esta manhã.

No entanto, você satisfaz os critérios demográficos para o estudo, e assim evitamos que a vaga seja desperdiçada. Por isso, o meu assistente, Ben, a acompanhará até a sala 214. O espaço de testes é amplo e retangular, repleto de janelas com vista para o leste. Três fileiras de mesas e cadeiras se estendem sobre o piso brilhante. Na parede da frente da sala há uma lousa interativa com a tela em branco. Na parede ao fundo, no alto, vê-se um relógio redondo comum. Esta poderia ser uma sala de aula como qualquer outra, de qualquer universidade, em qualquer cidade.

Exceto por uma coisa: você é a única pessoa aqui.

Este local foi escolhido porque poucas coisas aqui a distrairiam, o que lhe permitirá se concentrar mais na tarefa à frente.

Ben explica que as instruções aparecerão no computador que lhe foi fornecido. Então ele fecha a porta.

A sala está em silêncio.

Há um *laptop* sobre uma mesa na primeira fileira. Já está aberto. O som dos seus passos ecoa pela superfície do chão conforme você vai em direção à mesa.

Você se acomoda na cadeira, puxando-a na direção da mesa. A perna de metal da sua cadeira range ao contato com o piso.

Há uma mensagem na tela do computador:

> **PARTICIPANTE 52:** Agradecemos por sua participação neste projeto de pesquisa sobre ética e moralidade. Ao ingressar neste estudo, você assume uma obrigação de confidencialidade. Você está expressamente proibida de comentar sobre o estudo ou sobre o conteúdo dele com quem quer que seja.
>
> Não há respostas certas ou erradas. É essencial que você seja honesta e responda de maneira imediata, instintiva. Suas explicações devem ser minuciosas. Você não terá permissão para passar à pergunta seguinte enquanto a anterior não for concluída.
>
> Você receberá um aviso cinco minutos antes do término das suas duas horas.
>
> Pressione a tecla *Enter* quando estiver pronta para começar.

Você consegue imaginar o que a espera?

O seu dedo se dirige à tecla *Enter*, mas, em vez de pressioná-la, a sua mão paira sobre o teclado. Você não é a única a hesitar. Algumas das cinquenta e uma participantes antes de você também exibiram variados graus de incerteza.

Pode ser assustador conhecer mais profundamente aspectos seus que você não gosta de admitir que existam.

Enfim você pressiona a tecla.

Você espera, observando o cursor piscar. Seus olhos castanhos estão bem abertos.

Quando a primeira pergunta surge na tela, você demonstra receio.

Talvez pareça estranho ter alguém sondando partes íntimas da sua mente de maneira tão seca, sem revelar por que a informação é tão valiosa. É natural que uma pessoa se intimide diante de sentimentos de vulnerabilidade, mas você terá de se render a esse processo para que ele se complete com sucesso.

Lembre-se das regras: seja franca e verdadeira, e procure não se desviar de nenhum constrangimento ou dor que essas perguntas possam provocar.

Se essa pergunta inicial – que é relativamente branda – perturbar você, então talvez acabe seguindo o caminho das mulheres que deixaram o experimento. Algumas voluntárias não voltam. Este teste não é para qualquer uma.

Você continua a olhar para a pergunta.

Talvez os seus instintos estejam lhe dizendo para ir embora antes mesmo de começar.

Você não seria a primeira a fazer isso.

Mas você leva as mãos ao teclado novamente e começa a digitar.

# CAPÍTULO 3

### Sábado, 17 de novembro

Quando eu olho para o *laptop* na sala de aula estranhamente silenciosa, sinto um pouco de ansiedade. Leio nas instruções que não há respostas erradas, mas não vou revelar muito sobre o meu caráter ao responder a um teste sobre moralidade?

Faz frio na sala, e me pergunto se isso é proposital, uma maneira de me manter alerta. Minha imaginação quase me faz ouvir ruídos – o farfalhar de papéis, o baque de pés contra o piso, as brincadeiras e as risadas dos estudantes.

Aperto a tecla *Enter* com o dedo indicador e espero pela primeira pergunta.

**Você é capaz de mentir sem se sentir culpada?**

Eu hesito.

Não era isso que eu esperava quando Taylor mencionou o experimento como se não fosse grande coisa, fazendo um gesto desdenhoso com a mão. Não me ocorreu que me pediriam para que eu escrevesse sobre mim mesma; por alguma razão, eu supus que seria um teste de múltipla escolha ou um questionário com respostas "sim/não". Deparar com uma pergunta que parece tão pessoal, como se o dr. Shields já soubesse tanto sobre mim, como se soubesse que eu menti a respeito de Taylor... Bem, isso me deixa um tanto chocada.

Mas faço um esforço para me recompor e levo os dedos ao teclado.

Existem muitos tipos de mentiras. Eu poderia escrever sobre mentiras por omissão, ou sobre mentiras enormes, das que mudam o curso da vida – o tipo que conheço bastante bem –, mas escolho um caminho mais seguro.

*É claro que sim, eu digito. Sou uma maquiadora, mas não sou conhecida, você não vai ler sobre mim por aí. Não maquio modelos nem estrelas de cinema. Eu deixo adolescentes do Upper East Side prontas para o baile de formatura, e suas mães prontas para requintados eventos filantrópicos. Faço maquiagens para casamentos e batizados também. Sim, eu sou capaz de dizer a uma mãe estressada que ela aparenta ter muito menos idade do que tem, e também sou capaz de convencer uma garota de 16 anos de que eu nem havia notado a sua espinha. Principalmente porque elas ficam bem mais propensas a me dar uma boa gorjeta se eu as bajular.*

Eu teclo *Enter*, sem saber se esse é o tipo de resposta que o professor deseja. Mas sinto que estou fazendo as coisas direito, porque a segunda pergunta logo aparece.

**Descreva um momento na sua vida em que você tenha trapaceado.**

Nossa. Isso já parece atrevimento.

Mas talvez todo mundo já tenha trapaceado alguma vez na vida, mesmo que apenas jogando Banco Imobiliário na infância. Eu penso um pouco, e então digito:

*Na 4ª série, eu trapaceei numa prova. Sally Jenkins era a melhor soletradora da classe, e eu colei dela. Estava tentando me lembrar se a palavra "consecutivo" era com um "s" ou dois e, quando levantei a cabeça, mordendo a borracha do meu lápis, consegui espiar a prova dela.*

*E tinha um "s" apenas. Eu escrevi a palavra e agradeci mentalmente a Sally por tirar nota dez.*

Teclo *Enter*.

É curioso que esses detalhes tenham ressurgido na minha memória, já que eu não penso em Sally faz anos. Nós nos formamos no ensino médio juntas, mas não compareci às nossas últimas reuniões e não tenho ideia do rumo que a vida dela tomou. Provavelmente teve dois ou três filhos, trabalha meio período, mora em uma casa perto dos seus pais. Foi o que aconteceu com a maioria das garotas com as quais eu cresci.

A pergunta seguinte demora a aparecer na tela. Eu pressiono *Enter* novamente. Nada.

Eu me pergunto se há alguma falha no programa. Quando estou quase decidida a colocar a cabeça para fora da sala a fim de ver se Ben está por perto, letras começam a surgir na minha tela, uma depois da outra.

Como se alguém as estivesse digitando em tempo real.

**Participante 52, você precisa se aprofundar mais na resposta.**

Isso provoca um sobressalto em mim. Não consigo deixar de olhar à minha volta. As frágeis cortinas de plástico nas janelas estão levantadas, mas não há ninguém do lado de fora nesse dia monótono e sombrio. O gramado e a calçada estão desertos. Há mais um prédio do outro lado da rua, mas é impossível afirmar se tem alguém nele.

É claro que eu sei que estou sozinha. Ainda assim, tenho a sensação de que há alguém sussurrando perto de mim.

Olho novamente para o *laptop*. Outra mensagem me espera:

**Essa foi realmente a sua resposta mais imediata e instintiva?**

Eu quase engasgo. Como é que o dr. Shields sabe?

Empurro a cadeira para trás abruptamente e começo a me levantar. Então me dou conta de como ele descobriu; deve ter sido a minha hesitação. O dr. Shields percebeu que eu rejeitei o primeiro pensamento que me veio à mente e escolhi uma resposta mais segura. Eu me aproximo novamente do computador, sentada na cadeira, e respiro fundo.

Uma nova instrução surge na tela:

**Vá além do superficial.**

Digo a mim mesma que é loucura acreditar que Shields seja capaz de saber o que estou pensando. Ficar fechada dentro desta sala está obviamente me fazendo imaginar coisas. Não pareceria tão estranho se houvesse outras pessoas aqui comigo.

Depois de uma breve pausa, a segunda pergunta reaparece na tela.

**Descreva um momento na sua vida em que você tenha trapaceado.**

Tudo bem, vamos lá. Você quer a verdade tosca sobre a minha vida? Eu posso remexer um pouco mais fundo nessa sujeira.

*É trapaça quando você tem apenas um papel secundário no ato de trapacear?*, eu digito.

E espero por uma resposta. Mas o único movimento na minha tela é o do cursor piscando. Eu continuo digitando.

*Às vezes eu transo com caras que não conheço muito bem. Ou talvez eu não queira conhecê-los muito bem.*

Nada. Eu sigo em frente.

Meu trabalho me ensinou a avaliar com cuidado as pessoas logo na primeira vez que as encontro. Mas na minha vida pessoal, principalmente depois de um drinque ou dois, eu posso deliberadamente baixar a guarda.

*Eu conheci um baixista alguns meses atrás. Fui ao apartamento dele. Era óbvio que morava uma mulher lá, mas não fiz nenhuma pergunta a respeito disso. Disse a mim mesma que era só uma colega de quarto. Será que foi um erro da minha parte não querer enxergar?*

Teclo *Enter* e me pergunto como a minha confissão seria recebida. Lizzie, a minha melhor amiga, sabe sobre alguns dos meus casos de uma noite, mas eu nunca contei a ela sobre os frascos de perfume e o aparelho de depilação cor-de-rosa que vi no banheiro do baixista naquela noite. Ela também não sabe com que frequência eu embarco nessas aventuras. Acho que não quero que ela me julgue.

Letra após letra, uma única palavra se forma na tela do meu computador:

**Melhorou.**

Por um segundo, alegro-me porque começo a "pegar o jeito" do teste.

Mas então percebo que um completo desconhecido está lendo minhas confissões sobre a minha vida sexual. Ben parecia profissional, usando aquela camisa engomada e óculos de armação grossa, mas o que eu sei de fato sobre esse psiquiatra e o seu experimento?

Talvez seja uma pesquisa sobre ética e moralidade *só no nome*. E se for outra coisa?

Como posso ter certeza de que o sujeito é mesmo um professor da Universidade de Nova York? Taylor não parece ser o tipo de pessoa que verifica detalhes. Ela é uma jovem linda e talvez tenha sido convidada a participar por esse motivo.

Antes que eu consiga decidir o que fazer, a próxima pergunta aparece:

**Você cancelaria um compromisso marcado com uma amiga se surgisse uma oferta melhor?**

Meus ombros se soltam e relaxam. Essa pergunta parece completamente inofensiva, é algo que Lizzie me perguntaria se estivesse em busca de conselhos.

Se o dr. Shields estivesse planejando alguma coisa sinistra, ele não teria armado esse cenário numa sala de aula de universidade. Além disso, ele não me fez nenhuma pergunta sobre a minha vida sexual. Eu é que segui por esse caminho.

Eu então respondo à pergunta:

*Cancelaria, é claro, porque os meus trabalhos não são regulares. Há semanas em que a minha agenda está lotada. Às vezes eu atendo sete ou oito clientes num só dia, rodando sem parar por toda Manhattan. Mas algumas vezes o ritmo de trabalho diminui, e passo dias em que atendo a apenas uma ou duas chamadas. Recusar trabalho não é uma opção para mim.*

Estou prestes a apertar a tecla *Enter* quando me dou conta de que o dr. Shields não ficará satisfeito com o que escrevi. Sigo então as instruções dele e me aprofundo na resposta.

*O meu primeiro emprego foi numa lanchonete, quando eu tinha quinze anos. Fiz faculdade por dois anos, mas tive que parar porque não conseguia pagar. Mesmo com auxílio financeiro, eu tinha de trabalhar como garçonete à noite e tomar empréstimos no banco. Eu odiava ter dívidas. Havia a constante preocupação de ficar com saldo negativo na minha conta bancária. E eu ainda tinha de pegar um sanduíche às escondidas para levar pra casa quando terminava o meu expediente no trabalho...*

*As coisas estão um pouco melhores agora. Mas eu não conto com ajuda para me sustentar, ao contrário da Lizzie, minha melhor amiga. Os pais dela lhe enviam um cheque todos os meses. Os meus estão falidos, e a minha irmã tem necessidades especiais. Por isso eu digo que sim, às vezes sou obrigada a cancelar compromissos com amigos. Preciso tomar cuidado com a minha saúde financeira. Porque, quando a situação aperta, eu só posso contar comigo mesma.*

Olho para a última linha do meu texto.

Eu me pergunto se não exagerei nas lamentações. Espero que o dr. Shields entenda o que estou tentando dizer: eu não tenho uma vida perfeita, mas quem tem? As coisas poderiam ser piores.

Não estou acostumada a me expressar dessa maneira. Escrever sobre pensamentos secretos é como tirar toda a maquiagem e olhar para um rosto nu.

Mais algumas perguntas aparecem, como:

**Você leria mensagens privadas de cônjuges/companheiros?**

*Se eu achasse que ele estava me traindo, eu leria,* digito. *Mas nunca fui casada nem vivi com ninguém. No máximo tive alguns namorados mais ou menos sérios, e jamais tive motivos para duvidar deles.*

Quando termino de responder à sexta pergunta, noto que me sinto diferente, como não me sentia há muito tempo. Me sinto empolgada, "ligada", como se tivesse bebido uma caneca cheia de café, mas não estou mais tensa nem ansiosa. Estou extremamente focada. Também perdi completamente a noção do tempo. Não sei dizer ao certo se estou nesta sala de aula há quarenta e cinco minutos ou se faz o dobro desse tempo.

Eu acabo de escrever sobre algo que nunca seria capaz de contar aos meus pais – de que maneira pago às escondidas algumas das despesas médicas da Becky – e mais letras começam a brotar na minha tela de novo.

**Isso deve ser difícil para você.**

Leio a mensagem uma segunda vez, mais lentamente. Fico surpresa com o conforto que as palavras gentis do dr. Shields me dão.

Eu me recosto na cadeira, pressionando as escápulas contra a estrutura de metal, e tento imaginar qual seria a aparência do dr. Shields. Eu o imagino como um homem corpulento e com uma barba grisalha. Ele é atencioso e compreensivo. E provavelmente já ouviu de tudo nesta vida. Ele não está me julgando.

"Isso *é* difícil", eu penso. E pisco rapidamente várias vezes.

Quando dou por mim, já estou digitando: *Obrigada.*

Ninguém jamais quis saber tanto sobre mim antes; a maioria das pessoas se satisfaz com o tipo de conversa superficial que o dr. Shields não aprecia.

Talvez os segredos que eu venho guardando comigo tenham se tornado um fardo, porque falar sobre eles com o dr. Shields fez com que me sentisse mais leve.

Eu me inclino para a frente ligeiramente e brinco com os três anéis de prata no meu dedo indicador enquanto espero pela próxima pergunta.

Desta vez a pergunta demora um pouco mais para surgir que nas ocasiões anteriores.

E então ela surge.

**Alguma vez você você *já machucou profundamente alguém de quem gosta?***

Eu quase engasgo.

Leio a pergunta novamente. Olho para a porta num gesto automático, mesmo sabendo que não há ninguém espiando pela vidraça no topo dela.

"Quinhentos dólares", eu penso. De repente esse dinheiro não parece mais tão fácil de ganhar.

Não quero hesitar por mais tempo. O dr. Shields saberá que estou fugindo de alguma coisa.

*Sim, infelizmente,* eu digito, tentando ganhar algum tempo. Enrolo uma mecha de cabelo em torno do dedo e então digito um pouco mais. *Quando cheguei a Nova York, havia um cara de quem eu gostava, e uma amiga minha também estava a fim dele. Ele me convidou para sair e... ...*

Eu paro. Contar essa história não vai fazer diferença. Não é o que o dr. Shields quer.

Eu apago lentamente o que escrevi.

Estava sendo honesta, como prometi ser quando aceitei as condições para participar do estudo no início. Mas agora penso em inventar algumas coisas.

O dr. Shields pode perceber se eu não contar a verdade.

E eu me pergunto... "O que aconteceria se eu contasse?"

Às vezes eu acho que já machuquei todas as pessoas que amei.

Quero demais escrever essas palavras. Imagino o dr. Shields acenando-me com a cabeça de modo compreensivo, encorajando-me a continuar. Se eu lhe disser o que fiz, talvez ele mais uma vez escreva algo reconfortante.

Sinto um travo na garganta. Passo a mão sobre os meus olhos.

Se eu tivesse coragem, começaria explicando ao dr. Shields que eu tomava conta de Becky durante todo o verão enquanto os meus pais trabalhavam; que eu carregava uma grande responsabilidade embora tivesse apenas 13 anos na época. Becky podia ser irritante – ficava entrando no meu quarto o tempo todo quando meus amigos estavam lá, pegava as minhas coisas, tentava me seguir para onde quer que eu fosse –, mas eu a amava.

Ou melhor, eu a *amo*. Eu ainda a amo.

Acontece que não é fácil lidar com ela.

Eu ainda não havia escrito uma só palavra quando Ben bate à porta e me avisa que me restam agora cinco minutos.

Abaixo as mãos e digito devagar: *Sim, machuquei, e daria tudo para desfazer o que fiz.*

Antes que resolva reconsiderar o que escrevi, eu aperto a tecla *Enter*.

Olho para a tela do computador, mas o dr. Shields não escreve nenhum comentário.

O cursor parece palpitar como a batida de um coração; é hipnótico. Meus olhos começam a queimar.

Se o dr. Shields digitasse algo para mim agora, se me pedisse para continuar e me dissesse que eu poderia ultrapassar o tempo que me cabia, eu teria concordado. Eu teria desabafado, e contaria tudo a ele.

Eu respiro fracamente.

Sinto-me como se estivesse à beira de um despenhadeiro, esperando que alguém me diga para pular.

Continuo olhando para a tela, sabendo que agora só me resta cerca de um minuto.

A tela continua em branco, exceto pelo cursor piscando. De súbito, porém, palavras começam a pulsar na minha mente, no ritmo do cursor: "Diga. Diga".

Quando Ben abre a porta, eu tenho dificuldade de tirar os olhos da tela e virar a cabeça na direção dele.

Eu giro o corpo e lentamente retiro meu casaco do encosto da cadeira e pego a minha mochila. Olho para o computador uma última vez, mas a tela continua em branco.

No instante em que me levanto, uma onda de exaustão toma conta de mim. Estou completamente acabada. Meus membros parecem pesar, e eu não consigo pensar com clareza. Tudo o que eu quero fazer é ir para casa e me enfiar debaixo das cobertas com o Leo.

Ben aguarda junto à porta, do lado de fora, olhando para um iPad. Vejo de relance o nome de Taylor na parte de cima da tela, e abaixo dele três nomes de mulheres. Todas têm segredos. Eu me pergunto se elas revelarão os delas.

—Vejo você amanhã às oito — Ben me diz quando começamos a descer as escadas até o saguão. Tenho que me esforçar para conseguir acompanhá-lo.

— Certo — respondo. Seguro firme no corrimão e caminho com cuidado para não tropeçar. Quando chegamos ao térreo, eu paro. — Ahn... eu tenho uma pergunta. Que tipo de pesquisa é essa exatamente?

Ben se mostra um pouco irritado. Ele é meio presunçoso, com seus mocassins reluzentes e seu estilo chique.

— É um estudo abrangente sobre moralidade e ética no século XXI. Centenas de pessoas estão sendo avaliadas como preparação para um importante trabalho acadêmico.

Então ele volta o olhar para um ponto atrás de mim, na direção da próxima mulher, que está esperando no saguão:

— Jeannine?

Eu caminho para a saída, fechando o zíper da minha jaqueta de couro. Paro um pouco a fim de me orientar, e então tomo o rumo do meu apartamento.

Todas as pessoas ao meu redor parecem estar engajadas em atividades comuns. Algumas mulheres com esteiras de ioga entram numa academia na esquina. Dois caras passam por mim de mãos dadas. Um garotinho correndo num patinete é seguido de perto pelo pai, que grita: "Mais devagar, amigão!".

Duas horas atrás eu não teria notado a presença de nenhum deles. Agora, porém, é desconcertante estar de volta ao mundo frenético e barulhento.

Sigo para o meu apartamento, parando no sinal vermelho quando chego à esquina. Faz frio, e eu vasculho os bolsos à procura das minhas luvas. Enquanto as calço, reparo que o esmalte transparente que eu apliquei ontem mesmo em minhas unhas está lascado e descascando.

Devo ter roído as unhas enquanto pensava em uma resposta para aquela última pergunta.

Dou de ombros e cruzo os braços sobre o peito. Sinto-me como se tivesse contraído uma virose. Tenho quatro clientes hoje, e não sei como vou reunir forças para carregar minha maleta pela cidade e jogar conversa fora.

Eu me pergunto se amanhã, quando eu voltar à sala de aula, a pesquisa vai continuar do ponto em que paramos. Ou quem sabe o dr. Shields me permita ignorar aquela última pergunta e me proponha outra.

Viro a última esquina e meu prédio surge no meu campo de visão. Aproximo-me da porta da frente, abro-a e entro, e em seguida a empurro com força, até ouvir o barulho do travamento e saber que se fechou. Arrasto-me pelos quatro lances de escada que levam ao meu apartamento, abro minha porta, e então desabo sobre meu sofá-cama. Leo dá pulos e se enrosca em mim; às vezes ele parece perceber que eu preciso de consolo. Eu o adotei quase num impulso uns dois anos atrás, quando parei em um abrigo para animais a fim de olhar os gatos. Leo não estava latindo nem ganindo. Ficou simplesmente sentado na gaiola, olhando para mim, como se estivesse esperando que eu aparecesse.

Ajusto o despertador do meu celular para tocar em uma hora, e então afago o corpinho quente de Leo.

Enquanto me ajeito no sofá-cama, começo a considerar se valeu a pena ter me envolvido nessa pesquisa. Eu não estava preparada para uma experiência assim tão intensa, nem para ser dominada por tantas emoções diferentes.

Rolo para o lado e fecho os meus olhos pesados, dizendo a mim mesma que me sentirei melhor assim que tiver descansado.

Não sei o que pode acontecer amanhã, que novas perguntas o dr. Shields me fará. Não posso me esquecer de que ninguém está me forçando a participar do experimento. Eu poderia fingir que perdi a hora, talvez. Ou dar uma de Taylor e simplesmente não aparecer lá.

"Não preciso voltar", eu penso, e em seguida mergulho no sono. Mas eu sei que estou apenas mentindo a mim mesma.

# CAPÍTULO 4

## Sábado, 17 de novembro

**Você mentiu, o que é uma maneira irônica de ingressar em** um estudo sobre ética e moralidade. Também mostra bastante espírito empreendedor.

Você não veio substituir a pessoa que estava marcada para as oito da manhã.

A participante original telefonou para cancelar o compromisso às 8h40, explicando que havia dormido demais; quando isso aconteceu, você já havia sido levada até a sala de testes fazia tempo. Mesmo assim nós permitimos que continuasse, porque naquele momento já estava claro que você seria uma voluntária interessante.

Primeiras impressões: você é jovem, sua carteira de motorista confirmou que tem 28 anos. Seus cabelos castanhos acobreados são longos e ligeiramente rebeldes, e você veste jeans e jaqueta de couro. Não usa aliança, mas há três anéis de prata empilhados um em cima do outro em seu dedo indicador.

Apesar da sua aparência casual, há profissionalismo no seu jeito de ser. Você não fica bocejando e esfregando os olhos o tempo todo nem chegou com um copo de café na mão, como várias das outras participantes do horário da manhã. Você se senta ereta, e não espia o celular entre uma pergunta e outra.

O que você revelou durante a sessão inicial e o que você intencionalmente não revelou proporcionaram material igualmente valioso.

Um tema delicado começou a surgir logo na sua primeira resposta, e a destacou das outras cinquenta e uma jovens avaliadas até o momento.

Primeiro você descreveu como é capaz de contar uma mentira para acalmar uma cliente e assegurar uma gorjeta melhor.

Depois você escreveu que cancelaria os planos de uma noitada com uma amiga, mas não por ter conseguido um programa melhor ou um encontro amoroso promissor, como a maioria das outras escreveu. Em vez disso, a sua mente retornou à possibilidade de obter trabalho.

Dinheiro tem importância vital para você. Parece ser a base do seu código de ética.

Quando dinheiro e moralidade se cruzam, os resultados podem lançar luz sobre verdades intrigantes relacionadas ao caráter humano.

As pessoas são levadas a desconsiderar seus nortes morais por diversos motivos básicos: sobrevivência, ódio, amor, inveja, paixão. E dinheiro.

Mais observações: seus entes queridos são prioridade para você; isso ficou evidente quando ocultou informações dos seus pais para protegê-los. Contudo, você descreve a si mesma como alguém que desempenha um papel secundário num ato que poderia destruir o relacionamento de outra pessoa.

A pergunta a que você não respondeu, porém – aquela pergunta com a qual você lutou enquanto roía as unhas –, é de longe a mais intrigante.

Esse teste pode libertar você, Participante 52.

Renda-se a esse fato.

# CAPÍTULO 5

### SÁBADO, 17 DE NOVEMBRO

O COCHILO QUE TIREI AFASTA DOS MEUS PENSAMENTOS O DR. Shields e seu estranho teste. Com a ajuda de uma xícara de café forte, posso me concentrar nas minhas clientes e, quando volto ao meu apartamento, depois do trabalho, quase me sinto eu mesma novamente. A ideia de passar por outra sessão amanhã já não parece tão desanimadora.

Tenho até energia para arrumar minha quitinete, o que significa principalmente recolher as roupas que estão amontoadas no encosto de uma cadeira e pendurá-las no meu armário. Meu apartamento é tão pequeno que não há um único espaço na parede que não esteja bloqueado por um móvel. Eu poderia estar em um lugar maior se dividisse um imóvel com alguém, mas anos atrás tomei a decisão de morar sozinha. Não vou abrir mão da minha privacidade em troca de mais espaço.

Um resto de luz tênue do entardecer penetra pela única janela do apartamento. Eu me sento na beirada do sofá-cama. Pego meu talão de cheques e me ocorre que não vou ter tanto medo de pagar minhas contas com 500 dólares a mais entrando neste mês.

Quando começo a preencher um cheque para Antonia Sullivan, é como se o dr. Shields estivesse dentro da minha mente outra vez:

**Você já escondeu um segredo de alguém que amava para não preocupar essa pessoa?**

Minha mão se detém imediatamente.

Antonia é terapeuta da fala e terapeuta ocupacional particular, uma das melhores da Filadélfia.

A especialista paga pelo Estado que trabalha com Becky às terças e quintas fez um progresso modesto com minha irmã. Mas, nos dias em que Antonia a atende, pequenos milagres acontecem: Becky tenta pentear o cabelo, ou escrever uma frase. Faz uma pergunta sobre o livro que Antonia está lendo para ela. Resgata uma lembrança perdida na sua memória.

Antonia cobra 125 dólares por hora, mas meus pais não sabem disso e só pagam uma parte desse valor. Eu cubro o resto.

A verdade é uma só: se eles soubessem que eu pago a maior parte dessa conta, meu pai ficaria constrangido e minha mãe, preocupada. Talvez eles recusassem minha ajuda.

É melhor não dar escolha a eles nesse caso.

Faz dezoito meses que venho pagando a Antonia. Minha mãe sempre me telefona para me contar as novidades depois de cada visita da terapeuta.

Até escrever sobre esse assunto na sessão desta manhã, eu não havia me dado conta de quão duro é manter uma farsa dessas. Quando o dr. Shields respondeu que isso devia ser difícil para mim, foi como se me desse permissão para, enfim, admitir meus verdadeiros sentimentos.

Termino de preencher o cheque e o enfio num envelope, depois me levanto e vou até a geladeira pegar uma cerveja.

Esta noite eu não quero mais analisar as respostas que escolhi dar na minha primeira sessão; logo terei de retornar àquele mundo.

Pego meu celular e escrevo uma mensagem para Lizzie: *Podemos nos encontrar um pouco mais cedo?*

**Entro no Lounge e corro os olhos pelo lugar em busca de** Lizzie, mas ela ainda não chegou. Não me admiro, estou dez minutos adiantada. Vejo dois banquinhos vazios no balcão e me aposso deles.

Sanjay, o barman, faz um aceno de cabeça para mim.

— Oi, Jess.

Eu venho a esse bar com frequência; fica a três quadras do meu apartamento, e em certos horários a cerveja custa apenas três dólares.

— Cerveja? — ele pergunta.

Balanço a cabeça numa negativa.

—Vodca com *cranberry* e soda, por favor. — O desconto no preço da cerveja terminou faz quase uma hora.

Eu já estou na metade do meu drinque quando Lizzie chega, tirando o cachecol e a jaqueta enquanto vem até mim. Eu pego a minha bolsa do banquinho ao meu lado.

— Aconteceu uma coisa muito estranha comigo hoje — Lizzie diz, enquanto se senta e me dá um abraço rápido. Ela parece uma garota do campo, com bochechas bem rosadas e cabelo loiro bagunçado, exatamente a mesma aparência que tinha antes de chegar a Nova York para tentar a sorte como figurinista.

— Com você? Não, não pode ser — eu digo. Em nossa última conversa, Lizzie me contou que havia tentado comprar um sanduíche de peito de peru para um sem-teto, e o homem reagiu com irritação: ele era vegano e não comeria uma coisa dessas. Algumas semanas antes, na loja Target, ela pediu ajuda a uma funcionária para encontrar as estantes com toalhas de banho. Só que ela se dirigiu não a uma funcionária, e sim à atriz Michelle Williams, ganhadora do Oscar! "Bom, pelo menos ela sabia onde ficava a seção de toalhas", Lizzie comentou quando me contou o ocorrido.

— Eu estava no Washington Square Park e... Espere aí, você está bebendo uma vodca com *cranberry* e soda? Quero uma também, Sanjay. E como vai aquele gostosão do seu namorado? Certo, Jess, onde é que eu estava mesmo? Ah, o coelho. Lá estava ele no meio do caminho, piscando para mim.

— Um coelho? Como o Tambor, aquele do desenho?

Lizzie faz que sim com a cabeça.

— Ele é um amor! Tem as orelhas compridas e um narizinho cor-de-rosa minúsculo. Alguém deve tê-lo perdido, eu acho. Ele é manso demais.

— E está no seu apartamento agora, não é?

— Só porque lá fora está muito frio! — Lizzie responde. — Na segunda-feira vou começar a procurar o verdadeiro dono do bichinho. Ou quem sabe alguém queira adotá-lo.

Sanjay coloca no balcão a bebida de Lizzie, e ela toma um gole.

— E quanto a você? — ela pergunta. — Novidades?

Pela primeira vez eu tive um dia que poderia se igualar ao dela em bizarrice; mas, quando começo a falar, as palavras na tela do *laptop* me vêm à mente: *Ao ingressar nesse estudo você assume uma obrigação de confidencialidade.*

— Só o de sempre — respondo, olhando para baixo enquanto agito o meu drinque. Então remexo na minha bolsa à procura de uns trocados e me ponho de pé. — Vou escolher umas músicas. Algum pedido?

— Rolling Stones — ela diz.

Eu seleciono "Honky Tonk Women" para Lizzie, e então me encosto na *jukebox*, examinando as opções.

Lizzie e eu nos conhecemos pouco tempo depois que me mudei para cá, quando nós duas trabalhávamos nos bastidores de uma peça de um grupo de teatro independente, eu como maquiadora artística e ela na equipe que cuidava do figurino. A produção foi encerrada duas noites depois de começar, mas a essa altura nós já éramos amigas. Ela é minha amiga mais próxima. Viajei com ela durante um fim de semana prolongado e conheci sua família, e ela saiu com os meus pais e a Becky quando eles visitaram Nova York alguns anos atrás. A gente se conhece bem: por exemplo, Lizzie sabe que eu adoro picles, e sempre me dá o de seu prato quando comemos no nosso restaurante favorito. E eu sei que, quando um livro novo da Karin Slaughter é lançado, Lizzie não sai do seu apartamento até terminar de lê-lo.

Lizzie não conhece tudo a meu respeito, é claro, mas ainda assim acho estranho não poder compartilhar com ela a experiência pela qual passei hoje.

Um cara se aproxima de mim e fica de pé ao meu lado, olhando para os títulos das músicas.

A música de Lizzie começa a tocar.

— Fã dos Stones, hein?

Eu me viro e olho para ele. É provavelmente recém-formado em administração, vejo tipos como ele todos os dias no metrô... Suéter e jeans meio amassado. O cabelo preto é curto, e a barba por fazer. O relógio também é revelador. É um Rolex, mas não um modelo antigo, que indicaria uma família endinheirada. É um modelo mais novo, que provavelmente ele mesmo comprou, talvez com o seu primeiro bônus de fim de ano.

Filhinho de papai demais para mim.

— É a banda favorita do meu namorado — respondo.

— Sujeito de sorte.

Sorrio para ele a fim de amenizar a minha rejeição.

— Obrigada. — Seleciono "Purple Rain", e então volto ao meu banquinho.

—Você deixa o Flopsy no banheiro? — Sanjay está perguntando a Lizzie.

— Eu ponho uns jornais no chão — Lizzie explica. — Mas a minha colega de quarto não está gostando muito dessa situação.

Sanjay pisca para mim.

— Mais uma rodada?

Lizzie pega o celular e o segura diante de mim e de Sanjay.

— Querem dar uma olhada numa foto dele?

— Fofo — eu digo.

— Olhe só, acabo de receber uma mensagem — Lizzie diz, olhando para o celular. — Lembra-se da Katrina? Ela vai receber uns amigos na casa dela para beber. Quer ir?

Katrina é uma atriz que trabalha com a Lizzie na produção de uma nova peça. Faz algum tempo que não a vejo, desde que ela e eu trabalhamos numa peça juntas; logo em seguida deixei o teatro. Ela havia entrado em contato comigo no verão, dizendo que queria que nos encontrássemos para conversar. Mas eu nunca respondi.

— Hoje à noite? — pergunto, já pensando em me esquivar do convite.

— Sim — Lizzie responde. — Acho que Annabelle vai, e talvez Cathleen também.

Eu gosto de Annabelle e de Cathleen. Mas outras pessoas ligadas ao teatro provavelmente serão convidadas. E há uma que eu preferiria não voltar a ver.

— Gene não vai estar lá, não se preocupe — Lizzie comenta, como se pudesse ler minha mente.

Está na cara que Lizzie quer se encontrar com elas. Ainda são suas amigas. Além disso, ela está construindo seu currículo. O teatro de Nova York é uma comunidade muito fechada, e a melhor maneira de ser contratado é manter contato com as pessoas. Lizzie vai ficar desapontada se eu disser que não vou acompanhá-la.

É como se eu pudesse ouvir a voz profunda e tranquilizadora do dr. Shields ao meu ouvido: *Você é capaz de mentir sem se sentir culpada?*

"Sim", respondo a ele.

— Ah, não é isso — respondo para Lizzie. — O problema é que eu estou bem cansada. E preciso acordar cedo amanhã. — Faço um sinal para Sanjay. — Vamos beber mais um drinque rápido, e depois vou para casa dormir. Mas você devia ir, Lizzie.

**VINTE MINUTOS DEPOIS, LIZZIE E EU SAÍMOS PELA PORTA DO BAR.** Vamos seguir em direções opostas, por isso nos despedimos na calçada com um abraço. Ela cheira a flor de laranjeira; eu me recordo de tê-la ajudado a escolher o perfume.

Eu a observo enquanto ela vira a esquina, seguindo rumo à festa para a qual foi convidada.

Lizzie me disse que Gene French não estaria lá, mas não é exatamente ele que eu quero evitar. Não estou interessada em retomar contato com nenhuma das pessoas que conheci naquela época, mesmo tendo dedicado ao teatro sete anos da minha vida depois que me mudei para Nova York.

Foi o teatro que me atraiu para esta cidade. Comecei a sonhar cedo, quando ainda era uma menina e minha mãe me levou para ver uma produção local de *O Mágico de Oz*. Depois os atores apareceram no saguão, e eu percebi que todos eles – o Homem de Lata, o Leão Covarde, a Bruxa do Norte – não passavam de pessoas como as outras.

Haviam sido transformados por pó facial e sardas desenhadas com lápis de sobrancelha e base esverdeada.

Depois que larguei a faculdade e me mudei para Nova York, comecei a trabalhar num quiosque de maquiagem enquanto fazia testes como maquiadora artística. Foi quando eu aprendi que os profissionais carregam suas paletas de contorno, suas bases e seus cílios postiços em maletas especiais, não em sacolas. No início trabalhei esporadicamente em pequenos espetáculos, em que às vezes era paga com ingressos, mas, após um ou dois anos, os trabalhos aumentaram e as plateias também, e eu consegui pedir demissão da loja de departamentos. Comecei a obter referências, e até fechei contrato com um agente, ainda que fosse um que representava também um mágico que se apresentava em feiras e exposições.

Esse período da minha vida foi pura euforia – a enorme camaradagem entre atores e outros membros da equipe, a sensação de triunfo quando a plateia aplaudia de pé a nossa criação –, mas eu ganho muito mais agora, como maquiadora autônoma. E entendi já há muito tempo que nem todos os nossos sonhos se transformam em realidade.

Ainda assim, as lembranças daquela época me vêm à mente, e eu me pergunto se Gene continua o mesmo.

Quando fomos apresentados, ele apertou minha mão calorosamente. Sua voz era grave e robusta, apropriada a uma pessoa que trabalha no teatro. Já era bem-sucedido na carreira, embora ainda estivesse na casa dos 30 anos. Ele chegou ao topo antes mesmo do que eu esperava.

Enquanto eu tentava não ficar vermelha, a primeira coisa que ele me disse foi: *O seu sorriso é incrível.*

As lembranças sempre chegam até mim na seguinte ordem: eu levando para ele um cafezinho e acordando-o do seu cochilo numa cadeira no anfiteatro às escuras. Ele me mostrando a revista de programação teatral, recém-impressa, e apontando para o meu nome nos créditos. Nós dois sozinhos no escritório dele, ele olhando nos meus olhos enquanto abria lentamente o zíper da calça.

E a última coisa que ele me disse, enquanto eu tentava segurar as lágrimas: *Vá para casa com cuidado, tá?* Então ele chamou um táxi e deu vinte dólares ao motorista.

"Será que ele ao menos pensa em mim?", eu me pergunto.

"Chega!", digo a mim mesma. Preciso seguir adiante.

Mas, se eu for para casa, sei que não vou conseguir dormir. Sei que vou relembrar as cenas da nossa última noite juntos, e mais uma vez pensar no que eu poderia ter feito de diferente; ou vou ficar pensando no experimento do dr. Shields.

Volto a olhar para o bar. Então abro a porta e entro de novo. Vejo o cara que tinha falado comigo jogando dardos com os amigos.

Caminho direto até ele. Ele é apenas quatro ou cinco centímetros mais alto que eu nas minhas botas rasteiras.

— Olá mais uma vez — eu digo.

— Oi? — Ele enfatiza a palavra, transformando-a numa pergunta.

— Na verdade, eu não tenho um namorado. Posso lhe pagar uma cerveja?

— Que relacionamento rápido o seu — ele brinca, fazendo-me rir. — Me deixe pagar a primeira rodada — ele diz, e então entrega os dardos a um dos seus amigos.

— Que tal uma dose de Fireball? — sugiro.

Quando ele se aproxima do balcão do bar, eu percebo que Sanjay olha de lado para mim e então desvio o olhar. Espero que não tenha escutado quando eu disse a Lizzie que iria para casa.

Quando retorna com a nossa bebida, ele toca o meu copo com o dele para brindar.

— Meu nome é Noah.

Bebo um gole, e sinto a canela queimando os meus lábios. Sei que não terei interesse em voltar a ver Noah depois desta noite. Então digo o primeiro nome que me vem à cabeça:

— Eu sou Taylor.

**Levanto o cobertor e saio devagar de debaixo dele, olhando** ao meu redor. Levo um segundo para me lembrar de que estou no sofá do apartamento de Noah. Nós viemos parar aqui depois de mais alguns drinques em outro bar. Quando percebemos que havíamos passado em branco pelo jantar e estávamos famintos, Noah correu até o mercado na esquina.

— Não saia daí — ele me disse, enquanto me servia uma taça de vinho. — Volto em dois minutos. Preciso de ovos para fazer rabanada.

Eu devo ter caído no sono quase imediatamente. Acho que ele tirou as minhas botas e me cobriu com um cobertor em vez de me acordar. Ele também deixou um bilhete sobre a mesa de centro: *Ei, dorminhoca, eu vou preparar aquela rabanada para você pela manhã.*

Eu ainda estou de jeans e top; nós apenas nos beijamos e nada mais. Pego minhas botas e a jaqueta e caminho na ponta dos pés até a porta. Ela range quando a abro, e eu hesito, mas não ouço nenhum ruído vindo do quarto de Noah. Fecho a porta lentamente, então calço minhas botas e saio andando rápido pelo corredor do andar. Pego o elevador até o saguão e, enquanto desço os dezenove andares, aproveito para alisar meu cabelo e esfregar a região sob os olhos a fim de remover a maquiagem borrada.

O porteiro, que estava olhando para o seu celular, levanta a cabeça quando apareço.

— Boa noite, moça.

Despeço-me dele com um aceno e, quando saio do prédio, olho para um lado e para o outro tentando me orientar. A estação de metrô mais próxima fica a quatro quadras. Já é quase meia-noite, e algumas pessoas ainda estão circulando. Sigo na direção da estação, e puxo o meu bilhete para fora da carteira enquanto caminho.

Meu rosto arde ao contato com o ar frio, e eu toco um local avermelhado e sensível no meu queixo, uma marca que Noah deixou ao roçar a barba quando nos beijamos.

De certo modo, o desconforto é reconfortante.

# CAPÍTULO 6

### Domingo, 18 de novembro

A SUA SEGUNDA SESSÃO COMEÇA DO MESMO MODO QUE A PRIMEIra: Ben a recebe no saguão e a acompanha até a sala 214. Enquanto sobem as escadas, você lhe pergunta se o procedimento vai ser igual ao do dia anterior. Ele responde que sim, mas não pode lhe fornecer mais informações. Ele não tem permissão para compartilhar o pouco que sabe, pois também assinou um termo de confidencialidade.

Como na primeira vez, o *laptop* fino e prateado a espera na primeira fileira. Suas instruções estão visíveis na tela, junto com uma saudação: **Bem-vinda de volta, Participante 52.**

Você tira sua jaqueta e se senta na cadeira. Muitas das outras jovens que ocuparam essa cadeira são muito parecidas, com seus cabelos longos e alisados, risinhos nervosos e ar infantil. Você se destaca, e não apenas pela beleza incomum.

Sua postura é quase rígida. Você permanece imóvel por aproximadamente cinco segundos. Suas pupilas estão um pouco dilatadas, e os seus lábios estão firmemente unidos; são sintomas clássicos de ansiedade. Você respira fundo enquanto pressiona a tecla *Enter*.

A primeira pergunta aparece na tela. Você a lê, e então seu corpo relaxa e sua boca se descontrai. Você ergue os olhos na direção do teto. Faz um breve aceno com a cabeça, volta-se para o computador e começa a digitar rapidamente.

Você se sente aliviada porque a pergunta final de ontem, aquela com que se debateu, não está na tela.

Na terceira pergunta, toda a tensão que ainda restava se evaporou do seu corpo. Você baixa a guarda. Suas respostas, assim como na última sessão, não decepcionam. Elas são genuínas, sem filtro.

*Eu não deixei nem mesmo um bilhete quando saí de fininho*, você escreve em resposta à quarta pergunta, que é: **Quando foi a última vez que você foi injusta com alguém, e por quê?**

As perguntas da pesquisa são deliberadamente abertas, para que as pessoas possam conduzi-las na direção que preferirem. Na maioria, participantes do sexo feminino se intimidam quando o assunto é sexo, pelo menos nessa parte inicial do processo. Mas esta é a segunda vez que você explora um assunto que deixa muitas pessoas constrangidas. Você detalha: *Eu imaginei que nós dormiríamos juntos e depois eu iria embora. É o que costuma acontecer em noites como essa. Mas, a caminho do apartamento dele, nós passamos por um vendedor de doces, e eu quis comprar alguma coisa, porque não comia nada desde o almoço. "Nem pensar", ele disse, puxando-me para que eu continuasse andando. "Eu faço a melhor rabanada da cidade."*

*Mas eu peguei no sono no sofá dele quando ele saiu para comprar ovos.*

Agora você franze a testa. Será que está arrependida?

Você continua a digitar: *Eu acordei por volta de meia-noite. Mas não ia ficar lá; além do mais, tenho de pensar no meu cachorro. Acho que eu poderia ter deixado meu telefone, mas não estou à procura de um relacionamento.*

Você não quer deixar um homem entrar na sua vida neste momento. Seria interessante se você desenvolvesse isso, e por um instante parece que é o que você está prestes a fazer.

Seus dedos permanecem suspensos sobre o teclado, prontos para entrar em ação. Mas então você balança ligeiramente a cabeça e aperta *Enter* para enviar a sua resposta.

O que mais você estava tentada a escrever?

Quando a próxima pergunta surge, seus dedos voltam rápido para o computador. Mas você não responde a ela. Em vez disso, propõe uma pergunta de sua própria autoria a quem a entrevista:

*Espero que não esteja quebrando as regras, mas algo acaba de me ocorrer,* você digita. *Eu não me senti culpada quando deixei o apartamento daquele cara. Fui para casa, passeei com o Leo e dormi na minha própria cama. Quando acordei esta manhã, quase havia me esquecido dele. Mas agora eu me pergunto se fui rude. É possível que esta pesquisa sobre moralidade esteja me tornando mais moral?*

Quanto mais você revela sobre si mesma, Participante 52, mais cativante se torna a representação de você.

De todas as pessoas que participaram deste estudo, apenas uma havia se dirigido diretamente ao entrevistador: a Participante 5. Ela também era diferente das demais voluntárias de muitas outras maneiras.

A Participante 5 se tornou... especial. E desapontadora. E, no final das contas, comovente.

# CAPÍTULO 7

## Quarta-feira, 21 de novembro

**Nós nos deparamos com questões morais em todos os lugares.**
Quando compro uma banana e água para a viagem de ônibus até a casa dos meus pais, a caixa, de olhar cansado no quiosque do terminal, me dá troco para uma nota de dez em vez de uma de cinco. Uma mulher, com pele marcada por varíola e dentes tortos, segura um pedaço de cartolina no qual se lê: *Preciso de $$$ para passagem, para ver a minha mãe doente. Deus lhe abençoe.* O ônibus está cheio, como sempre acontece antes das festas, mas o homem magro de cabelo comprido sentado à minha frente coloca a sua mochila no assento vazio ao seu lado, apossando-se do lugar.

Eu me arrependo imediatamente do lugar que escolhi. A mulher ao meu lado estende os cotovelos enquanto lê em seu Kindle, invadindo meu espaço. Finjo me espreguiçar, então esbarro no braço dela e digo: "Perdão".

Enquanto o motorista do ônibus dá a partida e sai do terminal, penso novamente na minha sessão de domingo com o dr. Shields. A pergunta que eu temia encarar não me foi reapresentada, mas ainda estou esmiuçando uma questão bem séria.

Escrevi que muitos dos meus amigos ligam para os pais quando precisam de dinheiro, ou quando querem conselhos para lidar com um chefe difícil. Eles telefonam para a mãe quando pegam uma gripe, ou quando precisam de consolo por causa do término de um relacionamento. Se as coisas tivessem sido diferentes, esse é o tipo de relacionamento que eu teria com os meus pais.

Mas os meus pais já têm motivos de sobra para se preocuparem; eles não precisam que eu lhes traga mais problemas. Por isso carrego o fardo de ter que construir uma vida boa não apenas para uma filha, mas para duas.

Agora eu descanso a cabeça no encosto do meu banco e penso na resposta do dr. Shields: "É pressão demais para suportar".

Saber que mais alguém entende isso faz com que me sinta um pouco menos sozinha.

Eu me pergunto se o dr. Shields ainda está à frente desse estudo, ou se fui uma das últimas participantes. Eu era chamada de Participante 52, mas nem imagino quantas outras garotas anônimas já se sentaram na mesma cadeira desconfortável de metal e digitaram no mesmo teclado. Talvez ele esteja falando com outra neste momento.

A mulher sentada ao meu lado se move, cruzando novamente a linha invisível que separa o meu espaço do dela. Desisto de disputar espaço e me afasto mais para o corredor. Pego o meu celular. Começo a olhar mensagens antigas em busca de uma, enviada por uma colega da turma do ensino médio, que estava organizando um encontro informal num bar na noite seguinte ao Dia de Ação de Graças. Mas acabo passando do ponto e acho a mensagem que Katrina havia me mandado no verão, à qual nunca respondi: *Oi, Jess. Que tal se a gente se encontrasse para um café ou coisa assim? Eu gostaria de conversar com você.*

Eu faço uma boa ideia do que ela quer conversar comigo.

Deslizo o dedo sobre a tela para não ter de olhar para a mensagem dela por mais tempo. Então pego meus fones de ouvido e acesso *Game of Thrones*.

**Meu pai está me esperando na estação de ônibus, usando** uma jaqueta esportiva e um gorro verde enfiado na cabeça que cobre até as suas orelhas. Quando ele expira, seu sopro produz fumaça branca, como bolas de algodão no ar frio.

Faz apenas quatro meses que visitei minha família, mas, quando olho pela janela e localizo meu pai, minha primeira impressão é de que ele parece mais velho. Os fios de cabelo que estão escapando por debaixo do seu gorro são quase todos brancos, e a sua postura está um tanto caída, como se ele estivesse exausto.

Meu pai olha para o ônibus e me vê à janela. Com um movimento discreto da mão, ele joga fora um cigarro. Ele oficialmente parou de fumar doze anos atrás, o que significa que não fuma mais em casa.

Um sorriso se abre no rosto dele quando eu desço do ônibus.

— Jessie — diz ao me abraçar.

Ele é o único que me chama assim. Meu pai é grande e forte, e o seu abraço é mais ou menos assim. Depois do abraço, ele se agacha para espiar dentro da caixa de transporte que estou segurando.

— Olá, garoto — diz a Leo.

O motorista está retirando as malas do bagageiro do ônibus. Adianto-me para pegar a minha, mas a mão do meu pai chega na minha frente.

— Está com fome? — ele pergunta, como sempre.

— Faminta — respondo, como sempre. Minha mãe ficaria desapontada se eu chegasse em casa com a barriga cheia.

— Os Eagles vão pegar os Bears amanhã — meu pai diz enquanto caminhamos pelo estacionamento.

— Mas o que foi aquele jogo na semana passada, hein? — respondo, esperando que meu comentário seja flexível o suficiente para se ajustar a uma vitória ou uma derrota. Esqueci de checar o placar durante a viagem de ônibus.

Quando chegamos ao velho Chevy Impala do meu pai, ele coloca minha bagagem no porta-malas. Faz uma careta de dor; seu joelho o incomoda mais nos dias frios.

— Quer que eu dirija? — ofereço.

Ele parece quase ofendido, então acrescento rapidamente:

— Nunca faço isso na cidade e acho que estou ficando enferrujada.

— Ah, claro — ele diz. Então joga as chaves para mim, e eu as apanho no ar, com a mão direita.

**Conheço os costumes dos meus pais quase tão bem quanto** conheço os meus próprios. Depois de passar menos de uma hora em casa, percebo que algo vai mal.

Assim que estacionamos diante da casa, meu pai retira Leo da caixa de transporte e se oferece para levá-lo para passear no quarteirão. Estou ansiosa para entrar e ver minha mãe e Becky, então eu deixo. Quando meu pai retorna, ele tem dificuldades para desprender a correia do Leo. Vou até ele e o ajudo. O cheiro de tabaco é tão forte que é impossível não perceber que ele fumou outro cigarro.

Mesmo quando era oficialmente um fumante, meu pai nunca acendeu dois cigarros num espaço de tempo tão curto.

Becky e eu nos sentamos em banquinhos na cozinha e cortamos alface para uma salada. Minha mãe se serve de uma taça de vinho e me oferece a bebida.

— Quero, é claro.

A princípio, não presto atenção nisto. Estamos na véspera do Dia de Ação de Graças, então é como se fosse um fim de semana.

Então, ela enche a sua taça pela segunda vez, enquanto a massa ainda está cozinhando.

Eu a observo enquanto ela mexe o molho de tomate. Minha mãe tem só 51 anos; não é muito mais velha do que as mães que maquio, aquelas que querem parecer mais jovens do que são. Ela pinta o cabelo e usa um dispositivo para monitorar seus 10 mil passos diários, ainda que ela pareça um pouco murcha, como um balão de festa que perdeu um pouco de hélio.

Quando nos sentamos à mesa redonda de carvalho, minha mãe me enche de perguntas sobre meu trabalho, enquanto meu pai espalha queijo parmesão sobre a massa.

Desta vez não minto para ela. Digo-lhe que interrompi por algum tempo as atividades ligadas ao teatro para trabalhar como maquiadora *freelancer*.

— O que aconteceu com o espetáculo do qual você me falou na semana passada, querida? — pergunta. A segunda taça dela agora já está quase vazia.

Não me lembro muito bem do que disse a ela. Ponho uma garfada de *rigatoni* na boca antes de responder.

— Esse espetáculo foi encerrado, mãe. Mas o que faço agora é melhor. Eu mesma controlo meus horários de trabalho. Além do mais, posso conhecer um monte de pessoas interessantes.

— Nossa, que bom. — Os vincos na testa dela se suavizam.

Minha mãe se volta para Becky.

— Talvez, algum dia, você se mude para Nova York, more num apartamento e conheça gente interessante

Agora é na minha testa que aparecem vincos de preocupação. O traumatismo cranioencefálico que Becky sofreu na infância não a afetou apenas fisicamente. Sua memória de longo prazo e a de curto prazo foram tão seriamente afetadas que ela nunca poderá morar sozinha.

Minha mãe sempre se agarrou a falsas esperanças e encorajou Becky a fazer o mesmo.

Isso não me incomodava muito no passado. Mas hoje em dia parece meio... antiético.

Imagino como o dr. Shields apresentaria a pergunta: "É injusto oferecer sonhos fora da realidade a alguém, ou é bondade?".

Também imagino como eu lhe explicaria o que penso sobre essa situação. "Isso não é exatamente errado", eu digitaria. "E talvez essa fé seja mais da minha mãe do que da Becky."

Tomo um gole de vinho e, então, mudo deliberadamente de assunto.

— E então, gente, estão ansiosos para ir à Flórida?

Eles fazem essa viagem de carro todo ano, os três juntos, depois do Natal, e retornam no dia 2 de janeiro. Ficam sempre no mesmo hotel, com preço acessível, a uma quadra da praia. Becky tem adoração pelo mar, ainda que não saiba nadar bem o suficiente para ir além da parte mais rasa, com água no máximo na altura da cintura.

Meus pais olham um para o outro.

— Que foi? — pergunto.

— O mar está frio demais este ano — Becky diz.

Olho para o meu pai, que balança a cabeça numa negativa.

— Falamos sobre isso mais tarde — meu pai desconversa.

Minha mãe se levanta abruptamente e limpa os pratos.

— Eu faço isso — digo.

Mas ela recusa a oferta com um gesto de mão.

— Por que você e o seu pai não levam o Leo para dar um passeio? Vou ajudar Becky a se aprontar para ir dormir.

**A BARRA DE METAL NO MEIO DO SOFÁ-CAMA FAZ PRESSÃO NAS** minhas costas. Eu me viro mais uma vez sobre o fino colchão, tentando encontrar uma posição que me permita dormir.

Quase uma da manhã e a casa está silenciosa. Mas a minha mente está girando como uma máquina de lavar, misturando imagens e trechos de conversa.

Quando saímos para passear com o Leo após o jantar, assim que pusemos os pés para fora de casa meu pai tirou do bolso do casaco um maço de cigarros e uma caixa de fósforos. Ele riscou um fósforo na lateral da caixa, protegendo a faísca do vento com sua mão em concha. Precisou de três tentativas para acender o fósforo.

Eu levei um tempo equivalente para processar a notícia que ele tinha para me contar.

— Demissão voluntária? — disse, quando enfim compreendi a situação.

— É isso. — Ele suspirou, desalentado. — Pelo menos foi um bom acordo, bem melhor do que ser demitido.

Estava escuro e, embora nós tivéssemos caminhado apenas até a esquina, minhas mãos já formigavam de frio. Não conseguia ver a expressão no rosto do meu pai.

— Você vai procurar outro emprego? — perguntei.

— Estou procurando, Jessie.

— Você logo encontrará algo.

As palavras saíram da minha boca antes que eu me desse conta de que estava fazendo exatamente o que a minha mãe faz com a Becky.

Eu me viro no colchão novamente e envolvo Leo com meu braço.

Becky e eu costumávamos compartilhar um quarto, mas, quando eu me mudei, Becky recebeu merecidamente um espaço maior. Há uma pequena cama elástica com uma barra de segurança e uma mesa para trabalhos manuais, onde antes ficava a minha cama. É o único lar que ela conheceu na vida.

Meus pais vivem nesta casa por quase trinta anos. Já deveria estar paga, mas eles tiveram de refinanciá-la para cobrir as despesas médicas de Becky.

Eu sei quanto eles gastam todo mês; vi de relance as contas que a minha mãe guarda numa gaveta no aparador.

Minha cabeça se enche de perguntas novamente. Mas há uma que me incomoda mais: o que vai acontecer a eles quando o dinheiro do acordo de demissão voluntária acabar?

### Quinta-feira, 22 de novembro

Todos os anos a tia Helen e o tio Jerry recebem a família em sua casa para o Dia de Ação de Graças. A casa deles é bem maior que a dos meus pais e conta com uma mesa de jantar que pode, facilmente, acomodar dez pessoas. Minha mãe sempre faz uma caçarola de feijão-verde com cebolas fritas nas bordas, enquanto Becky e eu preparamos algum acompanhamento. Antes de sairmos, Becky me pede para maquiá-la.

— É claro, vou adorar! — respondo. Ela foi a primeira em quem pratiquei, muitos anos atrás, quando éramos crianças.

Não trouxe minha maleta, mas a aparência de Becky é tão semelhante à minha – pele clara com sardas espalhadas, olhos castanho-claros, sobrancelhas retas – que pego meu estojo de maquiagem pessoal e começo a trabalhar.

— Que *look* você quer?

— O da Selena Gomez — Becky responde. Ela é fã de Selena desde que a atriz e cantora estava no *Canal Disney*.

—Você adora me desafiar, não é? — digo, e ela dá uma risadinha.

Aplico um hidratante com cor na pele de Becky, pensando no que a minha mãe havia dito no jantar. Parei de ir para a Flórida com eles desde que me mudei para Nova York, mas a minha mãe sempre me envia fotos de Becky catando conchas num balde, ou rindo enquanto brinca na areia. Becky adora o drinque sem álcool Pantera Cor-de-
-Rosa, com um pequeno guarda-chuva e cerejas ao marrasquino, que o garçom serve para ela no restaurante de frutos do mar favorito dos meus pais. Meu pai leva Becky para jogar minigolfe, enquanto minha mãe caminha na praia. Eles vão juntos caçar caranguejos no cais. Raramente pegam algum e, quando isso acontece, eles o soltam novamente.

É a única época do ano em que eles parecem realmente relaxar.

— Por que vocês não vão me visitar em Nova York depois do Natal? — sugiro. — Posso levá-los para ver a árvore gigante.

— Parece bom — Becky diz, mas sei que a ideia de fazer isso a deixa um pouco nervosa. Eles já a levaram para me visitar antes na cidade, mas o barulho e a multidão a perturbaram.

Acrescento um pouco de blush para tentar realçar as suas maçãs do rosto, então aplico em seus lábios um *gloss* cor-de-rosa, de tom suave. Peço a ela que olhe para cima enquanto eu lhe aplico, suavemente, uma camada de rímel.

— Feche os olhos — digo, e Becky sorri. Essa é a sua parte preferida.

Eu a pego pela mão e a levo até o espelho do banheiro.

— Como eu estou linda! — Becky exclama.

Dou um abraço apertado na minha irmã para que ela não veja os meus olhos se encherem de lágrimas.

—Você não está, você é — sussurro.

**Depois que minha tia Helen serviu as tortas de abóbora e** de noz-pecã, os homens vão para a sala assistir ao jogo e as mulheres batem em retirada para a cozinha. É mais um ritual.

— Nossa, estou tão cheia que acho que vou vomitar — minha prima Shelly se queixa, enquanto tira a camisa para fora da calça.

— Shelly! — tia Helen ralha.

— A culpa é sua, mãe. A comida estava uma delícia. — Shelly pisca para mim.

Pego um pano de prato, e Becky junta os pratos, empilhando-os com cuidado sobre a bancada. Tia Helen reformou a cozinha alguns anos atrás e trocou a fórmica pelo granito.

Minha mãe começa a esfregar as bandejas que tia Helen traz da sala de jantar. Minha prima Gail, irmã de Shelly, está grávida de oito meses. Ela se senta pesadamente numa cadeira na cozinha com um suspiro teatral e depois arrasta para si outra cadeira, a fim de colocar os pés nela. Gail sempre arranja um jeito de escapar da tarefa de lavar louça, mas desta vez ela tem uma desculpa razoável.

— Beeem... Amanhã à noite todo mundo vai se encontrar no Brewster — Shelly diz, enquanto guarda a comida que sobrou em recipientes de plástico. Quando ela diz *todo mundo,* está se referindo aos nossos amigos do colégio, que vão fazer um encontro informal. — Adivinha quem vai estar lá? — ela me pergunta.

Será que ela quer mesmo que eu comece a tentar adivinhar?

— Quem? — digo finalmente.

— Keith. Ele está separado.

Eu mal consigo me lembrar qual dos jogadores de futebol ele era. Shelly não está interessada nele; se casou faz um ano e meio. Eu aposto vinte pratas que no ano que vem ela é quem vai estar sentada com os pés para cima.

Shelly e Gail olham para mim com ar de expectativa. Gail está massageando sua barriga com movimentos circulares.

Meu celular vibra no bolso da minha saia.

— Parece divertido — digo. — Você vai ser a nossa motorista, não é, Gail?

— Sem chance — Gail responde. — Vou estar numa banheira lendo.

— Você está namorando alguém em Nova York? — Shelly pergunta.

Meu telefone vibra mais uma vez, como sempre acontece quando não visualizo uma mensagem imediatamente.

— Nada sério — digo.

— Deve ser difícil competir com todas aquelas modelos lindas — ela comenta.

Shelly herdou seu cabelo loiro e o comportamento passivo-agressivo de tia Helen, que concorda com a filha rapidamente.

— Não adie a decisão de ter filhos por tempo demais — ela comenta. — Aposto que alguém está ansiosa para ter netos!

A minha mãe geralmente não liga para as indiretas da tia Helen, mas agora quase posso sentir a irritação dela. Talvez esteja assim por ter bebido de novo no jantar.

— Jess está ocupada demais com todos aqueles espetáculos da Broadway — minha mãe retruca. — Ela está se dedicando à carreira antes de pensar em formar uma família.

Não sei ao certo se, com sua afirmação exagerada, minha mãe está tentando defender a si mesma ou a mim.

Nossa conversa é interrompida quando Phil, o marido de Gail, aparece na cozinha.

— Só vim pegar umas cervejas — ele avisa, abrindo a geladeira.

— Legal, né? — Shelly diz. — Que sortudos, vocês, sentados lá, assistindo ao jogo e bebendo, enquanto nós, mulheres, cuidamos da louça.

— Você quer realmente ver o jogo de futebol, Shel? — ele diz.

Shelly dá um tapinha nele.

— Dê o fora daqui, espertinho.

Estou tentando fingir interesse na discussão que se desenrola entre elas – qual o amarelo mais adequado para o quarto de criança de Gail –, até que, por fim, desisto e peço licença para sair. Vou até o banheiro e tiro meu celular do bolso.

O cheiro excessivamente doce da vela aromática de baunilha e mel queimando sobre a bancada da pia quase me dá ânsia de vômito.

Vejo na tela do celular uma nova mensagem de um número desconhecido:

*Desculpe por incomodá-la no feriado. Aqui é Shields, do consultório. Você vai estar na cidade este final de semana? Se estiver, gostaria de agendar outra sessão com você. Diga-me se estará disponível.*

Eu leio a mensagem duas vezes.

Não posso acreditar que o dr. Shields me contatou diretamente.

Pensei que o estudo se resumisse a duas sessões, mas acho que me enganei. Se o dr. Shields quer que eu participe de mais sessões, talvez isso signifique um bom dinheiro a mais.

Eu me pergunto se o dr. Shields me enviou uma mensagem porque Ben está ausente. É Dia de Ação de Graças, afinal. Talvez o dr. Shields esteja trabalhando em casa, resolvendo alguns problemas, enquanto sua esposa prepara o peru e seus netos arrumam a mesa. Talvez ele seja tão comprometido com o trabalho que tenha dificuldade em interrompê-lo, mais ou menos como eu começo a encontrar dificuldade em parar de pensar em questões morais.

Muitas das jovens mulheres que participaram dessa pesquisa provavelmente adorariam a chance de voltar para participar de mais sessões. Por que o dr. Shields resolveu me escolher?

Minha passagem de ônibus de volta é para domingo de manhã. Meus pais ficariam desapontados se eu partisse antes, mesmo que dissesse a eles que tenho um grande trabalho em vista.

Eu não respondo imediatamente à mensagem. Em vez disso, enfio o celular de volta no bolso e abro a porta do banheiro.

Dou de cara com Phil.

— Me desculpe — digo e tento passar por ele no corredor estreito. Posso sentir o cheiro de cerveja em seu hálito quando ele se aproxima mais de mim. Phil também estudou conosco no colégio. Ele e Gail estão juntos desde que ele cursava o 4º ano do ensino médio e ela, o 2º.

— Eu ouvi dizer que a Shelly quer aproximar você do Keith — ele comenta.

Eu dou uma risadinha, esperando que ele se mova para o lado e pare de bloquear o meu caminho.

— Eu não estou interessada no Keith — respondo.

— Mesmo? — Ele se inclina mais ainda para perto de mim. — Você é boa demais para ele.

— Nossa, obrigada.

— Sabe, sempre tive uma queda por você.

Eu fico paralisada. Ele está me encarando fixamente.

A esposa dele está grávida de oito meses. O que ele pensa que está fazendo?

— Phil! — Gail chama da cozinha. As palavras dela rompem o silêncio. — Estou cansada. A gente tem que ir embora.

Ele enfim dá um passo para o lado, e passo rápido por ele, colada na parede.

— Vejo você amanhã, Jess — ele diz e, em seguida, fecha a porta do banheiro.

Fico parada no final do corredor.

Meu suéter de lã, de repente, parece pinicar, e sinto faltar ar nos meus pulmões. Não sei se isso se deve à vela de cheiro penetrante ou ao flerte de Phil. O sentimento não me é desconhecido; foi por isso que saí de casa anos atrás.

Vou até a varanda.

Piso no lado de fora da casa e aspiro o ar frio. Meus dedos tocam meu bolso e eu sinto o plástico liso que envolve meu celular.

Meus pais vão ficar sem dinheiro mais cedo ou mais tarde. Preciso reunir toda a grana que puder, e agora. Se adiar a resposta ao dr. Shields, talvez ele encontre outra participante, uma com mais flexibilidade.

Reconheço que terei de lidar com muitas verdades indigestas. Que seja.

Pego meu celular e respondo ao dr. Shields: *Sábado ou domingo, em qualquer horário, pode contar comigo.*

Quase imediatamente eu vejo os pontinhos que indicam que ele está escrevendo para mim. Instantes depois, leio a mensagem que chega: *Ótimo. O seu horário está confirmado para o meio-dia de sábado. No mesmo local.*

# CAPÍTULO 8

### Sábado, 24 de novembro

**A sua terceira sessão é aguardada com um entusiasmo de** que você nem tem ideia, Participante 52.

Você parece encantadora como sempre, mas se mostra desanimada. Depois que você entra na sala 214, retira lentamente o casaco e o coloca no encosto da sua cadeira. O casaco fica pendendo para o lado, torto, mas você não o arruma. Você se senta pesadamente e hesita antes de pressionar a tecla *Enter* para começar.

Ficou sozinha no Dia de Ação de Graças também?

Quando a primeira pergunta aparece e você abre os seus pensamentos, a sua real natureza se impõe e você se mostra mais animada.

Está aprendendo a apreciar o processo, não é?

Quando a quarta pergunta surge, seus dedos se movem pelo teclado com rapidez. Sua postura é excelente. Você não faz rodeios. Tudo isso mostra que você nutre sentimentos particularmente fortes e evidentes por esse assunto.

**Você vê o noivo da sua amiga beijando outra mulher, uma semana antes do casamento. Você conta a ela?**

*Faria o seguinte,* você digita. *Eu o confrontaria e daria a ele 24 horas para confessar, ou eu mesma contaria a ela. Seria uma coisa bem diferente se ele estivesse numa dessas despedidas de solteiro, num clube de striptease e colocasse uma nota de vinte na calcinha de uma dançarina erótica. Muitos caras fazem esse tipo de coisa para se exibir. Nessa situação, a atitude tem justificativa, é perfeitamente compreensível; quando não há justificativa, é inaceitável. Eu não poderia olhar para o outro lado e fingir que não vi. Porque, se um cara trai uma vez, você sabe que ele vai trair de novo.*

Depois de digitar essas palavras você para de escrever, tecla *Enter* e aguarda a próxima pergunta.

A pergunta não aparece imediatamente.

Um minuto se passa.

*Está tudo bem?,* você digita.

Mais um minuto se passa.

Você recebe uma resposta: ***Espere um instante, por favor.***
Você parece intrigada, mas faz que sim com a cabeça.

A sua resposta é absoluta: você parece acreditar que os seres humanos são incapazes de modificar sua natureza, mesmo quando as suas necessidades levam à dor e à destruição.

Sua testa franzida e seus olhos ligeiramente apertados ilustram a profundidade das suas convicções.

*Porque, se um cara trai uma vez, você sabe que ele vai trair de novo.*

Você está esperando pela próxima pergunta. Mas ela não chega de imediato.

As suas respostas formaram uma conexão inesperada; quando articuladas, elas criam uma epifania.

As linhas cruciais nas suas respostas anteriores são revisadas:

*Não estou à procura de um relacionamento.* Você digitou isso na sua segunda sessão.

Você se vira na cadeira e olha para o relógio na parede atrás de você, então olha na direção da porta. De qualquer ângulo que se observe, você é encantadora.

*Espero que eu não esteja quebrando as regras.* Você escreveu essas palavras antes de revelar que esse experimento está mudando a sua relação com a sua própria moralidade.

Você brinca com os três anéis prateados no seu dedo indicador, enquanto encara a tela do computador com o rosto franzido. Esse é um dos seus hábitos quando fica pensativa, ou quando sente ansiedade.

E dinheiro tem grande importância para você, foi possível notar isso desde o início.

Algo de extraordinário está ocorrendo.

É como se você estivesse agora conduzindo o estudo para um domínio diferente. Você, a garota que nem sequer devia fazer parte de tudo isto.

Mais duas perguntas lhe são propostas. Elas estão fora de sequência, mas você não saberá disso.

Você responde às duas com confiança. E impecavelmente.

A última pergunta que você receberá hoje é algo que nenhuma outra participante jamais terá de responder.

É uma pergunta que foi desenvolvida expressamente para você.

Quando a pergunta aparece, seus olhos se arregalam como se fossem atravessar a tela.

Se você responder a isso de uma forma, vai sair da sala para não mais voltar.

Mas, se responder de outra, as possibilidades são infinitas; você pode se tornar uma pioneira no campo da pesquisa psicológica.

Fazer uma pergunta dessas é uma aposta.

Você vale o risco.

Você não responde imediatamente. Em vez disso, empurra a cadeira para trás e se levanta.

Então você desaparece do campo de visão.

Seus passos repercutem no chão. Você surge brevemente no campo de visão, e então desaparece de novo.

Você está andando de um lado para outro.

Agora os papéis se inverteram: é você quem está me fazendo esperar. Também é você quem decidirá se esse estudo vai sofrer uma metamorfose.

Você volta para o seu assento e se inclina para a frente. Seus olhos se fixam na tela e leem a pergunta mais uma vez.

**Você consideraria a possibilidade de ampliar a sua participação neste estudo? A compensação seria significativamente maior, porém a sua contribuição teria de ser significativamente maior também.**

Lentamente você ergue as mãos e começa a digitar.

*Eu aceito.*

# CAPÍTULO 9

### Sábado, 24 de novembro

Tudo começou da mesma maneira na minha terceira sessão: Ben esperando no saguão, vestindo um suéter com gola em V. A sala de aula vazia. Um *laptop* numa mesa da primeira fileira, as palavras **Bem-vinda, Participante 52** flutuando na tela.

Eu estava até ansiosa para responder a mais uma rodada de perguntas do dr. Shields; talvez fosse uma oportunidade de me livrar dos sentimentos confusos que se instalaram em mim, depois que visitei minha família.

Contudo, quando nos aproximamos do final da sessão, as coisas ficaram estranhas.

Logo depois que respondi a uma pergunta sobre um homem traindo sua noiva, houve uma longa pausa, e o tom das perguntas mudou. Não sei dizer exatamente como, mas as duas perguntas seguintes simplesmente pareceram diferentes. Eu esperava escrever sobre coisas que eu pudesse relatar, ou sobre experiências que tivesse vivido. Aquelas perguntas finais pareciam de teor filosófico, do tipo que encontramos numa prova de estudos sociais. Precisei refletir um pouco para respondê-las, mas não tive de remexer em lembranças dolorosas, como o dr. Shields muitas vezes espera de mim.

**Uma punição sempre deve ser proporcional ao crime que uma pessoa cometeu?**

E em seguida:

**Uma vítima tem o direito de fazer justiça com as próprias mãos?**

Pouco antes do final da sessão, eu tive de decidir se levaria ou não o experimento ao próximo nível. **A sua contribuição teria de ser significativamente maior**, o dr. Shields escreveu. Isso soou um tanto sinistro.

O que o dr. Shields quis dizer com isso? Tentei perguntar a ele. Sua resposta apareceu na tela do meu computador, assim como as suas perguntas sempre aparecem. Ele simplesmente escreveu que me explicaria na próxima quarta-feira, se eu pudesse encontrá-lo pessoalmente.

Por fim, concluí que o dinheiro extra era tentador demais para recusar.

Ainda assim, no caminho para casa, não pude parar de me perguntar o que ele planejava.

"Não vou agir como uma idiota por causa disso", digo a mim mesma enquanto aperto a correia do Leo para levá-lo ao Jardim Botânico Comunitário. É um dos meus lugares favoritos para caminhadas na vizinhança e um bom local para pensar.

O dr. Shields quer me encontrar pessoalmente. Mas ele me deu um endereço que não era o da sala de aula da Universidade de Nova York. Pediu que eu vá a um lugar na rua 62ª Leste.

Não sei se esse é o endereço do escritório dele, ou do apartamento. Ou do que quer que seja.

Leo puxa a correia com força, tentando me levar até a sua árvore favorita. Percebo que estou parada no mesmo lugar.

Uma vizinha se aproxima de mim com o seu poodle. Rapidamente levo meu celular até o ouvido e finjo estar conversando com alguém enquanto ela passa. Não posso me envolver num bate-papo com ela agora.

Existem muitas histórias na cidade sobre mulheres que são atraídas para situações perigosas. Vejo o rosto delas na capa do *New York Post* e recebo alertas no meu celular quando há um crime violento no meu bairro.

Contudo, não deixo de assumir riscos calculados; entro em casas e lugares desconhecidos todos os dias por causa do meu trabalho, e já fui para casa com caras que mal conhecia.

Mas, desta vez, parece diferente.

Não contei a ninguém sobre esse estudo; foi o que o dr. Shields determinou. Ele sabe muita coisa a meu respeito, e eu não sei praticamente nada sobre ele.

Talvez exista uma maneira de descobrir algo.

Nós acabamos de chegar ao jardim, mas puxo o Leo com delicadeza e seguimos de volta ao meu apartamento; meus passos estão mais rápidos do que no início da caminhada.

Hora de virar o jogo. Agora vou fazer umas sondagens por conta própria.

TIRO O BONÉ, PEGO O MEU MACBOOK E ME SENTO NO SOFÁ. Embora eu não saiba o seu primeiro nome, não deve ser difícil reduzir o grande número de ocorrências de *dr. Shields* na cidade de Nova York; basta acrescentar *pesquisa* e *psiquiatra* e deixar que o sistema de busca do Google faça o trabalho.

Imediatamente, dezenas de resultados aparecem. O primeiro que surge é um artigo científico sobre a ética da ambiguidade em relacionamentos familiares. É um bom começo.

Movimento o mouse na direção do *link* para imagens.

Preciso ver uma fotografia do homem que sabe tanto sobre mim – desde o lugar onde moro até os detalhes da minha última relação sexual.

Hesito antes de clicar no *link*.

Eu havia imaginado a aparência do dr. Shields como queria que ele fosse – sábio, gentil e doce como um avô, com olhos amáveis. Essa imagem é tão concreta para mim que é difícil aceitar que ele possa ser diferente.

Mas a verdade é que isso foi apenas fruto da minha imaginação.

Ele pode ser qualquer um.

Clico o botão do mouse.

Então, levo um susto e fico boquiaberta.

O primeiro pensamento que me ocorre é que eu cometi algum erro.

Imagens brotam em toda a minha tela, enchendo-a como um mosaico.

Meus olhos mal se deparam com uma fotografia e já passam para outra e mais outra.

Leio a legenda para me certificar e fico de queixo caído quando vejo uma imagem aumentada na tela.

Dr. Shields não tem nada do professor distinto que eu havia imaginado.

Dr. Shields – dra. Lydia Shields – é uma das mulheres mais lindas que já vi.

Inclino-me para a frente, encantada com o longo cabelo loiro mesclado com tons de ruivo e sua pele sedosa. Ela parece estar no final da casa dos 30 anos. Há uma elegância calma nos traços bem-feitos do seu rosto.

É difícil ficar indiferente aos seus olhos azuis. Eles são hipnóticos.

É como se eles pudessem me fitar, mesmo através de uma foto.

Não sei por que supus que ela fosse homem. Pensando bem, o meu engano teve início quando escutei a mensagem de Ben para Taylor; devido à tensão do momento, talvez eu tenha ouvido *doutora*. E nas sessões ele não se referiu a ela diretamente, que eu me lembre. Eu me enganei totalmente, e isso deve ter algo a dizer sobre mim.

Finalmente, clico numa imagem, uma de corpo inteiro. A doutora está de pé em um palco, segurando um microfone com a mão esquerda. Parece ter no dedo uma aliança de casamento... uma com diamante. Está usando blusa de seda e uma saia justa e saltos tão altos que não consigo me imaginar nem caminhando até o palco com eles, que dirá ficar em pé durante toda uma palestra. Seu pescoço é longo e gracioso, e não há técnica de contorno no mundo capaz de reproduzir as maçãs do rosto dela.

Ela parece ser o tipo de mulher que vive em um mundo muito diferente daquele que eu habito, correndo atrás de trabalhos e bajulando clientes para ganhar uma gorjeta maior.

Acreditava que conhecia a pessoa para quem estava respondendo àquelas perguntas: um homem ponderado, compreensivo. Mas descobrir que o dr. Shields é na verdade uma mulher me leva a repensar todas as perguntas que me foram propostas.

E todas as respostas que dei.

O que uma mulher perfeita como ela pensa da minha vida caótica?

Sinto o meu rosto corar quando me lembro de ter comentado casualmente sobre danças eróticas e strippers numa despedida de solteiro, quando me foi perguntado o que eu faria se visse o noivo de uma amiga beijando outra mulher. Nem sempre as minhas respostas foram escritas com uma gramática perfeita e não me expressei com o devido cuidado.

Mesmo assim ela foi gentil comigo. Estimulou-me a revelar coisas sobre as quais eu jamais havia falado, e me confortou.

Nenhuma das coisas que confessei lhe causou repulsa; ela voltou a me procurar. Quer se encontrar comigo, aliás.

Dou um zoom na fotografia e percebo pela primeira vez que a dra. Shields está sorrindo ligeiramente enquanto segura o microfone diante da boca.

O encontro que temos na quarta-feira ainda me deixa um pouco nervosa, mas agora, por motivos diferentes. Acho que não quero decepcioná-la quando nos conhecermos.

Começo a fechar meu *laptop*. Movo o cursor na direção do *link* de notícias da minha página de pesquisa do Google. Pego o celular e começo a tomar nota. Anoto o endereço do escritório dela, que bate com o do local onde ela propôs que nos encontrássemos na quarta; anoto também o título de um livro que ela escreveu e o nome da universidade em que se formou, Universidade Yale.

Dra. Shields é uma mulher, mas não posso deixar que esse fato mude o meu plano original. Ela está me pagando, porém ainda não sei por que nem para quê.

E, às vezes, pessoas que parecem ser mais bem-sucedidas e normais são as que acabam ferindo você mais profundamente.

### Segunda-feira, 26 de novembro

As fotografias dela não mentem, o que é apropriado, tendo em vista as regras da sua pesquisa sobre contar a verdade.

Foi fácil encontrar o horário das aulas da dra. Shields na Universidade de Nova York; foi uma das primeiras informações que apareceram na minha busca. Ela ministra um seminário semanal, às segundas, das 5 às 7 da noite. Sua sala de aula fica no mesmo corredor da sala 214. Hoje, tudo está bem diferente aqui, com os corredores cheios de atividade e barulho.

A dra. Shields ajeita o xale bege em torno dos ombros, desprendendo seu cabelo reluzente das dobras da peça, enquanto caminha pelo corredor. Estou de boné de beisebol e jeans, como muitos dos estudantes que me cercam.

Seguro a respiração conforme a doutora se aproxima. Estou entre duas garotas que conversam animadamente, mas a dra. Shields está prestes a passar por elas. Um segundo antes de isso acontecer, me refugio num banheiro.

Ponho a cabeça para fora da porta alguns segundos depois. Ela continua andando pelo corredor, na direção da escadaria.

Deixo que ela se distancie cerca de uma dúzia de passos de mim, então a sigo para fora do prédio. Sinto no ar um perfume delicado, um aroma sutil e agradável.

É impossível tirar os olhos dela.

É como se ela deslizasse pelas ruas numa bolha protetora, graças à qual nada pode desarrumar seu cabelo, nem desfiar suas meias, nem gastar o salto dos seus sapatos. Alguns homens se viram para olhar bem para ela, e um carteiro dirigindo um pesado carrinho de entregas sai do caminho dela. A calçada está cheia de pessoas indo e vindo, mas a doutora nunca precisa diminuir o passo.

Ela vira na Prince Street e caminha até uma área de lojas de grife que vendem moletons de casimira a trezentos dólares e cosméticos em caixas que parecem estojos de joia.

A dra. Shields não olha para nenhuma das vitrines. Diferentemente das outras pessoas, ela não está colada num celular, nem ouvindo música, nem parece se distrair com o que se passa ao redor.

Prossegue até um pequeno restaurante francês no final do quarteirão, então abre a porta do estabelecimento e desaparece lá dentro.

E eu fico do lado de fora, parada, sem saber ao certo o que fazer.

Gostaria de ter a oportunidade de vê-la mais uma vez, já que só consegui ver o rosto dela de relance. Mas seria estranho demais esperar do lado de fora até que ela terminasse o jantar

Estou prestes a ir embora quando vejo o maître conduzi-la até uma mesa junto à janela. Ela está a uns cinco metros de mim. Se a doutora virar a cabeça um pouco e olhar para cima, nossos olhares vão se cruzar.

Rapidamente dou um passo para o lado, fingindo ler o menu que o restaurante exibe atrás de um vidro na entrada.

Ainda consigo vê-la com o canto do olho.

O garçom se aproxima da dra. Shields e lhe entrega um cardápio. Volto a olhar para o que está diante de mim. Se eu tivesse condições de pagar por uma refeição num lugar como esse, escolheria o filé-mignon com molho *béarnaise* e fritas. Mas eu aposto que a dra. Shields pediu um peixe-espada grelhado *à la niçoise*.

Ela tem uma breve conversa com o garçom, então entrega a ele o cardápio. Sua pele é tão clara que, à luz do candelabro, o perfil dela parece celestial. Eu me lembro dos maravilhosos itens expostos nas vitrines das lojas pelas quais passamos há pouco. Parece justo que também a dra. Shields seja acomodada num lugar de destaque para que outros a admirem.

Já está escurecendo agora, as pontas dos meus dedos estão começando a perder a sensibilidade, mas ainda não estou pronta para ir embora.

Ela me fez todas aquelas perguntas, mas agora sou eu que tenho uma série de perguntas para ela. A mais urgente: por que você se importa tanto com as escolhas que pessoas como eu fazem?

O garçom retorna com uma taça de vinho. A dra. Shields toma um gole, e reparo que a cor combina quase perfeitamente com o esmalte dela.

Ela sorri e faz um aceno discreto para o garçom, mas, depois que ele se vai, a doutora encosta a ponta do dedo no canto do olho. Talvez seja uma coceira, ou ela esteja retirando algo. Também é o gesto típico de alguém que enxuga uma lágrima.

A dra. Shields ergue sua taça de vinho novamente e, desta vez, toma um gole generoso.

Sem sombra de dúvida, eu vi uma aliança de casamento na fotografia quando ela estava segurando um microfone. Mas a mão esquerda dela está pousada no colo, e não é possível ver se ainda está usando a aliança.

Eu pretendia ficar mais um pouco, para saber se meu palpite sobre o pedido dela estava certo. Em vez disso, porém, coloco meus fones de ouvido e tomo o caminho de volta para meu apartamento.

Ainda que eu tenha fornecido à dra. Shields muita informação a meu respeito, fiz isso voluntariamente. A doutora não faz ideia de que a estive observando num momento tão vulnerável. Sinto-me como se tivesse ido longe demais, como se tivesse passado do limite.

A outra cadeira na mesa da dra. Shields continuará vazia; o garçom retirou o prato e os talheres adicionais depois que ela lhe entregou o cardápio.

Em uma mesa para dois num restaurante romântico, a dra. Shields está completamente só.

# CAPÍTULO 10

## QUARTA-FEIRA, 28 DE NOVEMBRO

VOCÊ ENTRA NO PRÉDIO DE TIJOLOS BRANCOS DA RUA 62ª LESTE E pega o elevador até o terceiro andar, conforme as instruções que recebeu. Toca a campainha para entrar no escritório e é bem recebida.

Você se apresenta e estende a mão. Seu aperto de mão é firme e sua palma parece fria.

Muitas pessoas ficam intrigadas diante de alguém com quem se comunicavam, mas nunca haviam visto pessoalmente. Elas levam algum tempo para esquecer a imagem que criaram do outro e se acostumar com a pessoa diante delas.

Contudo, você faz contato visual apenas superficialmente antes de examinar o lugar. Andou fazendo pesquisas por conta própria?

Muito bem, Participante 52.

Você é mais alta do que eu pensava, talvez entre 1,68 e 1,70 metro, mas de resto é como eu esperava. Retira o cachecol azul com franjas enrolado no seu pescoço e alisa o cabelo farto com cachos castanhos soltos. Então tira o casaco, revelando um suéter cinza com gola em V e uma calça cargo verde.

Você acrescentou toques sutis ao seu estilo de vestir: sua calça está levantada até a panturrilha, logo acima das botinas de couro. Seu suéter está enfiado na frente da calça para que o cinto vermelho fique visível. O resultado deveria ser um desastre, com a mistura de cores destoantes e tecidos variados. Mesmo assim, parece algo que poderia ser mostrado num blog de moda.

Você é convidada a se sentar.

O lugar que você escolher para se sentar indicará algo a seu respeito.

As opções de assento são duas poltronas de couro e um pequeno sofá. A maioria escolhe o sofá.

Subconscientemente, essa opção permite que as pessoas se sintam confiantes numa situação de vulnerabilidade. A regra geral é que clientes que escolhem uma poltrona sentem-se constrangidos por estar aqui.

Você passa reto pelo sofá e se senta em uma das poltronas, ainda que não demonstre inquietação.

Isso é agradável e não é totalmente inesperado.

A poltrona a coloca na frente da psiquiatra, diretamente no nível dos olhos. Você observa o entorno novamente, reservando-se, sem pressa, alguns instantes para se orientar. O consultório de um terapeuta deve ser um ambiente acolhedor e seguro para os pacientes. Se não for harmonioso, o paciente poderá ter mais dificuldade para se descontrair, o que acabará prejudicando os objetivos terapêuticos.

Os seus olhos passeiam pela pintura de ondas do mar azul acinzentado e, em seguida, pelas camélias recém-colhidas, com caules verdes, acondicionadas em um vaso oval. Depois, sua atenção se volta para os livros enfileirados nas estantes atrás da mesa. Você é observadora; os detalhes das coisas não lhe escapam.

Talvez já tenha ouvido falar da regra número um da psicanálise: a figura do terapeuta deve ser como uma página em branco. Os objetos no consultório que possam atrair a atenção dos clientes não devem ter caráter pessoal. Não há fotografias de família; nada de controverso, por exemplo, um item que indique inclinações políticas ou causas sociais; e nada de ostentoso, como um logotipo da Hermès numa almofada.

Segunda regra da terapia: não julgue os seus clientes. O papel do terapeuta é ouvir, direcionar, desenterrar as verdades escondidas da vida de um paciente.

A terceira regra é permitir que o paciente dê o rumo inicial da conversa, por isso a sessão geralmente é aberta com uma variação de "O que traz você aqui hoje?". Mas esta não é uma sessão de terapia, então essa regra é deixada de lado. Em vez disso, demonstra-se gratidão pela sua participação.

— Dra. Shields — você diz —, antes de começarmos, posso fazer algumas perguntas?

Algumas pessoas ficam perdidas, sem saber que tipo de abordagem é a mais adequada. Você parece compreender o protocolo instintivamente: apesar dos segredos íntimos que compartilhou, limites devem ser mantidos... por enquanto. Com o tempo, as outras duas regras profissionais serão quebradas, assim como muitas outras.

Então, continua:

— Você disse que falaria sobre ampliar a minha participação no seu estudo. O que isso significa?

Você recebe a seguinte resposta: O projeto no qual você se envolveu pretende fazer com que a exploração da moralidade e da ética evolua do ambiente acadêmico para a vida real.

Seus olhos se arregalam. Será apreensão?

Os cenários serão perfeitamente seguros – é a resposta que recebe. Você terá controle completo da situação e poderá desistir quando quiser.

Isso parece tranquilizá-la.

Menciona-se o fato de que a compensação financeira é significativamente maior.
Isso cumpre o objetivo de seduzi-la ainda mais.
— Maior quanto? — você pergunta.
Você está tentando seguir em frente rápido demais. Não pode haver precipitação neste experimento. Em primeiro lugar, é preciso assegurar a confiança.
É explicado a você que o próximo passo é estabelecer parâmetros. Perguntas fundamentais lhe serão feitas.
Se você concordar em prosseguir, essas perguntas começarão a ser feitas imediatamente.
— É claro que concordo — você responde. — Vamos lá.
Seu tom de voz transmite calma, mas suas mãos começam lentamente a se contorcer.
Em resposta ao que lhe é perguntado, você descreve sua infância no subúrbio da Filadélfia, os problemas com sua irmã mais nova, que sofreu traumatismo cranioencefálico, o qual deixou sequelas graves, e seus pais que trabalham duro. Em seguida, fala da sua mudança para Nova York. Há doçura no seu olhar quando menciona o cãozinho que encontrou num abrigo e acabou adotando. Depois, você fala sobre ter trabalhado num quiosque de maquiagem.
Você interrompe o contato visual e hesita.
— Gosto do seu esmalte.
Desvio. Essa é uma tática que você não havia mostrado antes.
— Eu nunca uso essa cor vinho, mas fica fantástica em você.
Bajulação. Comum nas terapias, quando um paciente tenta ser evasivo.
Quem trabalha com clínica é treinado para evitar fazer julgamentos dos seus pacientes. Eles simplesmente ouvirão as pistas que vão revelar o que o paciente já sabe, mesmo que apenas de maneira subconsciente.
Mas você não está neste consultório para explorar seus sentimentos, nem para se aprofundar em questões mal resolvidas com a sua mãe.
Você não vai pagar por esta sessão, ainda que outras pessoas que se sentam nessa mesma cadeira onde você está desembolsem 425 dólares a hora. Ao contrário: você é que será paga, e muito bem paga.
Todos têm um preço. O seu ainda precisa ser estabelecido.

Você está olhando fixamente para a terapeuta. A fachada cuidadosamente construída está funcionando. Isso é tudo o que você vê. É tudo o que você verá.

Você, no entanto, será totalmente desnudada. Nas semanas que virão, precisará reunir habilidades e força que talvez nem saiba que possui.

Mas você se apresentou para o desafio.

Está aqui contrariando todas as probabilidades. Infiltrou-se no experimento sem ter sido convidada. Seu perfil é diferente do das outras mulheres que estavam sendo avaliadas.

O experimento original foi suspenso por tempo indeterminado. Você, Participante 52, agora é o meu único foco.

# CAPÍTULO 11

## Sexta-feira, 30 de novembro

**A voz límpida da dra. Lydia Shields combina de modo perfeito** com sua aparência elegante.

Eu me acomodo no sofá do consultório dela durante a minha segunda sessão com a doutora em pessoa. Assim como na primeira, alguns dias atrás, tudo o que eu faço é falar sobre mim mesma.

Apoiando-me em um dos braços do sofá, continuo removendo as camadas de mentiras que conto aos meus pais:

— Se eles soubessem que desisti do meu sonho de trabalhar no teatro, seria como se tivessem desistido do sonho deles.

Eu nunca me consultei com um psiquiatra antes, mas esta parece uma sessão de terapia tradicional. Dentro de mim há uma pergunta que não quer calar: por que *ela* é que está *me* pagando?

Minutos mais tarde, porém, não tenho consciência de mais nada, a não ser da mulher que está diante de mim e dos segredos que estou compartilhando com ela.

A dra. Shields olha com tanta atenção para mim enquanto falo. Espera alguns instantes antes de responder, como se estivesse repassando as minhas palavras em sua mente, absorvendo-as a fundo antes de escolher a maneira de responder. Ao seu lado, numa mesinha, está o bloco de notas que vez ou outra ela pega para rabiscar anotações. Ela escreve com a mão esquerda e não está usando aliança.

Eu me pergunto se ela é divorciada, ou talvez viúva.

Tento imaginar o que ela está anotando. Em sua mesa há uma única pasta de arquivo com letras datilografadas na aba. Estou longe demais para ler as palavras. É provável que seja meu nome.

Algumas vezes, depois que eu respondo a uma das suas perguntas, ela me encoraja a falar mais; outras, faz comentários tão gentis que quase me levam às lágrimas.

Em um período tão curto, já sinto que ela me compreendeu como ninguém jamais conseguiu me compreender antes.

— Acha que eu estou errada em enganar meus pais? — pergunto.

A dra. Shields descruza as pernas e se levanta da sua cadeira cor de creme. Ela dá dois passos na minha direção, e sinto o meu corpo ficar tenso.

Por um breve momento, tenho a impressão de que ela vai se sentar ao meu lado, mas ela apenas passa por mim. Balanço a cabeça e observo a doutora inclinar-se e segurar um puxador na parte de baixo de uma das suas estantes de livro de madeira branca.

Ela puxa e abre a porta de um frigobar embutido; em seguida, retira duas garrafinhas de água e me oferece uma.

— É claro — digo. — Obrigada.

Não estou realmente com sede, mas vejo a dra. Shields inclinando a cabeça para trás e bebendo um gole, e, quando dou por mim, já estou levantando o braço e fazendo o mesmo. A garrafa de vidro tem peso e formato confortáveis, e fico surpresa ao constatar que o gosto do líquido fresco e borbulhante é muito bom.

Ela cruza uma perna sobre a outra, e eu endireito um pouco o corpo, percebendo que estou esparramada na cadeira.

— Seus pais querem que você seja feliz — diz a dra. Shields. — Todos os pais amorosos querem isso.

Aceno que sim com a cabeça e, subitamente, me pergunto se ela tem filhos. Você pode mostrar que é casada usando uma aliança, mas não há símbolo físico que possa carregar por aí para mostrar ao mundo que é mãe.

— Eu sei que eles me amam — respondo. — O problema é que...

— Eles são cúmplices nas suas histórias — a dra. Shields comenta.

Assim que a doutora diz essas palavras, reconheço a verdade. Ela está certa: meus pais praticamente me encorajaram a mentir.

Dra. Shields parece perceber que eu preciso ser confrontada com essa revelação. Ela mantém os olhos em mim, numa atitude quase protetora, como se estivesse tentando avaliar como a sua declaração foi recebida. O silêncio entre nós não parece embaraçoso nem pesado.

— Nunca pensei nisso dessa maneira — digo finalmente. — Mas você tem razão.

Bebo o meu último gole de água, e então coloco a garrafa com cuidado na mesa de centro.

— Acho que tenho tudo de que preciso por hoje — a dra. Shields diz.

Ela se levanta, e eu faço o mesmo. Ela caminha até a escrivaninha com tampo de vidro, sobre a qual há um pequeno relógio, um *laptop* fino e a pasta de arquivo.

— Tem planos para o fim de semana? — a dra. Shields pergunta, abrindo a gaveta da sua escrivaninha.

— Não muitos. Hoje é aniversário da minha amiga Lizzie e vamos sair à noite para comemorar — respondo.

A doutora retira da gaveta o seu talão de cheques e uma caneta. Nós fizemos duas sessões de noventa minutos esta semana, mas não sei quanto vou receber.

— Ah, é aquela amiga que ainda recebe mesada dos pais? — a dra. Shields indaga.

A palavra "mesada" me pega de surpresa. Não posso ver a expressão no rosto da dra. Shields, pois sua cabeça está inclinada enquanto ela preenche o cheque, mas o tom de voz dela é brando; não parece ser uma crítica. Além do mais, é a verdade.

— Bem, não deixa mesmo de ser uma mesada — respondo, enquanto a psiquiatra destaca a folha de cheque e a entrega a mim.

Nós duas dizemos "obrigada" ao mesmo tempo. Então, rimos também em uníssono.

— Está disponível na terça-feira, no mesmo horário? — ela me pergunta.

Faço que sim com a cabeça.

Estou louca de vontade de olhar o valor escrito no cheque, mas sinto que isso não seria nada elegante. Eu o dobro e o coloco na minha bolsa.

— E eu tenho uma coisa mais aqui para você — a dra. Shields diz. Ela pega a sua bolsa Prada de couro e tira dela um pequeno pacote embrulhado com papel prateado. — Por que você não o abre?

Quando ganho um presente, geralmente rasgo logo a embalagem. Mas desta vez puxo uma ponta da pequena fita para desfazer o laço, depois passo o dedo indicador por debaixo da fita adesiva, tentando abrir o pacote com o máximo de cuidado.

A caixa da Chanel parece lisa e reluzente.

Dentro dela há um frasco de esmalte de unhas na cor vinho.

De súbito, levanto a cabeça e olho direto nos olhos da dra. Shields. Então, observo a ponta dos dedos dela.

— Experimente usar, Jessica. Acho que vai ficar ótimo em você.

**Assim que entro no elevador eu pego o cheque.** *Seiscentos dólares*, a psiquiatra escreveu com caligrafia graciosa.

Ela está me pagando 200 dólares por hora, ainda mais do que pagou nas sessões que fiz diante do computador.

Eu me pergunto se no próximo mês a dra. Shields vai precisar dos meus serviços o suficiente para que eu possa pagar uma viagem surpresa à Flórida para a minha família. Ou talvez seja melhor economizar o dinheiro, caso o meu pai não consiga encontrar um emprego decente antes que eles gastem toda a indenização.

Guardo o cheque na carteira e olho para a caixa da Chanel na minha bolsa. Como já trabalhei num quiosque de maquiagem, sei que esse esmalte custa quase 30 dólares.

Eu só planejava levar a Lizzie para tomar uns drinques no seu aniversário, mas ela provavelmente adoraria esse esmalte.

"Experimente usar", a doutora disse.

Deslizo os dedos sobre as letras elegantes da caixa.

Os pais da minha melhor amiga são abastados o suficiente para enviar a ela o equivalente a um salário todo mês. Lizzie é tão modesta que só depois de passar um fim de semana com a família dela eu soube que a "fazendinha" dos seus pais tem cerca de 200 acres. Minha amiga pode bancar o próprio esmalte, até das marcas mais caras. Disso não há dúvida. Eu mereço esse presente.

Algumas horas mais tarde, entro no Lounge para me encontrar com a Lizzie. Sanjay me vê, para de fatiar limões e me chama de lado.

— O cara com quem você estava na outra noite voltou procurando por você — ele diz. — Bom, na verdade, ele procurava uma garota chamada Taylor, mas eu sabia que estava se referindo a você.

Ao lado da caixa registradora há uma grande caneca de cerveja cheia de canetas e cartões de visita, além de um maço de cigarros. Sanjay vasculha dentro da caneca e retira um cartão.

Na parte de cima do cartão se lê: *Café da manhã 24 horas*. Mais abaixo aparece o desenho de um rosto sorridente: duas gemas de ovos fritos são os olhos e uma tira de bacon é a boca. Por fim, na parte de baixo estão o nome e o telefone de Noah.

— Ele é cozinheiro? — pergunto, franzindo a testa.

— Vocês chegaram a conversar? — Sanjay faz uma careta irônica.

— Não sobre a profissão dele — retruco.

— Ele pareceu ser legal — Sanjay comenta. — Está abrindo um pequeno restaurante a algumas quadras daqui.

Viro o cartão e leio a mensagem: *Taylor, este cartão dá direito a uma rabanada grátis. Ligue para pegar a sua.*

Neste exato momento, Lizzie entra pela porta do bar. Eu salto da minha banqueta e lhe dou um abraço.

— Feliz aniversário! — digo, escondendo o cartão na minha mão para que ela não o veja.

Ela tira a jaqueta, e eu sinto o cheiro de couro novo. Lembra muito uma jaqueta minha que Lizzie sempre admirou; porém, comprei a minha num brechó. Quando vou tocar a gola de pele, vejo a etiqueta: *Barneys New York*.

— É pele sintética — Lizzie se apressa em explicar, e eu me pergunto o que ela viu na minha expressão. — Presente de aniversário dos meus pais.

— É linda!

Lizzie acomoda a peça de roupa em seu colo, enquanto se senta na banqueta ao meu lado. Eu peço para nós duas vodcas, *cranberry* e soda.

— Como foi seu Dia de Ação de Graças?

Eu quase já havia me esquecido do feriado.

— Ah, o de sempre. Torta e futebol até não poder mais. Diga como foi o seu.

— Foi demais! — ela responde. — Todo mundo veio e nós fizemos um enorme jogo de charadas. Os pequenos estavam hilários. Você acredita que agora eu tenho cinco sobrinhos e sobrinhas? Meu pai f...

Lizzie para de falar quando Sanjay desliza os drinques sobre o balcão diante de nós. Eu estendo a mão para pegar o meu.

— Ei, olha esse esmalte! — Lizzie exclama. — Que cor linda!

Eu olho para os meus dedos. Minha pele é mais escura que a da dra. Shields, e meus dedos são mais curtos. A cor não parece elegante em mim, apenas decorativa.

— Obrigada. Não tinha certeza de que ficaria bem.

Conversamos enquanto tomamos mais dois drinques, então Lizzie toca meu braço.

— Ei, posso roubar você na terça à tarde para fazer a minha maquiagem? Preciso de uma fotografia atualizada.

— Humm, eu tenho uma ses... — Eu me interrompo bruscamente. — Tenho um trabalho no outro lado da cidade.

Na primeira vez em que nos encontramos pessoalmente, a dra. Shields me fez assinar outro contrato de confidencialidade, ainda mais detalhado que o primeiro. Eu não posso nem ao menos mencionar o nome dela a Lizzie.

— Sem problema, eu me viro — Lizzie diz alegremente. — Ei, vamos pedir uns nachos?

Aceno com a cabeça e faço o pedido ao Sanjay. Sinto-me mal por não poder ajudar Lizzie.

Eu me sinto mal por esconder estas coisas dela, porque ela me conhece melhor do que ninguém.

Mas, talvez, não por muito tempo.

# CAPÍTULO 12

## Terça-feira, 4 de dezembro

Você estava em dúvida quanto à cor do esmalte, mas está usando hoje.

É um indício de que a sua confiança aumentou.

Você volta a escolher o sofá para se sentar.

A princípio se recosta no espaldar e cruza os braços atrás da cabeça; sua linguagem corporal indica uma receptividade cada vez maior.

Você não acredita que esteja pronta para o que acontecerá em seguida. Mas está.

Você vem se preparando para isso; seu vigor emocional se desenvolveu, assim como um corredor se prepara metodicamente aumentando a resistência para participar de uma maratona.

Para aquecer, começamos com algumas perguntas superficiais sobre seu fim de semana.

E então, de súbito:

— Para que nós possamos avançar, precisamos voltar no tempo.

Quando essas palavras são ditas, você abruptamente muda de posição, abaixando os braços e cruzando-os sobre o corpo. Clássica postura de proteção.

Você já deve ter percebido o que está por vir.

É hora de transpor esse obstáculo final.

A pergunta que você evitou em sua primeira sessão diante do computador na sala 214 lhe é apresentada mais uma vez, agora verbalmente, num tom de voz gentil, porém firme:

— Jessica, alguma vez você já machucou profundamente alguém de quem gosta?

Você se encolhe e olha para os próprios pés, cobrindo o rosto com as mãos.

Seu silêncio é tolerado durante algum tempo.

E prosseguimos:

— Conte-me.

Você levanta a cabeça num movimento brusco. Seus olhos estão arregalados. Subitamente você parece ter bem menos que 28 anos; é como se sua própria imagem aos 13 anos surgisse brevemente.

Foi nessa idade que tudo mudou para você.

Ao longo da vida, todas as pessoas têm pontos de ruptura – algumas vezes por obra do acaso, outras aparentemente por predeterminação – que moldam e eventualmente cimentam o caminho de cada uma.

Esses momentos – tão exclusivos para cada indivíduo quanto cadeias de DNA – podem, em seu auge, provocar a sensação de nos catapultar em direção às estrelas. No extremo oposto, a sensação pode ser a de afundar em areia movediça.

O dia em que você cuidava da sua irmã mais nova e ela caiu de uma janela no segundo andar talvez tenha sido, até agora, o momento da ruptura crucial da sua vida.

Enquanto descreve o modo como correu até ela, que se arrastava debilmente sobre o asfalto da entrada da garagem, lágrimas descem por seu rosto. Você começa a ofegar, engolindo ar entre uma palavra e outra. Seu corpo está se refugiando, com a sua mente, nesse abismo emocional. Você deixa escapar mais uma frase cheia de angústia, "Foi tudo culpa minha", antes de sucumbir a um tremor violento.

O xale de casimira é delicadamente colocado em você e acomodado sobre seus ombros, e o desejado efeito calmante não demora a aparecer.

Você respira profundamente, ainda tremendo um pouco.

Então são ditas as palavras que você precisa ouvir:

— A culpa não foi sua.

Você tem mais coisas a compartilhar, mas por hoje já é suficiente. Você está à beira da exaustão.

Você é recompensada com palavras elogiosas. Nem todos têm coragem suficiente para encarar os próprios demônios.

Enquanto escuta, você acaricia distraidamente a lã do xale que recobre seus ombros. Está tentando se consolar; é um sinal de que está em fase de recuperação. Um novo e mais gentil ritmo de conversação é útil para ajudá-la a se sentir mais segura.

Quando a sua respiração se estabiliza e o seu rosto já não está mais vermelho, você recebe indicações sutis de que a sessão está terminando.

Você escuta um "obrigada". Depois, recebe uma pequena recompensa:
— Está frio demais lá fora. Por que não fica com o xale?

Você é conduzida até a porta e, quando se dirige para sair, sente a rápida pressão de uma mão apertando seu ombro. É um gesto que transmite conforto. Também é usado para expressar aprovação.

Você sai do prédio, e ainda é possível vê-la de uma distância de três andares de altura. Você hesita ao chegar à calçada, então pega o xale e o enrola em volta do pescoço, pousando uma extremidade do tecido sobre o ombro.

AINDA QUE TENHA IDO EMBORA, QUE SUA PRESENÇA FÍSICA NÃO esteja mais no consultório, você permanece aqui o resto do dia, até o último cliente, que estava agendado para vinte minutos após sua partida. Manter a concentração no problema dele — vício em jogo — é mais difícil que o normal.

Ainda é possível sentir sua presença quando o táxi serpenteia pelo tráfego congestionado do centro da cidade e no mercado, enquanto o caixa registra um medalhão de filé-mignon e um pacote de aspargos brancos.

Você não faz confidências facilmente, mas anseia pelo alívio que vem com a revelação de um segredo.

Exibir uma fachada desinteressante ao mundo é a norma; conversas de teor superficial dominam a maioria dos encontros sociais. Quando um indivíduo confia em outro o suficiente para expor seu verdadeiro eu — os medos mais profundos, os desejos mais ocultos —, cria-se uma poderosa intimidade.

Hoje, você me convidou para entrar, Jessica.

Seu segredo ficará guardado a sete chaves… se tudo correr bem.

A PORTA DA FRENTE DO SOBRADO É ABERTA E A SACOLA DO mercado é colocada na bancada de mármore branco da cozinha.

Então o novo xale de casimira bege que foi comprado hoje, apenas algumas horas antes da sua sessão, é retirado da embalagem e colocado na prateleira lateral do armário de casacos.

Ele é idêntico àquele que você está usando agora.

# CAPÍTULO 13

### Terça-feira, 4 de dezembro

O ar está cortante e cinzento. Durante o curto espaço de tempo em que estive no escritório da dra. Shields, o sol caiu abaixo da linha do horizonte.

Devia ter vestido o meu casaco pesado em vez da jaqueta de couro, que é mais fina, mas o xale da dra. Shields manteve meu peito e meu pescoço aquecidos. Essa casimira traz em si um pouco do fresco perfume que agora associo à dra. Shields. Inalo esse perfume profundamente e ele faz o meu nariz arder.

Parada em pé na calçada, não tenho ideia do que fazer. Sinto-me esgotada, mas, se for para casa, duvido que conseguirei relaxar. Não quero ficar sozinha, também não tenho vontade de convidar nem Lizzie nem qualquer outro amigo para jantar ou para beber.

Antes mesmo de perceber que eu havia tomado uma decisão, os meus pés começam a se mover, levando-me na direção do metrô. Pego o trem 6 para a Astor Place, então saio da estação e viro à esquerda na Prince Street.

Passo pelas vitrines de lojas que exibem óculos de marca e cosméticos em estojos luxuosos. Então chego ao restaurante francês.

E desta vez eu entro nele.

Ainda é cedo, por isso o estabelecimento está um tanto vazio. Apenas um casal ocupa uma mesa mais ao fundo.

Entrego minha jaqueta ao maître, mas fico com o xale.

— Mesa para um? — ele pergunta. — Ou prefere um lugar no balcão?

— Bem, que tal aquela mesa perto da janela?

Ele me acompanha até a mesa. Para me sentar, escolho a cadeira em que a dra. Shields esteve quando eu a segui na semana passada.

A carta de vinhos é um documento grande, pesado. Apenas de vinho tinto há quase uma dúzia de opções.

— Quero este, por favor — digo ao garçom, apontando para o segundo mais barato. Custa 21 dólares a taça, o que significa que minha próxima refeição será em casa e não passará de um sanduíche de pasta de amendoim.

Se não fosse a dra. Shields, eu jamais teria encontrado este restaurante, mas ele é feito sob medida para mim. É tranquilo e elegante sem ser sufocante; as paredes de madeira escura e as cadeiras revestidas de veludo são confortavelmente sólidas.

É um lugar perfeito para se estar anônima, mas não sozinha.

O garçom se aproxima. Ele veste um terno escuro e, numa bandeja, equilibra a taça de vinho que pedi.

— Seu vinho, senhora — ele diz, colocando a taça diante de mim.

Percebo que está me esperando experimentar o vinho e dizer o que achei. Tomo um pequeno gole e faço um sinal positivo com a cabeça, como a dra. Shields fez. O líquido combina perfeitamente com meu esmalte.

Quando o garçom se vai, olho pela janela e observo as pessoas passarem lá fora. O vinho aquece minha garganta e não é demasiado doce, como aquelas coisas que a minha mãe bebe; o sabor dele é surpreendentemente bom. Meus ombros relaxam quando me recosto no couro macio da cadeira.

A dra. Shields finalmente conheceu a história que eu jamais contei a ninguém, nem mesmo a Lizzie: a minha negligência deliberada arruinou a vida de todos na minha família.

Quando me sentei no pequeno sofá da dra. Shields e contemplei a reconfortante imagem de ondas azuis na pintura em sua parede, relatei o que aconteceu naquele verão em que eu deveria tomar conta da Becky enquanto os meus pais estavam no trabalho.

Naquele fim de tarde de agosto, eu decidi ir até o mercado da esquina, que vendia todo tipo de doce e revistas de adolescente. Tinha saído uma nova edição da minha publicação favorita. Julia Stiles estava na capa.

Estava cansada da Becky; precisava de uma folga da minha irmã de sete anos de idade, queria ficar alguns instantes longe dela. Havia sido mais um dia longo e quente de um mês quente e longo. Nós já tínhamos passado horas correndo e brincando em volta dos irrigadores, fizemos picolé despejando limonada em fôrmas de gelo e espetando palitos de dente nos cubos. Também apanhamos insetos no quintal e fizemos casas para eles numa vasilha velha. E depois de tudo isso, ainda faltavam duas horas para meus pais voltarem do trabalho.

— Estou entediada — Becky choramingava enquanto eu fazia a minha sobrancelha diante do espelho do banheiro. Eu estava preocupada porque havia tirado sobrancelha demais do lado direito, e uma ridícula expressão de perplexidade tinha se estampado no meu rosto.

— Vá brincar com as suas bonecas — eu disse a ela, voltando a atenção para a sobrancelha esquerda. Eu tinha 13 anos e havia começado recentemente a me preocupar com minha aparência.

— Não quero.

Estava quente dentro de casa, pois tínhamos apenas dois aparelhos de ar-condicionado. Eu não conseguia acreditar na ansiedade que sentia para voltar às aulas.

Instantes depois, Becky perguntou em voz alta:

— Quem é Roger Franklin?

— Becky! — gritei. Soltei as pinças e corri até o meu quarto. Arranquei meu diário das mãos dela.

— Isso é particular!

— Não tenho nada pra fazer — ela reclamou de novo.

— Tudo bem — eu disse. — Não deixe a mamãe e o papai saberem, mas você pode ver um pouco mais de televisão no quarto deles.

Meus pais tinham uma regra: uma hora de televisão por dia apenas. Mas a gente sempre quebrava essa regra e ultrapassava o limite de tempo.

Naquela tarde, muito tempo atrás, eu coloquei três biscoitos num prato de papel e dei a Becky, que estava estendida na cama dos meus pais.

— Não faça bagunça! — pedi. Na televisão, Lizzie McGuire começava a pedir a um amigo para parar de imitá-la. Esperei até que a minha irmã ficasse totalmente entretida com a televisão. Então eu saí e subi na minha bicicleta. Becky não gostava de ficar sozinha, mas eu sabia que ela nem iria perceber que eu tinha saído.

Eu já havia feito isso algumas vezes antes.

Também tranquei a porta do quarto, que ficava no segundo andar, para que Becky não pudesse sair. Achei que dessa forma a manteria segura. Mas não pensei em trancar a janela do quarto, a apenas alguns passos de onde ela via televisão.

Quando cheguei a essa parte do meu relato, desviei o olhar da pintura na parede da dra. Shields. Foi difícil falar, porque eu chorava demais. Não sabia se seria capaz de continuar.

Vi a dra. Shields olhando para mim. A compaixão nos olhos dela pareceu me dar forças. Fiz o possível para me controlar.

Então me senti subitamente invadida por uma onda de calor e ternura.

A dra. Shields tinha retirado o xale de cima dos próprios ombros e colocado sobre os meus. A peça ainda parecia impregnada com o calor do corpo dela.

Percebo que estou distraidamente acariciando o xale de novo, agora, sentada à mesa suavemente iluminada do restaurante.

O gesto da dra. Shields pareceu protetor, quase maternal. Imediatamente a tensão no meu corpo começou a se dissipar. Foi como se de algum modo ela tivesse me tirado das sombras e me colocado de volta no momento presente.

"A culpa não foi sua", ela me disse.

Tomo o último gole de vinho, ouvindo a música clássica que sai das caixas de som. De todas as coisas que a doutora poderia ter dito a mim, eu acredito que essas palavras eram as únicas que realmente me confortariam. Se alguém como a dra. Shields – uma pessoa tão sábia e sofisticada, que se dedica a estudar as escolhas morais que as pessoas fazem – podia me absolver, então talvez os meus pais pudessem também.

Existe algo que eles não sabem sobre aquele dia.

Meus pais nunca perguntaram onde eu estava quando Becky caiu. Eles simplesmente presumiram que eu estava em casa, em outro cômodo.

Eu não menti para eles. Mas houve um breve e silencioso momento no hospital em que eu poderia ter contado a verdade. Enquanto uma equipe de médicos cuidava de Becky, meus pais e eu esperávamos numa pequena área privativa do lado de fora da sala de emergência.

— Ah, Becky! Por que você foi brincar perto daquela janela? — minha mãe se lamentou em voz alta.

Eu olhei bem no fundo dos olhos vermelhos e angustiados dos meus pais. E deixei a chance passar.

Eu não sabia que essa omissão continuaria a crescer e ganhar força ano após ano.

Eu não sabia que esse pequeno instante de silêncio mataria todos os meus relacionamentos.

Mas agora a dra. Shields sabe.

Reparo que os meus dedos estão brincando com a borda da taça vazia e eu os afasto da taça quando o garçom se aproxima.

— Mais uma taça de vinho, senhora? — ele pergunta.

Balanço a cabeça numa negativa.

Minha próxima consulta será daqui a dois dias.

Eu me pergunto se a dra. Shields vai querer falar mais sobre o acidente, ou se acredita que já lhe falei o suficiente.

Minha mão se paralisa quando ponho a mão na bolsa para retirar a carteira.

"Suficiente para quê?"

O pensamento que tive instantes atrás – de que agora a dra. Shields possui informações que escondi da minha família por quinze anos – não é mais tão reconfortante. Talvez as realizações e a beleza da dra. Shields tenham me cegado e entorpecido meu instinto de autoproteção.

Quase me esqueci de quem sou nessa história: a Participante 52, num estudo acadêmico. E sou paga para compartilhar os meus segredos mais íntimos.

O que ela planeja fazer com toda a informação pessoal que estou lhe fornecendo? Quem assinou um acordo de confidencialidade fui eu; ela não assinou nada.

O garçom retorna à mesa, e eu abro a minha carteira. Então vejo o cartão de visita azul no meio das notas de dinheiro.

Olho para ele por alguns segundos e tiro-o devagar.

*Café da manhã 24 horas* é o que está escrito em um dos lados.

Eu me lembro de acordar no sofá de Noah, com um cobertor sobre mim.

Viro o cartão e, neste movimento, uma borda reta arranha de leve a palma da minha mão.

*Taylor*, Noah escreveu numa caligrafia arredondada.

Não presto atenção ao trecho em que ele se oferece para me preparar rabanada.

Não é por isso que estou olhando para o cartão.

De súbito, vislumbro uma maneira de saber mais sobre a dra. Shields.

# CAPÍTULO 14

## Terça-feira, 4 de dezembro

**As notas de cereja do vinho fazem desaparecer a fria crueza** da volta para casa.

O filé-mignon assado e os aspargos são colocados num prato de porcelana, com pesados talheres ao lado. Acordes de uma peça de piano enchem o recinto. Esse único prato é levado até um extremo da lustrosa mesa retangular de carvalho.

Os jantares costumavam ser diferentes aqui. Eles eram preparados num fogão de seis bocas e enfeitados com ramos de alecrim fresco ou com folhas de manjericão cultivados na floreira.

Além disso, a mesa era posta para duas pessoas.

A revista de psicologia está ao alcance, mas é impossível prestar atenção às densas palavras esta noite.

Na outra ponta da mesa, há uma cadeira vazia, o lugar onde o meu marido, Thomas, costumava se sentar.

**Todos os que conheceram Thomas gostavam dele.**

Ele surgiu iluminando a escuridão, mas, no final, a escuridão engoliu tudo.

O último paciente do dia, um homem chamado Hugh, havia saído do meu consultório apenas alguns minutos antes. As pessoas buscam a terapia por diferentes motivos, mas o de Hugh nunca ficou claro. Ele era um sujeito esquisito, com suas feições marcantes e existência nômade.

Desde o começo da terapia, ele revelou que se apegava às coisas, apesar das suas viagens.

Encerrar as sessões com ele era difícil; Hugh sempre queria mais.

Sempre que saía, ele se demorava do lado de fora da porta e só começava a andar depois de um ou dois minutos de hesitação. Seu perfume podia ser sentido na sala de espera mesmo após ele ter saído, um indício do tempo que havia passado lá.

Naquela noite, quando todo o prédio ficou às escuras e até as luzes da rua tinham se apagado, pareceu natural supor que Hugh estava envolvido.

A escuridão traz à tona o que há de pior nos seres humanos.

E Hugh havia acabado de ouvir que não seria mais atendido.

Sirenes começaram a soar ao longe. Os barulhos e a falta de iluminação criaram uma atmosfera de desorientação.

Para sair do prédio era necessário usar as escadas. Eram sete horas da noite, e àquela hora todos os outros escritórios já deviam estar fechados.

Havia pessoas morando no prédio, mas os apartamentos residenciais ficavam em dois andares apenas, no quinto e no sexto.

A única luz na escadaria vinha da tela do meu celular, e o único som era o das batidas dos meus sapatos nos degraus.

Então os passos de outra pessoa mais acima na escada, muito mais pesados, começaram a se aproximar.

Sintomas de terror incluem coração acelerado, vertigem e dor no peito.

Exercícios de respiração só podem ajudar as pessoas em situações nas quais não haja pânico.

E aqui havia.

A luz do meu celular anunciaria a minha presença. Se eu corresse na escada em meio à mais completa escuridão, poderia cair. Mas esses riscos não podiam ser evitados.

— Olá? — Uma voz grave de homem soou.

Não era a voz de Hugh.

— O que está acontecendo? Deve ser um blecaute — o homem continuou. —Você está bem?

Sua maneira de falar era tranquilizadora e gentil. Ele permaneceu comigo por uma hora, durante o difícil percurso do centro ao West Village, até chegarmos à minha casa.

Na vida de cada um de nós existem pontos de ruptura que moldam e, eventualmente, cimentam o nosso caminho.

A materialização de Thomas Cooper foi um desses momentos sísmicos.

Uma semana depois do blecaute, nós saímos para jantar.

Seis meses depois, estávamos casados.

Todos os que conheceram Thomas gostavam dele.

Mas amá-lo era algo reservado apenas a mim.

# CAPÍTULO 15

## Terça-feira, 4 de dezembro

Eu tenho menos de quarenta e oito horas para localizar Taylor.

Ela é a minha única ligação, ainda que frágil, com a dra. Shields. Se eu puder localizá-la antes da minha próxima sessão, que será na quinta-feira, às cinco da tarde, não vou chegar lá sem saber nada.

Depois que saio do restaurante francês, acesso as informações de contato da Taylor no meu celular e lhe envio uma mensagem: *Olá, Taylor, aqui é a Jess, da BeautyBuzz. Você pode me ligar assim que for possível?*

Quando chego em casa, vou ao meu *laptop* e tento coletar mais informações sobre a dra. Shields. Mas a minha busca mostra apenas documentos acadêmicos, resenhas do livro que ela escreveu, o resumo de sua biografia como acadêmica da Universidade de Nova York e uma página de seu consultório particular na internet. O site é sofisticado e elegante, como o consultório da doutora, mas, assim como aquele espaço, ele não exibe uma única pista sobre a mulher que representa.

Por fim, eu acabo adormecendo depois da meia-noite, com o celular ao meu lado.

### Quarta-feira, 5 de dezembro

Quando acordo, às seis da manhã, com os olhos pesados após uma noite de sono agitado, ainda não há resposta de Taylor. Isso não chega a me surpreender. Ela provavelmente acha bizarro que uma maquiadora a esteja procurando para conversar.

"Restam trinta e cinco horas", eu penso.

Por mais que eu queira ignorar meus compromissos e continuar minha busca por respostas, preciso trabalhar. Não apenas porque necessito do dinheiro, mas também porque a BeautyBuzz exige que as suas maquiadoras avisem com no mínimo um dia de antecedência antes de cancelar atendimentos agendados. Três faltas em três meses eliminam o profissional das listas da empresa. Já cancelei um atendimento por motivo de doença algumas semanas atrás, por isso só posso falhar mais uma vez.

Sinto-me como se estivesse no piloto automático enquanto aplico base, misturo sombras e delineio lábios. Pergunto às minhas clientes como vão o emprego, o marido, os filhos, mas continuo pensando na dra. Shields. O que mais me incomoda é que não sei quase nada sobre a personalidade dela, enquanto ela sabe muito de mim, pois compartilhei com ela segredos íntimos.

Resisto continuamente à tentação de checar o meu celular dentro da bolsa. No instante em que me despeço de cada cliente, arranco o aparelho da bolsa e checo a tela. Mas, ainda que eu tenha enviado a Taylor mais uma mensagem, desta vez por correio de voz, por volta do meio-dia, não há nenhuma resposta.

Às sete da noite, eu torro dinheiro voltando de táxi para casa. Esse luxo consome as gorjetas dos meus últimos atendimentos, mas me leva mais rápido ao meu destino. Largo a maleta logo na entrada de casa, levo o Leo para dar um breve passeio pela rua e lhe dou uns petiscos, e depois saio apressada de novo.

Quase correndo, dirijo-me diretamente ao apartamento de Taylor, que fica a doze quarteirões de onde moro. Quando chego lá, são quase oito da noite. Ofegante, encosto a mão na caixa de vidro que recobre a lista de nomes de moradores e começo a procurar.

Aperto a campainha de T. Straub, então aguardo ouvir a voz dela no interfone. Tento recuperar o fôlego e passo a mão pelo meu cabelo.

Pressiono mais uma vez o pequeno botão preto, desta vez por uns cinco segundos.

"Vamos lá, atenda", eu penso.

Dou um passo para trás, olhando para o alto do prédio, e me pergunto o que devo fazer agora. Não posso simplesmente ficar aqui de pé, torcendo para que Taylor retorne. Quanto tempo mais vou continuar com o dedo neste interfone, na esperança de que ela esteja tirando uma soneca ou ouvindo música com fones de ouvido?

A ajuda chega na forma de um cara suado, usando uma roupa esportiva, que começa a abrir a porta do edifício. Ele está distraído, olhando para o celular e nem percebe a minha presença. Eu seguro a porta antes que ela se feche e entro furtivamente atrás dele.

Subo as escadas até o sexto andar. Vou até o apartamento de Taylor, no meio do corredor, e bato na porta com tanto vigor que os nós dos meus dedos chegam a doer.

Nenhuma resposta.

Pressiono o ouvido contra a madeira frágil, tentando escutar qualquer som que indique que ela esteja em casa – o ruído de uma televisão ou o zumbido de um secador de cabelo. Mas o silêncio é total.

Sinto uma pontada no estômago de tanta ansiedade. Meu medo é que a dra. Shields me conheça tão bem que no nosso próximo encontro eu não consiga ocultar minhas preocupações e ela acabe percebendo tudo. Estou desesperada para obter respostas da doutora: "Por que está me dando todo esse dinheiro? O que está fazendo com as informações que lhe dou?".

Mas eu não posso. Eu digo a mim mesma que não posso fazer isso porque correria o risco de perder os meus ganhos. Mas a verdade é que o dinheiro não seria a única coisa que me arriscaria a deixar de receber da dra. Shields.

Bato mais algumas vezes na porta com o punho fechado, até que a vizinha do lado põe a cabeça para fora da sua porta e olha para mim.

— Perdão — eu digo respeitosamente, e ela fecha a porta de novo.

Eu considero as minhas alternativas. Ainda me restam vinte e uma horas. Mas amanhã, assim como aconteceu hoje, terei várias clientes; não vou ter tempo para voltar aqui antes do meu encontro com a dra. Shields. Vasculho minha bolsa e retiro dela um exemplar da *Vogue* que carrego comigo e rasgo um pedaço do papel brilhante. Acho uma caneta e rabisco: *Taylor, é a Jess de novo, da BeautyBuzz. Entre em contato comigo, por favor. É urgente.*

No momento em que vou enfiar o bilhete por debaixo da porta dela, eu me lembro da bagunça que reina no apartamento, com pipoca e roupas espalhadas por todo lado. É bem possível que a Taylor nem note o pedaço de papel. E, mesmo que note, ainda assim ela provavelmente não vai me contatar. Nada indica que ela vai se dar ao trabalho de retornar minhas chamadas e mensagens.

Viro-me e olho para a porta da vizinha que incomodei há pouco. Dou alguns passos para o lado e bato hesitantemente na porta dela. A mulher que abre está segurando uma caneta marca-texto amarela. Há uma mancha de caneta no queixo dela. Ela está visivelmente infeliz.

— Me desculpe, eu estou procurando pela Taylor, ou pela... hum... — Vasculho a minha memória em busca do nome da colega de quarto e me lembro. — Ou pela Mandy.

A vizinha olha para mim com certo espanto. Uma estranha premonição me invade: ela vai dizer que não sabe quem são essas pessoas, que não há garotas com esses nomes morando no apartamento ao lado.

— Quem? — ela começa.

Sinto um aperto no peito.

Mas então ela se lembra.

— Ah, sim... Não sei onde estão. As avaliações finais se aproximam, talvez elas estejam na biblioteca. Se bem que com essas duas nunca se sabe, é mais provável que estejam em alguma festa.

Ela fecha a porta, e eu permaneço ali de pé, no mesmo lugar.

Espero até que passe a sensação de atordoamento e então caminho na direção da escadaria. Desço e saio do prédio. Do lado de fora, na escuridão, tento pensar numa nova solução para o meu caso, mas nada me ocorre.

Uma garota de cabelos lisos e longos passa por mim. Percebo imediatamente que não se trata de Taylor, mesmo assim presto atenção nela enquanto puxa a mochila mais para o alto dos ombros e segue seu caminho pela calçada.

Olho com interesse para a mochila carregada. "As avaliações finais se aproximam", a vizinha tinha dito. A impressão que a vizinha tem de Taylor e Mandy combina com a minha: essas duas não levam os estudos muito a sério.

Penso na garota entediada de estrutura óssea invejável, que ficava teclando em seu Instagram, e é difícil imaginá-la agora debruçada sobre uma pilha de livros.

Mas às vezes não são justamente os estudantes mais preguiçosos que se matam de estudar antes das provas?

Olho à minha volta para me localizar e então saio caminhando para a biblioteca da Universidade de Nova York.

As estantes de livros são como um labirinto feito para um rato de laboratório. Eu começo em um canto, avançando pelas passagens estreitas, e a cada volta torço para dar de cara com Taylor tentando alcançar um livro no alto de uma estante, ou sentada numa das mesas perto das paredes externas. Termino de procurar nos primeiros três andares, e então passo para o quarto.

Uma energia frenética me impulsiona, embora já sejam quase nove da noite e eu não tenha comido nada desde o início da tarde, quando engoli um sanduíche de peru no intervalo entre dois atendimentos. Há muito menos pessoas neste andar, mas as torres de livros são altas como nos outros. Conversas sussurradas chegavam aos meus ouvidos nos primeiros três andares, mas agora o único som que ouço é o dos meus próprios passos.

Cercada de estantes, eu viro abruptamente num canto e quase atropelo um rapaz e uma garota que estão se beijando com paixão. O casal não interrompe o beijo quando eu passo por eles.

Então escuto uma voz familiar, num tom de quase choramingo:

— Tay, vamos fazer uma pausa. Preciso de um chá com leite.

O alívio toma conta de mim, e sou obrigada a me conter para não sair correndo na direção da voz de Mandy.

Eu as encontro em um canto da sala. Mandy está encostada na beira de uma mesa onde há muitos livros e um *laptop*, e Taylor está sentada na cadeira. As duas garotas prenderam o cabelo num coque cuidadosamente bagunçado.

— Taylor! — eu digo, quase engasgando.

Ela e Mandy se viram e olham para mim. Mandy torce o nariz. Taylor faz cara de paisagem.

— Posso te ajudar? — Taylor pergunta.

Ela não faz ideia de quem eu seja.

— Sou eu, Jess — eu informo, chegando mais perto delas.

— Jess? — Mandy diz.

— A maquiadora — explico. — Da BeautyBuzz.

Taylor me olha de cima a baixo. Ainda estou usando meu uniforme de trabalho, mas minha camisa está para fora da calça, e posso sentir, grudando no meu pescoço, fios de cabelo errantes que escaparam da minha trança baixa.

— O que você está fazendo aqui? — Taylor pergunta.

— Preciso falar com você.

— Shhhh! — faz alguém numa mesa próxima de nós, exigindo silêncio.

— Por favor, é importante — eu sussurro.

Talvez Taylor tenha percebido meu desespero, porque ela concorda com um aceno de cabeça. Ela enfia o *laptop* na mochila, mas deixa os livros para trás. Nós descemos de elevador até o saguão, com Mandy logo atrás de nós. Quando chegamos à entrada principal, Taylor para.

— O que você quer?

Agora que eu finalmente a encontrei, não sei por onde começar.

— Bem, você se lembra de ter mencionado um estudo enquanto eu fazia a sua maquiagem?

— Acho que sim — ela responde.

Já faz semanas que eu peguei o celular da Taylor e ouvi o correio de voz dela. Tento me lembrar das informações que eu obtive na ocasião.

— Aquele estudo sobre moralidade com a professora da Universidade de Nova York. Pagavam um bom dinheiro. Você tinha hora marcada com eles na manhã seguinte...

Taylor faz que sim com a cabeça.

— Sim, eu tinha mesmo. Mas estava cansada demais, por isso acabei cancelando.

Eu respiro fundo.

— Pois é... E eu resolvi ir e participar da sessão.

Os olhos de Taylor se enchem de estranhamento. Ela recua um passo.

Mandy faz um ruído engraçado com a garganta, e então diz:

— Nossa, que estranho.

— Seja como for... eu gostaria de descobrir um pouco mais sobre a professora. — Tento falar com tranquilidade, enquanto olho para Taylor.

— Eu não a conheço. Uma amiga que estuda psicologia assistiu às aulas dela e me contou sobre o estudo. Vamos embora, Mandy.

— Espere, por favor! — Minha voz soa estridente. Eu modero o tom. — Será que posso falar com a sua amiga?

Taylor me avalia por um momento, hesitante. Eu tento sorrir, mas sei que provavelmente não parece um sorriso muito natural.

— É complicado, e eu não quero aborrecer você com todos os detalhes — digo. — Mas, se quiser, eu posso lhe contar a história toda e...

Taylor ergue a mão, e eu paro de falar.

— Tá, você pode entrar em contato com a Amy.

Fico feliz por me lembrar que essas garotas têm pouca paciência. Foi uma aposta certeira.

Ela olha para o celular e diz em voz alta o número de Amy, e eu o registro no meu celular.

—Você se importa de repetir? — eu peço. Tenho certeza de que Mandy revira os olhos, mas Taylor me passa os números de novo, desta vez mais devagar.

— Obrigada! — eu digo, e as duas se vão.

E no mesmo instante eu ligo para Amy.

Ela atende no segundo toque.

— **Ela era uma ótima professora** — **Amy diz.** — **Tive aulas** com ela na primavera passada. Um curso difícil, mas vale a pena... Ela realmente faz você pensar. Acho que só duas pessoas na classe tiraram nota máxima, e eu não fui uma delas. — Amy dá uma risadinha. — O que mais eu poderia te dizer? Ela tem um guarda-roupa do outro mundo. Eu seria capaz de matar alguém para ter os sapatos dela.

Amy está em um táxi, a caminho do aeroporto. Vai pegar um avião para visitar a família, que vai se reunir para celebrar o aniversário de 90 anos da sua avó.

—Você sabe alguma coisa sobre o estudo que ela está fazendo? — pergunto.

— É claro — Amy responde. — Eu participei dele.

Ela não desconfia das minhas perguntas, provavelmente porque dei a entender que eu e Taylor somos amigas.

— Foi meio esquisito — ela prossegue. — Digo isso porque a dra. Shields deve ter percebido quem eu era quando me inscrevi, mas ela não me chamava pelo nome. Era uma coisa estranha... humm, como era mesmo?

Ela hesita.

Fico em total silêncio. Não me atrevo nem a respirar.

— Participante 16 — Amy diz finalmente. Minha pele se arrepia.

— Eu me lembro do número porque é a idade do meu irmão mais novo — ela continua.

— O que ela perguntou a você, Amy?

— Espere um instante. — Escuto-a dizer alguma coisa para o motorista de táxi, depois ouço ruídos farfalhantes e o som de um porta-malas se fechando. — Bem, me perguntaram se eu já havia mentido ao preencher um formulário médico – você sabe, se eu menti ao dar informações sobre quanto bebo, ou sobre o meu peso, ou quantos parceiros sexuais eu tive. Eu me lembro dessa pergunta porque tinha acabado de fazer um exame médico e havia mentido sobre todas essas coisas!

Ela volta a rir, mas eu não acho graça.

— Estou no aeroporto. Preciso desligar — Amy avisa.

— Você chegou a se encontrar com ela pessoalmente para a pesquisa? — pergunto num impulso.

— Hein? Não, foi só um punhado de perguntas em um computador — Amy diz.

Os ruídos do outro lado da linha são tão altos – pessoas chamando e conversando, um alto-falante rugindo um aviso sobre bagagens abandonadas – que tenho dificuldade para ouvi-la com clareza.

— De qualquer modo, eu tenho de fazer o check-in. Está um caos por aqui.

— Só um segundo — insisto. — Você foi alguma vez ao consultório dela na rua 62ª? Algum dos participantes da pesquisa já esteve lá?

— Não sei, talvez algumas pessoas tenham ido. Isso não seria demais? Aposto que tudo lá é superchique.

Tenho mais perguntas a fazer, mas sei que a conversa com Amy está prestes a terminar.

— Pode me fazer um favor, Amy? Pode pensar um pouco mais nesse assunto e entrar em contato comigo caso se lembre de algo incomum?

— É claro — ela responde, mas de maneira distraída. Provavelmente ela nem mesmo prestou atenção ao meu pedido.

Eu desligo, e sinto como se um peso tivesse sido tirado de cima dos meus ombros.

Minha pergunta mais importante foi respondida, no final das contas. A dra. Shields é uma profissional; não é somente uma professora, mas uma professora das mais respeitadas. Ela não teria alcançado essa posição se fizesse coisas suspeitas.

Não sei por que fui ficar tão preocupada. Estou com fome e muito cansada; além disso, o estresse que venho sentindo devido aos problemas da minha família deve estar me afetando. O último dia de trabalho do meu pai foi 30 de novembro. A indenização dele corresponde a quatro meses de salário. Logo, meus pais já vão estar sem dinheiro.

Estou exausta quando chego à minha rua. Minha mente está girando, e o meu corpo parece pesado e inquieto ao mesmo tempo.

Quando passo em frente ao Lounge, olho pelas grandes janelas de vidro. Posso ouvir a vaga vibração da música, e vejo um grupo de caras jogando sinuca.

De repente me apanho procurando por Noah.

Puxo o cartão de Noah da minha carteira. Sem parar para pensar no que estou fazendo, envio uma mensagem para ele: *Oi, acabei de passar pelo Lounge e pensei em você. Aquela oferta de café da manhã já expirou?*

Ele não responde imediatamente, e eu continuo andando.

Penso em ir a outro bar. O Atlas fica perto e a esta hora costuma estar cheio, até durante a semana. Eu posso entrar sozinha e me sentar no balcão, pedir uma bebida e ver o que acontece, como já fiz antes, quando a pressão estava grande demais e eu precisava de uma válvula de escape.

Como não posso pagar por uma sessão num spa e não uso drogas, é dessa maneira que enfrento as minhas feras, é a minha fuga. Não faço isso com tanta frequência assim, mas, na última vez que tive de dizer à minha médica quantos parceiros sexuais eu tive, fiz como Amy e menti.

Eu me aproximo do Atlas. Posso ouvir o pulsar da música; posso ver as pessoas se aglomerando próximo ao balcão.

Mas então eu me imagino sentada no consultório da dra. Shields, descrevendo para ela a minha noite. Ela sabe que eu faço isso às vezes, já escrevi sobre isso numa daquelas sessões iniciais no computador. Mas ter que encará-la e revelar detalhes de uma transa casual seria humilhante. Eu aposto que ela nunca teve um caso de uma noite, nem mesmo antes de ser casada. Isso é óbvio para mim.

A dra. Shields parece enxergar algo de especial em mim, ainda que eu mesma não me ache muito especial na maior parte do tempo.

Desisto do bar e sigo andando.

Não quero desapontá-la.

# CAPÍTULO 16

## Quarta-feira, 5 de dezembro

É FÁCIL JULGAR AS OUTRAS PESSOAS PELAS SUAS ESCOLHAS. A mãe levando um carrinho de compras cheio de doces e gritando com o filho. O motorista de um conversível caro que força a ultrapassagem sobre um veículo mais lento. A mulher na cafeteria que não para de tagarelar no celular. O marido que trai a esposa... e a esposa que está pensando em dar o troco.

Mas e se você soubesse que o marido estava fazendo o possível para que se reconciliassem? E se ele jurasse que havia sido só um deslize e que nunca mais seria desleal?

E se você fosse a esposa e não conseguisse imaginar a vida sem ele?

O intelecto não tem domínio absoluto sobre o coração.

Thomas se apoderou do meu coração de centenas de maneiras diferentes. A inscrição que nós escolhemos para nossas alianças de casamento – uma frase que fazia alusão ao nosso primeiro encontro, durante o blecaute – pretendeu descrever um sentimento que é impossível expressar em palavras: *Você é a luz da minha vida.*

Desde que ele se mudou, sinto a ausência dele em todas as partes da casa: na sala de estar, onde ele se esparramava no sofá com o jornal no chão, ao lado, aberto na sessão de esportes. Na cozinha, onde ele sempre programava a cafeteira na noite anterior para que o café estivesse pronto pela manhã. No quarto, na cama, onde o corpo dele me aquecia nas noites frias.

Quando um casamento é destruído por uma grande traição, reações físicas acontecem. Insônia. Perda de apetite. A preocupação constante, tão implacável quanto as batidas de um coração: "O que ele viu nela?".

Se o homem que você amava lhe deu motivos para duvidar dele, você seria capaz de confiar nele novamente?

Naquela noite, Thomas cancelou o jantar que havíamos planejado, alegando que teria de atender a uma emergência.

Ele também é psicoterapeuta, então é perfeitamente possível que seja chamado para emergências: por exemplo, um cliente sofrendo um ataque de pânico agudo, ou um alcoólatra em recuperação com um desejo incontrolável de ceder a um comportamento autodestrutivo.

Thomas se importa muito com seus pacientes. A maioria deles tem até acesso ao número do celular dele.

Mas ele não estava nervoso demais ao falar?

Estranhos rodeios até mesmo na mais banal das explicações.

Esse é o legado da infidelidade.

Muitas mulheres preferem discutir suas preocupações com uma boa amiga. Outras escolhem acusar e provocar um confronto. Nenhum dos dois caminhos é inapropriado.

Mas nenhum deles garante que se descubra a verdade.

Nós também podemos julgar a atitude de uma mulher que continua suspeitando do marido e resolve até espioná-lo, apesar das promessas dele.

Mas apenas evidências clínicas podem determinar se as suspeitas estão sendo alimentadas por insegurança ou intuição.

Nesse caso, é possível tomar conhecimento dos fatos facilmente. Basta uma corrida de táxi de vinte e cinco minutos até o norte de Manhattan, no consultório que ele compartilha com três outros clínicos na Riverside Drive.

Agora são 18h07.

Se a moto dele não estiver estacionada em frente ao local, os fatos não sustentam o pretexto.

Os sintomas clássicos da ansiedade são transpiração, aumento da pressão arterial e inquietude física.

Mas isso não acontece com todas as pessoas. Algumas poucas exibem os sintomas opostos: tranquilidade física, mais concentração e sensação de frio nas extremidades.

O motorista do táxi ouve o pedido para que aumente um pouco a temperatura no veículo.

A um quarteirão de distância, é impossível saber com certeza se a motocicleta está estacionada. Um caminhão está bloqueando a rua estreita e barrando a passagem do táxi.

É mais rápido descer do táxi e seguir a pé.

Uma onda de alívio vem com a constatação de que o escritório está ocupado: há luz passando por entre as lâminas das persianas do andar térreo. A motocicleta dele está estacionada na vaga de sempre.

Thomas está exatamente onde disse que estaria.

A dúvida se dissipou, por enquanto.

Não há necessidade de ir adiante com isso. Ele está ocupado. E é melhor que não saiba sobre essa visita.

A um quarteirão de distância, uma mulher se aproxima. Veste um casaco camelo todo aberto e calça jeans.

Ela para na frente do prédio de Thomas. Durante o horário comercial, um guarda de segurança solicita às pessoas que se identifiquem antes de entrar. Mas o guarda deixa o trabalho às seis da tarde. A esta hora da noite, os visitantes têm que usar o interfone para serem recebidos.

A mulher parece estar no começo dos 30 anos. Atraente, sem dúvida, mesmo a distância. Ela não deixa transparecer nenhum sintoma de crise; pelo contrário, a atitude dela mostra leveza e despreocupação.

Não é a mesma mulher que despertou em Thomas o desejo de se desviar do nosso casamento. Aquela mulher nunca mais será uma ameaça.

A mulher de casaco camelo desaparece dentro do prédio de Thomas. Momentos depois, as persianas que estavam ligeiramente abertas se fecham.

Talvez a luz do poste estivesse ofuscando os olhos dela.

Ou quem sabe exista outro motivo.

*Se um cara trai uma vez, ele provavelmente vai trair de novo.*

Quem fez essa advertência foi você, Jessica.

Numa situação como essa, algumas esposas entrariam pela porta para ver mais de perto o que está acontecendo. Outras escolheriam esperar para ver quanto tempo a mulher permaneceria lá dentro e se os pombinhos sairiam juntos do prédio depois de se divertirem. Outras ainda aceitariam a derrota e iriam embora.

Essas são reações típicas.

Mas existem outras formas de agir, muito mais sutis.

Observar e esperar pelo momento certo é um elemento essencial de uma estratégia de longo prazo. Atacar e se envolver em um conflito antes de ter certeza é agir de maneira impulsiva.

E, às vezes, um tiro de advertência, uma demonstração categórica de força, pode evitar a necessidade de lutar uma batalha.

# CAPÍTULO 17

## Quinta-feira, 6 de dezembro

**Muitas vezes a pele das minhas clientes revela algo sobre** a vida delas.

Quando a mulher de 60 e tantos anos abre a porta, eu noto os sinais: muitas rugas de sorriso; bem menos de testa franzida. Sua pele pálida é pontilhada de sardas e manchas de sol, e seus olhos azuis são brilhantes.

Ela se apresenta como Shirley Graham, então pega o meu casaco e o xale – que eu trouxe comigo para devolver à dra. Shields – e os pendura no pequeno armário da entrada.

Eu a sigo até a cozinha, abro a maleta de maquiagem e faço flexões e alongamentos gentis na mão para diminuir a tensão. São 15h55 e a sra. Graham é o meu último atendimento do dia. Assim que terminar com ela, vou ver a dra. Shields.

Eu prometi a mim mesma que finalmente perguntaria à doutora por que ela precisa de informações sobre minha vida pessoal. É uma pergunta bastante razoável. Não sei por que não tive coragem de tocar nesse assunto antes.

"Antes de começarmos, você se importaria de me responder a algumas perguntas?" É assim que vou iniciar a conversa. Já me decidi.

— Gostaria de beber chá? — oferece a sra. Graham.

— Ah, não, obrigada — respondo.

A sra. Graham parece desapontada.

— Não me daria nenhum trabalho. Eu sempre tomo chá às quatro da tarde.

O consultório da dra. Shields fica a meia hora daqui, se não houver atrasos no metrô, e eu tenho de estar lá às 17h30. Eu hesito.

— Pensando bem, acho que um chá vai ser ótimo.

Enquanto a sra. Graham tira a tampa de uma lata azul de biscoitos amanteigados e os dispõe num pequeno prato de porcelana, eu corro os olhos pelo apartamento em busca do ponto mais bem iluminado.

— Qual vai ser o grande evento desta noite? — pergunto, e então caminho até o tapete gasto da sala e movo para o lado a cortina felpuda com laço no alto, que recobre a única janela, mas a parede de tijolos aparentes de um apartamento vizinho bloqueia o sol.

— Vou a um jantar — ela responde. — É o meu aniversário de casamento. Quarenta e dois anos.

— Quarenta e dois anos — repito. — Isso é maravilhoso.

Caminho de volta até a pequena bancada que separa a cozinha da sala de estar.

— Nunca fiz a minha maquiagem com uma profissional antes, mas tenho este cupom, então pensei: por que não? — A sra. Graham puxa um pedaço de papel da porta da geladeira, onde estava preso por um ímã com formato de margarida, e o entrega a mim.

O cupom expirou há dois meses, mas eu finjo não perceber. Se tudo der certo, meu chefe vai aceitá-lo; caso contrário, eu terei de pagar do meu bolso.

A chaleira apita. A sra. Graham despeja a água fervente num bule de porcelana e então mergulha nela dois saquinhos de chá.

— Que tal se nós trabalhássemos ali enquanto tomamos chá? — sugiro, apontando para os banquinhos de encosto alto junto da bancada. O espaço quase não basta para acomodar o meu material, mas a luz é boa.

— Ah, você está com pressa? — a sra. Graham pergunta, enquanto cobre o bule e o coloca na bancada.

— Não, não, nós temos bastante tempo — respondo sem pensar.

E me arrependo disso quando ela vai até a geladeira e pega um pote de creme e depois transfere o creme para um pequeno jarro de porcelana. Enquanto ela acomoda as xícaras e o bule de chá e o creme e o açúcar numa bandeja, eu dou uma espiada no relógio do micro-ondas: 16h12.

—Vamos começar? — Eu puxo o banquinho da sra. Graham e dou um tapinha no assento. Então me volto para a maleta e escolho alguns frascos de base para o rosto à base de óleo, que será mais adequada para a pele da sra. Graham. Começo a misturar duas nas costas da mão e reparo que há uma pequena lasca no meu esmalte.

Antes que eu possa começar a aplicar a mistura, a sra. Graham se abaixa e espia na minha maleta.

— Nossa, quantos potinhos e frascos você tem aqui! — Ela aponta para uma esponja em forma de ovo. — Para que serve isso?

— Esponja para base — eu digo. Estou tão ansiosa para continuar que meus dedos chegam a formigar. Faço um grande esforço para não me virar e consultar o relógio da cozinha. — Veja, vou mostrar como funciona.

Se usar uma sombra simples para os olhos dela em vez de algo mais elaborado – uma cor aveia, talvez, para realçar o azul –, posso terminar em tempo. A maquiagem dela ainda vai ficar bonita, e não vai parecer que apressei um pouco as coisas. Todas vão sair ganhando.

Estou quase acabando de aplicar o corretivo sob os olhos dela quando um telefone toca a meio metro do meu cotovelo.

A sra. Graham se levanta da sua banqueta.

— Perdão, querida. Só vou dizer a eles que ligarei mais tarde.

Eu sorrio e aceno que sim com a cabeça. Que mais posso fazer?

Talvez seja melhor pegar um táxi em vez de ir de metrô. Mas é horário de pico; se for de táxi, é possível que demore ainda mais.

Dou uma olhada no meu celular: são 16h28, e há duas mensagens para mim. Uma é de Noah: *Me desculpe, não pude me encontrar com você na noite passada. Que tal sábado?*

—Ah, tudo bem comigo. Está aqui uma jovem muito gentil, e nós estamos tomando chá — a sra. Graham diz ao telefone.

Eu digito uma resposta rapidamente: *Para mim está ótimo.*

A segunda mensagem é da dra. Shields.

*Você poderia me ligar antes da nossa sessão?*

— Combinado, meu amor, prometo que ligo para você assim que terminarmos — diz a sra. Graham. Mas no tom de voz dela não há nenhum sinal de que ela esteja tentando encerrar a conversa.

Está muito quente no apartamento, e eu posso sentir o suor umedecendo as minhas axilas. Eu me abano com a mão aberta, pensando: "Desligue isso de uma vez!".

— Sim, eu passei para uma visita hoje mais cedo — a sra. Graham continua. Eu me pergunto se deveria ligar para a dra. Shields agora mesmo. Ou pelo menos enviar a ela uma mensagem rápida explicando que estou com uma cliente.

Antes que eu tenha tempo de decidir, a sra. Graham finalmente desliga o telefone e volta para o seu banquinho.

— Era a minha filha — diz. — Ela mora em Ohio. Cleveland. É uma região tão bonita; eles se mudaram dois anos atrás, por causa do trabalho do marido dela. O meu filho, meu mais velho, mora em Nova Jersey.

— Que legal — eu comento, pegando um delineador cobre.

A sra. Graham se estica para pegar o seu chá, soprando o líquido antes de tomar um gole, e eu aperto o delineador na mão com mais força que o necessário.

— Prove os biscoitos — ela diz, arqueando os ombros com ar cúmplice. — Esses com gelatina no meio são os melhores.

— Eu realmente preciso terminar a sua maquiagem — digo, com voz um pouco mais áspera do que pretendia. — Tenho um compromisso depois de atender a senhora e não posso me atrasar.

A expressão satisfeita desaparece do rosto da sra. Graham, e ela abaixa a xícara de chá.

— Perdão, querida. Eu não quero atrapalhar você.

Eu até consigo me imaginar diante da dra. Shields, respondendo a mais um dilema: *Atrasar-se para um compromisso importante ou ferir os sentimentos de uma doce senhora?*

Olho para os biscoitos amanteigados, para o pequeno jarro de porcelana branco e cor-de-rosa e o açucareiro combinando, para o bule de chá recém-preparado. O máximo que as minhas outras clientes já me ofereceram foi um copo de água.

Gentileza é a resposta certa. Eu fiz a escolha errada.

Tento recuperar nosso clima jovial de conversação, perguntando sobre os seus netos enquanto aplico um *blush* cremoso cor-de-rosa nas maçãs do rosto dela, mas agora ela está desanimada. Apesar dos meus esforços, seus olhos não parecem tão brilhantes quanto estavam quando eu cheguei ao seu apartamento.

Quando termino, digo que ela está linda.

— Vá até o espelho e veja você mesma — sugiro, e ela vai ao banheiro.

Pego o meu celular, pensando em tentar ligar rapidamente para a dra. Shields, e noto que ela me enviou outra mensagem: *Espero que você receba esta mensagem antes de vir para cá. Preciso que você apanhe uma encomenda quando vier para o meu consultório. Está em meu nome.*

Um endereço no Midtown é tudo o que ela me fornece. Não faço ideia se é uma loja, um escritório ou um banco. Essa tarefa acrescenta apenas dez minutos ao meu percurso, mas eu não tenho de onde tirar esse tempo extra.

*Pode deixar comigo*, eu respondo.

— Você fez um ótimo trabalho — diz a sra. Graham.

Eu começo a levar as nossas xícaras até a pia, mas ela vem até mim e gesticula pedindo-me para parar.

— Ah, não, deixe que eu mesma faço isso. Você precisa cuidar do seu compromisso.

"Eu ainda me sinto culpada por ter sido impaciente com a sra. Graham, mas ela tem um marido, um filho e uma filha", digo a mim mesma enquanto guardo as minhas coisas rapidamente e de qualquer jeito, em vez de perder tempo organizando tudo em seu devido lugar.

O telefone da sra. Graham toca novamente.

— Sinta-se à vontade para atender — aviso. — Estou terminando aqui.

— Oh, não, querida, eu a acompanho até a saída.

Ela abre a porta do armário da entrada e me entrega a minha jaqueta.

— Divirta-se esta noite! — eu digo, vestindo a jaqueta. — Feliz aniversário de casamento.

Antes que ela possa responder, uma voz de homem enche a sala, saída de um modelo antigo de secretária-eletrônica ao lado do telefone.

— Oi, mãe. Onde você está? Eu só liguei para avisar que Fiona e eu estamos saindo agora. Acho que chegaremos aí em uma hora mais ou menos...

Algo no tom de voz dele me levou a observar a sra. Graham mais detidamente. Mas ela está olhando para baixo, como se estivesse tentando evitar o meu olhar.

— Eu espero que você esteja bem — o filho dela diz, erguendo mais a voz.

A porta do armário ainda está entreaberta. Espio dentro dele, embora eu já saiba o que está faltando ali. O tom de voz do filho dela me fez perceber que eu havia me enganado.

A sra. Graham não vai jantar com o marido esta noite.

"Eu passei para uma visita hoje mais cedo", ela dissera à filha.

De súbito eu entendo que visita foi essa. Posso vê-la ajoelhando-se para deixar um buquê de flores, perdida nas lembranças dos quase quarenta e dois anos que eles haviam vivido juntos.

Uma metade do armário da entrada tem três casacos pendurados – uma capa de chuva, uma jaqueta leve e uma pesada, de lã. Todas são roupas de mulher.

A outra metade do armário está vazia.

# CAPÍTULO 18

### Quinta-feira, 6 de dezembro

Você está morrendo de vontade de dar uma espiada dentro do pacote, não está?

Você pegou a encomenda faz alguns minutos. A embalagem não revela nenhum indício do que possa haver no seu interior. A resistente sacola branca de formato comum, com alças reforçadas e sem logotipo, está forrada com papel de seda para que o conteúdo fique protegido.

A encomenda foi entregue a você por um jovem que mora num pequeno prédio de apartamentos. Você provavelmente não conseguiu vê-lo muito bem quando ele lhe deu a embalagem; é um indivíduo taciturno. Não havia nada para você assinar; o objeto já tinha sido pago, e o recibo, enviado por e-mail ao comprador.

Enquanto você avança rapidamente pela Sexta Avenida, é provável que esteja tentando se convencer de que espiar o conteúdo da encomenda não seria bisbilhotar. Não há lacre a ser violado, nem tampa a remover. Na próxima vez que parar numa esquina à espera de que o sinal abra, você pode simplesmente puxar algumas camadas de papel de seda e dar uma olhada. "Ninguém nunca vai saber", você deve estar pensando.

A sacola pesa na sua mão, mas não chega a causar muito desconforto.

Sua mente é curiosa por natureza, e você foge dos riscos na mesma medida em que os abraça. Qual lado seu vai prevalecer hoje?

Você vai ter de ver o conteúdo dessa sacola, mas isso só vai acontecer de acordo com as regras estabelecidas neste consultório.

Você foi informada de que essas são as nossas sessões básicas, mas o que está sendo preparado vai além do básico.

Algumas vezes, um teste é tão pequeno e silencioso que nós nem percebemos que se trata de um teste.

Algumas vezes, um relacionamento que parece amoroso, solidário e estimulante oculta um grande perigo.

Algumas vezes, uma psicoterapeuta que a encoraja a lhe contar todos os seus segredos guarda consigo um segredo devastador.

Você chega ao consultório quatro minutos depois do horário combinado. Está ofegante, embora tente disfarçar isso respirando de modo rápido e superficial. Uma mecha de cabelo se soltou do seu topete, e você está vestindo um top preto simples e calça jeans preta. É surpreendentemente decepcionante que o seu traje esteja tão pouco inspirado hoje.

— Olá, dra. Shields — você diz. — Me desculpe pelo pequeno atraso. Eu estava trabalhando quando me enviou as mensagens.

Você deixa num canto a sua grande maleta de maquiagem e entrega a encomenda. Não há culpa nem dissimulação no seu semblante.

Sua reação ao pedido incomum foi perfeita até agora.

Você concordou imediatamente em pegar a encomenda. Não fez uma única pergunta sobre o pedido. Foi contatada praticamente em cima da hora e mesmo assim se apressou para completar a tarefa.

Agora vamos encaixar a última peça.

—Você está curiosa para saber o que há no pacote?

A pergunta é feita descontraidamente, sem o menor indício de acusação.

Você dá uma risadinha e responde:

— É, eu acho que são dois livros, não são?

Sua resposta é natural, imediata. Você não desvia o olhar. Não mexe nos seus anéis de prata. Não exibe nenhum sinal.

Você conteve a sua curiosidade. Você continua a provar a sua lealdade.

Agora, depois de caminhar doze quarteirões com o pacote que a deixou intrigada, sua curiosidade vai ser satisfeita.

A escultura de um falcão – em vidro de Murano com detalhes em folha de ouro – é cuidadosamente retirada da sacola. A crista do falcão é fria e lisa.

— Uau! — você diz.

— É um presente para o meu marido. Vá em frente, pode tocar.

Você hesita. Franze a testa.

Precisa de mais um pouco de encorajamento:

— Não é tão frágil quanto parece, Jessica.

Seus dedos deslizam sobre o vidro. O falcão parece pronto para bater as asas e alçar voo; a peça expressa o instante que antecede o movimento.

— É o pássaro favorito dele. A excepcional acuidade visual do falcão o torna capaz de identificar a presença da presa à mais leve ondulação da grama no meio de uma paisagem verdejante.

— Tenho certeza de que ele vai adorar esse presente — você diz.

Você hesita. E então fala:

— Eu não sabia que você era casada.

A resposta a isso não lhe é dada imediatamente, e seu rosto ruboriza.

— Eu sempre reparo que você faz anotações com a mão esquerda e nunca a vi usando uma aliança antes — você explica.

— Ah, você é muito observadora. Uma pedra estava frouxa, então precisou ser consertada.

Isso não é verdade, mas quem prometeu ser honesta foi você; ninguém lhe prometeu dizer apenas a verdade.

A aliança foi removida depois que Thomas confessou o caso. Por uma série de razões, ela está de volta ao dedo.

O falcão é recolocado na sacola e novamente embrulhado com papel de seda. Será entregue pessoalmente esta noite, no novo apartamento alugado de Thomas, para o qual ele se mudou alguns meses atrás.

Não se trata de uma ocasião especial. Pelo menos, não uma que ele esteja esperando. Vai ser uma surpresa para ele.

Às vezes, um presente requintado é, na verdade, uma arma utilizada para disparar um tiro de advertência.

# CAPÍTULO 19

## Quinta-feira, 6 de dezembro

**Fico paralisada quando a dra. Shields coloca a escultura** de volta na sacola e diz que isso é tudo o que ela precisa de mim hoje.

De tão desconcertada, eu não consigo me lembrar das palavras exatas para formular a minha pergunta, mesmo assim vou em frente.

— Então, eu ando me perguntando... — começo. Minha voz soa um pouco mais alta que o normal. — Todas as coisas que eu conto, quer dizer, você vai usar isso em um dos seus estudos? Ou talv...

A doutora me interrompe antes que eu termine de falar, algo que ela nunca tinha feito antes.

— Tudo o que você relatar a mim vai permanecer confidencial, Jessica — ela diz. — Eu jamais revelo os arquivos dos meus clientes a terceiros, em nenhuma circunstância.

Então ela me diz que eu não preciso me preocupar, pois vou receber meu pagamento normalmente.

Ela abaixa a cabeça para examinar novamente o pacote, e eu me sinto dispensada.

— Tudo bem... — eu digo simplesmente. — Obrigada.

Caminho sobre o carpete finamente estampado, que amortece o barulho dos meus passos, e ainda espio uma última vez na direção da doutora antes de fechar a porta.

A luz que entra pela janela a ilumina e os fracos raios de sol emprestam ao cabelo dela a cor do fogo. Seu suéter azul-claro de gola alta e a saia de seda deslizam pelo seu corpo longo e ágil. Ela está completamente imóvel.

Essa visão quase faz a minha respiração ficar presa na garganta.

Eu saio do prédio e ando pela calçada na direção do metrô, tentando entender como eu havia juntado algumas pistas – a aliança faltando no dedo da dra. Shields, a cadeira vazia na mesa dela no restaurante francês e a possibilidade de que ela estivesse enxugando uma lágrima – e elaborado uma suposição. Acreditei que o marido dela pudesse estar morto, assim como tinha interpretado equivocadamente os sinais e deduzido que o marido da sra. Graham estivesse vivo.

Desço os degraus do metrô e espero na plataforma, o tempo todo observando os homens ao meu redor e tentando imaginar com que tipo de homem a dra. Shields se casaria. Eu me pergunto se ele é alto e se está em forma, como ela. Provavelmente é alguns poucos anos mais velho, com abundantes cabelos aloirados e um sorriso contagiante. Ele ainda tem uma beleza de jovem, mas não deixa ninguém boquiaberto como ela deixa.

Eu o imagino como uma pessoa criada na Costa Leste e que depois ingressou numa faculdade de elite. Exeter, talvez. Ou Yale. Talvez os dois tenham se conhecido em Yale. Ele sabe o que fazer dentro de um veleiro e num jogo de golfe, mas não é um esnobe.

Ela escolheria alguém mais gregário do que ela própria. Ele poderia contrabalançar a natureza reservada e silenciosa dela, e ela o controlaria se ele bebesse cerveja além da conta e se mostrasse desagradável durante um jogo de pôquer com os amigos.

Eu me pergunto se é aniversário dele ou se eles são apenas um daqueles casais românticos que gostam de surpreender um ao outro com presentes fora de hora.

É claro que eu poderia estar enganada mais uma vez.

E se eu me enganei a respeito de algo muito mais importante do que os detalhes sobre o marido da dra. Shields?

Em nenhum lugar neste planeta faria sentido uma pessoa pagar 300 dólares a alguém que lhe fizesse uma entrega rápida. Talvez não tenha sido uma simples entrega, afinal.

"O projeto no qual você se envolveu pretende fazer com que a exploração da moralidade e da ética evolua do ambiente acadêmico para a vida real", foi o que me disse a dra. Shields na primeira vez que me encontrei com ela.

E se a entrega tiver sido o meu primeiro teste? Talvez eu devesse ter contestado quando a dra. Shields me garantiu que eu seria paga normalmente.

A multidão ao meu redor se precipita para dentro do vagão do metrô, e sou levada pelo movimento coletivo. Sou uma das últimas passageiras a embarcar. As portas roçam nas minhas costas quando se fecham.

De repente eu sinto algo se apertar em torno da minha garganta.

Uma ponta do xale que a dra. Shields me deu fica presa entre as portas.

Levo as mãos à nuca e puxo o tecido, engasgando.

Então as portas voltam a se abrir, e eu consigo soltar o xale.

—Você está bem? — pergunta uma mulher de pé à minha frente.

Faço que sim com a cabeça e tusso, com o coração acelerado.

Resolvo desenrolar o xale do meu pescoço. E nesse momento eu reparo que me esqueci de devolvê-lo.

O vagão do metrô ganha velocidade, e o rosto das pessoas na plataforma se turva conforme entramos num túnel escuro.

Talvez o teste não tenha sido o pagamento de hoje. Talvez o xale tenha sido o teste. Talvez ela quisesse saber se eu ficaria com ele.

Ou talvez os testes de moralidade na vida real sejam anteriores a isso e tenham ligação com o esmalte de unhas. Talvez todos esses presentes sejam experimentos cuidadosamente elaborados para avaliar as minhas reações.

Então uma ideia me atinge como um soco no estômago: a dra. Shields não marcou um horário para o nosso próximo encontro.

Será que eu falhei nos testes e agora ela não quer que eu continue? Subitamente sinto-me entrando em pânico.

A dra. Shields parecia realmente interessada em mim, ela até me enviou uma mensagem no Dia de Ação de Graças. Mas depois de hoje talvez ela considere que cometeu um erro.

Pego o meu celular e começo a digitar uma mensagem: *Olá!*

Apago isso imediatamente. É informal demais.

*Prezada dra. Shields.*

Formal demais.

Eu finalmente escrevo um simples *Dra. Shields*.

Não posso deixar que perceba o meu desespero. Preciso ser profissional.

*Peço desculpa por ter esquecido de devolver o seu xale. Vou levá-lo da próxima vez. Aliás, não se preocupe em me pagar pelo dia de hoje; você tem sido muito generosa.*

Eu hesito, então acrescento:

*Eu acabo de perceber que não combinamos a data da nossa próxima sessão. Minha agenda é flexível, peço apenas que me informe quando vai precisar de mim. Obrigada, Jess.*

Aperto *Enviar* antes que perca a coragem. E fico olhando para o telefone, esperando para ver se uma resposta rápida surge.

Mas não há resposta.

E por que ela deveria me responder? Afinal de contas, eu trabalho para ela. Ela provavelmente está indo ao encontro do marido neste momento, preparando-se para entregar a ele o presente.

Talvez a dra. Shields esperasse de mim uma reação diferente, um comentário mais sofisticado quando me mostrou a escultura. Tudo o que eu disse foi "Uau!". Eu devia ter pensado em algo mais inteligente para dizer.

Eu não tiro os olhos do meu celular, esperando uma mensagem da dra. Shields, e mesmo assim não percebo imediatamente o surgimento do ícone de mensagem de voz; há uma nova mensagem para mim. Toco no ícone, certa de que a dra. Shields tinha me ligado quando não havia sinal.

Aperto *Play*, mas o vagão mergulha profundamente no túnel e eu perco a conexão mais uma vez. Seguro o celular com força na mão até chegar à minha estação. Atravesso a catraca e subo as escadas, com minha maleta balançando ao meu lado. Suas batidas no meu joelho machucam, mas eu não diminuo o passo nem um pouco.

Chego enfim à calçada, então paro bruscamente e bato o dedo no botão novamente da mensagem de voz.

A voz jovem e vivaz – bem diferente da fala elaborada e cuidadosamente articulada da dra. Shields – é estridente.

*Oi, sou eu, Amy. Um detalhe me ocorreu durante o voo. Só agora tive tempo de ligar para você. É o seguinte: uma das minhas amigas me disse que a dra. Shields tirou uma licença temporária da universidade. Seja como for, não sei por que ela fez isso. Talvez tenha contraído uma virose ou coisa parecida. Bom, espero que isso seja útil. Tchau!*

Eu afasto lentamente o celular da minha orelha e olho para ele, então toco no botão para reproduzir a mensagem de novo.

# CAPÍTULO 20

## Quinta-feira, 6 de dezembro

**Traição é um lugar-comum. Não faz distinção de gênero,** raça ou classe social. Relatos em consultórios de terapia por todo o país dão sustentação a essa afirmação. No final das contas, a infidelidade é uma das principais razões que levam os casais a procurar a ajuda de um profissional.

Muitas vezes os psicólogos são os primeiros profissionais chamados para ajudar quando um caso abala um relacionamento e leva a pessoa traída a lidar com sentimentos de raiva e de dor. Perdoar nem sempre é possível; esquecer é impraticável. Contudo, a infidelidade não precisa ser a morte do casamento. Os especialistas também entendem que é possível restaurar a confiança por meio de conversas francas e duras, de responsabilização, e por meio do restabelecimento de prioridades para que o relacionamento prevaleça. De fato, uma traição pode ser superada. Isso exige tempo, bem como o firme comprometimento de ambas as partes.

Ainda que seja tentador supor que sabemos qual é o melhor rumo para um paciente, não é trabalho do terapeuta oferecer um esquema predeterminado ou coisa do tipo.

É fácil julgar as escolhas dos outros. É bem mais complexo quando se trata das nossas próprias escolhas.

Imagine que sete anos atrás você tenha se casado com um homem que encheu a sua vida de cor e alegria, que mudou a sua vida da melhor maneira possível.

Imagine acordar todas as manhãs nos braços da pessoa que era o seu porto seguro e lhe sussurrava palavras de amor que faziam você sentir um turbilhão de emoções que jamais sonhara experimentar.

Depois imagine as dúvidas surgindo sorrateiramente.

Ainda no início do seu casamento, suas perguntas sobre as conversas dele ao telefone em voz baixa, tarde da noite, e sobre cancelamentos súbitos de planos recebiam explicações razoáveis: pacientes tinham permissão para ligar a qualquer hora no telefone de emergência dele. E às vezes, durante uma crise, um paciente podia precisar de uma sessão não agendada.

Em um relacionamento sério, confiança é um fator essencial.

Mas não havia explicação para a mensagem romântica que foi parar na tela do meu celular três meses atrás: *Vejo você à noite, gata.*

Thomas tinha dito que naquela noite iria jogar pôquer com alguns amigos, todos homens, e que voltaria tarde para casa.

Quando percebeu que tinha enviado a mensagem para a pessoa errada, confessou imediatamente. Disse que se sentia culpado e que estava arrependido.

Pedi a ele que saísse de casa naquela mesma noite. Ele ficou em um hotel por uma semana e depois alugou um apartamento próximo do seu consultório.

Mas arrancá-lo do meu coração... Bem, isso se mostrou sem dúvida muito mais difícil.

Várias semanas depois que Thomas se mudou, um canal de comunicação foi reaberto.

Thomas jurou que nunca mais faria isso. Tinha sido um ato isolado de leviandade. E a mulher em questão é que havia tomado a iniciativa, ele afirmou.

Quando questionado, ele forneceu detalhes. Thomas ofereceu espontaneamente a narrativa do relacionamento clandestino dos dois, embora seja típico de transgressores minimizar seus delitos. As informações sobre a mulher – primeiro nome, idade, aparência, profissão, estado civil – foram confirmadas.

Thomas parecia querer que nosso relacionamento fosse recuperado. Isso teria sido impossível com outro homem. Thomas, porém, é diferente dos outros homens.

Assim, sessões de aconselhamento foram marcadas. Conversas difíceis foram levadas a cabo. A certa altura, as saídas a dois à noite voltaram. Um recomeço estava em curso.

Havia apenas um problema. Certos aspectos da história que ele contou não faziam sentido.

## É TORTURANTE VIVER SOB A SOMBRA DA INCERTEZA.

Uma questão moral que nunca apareceu no meu estudo continua em destaque na minha mente: *É possível olhar nos olhos da pessoa que você ama e contar a ela uma mentira sem sentir remorso?*

Uma nova perspectiva rapidamente se instalou, ameaçando a frágil paz que nós estávamos penosamente tentando reconstruir: e se a outra mulher foi apenas o gatilho?

E se Thomas foi a chama?

Talvez essa chama tenha ardido até o fim no único caso dele que foi constatado.

Mas a fome perpétua é a natureza do fogo.

Certa noite, pouco depois que você se infiltrou na minha pesquisa, Jessica, meu marido chegou em casa e, como de hábito, jogou as chaves e uns trocados num pequeno prato que fica na nossa escrivaninha. Junto com as moedas havia um pequeno pedaço de papel dobrado: era o recibo de um almoço para dois num restaurante.

Confortavelmente acomodado no sofá, saboreando um bom vinho, um marido conta à sua esposa os detalhes triviais do seu dia: o irritante atraso do metrô, a recepcionista que soube que teria gêmeos, os óculos perdidos que foram encontrados no bolso de um blazer.

Ele falou dos óculos perdidos. Mas um caro almoço para dois num restaurante cubano não foi nem ao menos mencionado.

Se você não tivesse se intrometido astutamente no estudo sobre moralidade, Jessica, talvez jamais fosse possível responder a essa pergunta. Talvez esse experimento nunca tivesse existido. Foi você quem lhe deu vida.

Recordações podem ser imprecisas; interesses pessoais podem distorcer as palavras e ações de uma pessoa. A verdade só pode ser obtida com independência quando uma pesquisa é executada de maneira escrupulosa.

Você pode ter desistido dos seus sonhos ligados ao mundo do teatro, Jessica, mas ganhou o papel principal no próximo ato deste drama que se desenrola.

Quando aparece no meu celular sua mensagem com a pergunta sobre a nossa próxima sessão, é como se você estivesse confirmando isso, estimulando-nos a seguir em frente: "Chegou a hora".

Você, com essa pesada maleta de maquiagem que carrega aonde quer que vá, o cabelo rebelde que tenta domar e a vulnerabilidade que tenta esconder, mas não consegue.

Hoje você provou a sua devoção. Sua mensagem confirmou que você precisa muito de mim.

O que você não sabe, porém, é que nós precisamos muito uma da outra.

**É TEMPO DE FAZER OS PREPARATIVOS PARA A PRÓXIMA FASE.** Tudo começa com a montagem do cenário. Uma aparência de ordem produz uma sensação íntima de calma. Na mesa do escritório — a exatos quatro metros do quarto onde o travesseiro de Thomas costumava reter o suave aroma do seu xampu — há um *laptop*. Álcool em excesso pode embotar a mente além da conta, mas a quantidade certa de vinho é despejada numa taça de cristal e levada à área de trabalho. As distrações no recinto são mínimas, o que facilita a concentração na tarefa que será levada a cabo.

Um plano incomum deve ser avaliado de todos os ângulos possíveis. Enganos surgem quando a metodologia é ignorada.

Conduzir uma investigação empírica requer um protocolo definido: a coleta e o exame de informações. Observações perspicazes. Meticulosa tomada de registros. A interpretação de resultados e a formação de uma conclusão.

O título do projeto aparece na tela em branco do computador: *A tentação da infidelidade: um estudo de caso.*

A hipótese: Thomas é um adúltero incorrigível.

Há apenas um objeto de estudo: meu marido.

Há apenas uma variável: você.

**Por favor, Jessica, não fracasse neste teste. Seria uma pena perder você.**

# PARTE 2

Quando começamos, nós éramos duas estranhas, você e eu.
Agora nós nos tornamos conhecidas. Começamos a ter a impressão de que nos conhecemos bem.

Familiaridade costuma trazer mais apreço e compreensão.

Ela também conduz a um novo nível de avaliações.

Talvez você tenha julgado as escolhas das pessoas que conhece: o vizinho que grita tão alto com a esposa que as suas palavras rudes atravessam as finas paredes do apartamento deles. O colega que se recusa a cuidar dos pais idosos. O paciente que se torna excessivamente dependente de um terapeuta.

Você tem consciência de que essas relações exercem pressão sobre os envolvidos — um divórcio iminente, depressão, uma família complicada —, mas ainda assim seus julgamentos se materializam com a certeza e a rapidez de um reflexo.

Essas reações podem ser imediatas, mas elas raramente são simples ou precisas.

Pare por um momento e considere os fatores subconscientes que podem estar distorcendo suas avaliações. Talvez você não tenha dormido as oito horas de sono regulamentares; talvez algo a esteja aborrecendo, por exemplo, um banheiro alagado na sua casa; ou talvez você ainda esteja absorvendo o impacto de ter tido uma mãe dominadora.

Se existisse uma fórmula química que representasse uma condenação verbal ou não verbal feita durante o curso de interações cotidianas, triviais, essa fórmula conteria uma variável que mudaria de valor constantemente.

Esse elemento instável é você.

Todos nós temos razões para fazer nossos julgamentos, ainda que essas razões sejam tão profundamente íntimas que nós mesmos não conseguimos reconhecê-las.

# CAPÍTULO 21

### Sexta-feira, 7 de dezembro

Era tão grande o meu temor de ter estragado tudo no meu último encontro com a dra. Shields que, quando ela finalmente me ligou, eu atendi o telefone antes mesmo que o primeiro toque terminasse de soar.

Ela me perguntou se eu estaria livre esta noite, como se nada tivesse acontecido. E talvez não tenha. Nem mencionou minha mensagem sobre não precisar me pagar por levar-lhe a escultura e sobre o xale que eu havia esquecido de devolver.

A ligação durou uns poucos minutos apenas. A doutora me deu algumas instruções: *Deixe o cabelo solto, maquiagem perfeita e um vestido preto para noite. Esteja pronta às oito da noite.*

São 19h20 neste momento. Estou de pé diante do meu armário, olhando para as roupas amontoadas dentro dele. Ponho de lado a minissaia carvão de camurça que eu geralmente visto com um top de seda bege, e passo direto pelo meu vestido preto de gola alta, que é curto demais.

Diferentemente da Lizzie, que quase sempre me envia várias selfies antes de sairmos juntas, eu sei muito bem o que fazer na hora de me vestir, tanto quanto sei misturar uma paleta de cores para uma cliente. Sei qual estilo me favorece e me deixa bonita, mas uma roupa para noite provavelmente não significa para a dra. Shields o mesmo que significa para mim.

Examino o vestido mais elegante que tenho, um preto com decote baixo.

"Baixo demais?", eu me pergunto, segurando a peça contra o meu corpo e olhando para o espelho. Meu armário não me proporciona uma opção melhor.

Eu quis pedir mais informações à dra. Shields — *Para onde eu vou? O que eu vou fazer? Esse é um daqueles testes que você mencionou?* —, mas não tive coragem, de tão focada e profissional que a voz dela parecia quando ela quis saber se eu estaria livre.

Enquanto coloco o vestido, imagino a dra. Shields em suas saias e suéteres refinados, com linhas tão sofisticadas e clássicas que ela poderia sair do consultório e ir direto para o balé no Teatro Municipal com eles.

Puxo o decote para cima, mas ainda está grande demais. Meu cabelo está rebelde, e os grandes brincos de argola que uso para trabalhar parecem baratos agora.

Eu solto o cabelo, conforme as instruções dadas pela doutora, e troco as argolas por brincos de zircônia. Depois pego a fita adesiva dupla-face na minha gaveta de roupas íntimas e fecho alguns centímetros do decote.

Normalmente eu saio sem meias-calças ou visto um *collant*. Esta noite eu resgato o par de meias pretas que ficaram guardadas na gaveta por pelo menos seis meses. Elas têm rasgos, mas na parte superior, e o vestido vai escondê-los. Aplico um pouco de esmalte de unha incolor nos rasgos para evitar que aumentem, e então pego os sapatos de salto alto pretos que eu tenho desde sempre.

Apanho um cinto com estampa de zebra no meu armário e o fecho em torno da cintura. Sempre posso colocá-lo na minha bolsa se julgar que foi um erro usá-lo no lugar para onde irei, seja lá onde for esse lugar.

Penso na pergunta que sempre faço aos meus clientes: *Que tipo de look você tem em mente?* É difícil ter essa resposta quando eu não sei nada a respeito do meu público. Sigo as indicações da dra. Shields e acrescento uma sombra neutra e suavizo o delineador.

São oito horas em ponto, mas o meu telefone não toca.

Verifico o sinal, e então caminho pelo apartamento, dobrando suéteres negligentemente e colocando sapatos de volta no armário. Às 20h17 penso em enviar uma mensagem para a dra. Shields, mas decido não fazer isso. É melhor não a importunar.

Às 20h35, depois de ter aplicado meu batom duas vezes e também feito um pedido *on-line* de tinta glitter e papel especial para um dos presentes de Natal de Becky, finalmente soa um toque no meu celular avisando que há uma nova mensagem da dra. Shields.

Deixo de lado a navegação pelo site onde estou checando camisas para a minha mãe, e olho para a tela do celular.
*Um Uber estará na frente do seu prédio em quatro minutos.*
Dou um último gole na cerveja que estou bebendo, e em seguida coloco uma pastilha de menta na boca.
Quando saio do prédio, puxo a porta firmemente, até ouvi-la travar. Um carro preto está parado junto ao meio-fio. Localizo o adesivo do *Uber* no para-brisa de trás antes de abrir a porta traseira.
— Oi, eu sou Jess — digo, deslizando sobre o banco.
O motorista simplesmente faz um aceno com a cabeça e coloca o carro em movimento.
Passo o cinto de segurança pelo meu corpo e o prendo.
— Para onde exatamente estamos indo? — pergunto, tentando mostrar naturalidade na voz.
Tudo o que eu posso ver são os seus olhos castanhos e as suas sobrancelhas grossas pelo espelho retrovisor.
—Você não sabe? — ele diz, mas não como uma pergunta. É quase uma afirmação.
Enquanto vejo a cidade se movimentar através do vidro escurecido da janela de trás, percebo de súbito que estou isolada. E vulnerável.
Começo de novo:
— A minha amiga chamou esse carro para mim — digo. — Eu vou encontrá-la...
A minha voz murcha. Deslizo a mão por baixo do cinto de segurança, que está apertando demais o meu peito. Ele não tem flexibilidade.
O motorista não faz nenhum comentário.
Meu coração se acelera. Por que o homem está agindo dessa maneira estranha?
Ele faz uma curva à direita, e nós rumamos para o norte da cidade.
— Nós vamos parar na rua 62ª? — pergunto. Talvez a dra. Shields queira me encontrar no consultório dela. Mas então por que ela foi tão específica a respeito das roupas que eu deveria usar?
O motorista continua olhando para a frente.
De repente eu me dou conta da situação: estou presa sozinha com um homem estranho. Ele pode estar me levando a qualquer lugar.

Já peguei táxi inúmeras vezes e já solicitei várias corridas de *Uber*. Jamais me senti insegura antes.

Meus olhos se voltam rápido para as janelas do banco de trás do carro dele, o meu banco. Ninguém de fora pode enxergar o que se passa aqui dentro.

Instintivamente penso nas portas. Não sei se elas estão travadas. Não há muito trânsito, então nos deslocamos relativamente rápido. Em algum momento teremos que parar num semáforo. E se eu tentasse abrir a porta e pular?

Levo a mão devagar até o botão do cinto de segurança e o aperto, fazendo uma careta de dor quando o meu polegar se prende no metal. Solto o cinto com cuidado, para que não escape e bata com força no suporte.

Como posso ter certeza de que ele é motorista do *Uber*? Não deve ser tão difícil assim conseguir um desses adesivos *U*. Ou então alguém pode ter emprestado o carro a ele.

Olho com mais atenção para o motorista. É um homem grande, com pescoço largo e braços robustos, suas mãos, segurando o volante, são duas vezes maiores que as minhas.

No momento em que apalpo o botão para abrir o vidro, ouço a voz do motorista:

— Certo, entendi.

Eu busco os olhos dele pelo espelho retrovisor, mas eles estão totalmente fixados na estrada.

Então escuto um som nítido, ligeiramente metálico, de outra voz masculina.

O aperto no meu peito se desfaz quando percebo que o motorista não responde às minhas perguntas porque está numa chamada telefônica. Ele não está sendo deliberadamente evasivo; simplesmente não me ouviu.

Respiro fundo, aliviada, e afundo no banco.

Digo a mim mesma que estou bancando a boba. Nós estamos em plena Terceira Avenida, cercados por carros e por pedestres.

Ainda assim, levo um bom minuto para me tranquilizar de verdade.

Inclino-me para a frente e repito a minha pergunta uma terceira vez, com voz mais alta.

Ele olha para trás rapidamente, e então diz algo que soa como "Madison com a 76ª".

Atrapalhada pelos ruídos do rádio e pelo barulho do motor, não consigo ter certeza, e o motorista retoma a sua conversa telefônica.

Eu pego o meu celular e procuro essa localização no Google. Diversos estabelecimentos aparecem, alguns apartamentos residenciais e um restaurante de inspiração asiática.

"Certo", eu penso. Nenhum desses lugares me diz nada. A qual deles devo ir?

O restaurante parece ser o meu destino mais provável.

Digo a mim mesma que na certa a dra. Shields já está sentada no restaurante, à minha espera. Talvez ela queira me passar mais informações a respeito do teste da vida real.

Contudo, não consigo compreender por que ela precisa me ver fora do consultório para isso. Talvez exista outra razão.

Por um breve momento, eu imagino que nós somos duas amigas, ou talvez a irmã mais nova que vai se encontrar com a irmã mais velha e mais sofisticada para comer salada de algas e sashimi. Entre uma dose e outra de saquê, nós trocaríamos confidências também. Desta vez, porém, eu faria a ela todas as perguntas que estão borbulhando na minha mente.

Pelo espelho lateral eu vejo o brilho dos faróis de um carro que se aproxima. Quase no mesmo instante o meu motorista começa a virar na direção desse carro.

Uma buzina soa, e o *Uber* freia bruscamente, recuando num solavanco. Sou lançada contra a porta, e depois para a frente. Ponho as mãos diante do corpo e me agarro ao banco do passageiro.

— Vagabundo! — meu motorista grita, mesmo tendo sido dele a culpa pela manobra que quase resultou numa batida. Ele estava tão ocupado com a ligação telefônica que não checou seu ponto cego.

Durante o resto da corrida, eu continuo olhando para fora pela minha janela. Estou tão focada nos pedestres e nos outros veículos que levo alguns segundos para perceber que o *Uber* havia parado atrás de um carro preto. Nós estamos bem na frente do hotel Sussex.

— Aqui? — pergunto ao motorista, apontando para a entrada.

Ele faz que sim com a cabeça.

Então, saio do carro. Na calçada, olho de um lado para o outro, sem saber o que fazer. Será que devo esperar no saguão do hotel?

Volto-me para o *Uber*, mas o veículo já havia partido.

Um grupo de pessoas passa por mim, e um dos homens esbarra no meu braço. Com o susto, quase deixo cair meu celular.

— Perdão! — diz o homem.

Tento localizar a dra. Shields, mas só vejo rostos desconhecidos na rua.

Estou em um dos quarteirões mais seguros de toda Manhattan, por que me sinto tão agitada?

Alguns segundos depois, chega uma nova mensagem: *Vá diretamente ao bar no andar térreo. Você verá um grupo de homens numa grande mesa circular mais ou menos no meio desse bar. Escolha um lugar no balcão perto deles.*

O meu palpite estava errado, sem dúvida. Eu não faço a menor ideia do que me aguarda esta noite, mas não vai ser um jantar com a dra. Shields.

Subo os nove degraus até a entrada do hotel, e um porteiro abre a porta.

— Boa noite, senhora — ele diz.

— Olá — respondo. Minha voz soa tímida, então eu limpo a garganta. — Como chego ao bar?

— Passe pela recepção e siga em frente até o fundo — ele explica.

Sinto os olhos do homem sobre mim enquanto avanço pela entrada do hotel. Percebo que o meu vestido subiu um pouco quando saí do *Uber* e puxo para baixo.

O saguão está quase vazio, exceto por um casal de idosos sentados no sofá de couro perto da lareira. Na recepção do hotel, uma mulher de óculos sorri para mim e diz "Boa noite".

Os saltos dos meus sapatos fazem barulho ao bater no elegante piso de madeira. Sei perfeitamente bem que estou caminhando a passos largos, e não apenas por não estar acostumada a usar salto alto.

Finalmente chego ao bar e abro a pesada porta de madeira. É um ambiente espaçoso, e há cerca de doze pessoas aqui dentro. Meus olhos se adaptam à iluminação suave. Olho em volta e me pergunto se a dra. Shields está à minha espera. Eu não a vejo, mas localizo um grupo de caras em uma mesa grande no fundo do bar.

*Escolha um lugar no balcão perto deles.*
Será que eles também trabalham com a dra. Shields?
Eu avalio o grupo enquanto me aproximo mais. Eles parecem estar perto dos 40 anos. À primeira vista, quase não é possível distingui-los: todos usam o cabelo curto, terno escuro e camisa social engomada. Eles têm um ar que eu me lembro de já ter visto antes: são uma versão mais jovem dos pais que pagam por elegantes festas de debutante, e gastam nesses eventos tanto quanto se gasta num belo casamento.
Há poucas banquetas de encosto alto vazias no balcão. Eu escolho uma que se encontra a dois metros dos homens.
Quando me sento na banqueta, sinto o calor da madeira em contato com as minhas coxas, como se alguém tivesse acabado de se levantar dela. Encaixo a alça da minha bolsa no gancho sob a bancada, depois tiro o casaco e o coloco no encosto do meu assento.
— Vou atendê-la em um minuto — o garçom diz, enquanto esmaga ervas para algum drinque.
Será que devo pedir um drinque? Ou alguma outra coisa vai acontecer?
Embora eu esteja em um lugar público, a ansiedade faz o meu estômago revirar. Recordo-me do que a dra. Shields me disse durante a minha primeira visita ao seu consultório: *Você terá controle completo da situação e poderá desistir quando quiser.*
Eu me viro ligeiramente no meu assento, para poder olhar ao redor em busca de pistas. Mas tudo o que vejo são os clientes endinheirados bebendo e conversando, uma loura estonteante inclinada sobre o balcão para mostrar ao seu acompanhante um item no cardápio, um sujeito robusto e alto de camisa azul, com uma ligeira calvíce, digitando algo em seu celular, e dois sorridentes casais de meia-idade erguendo as taças para um brinde.
Meu celular vibra na minha mão, dando-me um susto.
*Não fique nervosa. Você está perfeita. Peça um drinque.*
Olho para trás imediatamente.
Onde ela está?
Ela só pode estar numa das mesas do fundo, mas a minha visão está prejudicada pela iluminação fraca e pelos outros ocupantes do bar.

Brinco por alguns instantes com os três anéis no meu dedo indicador. Apoio as mãos no colo. Depois volto a olhar para a mesa cheia de homens, e me pergunto por que a dra. Shields quer que eu fique perto deles. Olho para cada um dos cinco homens, um de cada vez. Um deles percebe a minha presença. Ele se inclina e sussurra alguma coisa para o seu colega, que ri e se volta para me avaliar. Eu disfarço e me viro para o outro lado, sentindo o rubor subir pelo meu rosto.

O garçom se inclina na minha direção, do outro lado do balcão:
— O que deseja?

Normalmente eu pediria cerveja, mas este lugar não é para isso.
— Vinho tinto, por favor.

Quando o garçom entrega a minha taça, eu a seguro com mais força que o necessário para disfarçar o fato de que a minha mão está tremendo.

Na maioria das vezes, ingerir álcool me deixa relaxada, mas eu ainda me sinto ansiosa enquanto corro os olhos pelo lugar mais uma vez. Percebo a presença do homem perto de mim antes de vê-lo de relance.

— Parece que você está esperando alguém — ele diz. É o sujeito da mesa, aquele que sussurrou para o amigo. — Posso lhe fazer companhia enquanto você espera?

Dou uma espiada rápida na tela do meu celular, mas nada aparece.
— Hum… É claro — respondo.

Ele apoia sua bebida no balcão e se senta na banqueta à minha esquerda.
— Meu nome é David.

— Jessica. — Meu nome inteiro deve ter escapado, porque estou no mundo da dra. Shields agora.

O homem estende um braço sobre o balcão.
— Então, Jessica, de onde você é?

Digo a ele a verdade, não apenas por não saber o que dizer, mas também por causa das regras da dra. Shields sobre honestidade.

Isso pouco importa, porém, porque ele apenas comenta "Que legal" e depois começa a relatar a história da sua mudança de Boston para cá para assumir um ótimo emprego, quatro anos atrás. Eu deixo que ele fale e finjo interesse, até que meu celular vibra.

— Um instante, por favor. — Pego o celular e olho para a mensagem da dra. Shields.

Viro o celular para que David não consiga ler:
*Ele não.*
Reajo com surpresa, sem entender o que fiz de errado.
Recordo-me da ocasião em que comecei a participar do experimento da dra. Shields, e ela falou comigo através do computador.
Três pontinhos na tela indicam que a dra. Shields continua digitando.
E a sua próxima instrução surge no meu celular:
*Localize o homem de camisa azul sentado sozinho na mesa à sua direita. Comece uma conversa com ele. Deixe-o flertar com você.*
A dra. Shields deve estar por perto. Então por que não consigo vê-la?
— É seu amigo? — David pergunta, apontando para o meu telefone.
Tomo um gole de vinho, tentando ganhar tempo para pensar no meu próximo passo. Meu coração está batendo mais acelerado que de costume e sinto a boca secar. Indico que sim com a cabeça e bebo mais um gole, mas evito fazer contato visual com David. Então faço um sinal para o garçom pedindo a conta e tiro duas notas de 20 da minha carteira.
Olho discretamente para o sujeito de camisa azul. Eu simplesmente não tenho coragem de ir até ele e lhe passar uma cantada qualquer. Tento me lembrar das coisas que os homens me dizem nos bares, mas nada me ocorre agora.
Se ele ao menos olhasse na minha direção, eu poderia olhar para ele e sorrir; mas ele não tira os olhos do celular.
David toca o meu braço, tentando evitar que eu ponha as notas sobre o balcão.
— Pode deixar comigo. — Ele acena para o garçom. — Mais um gim-tônica, amigo — David pede, enquanto se recosta de volta no seu banco.
— Não, essa conta é minha — digo, empurrando o dinheiro sobre o balcão.
— Na verdade, a sua conta já foi paga — o garçom me avisa.
Tento novamente avistar a dra. Shields no recinto, esforçando-me para enxergá-la numa das cabines à meia-luz. Mas a maioria delas está bloqueada do meu campo de visão pelos ocupantes das mesas que ficam no caminho.

Mas eu poderia jurar que vi o brilho do olhar dela.

Eu não sei qual a duração das instruções da dra. Shields, então tomo a decisão de me levantar, levando junto a minha taça e o meu celular. O vinho dança dentro da taça, e me dou conta de que a minha mão está tremendo de novo.

— Me desculpe — eu digo. — É que eu acabo de perceber que conheço aquele cara. Vou até lá dar um alô.

Talvez essa seja uma boa estratégia para usar com o homem de camisa azul também. Vou fingir que o reconheci. Mas de onde?

David não esconde a decepção.

— Tá bom, mas depois se junte a mim e aos meus amigos na nossa mesa.

— É claro — respondo.

O homem enfim deixou o celular de lado. Está sozinho numa mesa para dois, encostada na parede. Seu prato vazio havia sido empurrado para o centro da mesa, com o guardanapo amassado ao lado dele.

Ele levanta a cabeça quando me aproximo.

— Oi! — cumprimento com vivacidade excessiva.

Ele acena para mim com a cabeça.

— Olá — ele diz, mais como uma pergunta.

— Sou eu, a Jessica! O que está fazendo aqui?

Já vi muitos atores fajutos em cena, e sei que a minha atuação não enganaria nem uma criança.

Ele sorri, mas a sua testa se enruga.

— Bom ver você... De onde é que a gente se conhece mesmo?

O casal na mesa ao lado está claramente tentando ouvir a nossa conversa. Não gosto nada disso. Olho para baixo, para o tapete estampado com motivos florais, e reparo numa pequena parte gasta dele. Crio coragem e volto a encarar o homem. Essa é a parte chata.

— Nós não nos conhecemos no... ahn, no casamento da Tanya? Uns meses atrás? — eu digo.

Ele balança a cabeça numa negativa.

— Não, você me confundiu com outro cara bonitão — ele diz, mas de um modo autodepreciativo.

Eu dou uma risadinha sem graça.

Porém, não posso simplesmente virar as costas e ir embora. Tento mais uma vez.

— Não me leve a mal — digo em voz baixa. — A verdade é que eu estava no balcão, mas um cara não me deixava em paz e eu precisei dar um jeito de escapar. — É provável que o meu desespero, que é real, esteja estampado nos meus olhos, porque ele estende a mão para apertar a minha.

— Meu nome é Scott.

Pelo sotaque ele parece ser do Sul, mas não tenho certeza. Ele gesticula na direção da cadeira vazia na mesa dele.

— Quer se sentar aqui? — ele oferece. — Eu já ia pedir outra dose.

Puxo a cadeira e me sento. Segundos depois, meu celular vibra. Olho rapidamente para a tela no meu colo: *Bom trabalho. Continue assim.*

Meu papel é encorajar esse educado homem de negócios a flertar comigo. Então eu me inclino para a frente e ponho os cotovelos na mesa, segura de que a fita adesiva vai garantir que eu só me mostre na medida certa.

— Obrigada por me resgatar — eu digo, olhando diretamente nos olhos dele.

Não posso manter contato visual com ele por tempo demais; isso parece forçado. Flertar é divertido quando é natural, e quando você escolhe o cara, como aconteceu com o Noah na outra noite.

Mas fazer o que estou fazendo agora é como dançar sem música. E o que é pior: tenho plateia.

Faço a ele a pergunta que David me fez há pouco:

— Então, de onde você é?

Scott e eu continuamos a conversar e, enquanto isso, me esforço para entender por que a dra. Shields quer que eu converse com ele e não com David. Os dois são tão parecidos. Eles me lembram um daqueles testes nas contracapas das revistas: *Descubra a diferença entre essas duas imagens.* Mas eu não vejo nenhuma diferença significativa: ambos já bem passados dos 30, bem barbeados, de terno escuro.

Saber que a dra. Shields está me observando me deixa ansiosa, mas quando meu vinho chega praticamente ao fim, a nossa conversa está fluindo surpreendentemente bem. Scott é um cara legal; ele é de Nashville e tem um labrador preto que sem dúvida adora.

Scott ergue seu copo de vidro e bebe o último gole de uísque.

Neste momento, eu percebo a diferença entre os dois homens, o detalhe destoante nas fotografias.

No dedo anular de David não há aliança.

E Scott está usando uma grossa aliança de platina.

# CAPÍTULO 22

### Sexta-feira, 7 de dezembro

Ela se inclina para a frente em seu vestido preto e toca a mão dele. O cabelo negro dela cai para a frente e quase encobre o seu perfil.

Um sorriso se abre no rosto dele.

Em que momento um flerte se torna uma traição?

O limite é ultrapassado quando ocorre contato físico? Ou é algo mais efêmero, por exemplo, quando possibilidades começam a pairar no ar?

O cenário desta noite, o bar no hotel Sussex, foi onde tudo começou.

Mas o elenco era diferente.

Thomas parou ali para uma bebida naquela noite, na época em que o nosso casamento ainda era puro. Ele encontrou um velho amigo da escola que estava na cidade por uma noite, e hospedado neste mesmo hotel, o Sussex. Depois de alguns drinques, o amigo explicou que estava sofrendo com a mudança de fuso horário. Thomas insistiu para que o amigo voltasse ao seu quarto e fez questão de pagar a conta. A generosidade do meu marido sempre foi uma das suas muitas qualidades.

O bar estava cheio e o atendimento, lento. Mas Thomas estava sentado numa confortável mesa para dois e não tinha pressa. Embora não fossem nem dez horas da noite, ele sabia que encontraria nosso quarto às escuras, em total silêncio e numa temperatura gélida.

As coisas nem sempre foram assim. No início do nosso casamento, Thomas chegava em casa e era recebido com um beijo e uma taça de vinho, e em seguida conversávamos no sofá sobre uma aula recente, um paciente intrigante, uma viagem de fim de semana que pensávamos em fazer.

Mas algo mudou no decorrer do nosso casamento. Isso acontece em todos os relacionamentos, quando o entusiasmo dos primeiros meses dá lugar a uma convivência mais serena. Quando o trabalho passou a exigir dedicação cada vez maior, houve noites em que o apelo de uma camisola de seda e de lençóis de algodão egípcio de mil fios se provou mais irresistível do que Thomas. Isso talvez o tenha deixado mais... vulnerável.

A mulher de cabelos negros foi até o meu marido antes que o garçom lhe entregasse a conta. E assumiu o lugar vazio na mesa ocupada por ele. O encontro dos dois não terminou quando eles deixaram o restaurante. Eles foram para o apartamento dela.

Thomas jamais disse uma palavra sobre essa indiscrição.

E então uma mensagem surgiu por engano no meu celular: *Vejo você à noite, gata.*

Freud afirmou que não existem acidentes. De fato, pode-se argumentar que Thomas queria ser apanhado.

"Eu não fui atrás disso. Mas ela se insinuou para mim. Que sujeito na minha situação seria capaz de resistir?", Thomas alegou durante uma das nossas sessões de terapia.

Seria reconfortante demais acreditar nisso – acreditar que essa reação dele não foi um ponto de ruptura no nosso casamento, mas uma concessão à arraigada fragilidade masculina.

Na noite de hoje, a mesa com sofá num canto afastado proporciona um local satisfatório para observação. O homem com a aliança de platina parece estar cedendo aos seus encantos, Jessica; a linguagem corporal dele ficou mais ativa desde a sua chegada.

Ele está longe de ser tão sedutor quanto Thomas, mas se encaixa no perfil básico. Está perto dos 40, desacompanhado, e é casado.

Teria sido essa a primeira reação de Thomas?

É quase insuportável a tentação de chegar mais perto do palco em que agora mesmo se desenrola a ação, a apenas vinte metros de distância; mas esse desvio poderia invalidar os resultados.

Embora você saiba que está sendo observada, a verdadeira cobaia – o homem de camisa azul – não pode saber que está sendo estudado.

Cobaias costumam modificar o comportamento quando percebem que são parte de um experimento. Esse fenômeno é conhecido como efeito Hawthorne, em razão do lugar onde foi observado pela primeira vez, uma fábrica da Western Eletric em Hawthorne. Um estudo básico para determinar de que maneira a iluminação dentro das instalações da fábrica afetava a produtividade dos trabalhadores revelou que a quantidade de luz não fazia diferença nisso. Os trabalhadores aumentavam a produção sempre que a luminosidade era manipulada; a iluminação podia ser intensificada ou reduzida, isso não fazia diferença. Na verdade, quando *qualquer* variável era manipulada, uma mudança na produtividade ocorria, o que levou os pesquisadores a concluir que os empregados alteravam o comportamento simplesmente porque tinham consciência de que estavam sendo observados.

Uma vez que "as cobaias" têm essa predisposição, tudo o que os pesquisadores podem fazer é tentar levar esse efeito em consideração no projeto de pesquisa.

O seu flerte é convincente, Jessica. Parece impossível que o alvo descubra que é parte de um experimento.

O teste deve passar para o próximo estágio.

É difícil digitar a instrução – uma onda de náusea impede por um instante a comunicação –, mas fazer isso é absolutamente vital.

*Toque o braço dele, Jessica.*

A cena com Thomas também seguiu essa sequência: uma breve carícia no braço, outra rodada de drinques, um convite para continuar a conversa no apartamento da mulher.

Um movimento brusco na mesa de vocês e a lembrança da infidelidade de Thomas é interrompida. O homem de camisa azul se levanta. Você também se levanta. Então você caminha na direção do saguão, seguida de perto por ele.

Desde que entrou no bar, você levou menos de quarenta minutos para seduzir o homem.

A argumentação que Thomas usou para se defender foi sólida. Parece que os homens são incapazes de se blindar contra ofertas grosseiras da tentação. Até mesmo os casados.

A onda de alívio que acompanha essa compreensão é tão profunda que chega a provocar um amolecimento no corpo.

Foi tudo culpa *dela*. Não dele.

Pedaços de guardanapo rasgado – evidência de ansiedade contida – espalham-se pela mesa. Eles são juntados numa pilha. O copo intacto de água com gás é finalmente saboreado.

Algum tempo mais tarde, um toque no celular anuncia a chegada de uma mensagem.

Ela é lida.

E no mesmo instante o movimentado e convidativo bar parece se precipitar num abismo de gelo e silêncio.

Não há nada, exceto essas suas três frases.

Elas são lidas de novo, e de novo.

*Dra. Shields, flertei com ele, mas fui rejeitada.*
*Ele me disse que era feliz no casamento.*
*Ele foi para o quarto dele, e eu estou no saguão do hotel.*

# CAPÍTULO 23

## SEXTA-FEIRA, 7 DE DEZEMBRO

SE UMA PESSOA LHE DIZ PARA TRANSAR COM UM HOMEM, E LHE paga por isso, essa pessoa coloca você numa situação de prostituição.

De pé no saguão, estou mais uma vez tremendo enquanto espero que a dra. Shields responda à minha mensagem. Desta vez, porém, estou tremendo de raiva.

Será que ela realmente esperava que eu subisse para o quarto do Scott? Ela provavelmente presumiu isso por causa das confissões que fiz sobre meus casos de uma noite naquele questionário estúpido dela.

Os saltos dos sapatos fazem com que meus pés doam um pouco, e eu coloco o peso do corpo ora sobre uma perna, ora sobre a outra.

A doutora ainda não respondeu, embora eu tenha enviado a mensagem há vários minutos. Agora a recepcionista está me encarando, e eu me sinto ainda mais deslocada do que estava quando cheguei aqui.

Não consigo acreditar que a dra. Shields me colocou nessa posição. Não se trata de estar em perigo. Trata-se de ser humilhada. Eu vi o modo como David e os amigos dele me olharam quando saí do bar com Scott. E eu vi o modo como Scott olhou para mim pouco antes de se levantar da mesa.

— Posso ajudá-la?

A recepcionista havia deixado seu posto e vindo até mim. Ela está sorrindo, mas eu vejo em seus olhos o que já sei: eu não pertenço a este lugar tão sofisticado, com meu vestido de sessenta dólares comprado numa liquidação e meus brincos de diamante falso.

— Eu só... Estou esperando uma pessoa — digo.

Ela continua olhando para mim, e as sobrancelhas dela se erguem.

Eu cruzo os braços na altura do peito.

— Algum problema nisso? — pergunto.

— É claro que não — ela responde. — Não gostaria de se sentar? — A mulher aponta para o sofá perto da lareira.

Porém nós duas sabemos que a hospitalidade dela não passa de dissimulação. Ela provavelmente também acha que eu sou uma garota de programa.

Eu ouço o som característico de saltos batendo rapidamente no piso de madeira. Viro-me e vejo a dra. Shields caminhando a passos largos na nossa direção. A doutora me colocou nessa situação, e por isso estou irritada com ela, mas, mesmo assim, a beleza dela me deixa maravilhada: seu cabelo está preso num coque e suas pernas são esguias e longas debaixo de um vestido preto de seda. Ela é tudo o que eu tentei ser esta noite.

— Olá — a dra. Shields chama. Quando nos alcança, ela coloca a mão no meu braço, como se estivesse à minha procura. Percebo quando ela olha para o crachá da funcionária do hotel. — Está tudo bem por aqui, Sandra?

A atitude da recepcionista muda completamente.

— Ah, sim, eu acabei de sugerir à sua amiga que se sentasse diante da lareira, onde é mais confortável.

— Quanta gentileza — a dra. Shields diz. Mas há uma sutil censura em seu tom de voz, e a recepcionista bate em retirada. —Vamos? — a doutora me diz em seguida, e por um instante penso que ela quer sair do hotel. Mas então toma o caminho do sofá.

Em vez de me sentar, porém, permaneço de pé. Minha voz soa baixa, mas carregada de emoção:

— O que foi tudo aquilo?

Se a dra. Shields está surpresa com a minha reação, ela não mostra nenhum sinal disso. Apenas dá um tapinha no assento ao lado dela.

— Jessica, sente-se aqui, por favor.

Digo a mim mesma que só vou concordar em me sentar porque a doutora me deve uma explicação. Mas a verdade é que parece haver um ímã que me atrai na direção dela.

Assim que me sento ao lado dela, sinto o seu perfume.

A dra. Shields cruza as pernas e une as mãos sobre o colo.

—Você parece agitada demais, Jessica. Pode me dizer como foi essa experiência para você?

— Foi horrível! — Minha voz explode inesperadamente, e eu engulo em seco. — Aquele tal de Scott, quem era ele?

— Não faço a menor ideia — responde a doutora.

— Ele não fazia parte disso?

— Podia ter sido qualquer um, Jessica. — A voz dela é suave e distante. É quase como se ela estivesse recitando as falas de um roteiro. — Eu precisava de um homem com uma aliança no dedo para este teste, como parte do meu estudo sobre moralidade e ética. Eu o selecionei ao acaso.

—Você me usou como isca? Para enganar um cara? — Minhas palavras soam altas demais para este saguão tranquilo e silencioso.

— Foi um exercício acadêmico. Eu informei a você que esta fase da minha pesquisa envolveria situações da vida real.

Eu não acredito que cheguei a imaginar que nós fôssemos sair para jantar juntas. Como pude me enganar assim? Eu sou funcionária dela, nada mais.

Já não sinto tanta tensão na garganta, mas não consigo deixar a raiva de lado. Nem quero deixar, porque é o que finalmente está me dando coragem para fazer perguntas.

— Você realmente esperava que eu fosse com aquele homem até o quarto dele? — eu disparo, nervosa.

Os olhos da dra. Shields se arregalam; eu não acho que alguém poderia fingir esse tipo de surpresa.

— É claro que não, Jessica. Eu lhe pedi apenas para flertar com ele. O que levou você a pensar algo assim?

Eu me sinto uma idiota no instante em que ela diz isso. Olho para baixo, para os meus pés. Não posso olhá-la nos olhos. Foi uma suposição exagerada.

Mas não há julgamento na voz da dra. Shields. Ela não expressa nada além de gentileza.

— Eu prometi que você sempre estaria totalmente no controle. Eu jamais a exporia ao perigo.

Sinto a mão dela tocar a minha rapidamente. É tão delicada e fria, mesmo com o calor do fogo.

Eu respiro fundo algumas vezes, mas os meus olhos permanecem fixados no padrão em zigue-zague do piso de tacos.

— Alguma coisa está incomodando você — ela diz.

Eu hesito, então olho diretamente nos tranquilos olhos azuis dela. Eu não tinha a intenção de contar esta parte à doutora. Mas acabo falando, por fim:

— Antes de se levantar da mesa… ele me chamou de "coração".

A dra. Shields não responde, mas eu sei que ela está me escutando de uma maneira que ninguém nunca me escutou antes.

Meus olhos se enchem de lágrimas. Eu pisco várias vezes antes de continuar.

— Havia um cara… — Eu hesito, inalo o ar profundamente, e então continuo. — Eu o conheci alguns anos atrás, e no início achei que ele fosse incrível. Talvez você tenha ouvido falar dele, ele agora é um diretor de teatro famoso. Gene French.

Ela faz que sim com a cabeça quase imperceptivelmente.

— Fui contratada para ser maquiadora em uma das suas peças. Era uma grande oportunidade para mim. Ele sempre foi bastante legal comigo, embora eu fosse uma ninguém. Quando o cartaz da peça ficou pronto e foi impresso, ele me mostrou meu nome nos créditos e disse que eu devia celebrar isso, que havia dificuldades demais na vida e que nós devíamos honrar os triunfos.

A dra. Shields permanece completamente imóvel.

— Ele fez... uma coisa comigo — eu digo.

As imagens que eu nunca consegui esquecer se formam mais uma vez na minha mente: eu levantando lentamente a minha camisa, mostrando o sutiã, enquanto Gene está a poucos metros de mim, olhando-me fixamente. Eu dizendo "Preciso mesmo ir embora agora". Gene se posicionando entre mim e a porta do seu escritório, que está fechada. A mão dele movendo-se até a fivela do seu cinto. A resposta dele: "Ainda não, coração".

— Ele não me tocou, mas... — Eu engulo em seco e prossigo. — Ele me disse que um objeto havia sumido do palco, um colar caro. Disse que eu tinha de levantar a minha camisa para provar que não estava comigo. — Um tremor percorre o meu corpo quando me lembro que fiquei de pé ali, naquela sala escura e claustrofóbica, tentando olhar para qualquer lugar, menos para aquele homem e o que ele estava fazendo com o próprio corpo, até que ele terminou e me deixou ir. — Eu devia ter dito "não", mas ele era o meu chefe. E falou comigo como se fosse tudo muito natural, como se não fosse nada de mais. — Olho para os olhos azuis da dra. Shields e trato de expulsar da mente as imagens do passado. — O sujeito do bar, o Scott, me fez lembrar desse meu chefe por um momento. Foi o modo como ele disse "coração".

A dra. Shields não responde imediatamente.

— Sinto muito que isso tenha acontecido a você, Jessica — ela diz por fim, gentilmente.

A mão dela toca a minha novamente, leve como uma borboleta.

— É por isso que você não tem interesse em namorar a sério? — ela indaga. — Quando uma mulher sofre uma agressão como essa que você sofreu, não é incomum que ela se feche ou mude seus padrões de relacionamento.

*Agressão.* Eu nunca pensei nisso dessa maneira. Mas ela está certa.

De repente eu me sinto esgotada, como depois da nossa primeira sessão. Levanto o braço e massageio a minha têmpora com a ponta dos dedos.

—Você deve estar exausta — a dra. Shields diz, como se pudesse enxergar dentro de mim. — Eu tenho um carro esperando. Você pode voltar para casa nele. Eu prefiro caminhar, de qualquer modo. Mande-me uma mensagem ou me telefone se quiser conversar sobre o assunto no fim de semana.

Ela se levanta, e eu faço o mesmo. É estranho, mas me sinto desapontada. Alguns minutos atrás eu estava furiosa com ela; agora não quero que ela me deixe.

Nós caminhamos juntas em direção à saída, e eu vejo o carro preto parado junto ao meio-fio. O motorista logo vem abrir a porta de trás, e a dra. Shields lhe diz para me levar aonde eu quiser ir.

Afundo no assento e inclino a cabeça para trás contra o couro macio, enquanto o motorista volta para a dianteira do carro. Então ouço uma leve batida na minha janela e a desço.

A dra. Shields sorri para mim. A silhueta dela é iluminada por trás pelas luzes resplandecentes da cidade. Seu cabelo é um halo de fogo, mas seus olhos estão ocultos pela escuridão. Não posso ver sua expressão.

— Eu já ia me esquecendo, Jessica — ela diz, colocando uma folha de papel dobrada na minha mão. — Obrigada.

Olho para o cheque, mas estranhamente reluto em abri-lo.

Talvez tudo isso seja apenas uma transação comercial para a dra. Shields. Mas por que exatamente eu estou sendo paga agora? Pelo meu tempo, pelo meu flerte ou pelas minhas confidências? Ou por alguma outra razão que desconheço?

Tudo o que sei é que a sensação é desagradável.

Quando o motorista coloca o carro em movimento, eu abro lentamente o cheque.

Olho para a folha por um longo momento, enquanto as rodas do carro giram velozes e em silêncio quase total sobre o asfalto.

É de 750 dólares.

# CAPÍTULO 24

## Sábado, 8 de dezembro

Noite de sábado. Para a maioria dos casais é uma noite para sair e namorar.

Para nós também costumava ser assim: jantares em restaurantes com estrelas Michelin, noites na Filarmônica, um passeio pelo Whitney Museum. Depois da mensagem de Thomas enviada por engano, porém, ele se mudou, e esses encontros deixaram de acontecer. Aos poucos, após o aconselhamento, os pedidos de desculpa e as promessas, eles foram retomados, porém com um novo objetivo: a ênfase era na conexão e na reconstrução.

No início, a atmosfera era cercada de tensão. Se você nos estivesse observando de fora, Jessica, poderia presumir que um novo relacionamento estava se desenvolvendo, e de fato estava, em certo sentido. O contato físico era mínimo. Thomas era solícito, e chegava a exagerar: trazia flores, corria para abrir portas, e o seu olhar determinado se enchia de admiração.

Em nossas interações, ele era mais ardente até do que na época em que começamos a namorar. Às vezes era possível notar certo desespero nele, algo próximo do medo. Como se estivesse apavorado com a possibilidade de que nosso relacionamento acabasse.

Com o passar do tempo, um abrandamento transformou nossas interações. As conversas tornaram-se menos artificiais. Nossas mãos se encontravam sobre a mesa tão logo os pratos eram retirados.

Hoje à noite, apenas vinte e quatro horas depois do experimento no hotel, os progressos foram anulados. Está claro que nem todos os homens são suscetíveis à atenção de uma bela jovem. O homem de camisa azul resistiu a você, Jessica; Thomas, porém, não ficou imune à oportunidade que lhe foi oferecida.

Em consequência disso, uma agenda invisível vai orientar os passos do encontro de sábado à noite com ele.

Um espaço íntimo, a casa que nós um dia compartilhamos, é escolhido para eliminar distrações externas, tais como um garçom arrogante ou uma festa barulhenta com seis participantes na mesa ao lado. O menu é cuidadosamente selecionado: uma garrafa de Dom Pérignon, da mesma safra servida em nossa festa de noivado; ostras; carré de cordeiro; creme de espinafre; batatinhas assadas com alecrim. Para a sobremesa, uma variação do doce preferido de Thomas: torta de chocolate.

Tradicionalmente, a torta é comprada em uma confeitaria na rua 10ª Oeste. Para a refeição desta noite, contudo, os ingredientes foram obtidos em dois mercados gourmets.

A minha aparência esta noite também é incomum. Jessica, você provou claramente quão sedutores uma sombra esfumada e um delineador preto podem ser quando aplicados corretamente.

A maquiagem se encontra no toucador do quarto de vestir. Meu telefone está ao lado dela e traz um lembrete: enviar uma mensagem de texto ou telefonar, com atitude solícita, é a maneira mais apropriada de agir após um incidente no qual um conhecido ou um amigo é desmoralizado.

*Jessica, eu gostaria muito de saber se você está se sentindo melhor depois da missão da última noite. Em breve entrarei em contato.*

Uma última frase é necessária.

Um instante para pensar. E então a mensagem é digitada e enviada.

# CAPÍTULO 25

## SÁBADO, 8 DE DEZEMBRO

SEMPRE QUE VOCÊ PRECISAR DE MIM, PODE CONTAR COMIGO.

A mensagem de texto da dra. Shields chegou justamente quando eu entrava no prédio do Noah para provar a sua famosa rabanada. Comecei a digitar uma resposta, mas então a deletei e enfiei o celular de volta na minha bolsa. Enquanto subia de elevador, passei a mão pelo meu cabelo, sentindo a umidade dos flocos de neve que começavam a cair.

Agora, sentada num banquinho na cozinha do Noah e observando-o enquanto ele tira a rolha de uma garrafa de Prosecco, eu percebo que é a primeira vez que não respondo a ela imediatamente. Não quero pensar na dra. Shields e nos seus experimentos esta noite.

Não percebo que estou franzindo a testa até que Noah pergunta:
— Taylor? Você está bem?

Faço que sim com a cabeça e tento disfarçar meu desconforto. Meu primeiro encontro com Noah no Lounge – quando eu me apresentei com um nome falso e adormeci no seu sofá – parece ter acontecido há eras.

Gostaria de poder desfazer aquela decisão. Parece imatura; pior que isso, parece medíocre.

— Então... — eu começo. — Preciso lhe contar uma coisa. É uma história até engraçada.

Noah ergue uma sobrancelha.

— Na verdade, o meu nome não é Taylor... é Jess. — Eu dou uma risada nervosa.

Ele não parece achar graça.

— Você me falou um nome falso?

— Eu não sabia se você era um maluco, um esquisitão ou coisa assim — explico.

— Sério? Você veio comigo para a minha casa.

— É — respondo. Inspiro profundamente. Descalço e com o pano de prato enfiado no cós da sua calça jeans surrada, ele parece mais fofo do que eu me lembrava. — Havia sido um dia realmente estranho, e eu acho que não estava raciocinando direito.

*Um dia estranho.* Se ele soubesse que "estranho" é um grande eufemismo para definir aquele dia. Mal posso acreditar que conheci o Noah no mesmo fim de semana em que comecei a participar do estudo. Aquela sala absolutamente silenciosa, as perguntas aparecendo na tela do computador, a sensação de que a dra. Shields podia perceber meus pensamentos... E desde então as coisas ficaram cada vez mais estranhas.

— Me desculpe por isso — eu digo.

— Jess — Noah finalmente responde.

Ele me entrega uma taça de Prosecco.

— Eu não gosto de joguinhos. — Ele me encara sem desviar o olhar, e então faz um quase imperceptível aceno positivo com a cabeça.

Antes que eu possa evitar, agita-se na minha mente o pensamento de que eu acabei de passar em um teste. Algumas semanas atrás, esse pensamento não teria me ocorrido.

Tomo um gole de Prosecco. Doces e picantes, as bolhas produzem uma sensação muito boa na garganta.

— Estou feliz que você tenha sido honesta agora — Noah diz finalmente.

*É essencial que você seja honesta...* Essa era uma das instruções que esperavam por mim na tela do computador quando ingressei na pesquisa. Mesmo quando estou conscientemente tentando desalojar a dra. Shields da minha mente, ela encontra uma maneira de se esgueirar de volta.

Noah começa a dispor ingredientes de maneira organizada sobre a bancada, e eu bebo mais um gole de Prosecco. Ainda me sinto como se devesse a ele um pedido de desculpa melhor, mas não sei o que mais posso dizer.

Olho ao redor de sua pequena e reluzente cozinha e reparo na pesada frigideira de ferro fundido sobre o fogão, perto do almofariz e do pilão de pedra-sabão, e na batedeira de mão de aço inoxidável.

— Então o Café da Manhã 24 Horas é o seu restaurante? — pergunto.

— É. Ou melhor, vai ser, se o meu financiamento sair — ele responde. — O espaço já foi escolhido, só estou esperando a papelada.

— Nossa, isso é muito legal.

Ele quebra os ovos com uma mão, depois os bate rapidamente numa tigela enquanto despeja nela um fio de leite. Ele para e, com movimentos circulares, espalha manteiga clarificada numa frigideira de grelhar e em seguida acrescenta canela e sal aos ovos.

— Meu ingrediente secreto — ele diz, segurando um frasco de extrato de amêndoas. — Não é alérgica a oleaginosas, é?

— Não, não sou.

Ele acrescenta uma colher de chá cheia de extrato, e depois afunda uma fatia grossa de pão na mistura.

Quando o pão é colocado na frigideira e começa a fritar, emitindo um leve chiado, um cheiro de dar água na boca enche a cozinha. Não há nada melhor do que pão fresco, manteiga quente e canela cozinhando juntos. Meu estômago ronca.

Noah é um cozinheiro organizado, que limpa e arruma tudo à medida que prepara: as cascas de ovos são jogadas na lata de lixo, ele limpa com o seu pano de prato algumas gotas de leite que respingaram, os temperos são imediatamente recolocados em seus respectivos nichos.

Enquanto eu o observo, é como se um escudo se formasse entre mim e a tensão que tem me acompanhado. A tensão não se foi, mas ao menos estou conseguindo que me dê uma trégua.

Talvez esse seja o tipo de encontro de sábado à noite que tantas mulheres da minha idade experimentam; uma noite sossegada com um cara legal. Isso não devia ser tão extraordinário. É que, embora já tenhamos nos beijado, a noite de hoje parece mais íntima que um ato físico. Nós nos encontramos por acaso num bar, e mesmo assim Noah parece querer me conhecer a fundo.

De uma gaveta ele retira um jogo de mesa americano e guardanapos de tecido, depois pega dois pratos em um armário. Deposita duas rabanadas douradas no centro de cada prato e em seguida espalha amoras frescas por cima. Eu nem havia percebido que ele estava aquecendo melaço em uma caçarola até que ele despejasse generosas colheradas por cima de tudo.

Eu olho bem para a comida que ele me serve, sentindo uma onda de emoções que não consigo identificar com facilidade. Exceto pela minha mãe, quando vou visitá-la, há anos que ninguém cozinha para mim.

Experimento o meu primeiro pedaço e deixo escapar um gemido.

— Eu juro, esta é a melhor coisa que já comi na vida, Noah.

Uma hora mais tarde, a garrafa de Prosecco está vazia, e nós ainda estamos conversando. Vamos para a sala e nos sentamos no sofá.

— Eu vou viajar para Westchester para ver minha família no fim desta semana — ele diz. — Mas talvez nós possamos fazer alguma coisa no domingo à noite, quando eu voltar.

Eu me inclino para beijá-lo e sinto o gosto doce do melaço em seus lábios. Quando encosto a cabeça no peito sólido do Noah e ele me enlaça com os braços, eu sinto algo que não sentia há muitos meses, talvez anos. Demoro um pouco para definir essa sensação: satisfação.

# CAPÍTULO 26

## Sábado, 8 de dezembro

**Thomas chega cinco minutos antes do horário combinado.** Pontualidade é um dos novos hábitos que ele parece disposto a adotar.

Seus ombros largos bloqueiam a porta, e um sorriso se estampa em seu rosto. É a primeira vez que neva na estação, e cristais brilhantes aderem ao seu cabelo aloirado. O cabelo dele está um pouco mais longo que de costume.

Thomas oferece um buquê de tulipas vermelhas e é recompensado com um beijo demorado. Seus lábios estão frios e têm gosto de menta. Ele usa as mãos para aprofundar o abraço e prolongar a intimidade.

— Isso é tudo por enquanto — ele ouve quando é alegremente afastado.

Ele esfrega os sapatos no tapete e entra no sobrado.

— Que cheiro delicioso — ele diz. E olha para baixo por um instante. — Senti falta da sua comida.

Seu casaco é pendurado no hall da entrada, ao lado das jaquetas mais leves que ele veste quando o clima está mais quente. Thomas nunca ouviu um pedido para que retirasse esses itens em particular da casa, e não apenas por ter se mudado tão abruptamente. Primavera simboliza esperança, renovação. A presença desses pertences serve ao mesmo propósito.

Ele está vestindo o suéter que realça o verde dos seus olhos. Ele sabe que é o meu favorito.

— Você está linda — Thomas diz. Ele estende a mão e corre os dedos por uma longa mecha solta do meu cabelo, tão gentilmente que quase não é possível sentir seu toque.

Minhas roupas de cor lavanda e cinza-acastanhado foram substituídas por calça preta de camurça e uma camisola de seda azul-cobalto, mas apenas um indício dessa cor é visível debaixo de um cardigã preto que chega até as coxas.

Thomas pega um banco debaixo da bancada de granito. As ostras estão no gelo, a garrafa de champanhe é retirada da geladeira.

— Por gentileza?

— É claro. — Ele olha para o rótulo e sorri. — Um excelente ano.

A rolha salta com um *pop* delicado, então Thomas enche duas taças alongadas.

Um brinde é oferecido:

— Às segundas chances.

Surpresa e prazer se misturam no semblante de Thomas.

— Isso me deixa tão feliz! Você nem faz ideia. — A voz dele soa um pouco mais rouca que de costume.

Uma ostra, de exterior cinza-ardósia, é removida do gelo e inclinada em sua direção.

— Com fome?

Ele faz que sim com a cabeça e aceita.

— Faminto.

O cordeiro é retirado do forno e deixado sobre a bancada. As batatas precisam de mais alguns minutos para ficar prontas. Thomas as prefere mais crocantes.

Enquanto o champanhe e as ostras são saboreados, a conversa flui facilmente. Então, bem no momento em que Thomas está levando a bandeja com o carré para a mesa da sala de jantar, um toque de telefone soa. Ele põe a bandeja na mesa e leva a mão ao bolso em busca do celular.

—Você precisa atender? — É vital que a pergunta seja totalmente desprovida de censura.

Thomas apenas volta para a cozinha e coloca o telefone na bancada com a tela para baixo. A centímetros da torta.

— A única pessoa a quem eu quero dar atenção no momento é você — ele diz.

Ele se afasta do telefone, traz vinho tinto decantado até a mesa e é premiado com um sorriso sincero.

As flores são colocadas no vaso no centro da mesa. Velas são acesas. A voz sensual de Nina Simone preenche o ambiente.

A taça de vinho de Thomas é reabastecida duas vezes. A face dele começa a ficar corada; seus gestos se tornam mais expansivos.

Thomas oferece um pedaço do seu cordeiro:

— Este é o melhor pedaço.

Nossos olhares se cruzam.

—Você parece diferente esta noite – ele comenta, estendendo a mão.

— Deve ser porque nós estamos juntos em casa novamente.

Ele é recompensado com outro beijo rápido, e então o contato é quebrado.

— Querida, você voltou a ter notícias sobre aquele investigador particular?

A pergunta surge do nada. Não é exatamente apropriada para uma noite romântica. Ao mesmo tempo, Thomas sempre foi protetor. Ele sabe como foi perturbador para mim receber o e-mail do investigador contratado pela família da Participante 5.

Esta não é a primeira vez que ele pergunta se o investigador particular insistiu em manter contato.

— Não soube mais dele desde que respondi que não cederia minhas anotações sobre ela, pois isso seria violar o acordo de confidencialidade.

Thomas acena com a cabeça em sinal de aprovação.

—Você está fazendo a coisa certa. A privacidade de um paciente é sagrada.

— Obrigada.

A lembrança desagradável é deixada de lado. A agenda desta noite já é complexa o suficiente.

Hora de trazer a torta, servida no prato de vidro, para a mesa.

Thomas recebe uma fatia bem generosa.

A borda do garfo dele afunda na torta. Ele leva à boca, fecha os olhos e saboreia.

— Delicioso. Quase não consigo comer, de tão cheio que estou.

Um momento de silêncio.

—Você vai queimar isso tudo amanhã na academia, Thomas.

Ele faz um aceno positivo com a cabeça e leva outro pedaço à boca.

—Você não vai comer? — ele pergunta.

—Vou, é claro.

A torta derrete na boca. Ninguém desconfiaria que ela não foi comprada numa confeitaria especializada, assim como ninguém seria capaz de detectar o gosto das duas avelãs que foram moídas e misturadas à massa.

Depois de limpar o prato, Thomas se inclina para trás na cadeira.

Mas ele não pode se acomodar aqui. Uma mão é estendida a ele:
—Venha.

Ele é levado até um sofá para duas pessoas na biblioteca e recebe uma taça de vinho. O espaço é aconchegante, com seu piano e lareira a gás. Os olhos dele passeiam pelo recinto, detendo-se nas pinturas de Wyeth e de Sargent, e depois na fantástica escultura de bronze de uma motocicleta, antes de pousarem na fotografia emoldurada de mim mesma na adolescência, montando Folly, a égua alazã, em nossas terras em Connecticut, meu cabelo ruivo escapando por debaixo do meu capacete de equitação. Inclinada ao lado desse retrato está uma fotografia do dia do nosso casamento.

Thomas usou smoking nessa ocasião, comprado especialmente para o casamento, já que ele não vestia um desde o baile de formatura do ensino médio. O vestido de noiva, com aplicações de renda na parte superior e saia de tule, foi feito sob medida; meu pai teve de pedir a um sócio que cobrasse um favor na loja Vera Wang, porque o casamento estava muito próximo.

Meu pai não aprovou o decote profundo na parte de trás do vestido, que chegava até a base das minhas costas, mas era tarde demais para que isso pudesse ser alterado. A título de concessão, um longo véu foi usado durante a cerimônia na igreja que meus pais ainda frequentam.

Estamos cercados pelos nossos pais nessa foto. A família de Thomas chegou de avião de uma pequena cidade na região de San José, Califórnia, dois dias antes do casamento. Nós havíamos nos encontrado apenas uma vez antes disso, Thomas respeitosamente ligava para o pai e a mãe uma vez por semana, mas não era particularmente próximo deles nem do irmão mais velho, Kevin, que trabalhava como mestre de obras.

Meu pai não está sorrindo na fotografia.

Antes de me propor casamento, Thomas foi visitar meus pais em Connecticut a fim de lhes pedir a minha mão. Ele havia escondido isso de mim. Thomas sabia guardar um segredo como ninguém.

Meu pai apreciou o respeito à tradição. Deu um tapinha nas costas de Thomas, e eles celebraram com charutos. Na manhã seguinte, contudo, meu pai requisitou minha presença no almoço.

Ele me fez apenas uma pergunta. Foi direto, é da natureza dele. Antes mesmo de pedirmos nossos pratos, ele me perguntou:

— Você tem certeza?

— Tenho.

O amor é um estado emocional, mas os meus sintomas eram extremamente físicos: a simples menção ao nome de Thomas me fazia sorrir, os meus passos se tornavam mais leves, e até a minha temperatura corporal – que desde a minha infância se mantinha consistentemente em 35,6 graus, bem abaixo da média de 37 graus – aumentava um grau.

A música que começa a tocar agora é "Tonight", de John Legend.

— Vamos dançar.

Os olhos de Thomas acompanham o trajeto do meu cardigã enquanto ele escorrega pelos meus ombros e cai no sofá. Ele se levanta, massageando a nuca com uma mão.

Esse gesto é familiar.

Ele parece um pouco mais pálido que o normal.

Nossos corpos se encaixam de maneira suave, assim como na noite do nosso casamento. É como se a lembrança desse momento tivesse sido armazenada em nossas memórias musculares.

A música chega ao fim. Thomas tira os óculos e então pressiona o polegar e o indicador contra as têmporas. E faz uma careta de dor.

— Está se sentindo bem?

Ele balança a cabeça numa negativa.

— Você acha que colocaram castanhas na torta?

Thomas não está em perigo; a alergia dele não é grave. Entretanto, é desencadeada pela ingestão de qualquer quantidade de oleaginosas, até a mais insignificante.

O único efeito colateral é uma dor de cabeça intensa. O álcool piora esse problema.

— Eu perguntei na confeitaria... — Eu não completo a frase. — Vou pegar água para você.

Dou cinco passos e chego à cozinha, onde o celular dele repousa sobre a bancada.

Agora Thomas está mais próximo da escada.

Isso é importante, pois, dessa forma, ele estará mais inclinado a pensar que o movimento seguinte resultará da sua própria vontade, e não de uma manipulação sutil.

— Quer um Tylenol? Está no armário de remédios lá em cima.
— Obrigado. Eu volto já — ele responde.

Thomas sobe a escada com passos pesados, que depois soam no andar superior enquanto ele se dirige ao banheiro principal.

O caminho já foi traçado, e o intervalo de tempo medido com um cronômetro. Ele ficará ocupado provavelmente de sessenta a noventa segundos. Felizmente será tempo suficiente para reunir a informação desejada.

Uma das primeiras perguntas da pesquisa sobre moralidade:
**Você leria mensagens privadas de seu cônjuge/companheiro?**
A senha do Thomas costuma ser o mês e o dia do aniversário dele. Isso não mudou.

— Lydia? O Tylenol não está no armário dos remédios. — A voz dele soa alta no topo da escada.

Meus passos são rápidos, mas, quando respondo no andar de baixo, ao pé da escada, meu tom de voz permanece firme e relaxado.

— Tem certeza? Eu acabei de comprar.

O Tylenol *está* no armário de remédios, mas enfiado atrás da caixa de um novo creme hidratante. Para encontrá-lo será necessário mais que uma simples espiada.

Um estalo da tábua do assoalho indica que ele está a caminho do banheiro principal novamente.

Agora é preciso pegar um copo de água para ele. Isso feito, o ícone verde do celular é tocado. Chamadas telefônicas e mensagens recentes são pesquisadas.

A câmera do meu celular está pronta para entrar em ação.

Rapidamente, porém de modo meticuloso, o registro das muitas chamadas recentes de Thomas é capturado. Suas mensagens de texto parecem completamente desinteressantes, e por isso são desprezadas.

Cada fotografia é avaliada para garantir a nitidez da evidência digital. A qualidade não pode ser sacrificada em favor da pressa.

A casa está em total silêncio. Por que será?

— Thomas? Você está bem?

— Sim — ele responde em voz alta.

Talvez ele esteja aplicando compressa fria na nuca.

Mais fotografias são tiradas, documentando cerca de trinta e cinco ligações. Alguns números de telefone correspondem a contatos com nomes de fácil reconhecimento: o dentista de Thomas, o parceiro de squash, seus pais. Outros, oito no total, são desconhecidos. O código de área de todos é da cidade de Nova York.

O registro de chamadas apagadas é igualmente documentado, resultando em mais um número desconhecido, este com um código de área 301.

Não será uma tarefa difícil determinar quais números são completamente inócuos. Se um homem atender, ou se for o telefone de alguma empresa, o número será considerado irrelevante e a chamada vai ser imediatamente encerrada.

Se uma mulher atender, a ligação também será rapidamente abortada.

Mas esse número será salvo para uma investigação mais profunda.

O celular dele é recolocado na bancada. Seu copo de água é levado à biblioteca.

Ele já devia ter retornado a esta altura.

— Thomas?

Ele não responde.

Ele é encontrado no topo da escada, no momento em que sai do quarto.

— Conseguiu encontrar o remédio?

Thomas está visivelmente indisposto agora. Vai precisar de três analgésicos e de um longo descanso num quarto escuro.

O encontro romântico chega a seu fim súbito e necessário.

As esperanças de Thomas de que a noite lhe reservasse momentos de intimidade se desvaneceram.

— Não — ele respondeu. Seu sofrimento é evidente.

— Eu vou procurar.

No banheiro, o armário de remédios é vasculhado. E o creme hidratante caro é empurrado para o lado.

— Está bem aqui.

Descendo as escadas, ele engole os três comprimidos e é convidado a deitar no sofá.

Ele balança a cabeça numa negativa e faz uma careta de dor ao realizar esse movimento.

— Acho melhor eu ir embora — ele diz.

O casaco é apanhado e entregue a ele.

— Espere. O seu telefone. — Thomas já ia esquecendo o aparelho na bancada. Um pulo na cozinha e, na volta, antes de devolver o celular para ele, uma espiada rápida na tela basta para confirmar que foi automaticamente bloqueado.

Ele enfia o aparelho no bolso do casaco.

— Sinto muito por ter que terminar a noite tão cedo — ele diz.

—Vou ligar para a confeitaria amanhã, logo cedo. — Uma pausa. — A mulher que me atendeu precisa saber que cometeu um erro.

Chamadas telefônicas em busca de quem cometeu um erro serão feitas amanhã. Disso não resta dúvida.

Mas não para quem Thomas está imaginando.

## CAPÍTULO 27

### SEGUNDA-FEIRA, 10 DE DEZEMBRO

NADA NA CASA DA DRA. SHIELDS ME CAUSA ESPANTO.

Sou chamada para fazer maquiagem na residência de muitas pessoas às segundas-feiras de manhã, e os vestígios das atividades do fim de semana dessas pessoas geralmente ficam à vista: a edição de domingo do *New York Times* jogada na mesa de centro, taças de vinho de uma festa secando de cabeça para baixo num escorredor de louça, chuteiras de futebol e caneleiras de crianças espalhadas pela entrada da casa.

Mas, quando cheguei à casa da dra. Shields, no West Village, imaginei que estivesse num daqueles ambientes retratados em revistas de arquitetura – apenas cores suaves e mobília elegante, escolhidas mais por questões estéticas que por conforto ou utilidade. E eu não tenho dúvida: é uma extensão do seu escritório impecável.

Depois que a dra. Shields me recebe na porta e eu lhe entrego o meu casaco, ela me conduz até a cozinha em conceito aberto, toda iluminada. Ela veste um suéter de cor creme com gola alta e uma calça justa bem escura, e seu cabelo está preso num rabo de cavalo baixo.

— Meu marido acabou de sair — ela diz, recolhendo da bancada duas canecas de café iguais e colocando-as na pia. — Eu esperava poder apresentá-lo a você, mas infelizmente ele teve de ir para o consultório.

Antes que eu possa perguntar alguma coisa – pois estou bem curiosa a respeito desse homem –, a dra. Shields indica com um gesto um pequeno prato de frutas vermelhas.

— Não sei se você teve tempo de tomar café da manhã — ela diz. — Prefere café ou chá?

— Café seria ótimo — respondo. — Obrigada.

Quando finalmente respondi à mensagem da dra. Shields no início da tarde de domingo, ela, antes de me convidar a sua casa, novamente me perguntou como eu estava me sentindo. Fui honesta e disse que estava bem melhor do que quando saí do bar do hotel sexta à noite. Dormi até o momento em que o Leo lambeu meu rosto pedindo para passear. Fiz alguns atendimentos e saí com o Noah. Fiz uma outra coisa também. Assim que o banco abriu no sábado de manhã, eu depositei o cheque de 750 dólares. Ainda tenho a sensação de que o dinheiro pode desaparecer. Até ver o saldo no meu extrato, eu não conseguia acreditar que pudesse ter ganhado tanto.

A dra. Shields serve o café de uma garrafa em duas xícaras de porcelana com pires do mesmo conjunto. A curva da asa da xícara é tão delicada que fico com receio de quebrá-la.

— Acho que podemos trabalhar na sala de jantar — a dra. Shields diz.

Ela coloca a garrafa de café e as xícaras numa bandeja, junto com dois pequenos pratos de porcelana do mesmo padrão das xícaras. Eu a sigo até a sala adjacente e passo por uma mesa pequena sobre a qual se encontra uma única fotografia, com moldura prateada. É a dra. Shields com um homem. Seu braço está em volta dos ombros da doutora, que está olhando para ele.

A dra. Shields vira a cabeça para trás e olha para mim.

— Este é o seu marido? — pergunto, indicando a fotografia.

Ela sorri. Olho para o homem com mais atenção, porque essa é a primeira coisa na residência da dra. Shields que destoa do restante.

Ele parece ter cerca de dez anos a mais que ela, com cabelo preto ligeiramente espesso e barba. Os dois parecem ter quase a mesma altura, mais ou menos 1,70 metro.

Eles não parecem combinar. Mas ambos se mostram muito felizes na foto, e o semblante dela sempre se alegra quando o menciona.

Eu deixo a fotografia de lado, e a dra. Shields movimenta uma cadeira na extremidade da reluzente mesa de carvalho, embaixo de um candelabro de cristal. A mesa está vazia, exceto por um bloco de anotações amarelo e, ao lado dele, uma caneta e um celular preto. Não é o iPhone prateado que eu havia visto antes na escrivaninha da dra. Shields.

—Você disse que eu só preciso fazer algumas ligações hoje? — eu pergunto. Não sei como isso pode ser útil num teste a respeito de moralidade. Será que ela vai me pedir para armar para alguém de novo?

A dra. Shields coloca a bandeja sobre a mesa, e eu não posso deixar de perceber que os mirtilos e as framboesas são perfeitos, como se o mesmo decorador que escolheu as graciosas peças do mobiliário desta sala tivesse selecionado as frutas também.

— Eu sei que a experiência de sexta à noite foi ruim para você — ela diz. — Hoje vai ser mais fácil. Além disso, eu vou ficar bem aqui, nesta sala, com você.

— Tudo bem — respondo, sentando-me.

Eu dirijo a atenção para o bloco de anotações diante de mim, e então vejo que a primeira página não está em branco. Listados com uma caligrafia que agora reconheço como sendo da dra. Shields, estão os nomes e números de telefone de cinco mulheres. Todos têm códigos de área da cidade de Nova York: 212, 646 ou 917.

— Eu preciso de alguns dados a respeito da relação entre dinheiro e moralidade — diz a dra. Shields. Ela coloca uma xícara e um pires diante de mim e depois pega a sua. Eu noto que ela gosta do café forte. — Ocorreu-me que posso usar sua profissão para me ajudar nesse trabalho de campo.

— Minha profissão? — eu repito. Pego a caneta e aperto o botão com o polegar. Ele faz um clique bem audível. Coloco-a de volta na mesa e bebo um gole de café.

— Quando apresentamos um cenário hipotético num teste, por exemplo, ganhar na loteria, a maioria das pessoas responde que doaria parte do dinheiro para a caridade — diz a dra. Shields. — Porém estudos mostram que os ganhadores estão pouco inclinados a doar, ao contrário do que suas promessas indicavam. Eu gostaria de me aprofundar numa variação disso.

A doutora pega a garrafa que havia trazido para a mesa e coloca mais café na minha xícara, e então se senta ao meu lado.

— Eu quero que as pessoas que atenderem às suas ligações acreditem que ganharam uma sessão grátis de maquiagem — a dra. Shields explica.

Alguma coisa na energia da doutora parece especialmente intensa hoje, ainda que ela permaneça quase imóvel. Mas o semblante dela se mantém sereno; seus olhos azuis-claros estão límpidos. Talvez eu esteja apenas projetando nela meus próprios sentimentos. Porque, embora eu saiba que tudo isso faz pleno sentido para ela, não consigo, por mais que me esforce, entender qual a importância disso para a sua pesquisa.

— Então eu só preciso ligar e dizer para essas pessoas que elas ganharam uma sessão de maquiagem grátis?

— Sim. E isso é verdade, Jessica. Vou lhe pagar pelas ses...

— Espere — eu a interrompo. — Eu vou mesmo fazer maquiagem nessas mulheres?

— Bem... Sim, Jessica. Como você faz todos os dias. Isso não será um problema, não é?

Ela faz tudo soar tão lógico. Varreu minha pergunta para longe, como se não passasse de uma migalha sobre a mesa.

Mas o momento de tranquilidade de que desfrutei quando estava com o Noah já desapareceu. Sempre que estou com a dra. Shields sinto que compreendo cada vez menos o que ela quer.

Ela prossegue:

— Meu objetivo é saber se as pessoas premiadas vão lhe dar uma gorjeta mais generosa por terem recebido o serviço de graça.

Faço que sim com a cabeça, embora continue sem entender aonde ela quer chegar.

— Mas por que esses números? — pergunto. — Para quem eu vou telefonar?

A dra. Shields toma sem pressa um gole de café.

— Todas foram participantes de uma das primeiras pesquisas sobre moralidade que eu fiz. Elas assinaram um termo concordando com uma ampla gama de possíveis experimentos posteriores.

Então essas pessoas sabem que algo pode aparecer, mas não sabem o quê. Eu posso compreender.

Pensando bem, racionalmente, não vejo de que maneira isso poderia prejudicar alguém. Quem não quer uma sessão gratuita de maquiagem? Mesmo assim, meu estômago fica embrulhado.

A dra. Shields desliza um pedaço de papel na minha direção com o que parece ser um roteiro digitado. Olho fixamente para o papel.

Se alguém na empresa que trabalho descobrir que eu estou fazendo isso, posso me encrencar. Eu assinei um termo de não concorrência quando eles me contrataram. E, mesmo que tecnicamente eu ainda esteja fazendo o *freelance* em nome deles, duvido que eles enxerguem dessa maneira.

Começo a torcer para que nenhuma dessas cinco mulheres aceite o presente.

Eu me pergunto se não existe um modo de ajudar nesse experimento sem envolver o nome da empresa para a qual trabalho.

Estou prestes a expressar minhas preocupações quando a dra. Shields coloca sua mão sobre a minha.

— Jessica, mil desculpas. — A voz dela é baixa e suave. — De tão envolvida com a minha pesquisa acabei me esquecendo de perguntar sobre sua família. Seu pai já começou a procurar um novo emprego?

Eu suspiro. A crise iminente na minha família é como uma dor crônica, indistinta, está sempre à espreita nos recantos da minha mente.

— Ainda não. Ele está esperando pela chegada do ano novo. Ninguém contrata em dezembro.

A mão dela permanece sobre a minha. É tão leve. A fina aliança de ouro branco e diamante parece ligeiramente larga no dedo da dra. Shields, como se ela tivesse perdido certo peso desde que colocou a joia no dedo pela primeira vez.

— Talvez eu até possa ajudar... — Ela deixa a conclusão da frase no ar, como se estivesse prestes a ter uma ideia.

Fico surpresa com o comentário e olho para ela atentamente.

— Quero dizer, isso seria perfeito. Mas como? Ele mora na Pensilvânia e só tem experiência como vendedor de apólices de seguro.

Ela retira a mão de cima da minha. Embora a mão dela estivesse fria, esse movimento de retirada me causa uma sensação de perda. De súbito me dou conta de que os meus próprios dedos estão frios, quase como se ela tivesse transferido um pouco de si para mim.

A dra. Shields pega uma framboesa do prato e a leva à boca. Ela tem uma expressão pensativa.

— Geralmente não trato de questões pessoais com quem participa das minhas pesquisas — ela diz finalmente. — Mas eu acho que você está se tornando mais que isso.

Essas palavras me fazem vibrar de emoção. Isso nem tinha me passado pela cabeça. Mas é verdade, nós temos mesmo uma conexão.

— Meu pai é um investidor — a dra. Shields continua. — Ele tem participação em diversas empresas na Costa Leste. É um homem influente. Talvez eu possa ligar para ele. Mas não quero ultrapassar os limites…

— Não! Quero dizer, você não estaria ultrapassando limite nenhum, não mesmo. — Mas eu sei que meu pai se sentiria humilhado, como se tivesse recebido algo por caridade; seu orgulho ficaria destruído se ele descobrisse isso.

Como sempre, a dra. Shields parece perceber o que eu estou pensando.

— Não se preocupe, Jessica. Vamos manter isso entre nós.

Isso significa muito mais do que um cheque generoso. Isso poderia salvar a minha família. Se meu pai conseguir um emprego, eles poderão permanecer na casa, e a Becky ficará bem.

A dra. Shields não parece ser uma pessoa que faz promessas ao vento. As coisas na vida dela são tão justas e coerentes. Ela é totalmente diferente de qualquer pessoa que eu conheço. Tenho a impressão de que ela realmente pode fazer isso acontecer.

Estou quase zonza de alívio.

Ela sorri para mim.

Ela pega o telefone e o coloca na minha frente.

— Que tal fazermos um ensaio primeiro?

# CAPÍTULO 28

### Terça-feira, 11 de dezembro

Toda família gera sua própria disfunção particular.
Muitas pessoas acreditam que, assim que ingressam na idade adulta, esse legado pode desaparecer. Mas a dinâmica do desajuste que foi gravada em nós, frequentemente desde a infância, é persistente.

Você me forneceu informações essenciais para compreender as interações confusas que resultaram dos seus padrões familiares, Jessica.

Você já teve curiosidade de saber sobre os meus padrões familiares? Os pacientes geralmente especulam sobre a vida dos seus terapeutas, enchendo de imagens uma tela em branco.

Você já teve experiência com teatro. Quão perto você chegou do elenco para dar uma boa olhada nos seus integrantes? Paul, o pai poderoso. Cynthia, a mãe, que um dia já foi uma beldade. E Lydia, a bem-sucedida filha mais velha.

Esses esboços dos personagens proporcionarão o contexto para a cena seguinte.

É terça-feira, hora do almoço, um dia depois de você ter ido a minha casa. A ocasião é festiva: o aniversário de 61 anos da mãe, embora ela afirme ter 56.

Eis o que podemos observar:

A mãe, o pai e a filha são conduzidos a uma mesa de canto para quatro pessoas no Princeton Club, na rua 43ª Oeste.

Por muitos anos, a quarta cadeira foi ocupada pela irmã mais nova da família. A cadeira ficou vazia desde o terrível acidente que a vitimou quando ela cursava o 3º ano do ensino médio.

Seu nome era Danielle.

A filha sobrevivente se acomoda em sua cadeira de couro marrom acolchoada e muito sutilmente a posiciona de maneira a ficar num ponto equidistante entre o pai e a mãe. O garçom não precisa pegar o pedido para saber quais são suas bebidas favoritas. Sem demora, ele leva um copo de uísque e duas taças de vinho branco para a mesa, e cumprimenta cada membro do trio chamando-os pelo nome. O pai aperta a mão do garçom e lhe pergunta como seu filho se saiu na última competição de luta livre do colégio. A mãe imediatamente bebe um grande gole de vinho, e então tira um estojo de pó compacto da sua bolsa e confere o próprio reflexo. Sua aparência e os traços do seu rosto são similares aos da filha, mas o brilho lhe foi roubado pela passagem do tempo. Com uma expressão um tanto contrafeita no rosto, a mãe encosta a ponta do dedo no batom. Os pedidos são feitos, e o garçom se retira.

Eis o que podemos ouvir:

— Uma pena que Thomas não possa estar conosco — a mãe diz, enquanto fecha com um ruído de engate seu estojo e o recoloca na sua bolsa acolchoada cujo fecho tem duas letras C douradas entrelaçadas.

— Não o tenho visto muito ultimamente — o pai comenta.

— Ele anda bastante ocupado, trabalhando demais — a filha responde. — O fim do ano é sempre época de muito trabalho para psicólogos.

Essa afirmação é abrangente e permite àqueles que a ouvem emprestar-lhe o significado que quiserem: as pessoas procuram terapeutas nessa época talvez pelo estresse de ter de fazer compras, viajar e preparar refeições elaboradas; ou talvez os dias mais curtos e sombrios causem o problema, provocando uma piora na depressão ou deflagrando transtorno afetivo sazonal. Porém qualquer psicólogo pode explicar a você que a força motriz por trás de um aumento tanto nas sessões de terapia regulares como nas emergenciais durante o mês de dezembro são as mesmas relações familiares que deveriam trazer paz e felicidade.

— Lydia?

A filha levanta a cabeça e dirige ao pai um sorriso para se desculpar. Ela estava distraída, imersa em contemplação.

Eis o que permanece invisível:

A filha estava refletindo sobre as informações recolhidas durante as ligações telefônicas de ontem. É impossível tirar da sua mente essa linha de pensamento.

Com base nos dados que você obteve, Jessica, duas das cinco mulheres dificilmente teriam algo com Thomas. Uma explicou que teria de tomar conta dos seus netos esta semana, mas poderia marcar o atendimento para sábado; a outra revelou que era funcionária de um serviço de limpeza, o que desencadeou a lembrança de que Thomas havia mencionado recentemente a necessidade de encontrar um novo serviço de faxina.

Três contatos, porém, ainda são pontos de interrogação.

Duas aceitaram a oferta da sessão de maquiagem gratuita, e os atendimentos delas foram agendados para esta sexta-feira à noite.

A proprietária do terceiro número desligou o telefone. Isso ainda não é motivo para preocupação.

Uma única traição de Thomas pode ser tolerada. Mas a confirmação de mais um ato de infidelidade seria mais do que estabelecer um padrão de traição. Revelaria fraude sistemática, decepção em dobro.

Mesmo assim, não há resultados garantidos nessa linha de investigação; muitas variáveis estão em jogo. Por isso, uma pesquisa paralela deve ser estabelecida simultaneamente.

É hora de você conhecer meu marido, Jessica.

O almoço prossegue.

— Você mal tocou no seu linguado — o pai diz. — Não está bom?

A filha balança a cabeça numa negativa e come um pedaço.

— Está perfeito. Eu é que não estou com muita fome.

A mãe pousa o garfo. Ele ressoa levemente ao tocar o prato que contém um filé de frango grelhado comido pela metade e legumes.

— Eu também não estou com muito apetite — ela diz.

O pai olha para a filha com atenção.

— Tem certeza de que não quer pedir outra coisa? — ele pergunta.

A mãe bebe seu vinho até o fim. O garçom se aproxima e discretamente enche a taça dela. É a segunda vez que ele faz isso. A filha não bebeu mais do que um gole; o pai recusou a oferta de uma segunda dose.

— Talvez eu esteja um pouco preocupada — a filha confessa. Ela hesita. — Há uma jovem assistente de pesquisa com quem estou trabalhando. O pai ficou sem emprego, a irmã é deficiente. Eu me pergunto se nós poderíamos ajudar a família de alguma maneira.

— O que você tem em mente? — O pai se inclina para trás na cadeira.

A mãe pega uma torrada no cesto de pães sobre a mesa e mordisca a ponta dela.

— Ele mora em Allentown. Conhece alguma empresa lá?

O pai franze as sobrancelhas.

— Ramo de trabalho?

— Ele vende apólices de seguro. São pessoas simples. Tenho certeza de que ele estará aberto a fazer alguma outra coisa.

— Você sempre consegue me impressionar — o pai diz. — Tão ocupada, envolvida num trabalho tão importante, mas ainda assim encontra tempo para ajudar quem precisa.

A mãe havia terminado de comer a torrada.

— Você não está se sentindo mal ainda por causa daquela outra garota — diz a mãe. É mais uma afirmação do que uma pergunta.

A filha não deixa transparecer nenhum sinal de apreensão ou agitação.

— São casos diferentes, não há conexão entre eles — a filha responde. Seu tom de voz continua sereno.

Ninguém que a visse falando agora teria ideia do esforço que isso exige.

O pai dá uns tapinhas na mão da filha.

—Vou ver o que posso fazer — ele diz.

O garçom coloca um bolo de aniversário na mesa. A mãe assopra a única vela.

— Leve um bom pedaço para o Thomas — a mãe diz.

Ela olha para a filha demoradamente.

Então seu olhar se intensifica.

— Nós vamos aguardar ansiosos a presença de vocês dois na véspera de Natal.

# CAPÍTULO 29

### Quinta-feira, 13 de dezembro

Para a tarefa de hoje não há carro à espera, nem a necessidade de usar um traje específico, nem roteiro escrito.

Tudo o que tenho é um destino e um horário: a exposição fotográfica de Dylan Alexander no Met Breuer. Preciso ficar lá das onze às onze e meia, e depois seguir diretamente para o escritório da dra. Shields.

Quando ela me ligou na terça-feira à tarde para me passar as instruções, perguntei:

— O que exatamente você quer que eu faça?

— Eu estou ciente de que essas tarefas são um tanto desconcertantes — respondeu. — Mas é essencial que você vá sem saber previamente o que vai encontrar, para que as informações não comprometam os resultados.

Ela disse apenas mais uma coisa:

— Seja você mesma, Jessica.

Isso me tocou.

Sei como desempenhar os vários papéis da minha vida: a dedicada maquiadora profissional, a garota que se diverte no bar com os amigos, a filha atenciosa e irmã protetora.

Mas a pessoa que a dra. Shields enxerga não é nenhuma dessas. Ela conhece a mulher sentada em seu consultório, que revela segredos e fraquezas. Mas certamente essa não é a pessoa que ela espera que eu seja hoje.

Tento me lembrar dos elogios que a dra. Shields me fez, particularidades minhas que possam tê-la levado a me dizer que sou para ela mais do que uma simples voluntária de pesquisas. Talvez seja a parte de mim que vou revelar hoje. Mas não consigo me lembrar de elogios específicos, apenas do que ela falou do meu bom gosto para roupas e da minha franqueza.

Enquanto me visto, tenho consciência de que escolhi as roupas pensando nela e não na minha tarefa. No último instante, resolvo usar o xale bege da dra. Shields. Digo a mim mesma que é para afastar o frio de dezembro, mas a verdade é que estou nervosa, e o tecido em volta do pescoço me traz conforto. Respiro fundo e imagino detectar o tênue aroma do perfume dela, ainda que ele já tenha evaporado do tecido a esta altura.

Antes de ir ao museu, passo num restaurante para um café da manhã com Lizzie. Eu já havia avisado a ela que tinha um atendimento importante para fazer e precisava ir embora às dez em ponto. Quis garantir que não perderia a hora porque, embora o tempo de deslocamento na cidade por volta do meio-dia seja geralmente normal, nunca se sabe se haverá atraso no metrô ou engarrafamento ou se o salto do seu sapato vai quebrar.

Durante o desjejum, Lizzie fala sobre seu amado irmão mais novo, Timmy, que é aluno do 2º ano no ensino médio. Eu o conheci no último verão, quando fomos juntas a sua casa num fim de semana. É um menino gentil e bonito. Ele aparentemente tomou a decisão de não tentar entrar no time de basquete que sempre amou. Agora a família inteira está nervosa. Ele é o primeiro dos quatro irmãos a não competir nesse esporte.

— Então o que é que ele pretende fazer? — pergunto.

— O clube de robótica — Lizzie responde.

— Ele provavelmente vai ter mais futuro nisso do que num time de basquete — comento.

— Principalmente porque é um grande *nerd* — concorda.

Conto a ela um pouco sobre Noah. Não entro em detalhes a respeito de como nos conhecemos, mas revelo que tivemos um segundo encontro no sábado à noite.

— O cara se ofereceu para cozinhar para você? — Lizzie exclama. — Que fofo da parte dele.

— Pois é, ele é mesmo um fofo. — Olho para as minhas unhas pintadas. Sinto-me estranha por esconder tantas coisas de Lizzie. — Preciso ir embora. Vamos marcar outro papo para logo?

Chego ao museu com dez minutos de antecedência. Estou andando na direção da entrada quando ouço pneus cantando e alguém grita:

— Puta merda!

Eu me viro rápido para olhar. A cerca de dez metros, uma mulher de cabelos brancos está estirada na rua, na frente de um táxi. O motorista está saindo do veículo, e algumas pessoas se aproximam da cena.

Eu me apresso até o local exato do acidente a tempo de escutar o motorista:

— Ela apareceu do nada na minha frente!

Além de mim, agora há quatro ou cinco pessoas reunidas em torno da mulher. Ela está consciente, mas parece bastante confusa.

Um casal de trinta e poucos anos surge ao meu lado e assume imediatamente o controle da situação. Eles aparentam calma e agem como se soubessem o que fazer.

— Qual é o seu nome? — o homem pergunta à mulher de cabelos brancos caída no chão. Ele tira seu sobretudo azul e o coloca sobre ela, que parece pequena e frágil debaixo do casaco grande.

— Marilyn. — Pronunciar essa simples palavra parece ser um enorme esforço para ela, que então fecha os olhos e faz uma careta de dor.

— Alguém chame uma ambulância — diz a mulher ao arrumar o casaco sobre Marilyn.

— Eu cuido disso — aviso, enquanto ligo para a emergência.

Dou o endereço à pessoa que atendeu à chamada, então consulto rapidamente meu relógio: são 10h56.

Um pensamento me ocorre: talvez esse acidente seja encenado. No bar do hotel, a dra. Shields me usou para avaliar um estranho.

Hoje posso ser eu a pessoa que está sendo avaliada.

Talvez *esse* seja o teste.

O casal continua inclinado sobre Marilyn. Ambos são atraentes e usam roupas formais. Será que fazem parte disso?

Olho à minha volta com certa expectativa de avistar o cabelo ruivo e os olhos azuis penetrantes da dra. Shields, como se ela estivesse parada num ponto distante, nos bastidores, dirigindo a cena.

Balanço a cabeça, espantando minhas suspeitas. É loucura pensar que a doutora poderia ter armado tudo isso.

Eu me inclino para Marilyn e pergunto:

— Quer que a gente telefone para alguém?

— Minha filha — ela sussurra. E então me informa o número. É encorajador que consiga se lembrar dele.

O dono do casaco rapidamente pega o celular para fazer a ligação.

— Sua filha está a caminho — avisa, desligando o celular. Ele olha para mim. Através dos seus óculos vejo preocupação em seus olhos.

Verifico o meu relógio: 11h02.

Se eu entrar no museu neste instante, estarei apenas um ou dois minutos atrasada para o meu compromisso.

Mas que tipo de pessoa iria embora numa situação dessas?

A distância, ouço a sirene de uma ambulância. O socorro está chegando. Seria ético de minha parte ir embora agora?

Se esperar mais tempo, vou violar as instruções explícitas da dra. Shields. Começo a transpirar na região das costas.

— Sinto muito — digo ao homem, que está tremendo um pouco agora que cedeu seu casaco. — Tenho um compromisso de trabalho. Realmente preciso ir.

— Tudo bem, eu cuido disso — ele responde gentilmente, aliviando um pouco o nó em meu peito.

— Tem certeza?

Ele faz um aceno positivo com a cabeça.

Eu olho para Marilyn. Ela está usando batom cor-de-rosa cintilante que parece ser da mesma marca que minha mãe usou durante anos.

— Pode me fazer um favor? — pergunto ao homem. Apanho um dos meus cartões de visita, anoto o número do meu celular e depois entrego a ele. — Quando tiver notícias, pode me informar como ela está?

— É claro — ele promete.

Quero mesmo ter certeza de que Marilyn ficará bem. Além do mais, quando eu contar sobre o acidente à dra. Shields, ela não vai me julgar insensível por abandonar a cena do acidente.

São 11h06 quando atravesso as portas de entrada do museu.

Olho para trás uma última vez e vejo que o cara ainda segura meu cartão. Ele não está olhando na direção da ambulância que se aproxima. Está olhando para mim.

Dou dez dólares à mulher da bilheteria, e ela aponta na direção da exposição de Dylan Alexander: basta subir a escadaria estreita até o 2º andar e então seguir à esquerda pelo corredor.

Enquanto subo rapidamente as escadas, espio meu celular para saber se a dra. Shields enviou alguma mensagem, como havia feito no bar. Há uma, sim, mas não é dela:

*Sou eu de novo. Que tal um café?*

É uma mensagem de Katrina, minha amiga dos tempos do teatro.

Coloco o telefone de volta no bolso.

A exposição de Dylan Alexander fica no final do corredor, e estou quase ofegante quando chego ao local.

Procurei no Google informações sobre o artista logo depois que a dra. Shields me incumbiu da tarefa, então a temática das obras não é surpresa para mim.

Trata-se de uma série de fotografias de motocicletas em preto e branco, sem moldura, em telas gigantescas.

Olho ao redor do recinto em busca de pistas que me orientem.

Várias pessoas estão contemplando as imagens: uma guia à frente de um trio de turistas; um casal de mãos dadas falando em francês; e um cara numa jaqueta *bomber* preta. Nenhum deles parece notar minha presença.

"A esta altura a ambulância já deve ter chegado", penso. Marilyn provavelmente está sendo colocada numa maca. Ela deve estar bem assustada. Espero que sua filha chegue logo.

Olho para as imagens e me lembro novamente da ocasião em que fiz um comentário patético quando a dra. Shields me mostrou a escultura de falcão feita de vidro. Agora me pergunto se minha tarefa tem algo a ver com essas imagens. Preciso de algo mais profundo para dizer sobre essa exposição, caso ela pergunte.

Eu sei pouco sobre motocicletas, mas sei menos ainda sobre arte.

Olho para a fotografia de uma Harley-Davidson, tão inclinada para o lado que o piloto está quase paralelo ao chão. É uma imagem de impacto, em tamanho natural, como as outras, e praticamente salta para fora do quadro. Faço esforço para encontrar o significado oculto que se supõe que todo trabalho artístico tenha; esse significado pode me dar uma pista sobre as intenções ocultas que levam a dra. Shields a me trazer para cá. Porém, tudo o que consigo ver é uma moto grande e pesada e um piloto que arriscou a vida sem necessidade.

Se o teste de moralidade aplicada à vida real não está nessas fotografias, então onde pode estar?

Perco o interesse nas fotografias quando começo a me perguntar se o teste já não teria acontecido. O Met Breuer tem uma taxa de entrada sugerida de 25 dólares, mas você não é obrigado a dar nada. Quando eu entrei no museu, havia uma placa na bilheteria com os dizeres VOCÊ DECIDE O VALOR QUE VAI PAGAR. POR FAVOR, SEJA GENEROSO NA MEDIDADO POSSÍVEL.

Eu estava com muita pressa e só iria ficar no prédio por uns trinta minutos; era isso que tinha em mente quando abri a minha carteira. Eu tinha uma nota de vinte e uma de dez. Então puxei a nota de dez e a dobrei antes de passá-la para a funcionária por debaixo do vidro da bilheteria.

A dra. Shields provavelmente pretende me restituir o dinheiro da taxa de entrada. Talvez ela presuma que paguei o valor integral. Preciso contar a verdade a ela. Espero que não pense que fui mesquinha.

Tomo uma decisão: quando descer, vou trocar o dinheiro e doar mais quinze dólares.

Tento me concentrar novamente nas obras de arte. Ao meu lado, o casal conversa animadamente em francês a respeito de uma das imagens.

Um pouco além, perto do ponto onde começa a exposição, o homem alto de jaqueta *bomber* preta olha para uma fotografia.

Espero até que ele passe para outra fotografia e então me aproximo.

— Perdão — eu digo. — Parece idiotice da minha parte, mas não consigo entender o que há nestas fotos que as torna tão especiais.

Ele se volta para mim e sorri. É mais jovem do que imaginei a princípio. Mais bonito também, aliando feições classicamente belas com roupas ousadas.

— Bem, vamos ver. Parece que o artista escolheu usar branco e preto porque quer que o observador concentre sua atenção nas lindas formas. A falta de cores realmente permite que você repare em cada detalhe. E aqui, neste caso, veja como ele escolheu a luz cuidadosamente para realçar os guidões e o velocímetro.

Volto-me para a imagem a fim de examiná-la por essa perspectiva.

Todas as motocicletas pareciam iguais para mim no começo, um borrão de metal e cromo, mas agora noto que são bem diferentes.

— Entendo o que você quer dizer — comento. Mas continua difícil perceber o que essa exposição tem a ver com ética e moralidade.

Passo para a próxima fotografia. Essa motocicleta não está em movimento. É nova e reluzente, e está no topo de uma montanha. Então o homem de jaqueta *bomber* vem olhar a fotografia também.

— Vê a pessoa refletida no espelho lateral? — ele pergunta. Eu não tinha visto, mas de qualquer modo faço que sim com a cabeça enquanto espio a imagem mais de perto.

O alarme do meu celular toca e me assusto. Sorrio sem jeito para o homem – uma maneira de pedir desculpa caso o barulho tenha atrapalhado sua concentração – e então pego o meu telefone no bolso para silenciá-lo.

Eu havia ajustado o alarme a caminho do museu para ter certeza de que seguiria as instruções da dra. Shields para ir embora às 11h30 em ponto. Tenho que ir embora.

— Obrigada — digo ao homem, e então desço as escadas até o andar principal. Em vez de perder mais tempo trocando dinheiro, enfio a nota de vinte na caixa de donativos e corro para a porta.

Quando saio do museu, vejo que Marilyn, o motorista de táxi e o cara usando óculos com armação de tartaruga desapareceram.

Carros passam no local onde a senhora estava caída; pessoas caminham de um lado para o outro na calçada, falando no celular e comendo cachorro-quente de um vendedor próximo.

É como se o acidente jamais tivesse acontecido.

## CAPÍTULO 30

### Quinta-feira, 13 de dezembro

Para você, isso é apenas uma tarefa de trinta minutos.

Não faz a menor ideia de que isso pode definir o desenrolar da minha vida toda.

Desde que este plano foi posto em prática, foram necessárias medidas para contrabalançar as reações físicas que me atingiram: insônia, falta de apetite e queda significativa da temperatura corporal. É essencial que esses distúrbios comuns sejam anulados para evitar que prejudiquem a clareza do processo mental.

Um banho quente com infusão de óleo de lavanda induz o sono. Pela manhã, dois ovos cozidos são consumidos. Um aumento no termostato de 22 para 23 graus compensa minha alteração fisiológica.

Tudo começa com uma ligação para o celular de Thomas pouco antes do horário em que nos encontraríamos.

— Lydia — ele diz, com evidente prazer.

Como seria viver o resto da minha vida sem ouvir sua voz em todas as suas manifestações: ligeiramente rouca quando ele acorda pela manhã, suave e terna durante os momentos íntimos, e masculina e apaixonada quando torce para os Giants?

Thomas confirma que está no Met Breuer, esperando pela minha chegada.

Contudo, o prazer no tom de sua voz desaparece quando ele recebe a notícia de que uma consulta de emergência me obriga a cancelar nossos planos de irmos juntos ver a exposição de um dos seus fotógrafos favoritos.

Mas ele nem pode se queixar. Afinal, cancelou um encontro não faz nem uma semana.

A exposição só vai durar até o fim de semana. Thomas não vai querer perdê-la.

— No jantar de sábado você pode me contar como foi. — Thomas ouve.

Agora vocês dois estão no local, posicionados em rota de colisão. Tudo o que resta é esperar.

A espera é uma condição universal: nós esperamos as luzes dos semáforos mudarem de vermelho para verde, esperamos nas filas dos supermercados, esperamos os resultados de um exame médico.

Mas não existe padrão de unidade de tempo, Jessica, que possa medir a espera para que você apareça e relate o que aconteceu no museu.

**Muitas vezes os estudos de psicologia mais eficazes são** baseados em decepção. Por exemplo, o participante de uma pesquisa pode ser levado a acreditar que determinado comportamento seu está sendo avaliado, quando, na verdade, o psicólogo preparou essa distração para avaliar algo completamente diferente.

Tomemos, por exemplo, os experimentos de conformismo de Asch: estudantes universitários acreditaram que estavam participando de um simples teste de percepção com outros estudantes, quando na realidade eles eram colocados, um de cada vez, num grupo composto de atores. Mostrava-se aos estudantes um cartão com uma linha vertical desenhada nele, e depois outro cartão com mais três linhas. Quando convidados a dizer em voz alta quais linhas tinham o mesmo comprimento, os estudantes forneciam sistematicamente a mesma resposta dada pelos atores, mesmo quando a linha escolhida pelos atores era claramente incorreta. Os estudantes que participaram da pesquisa acreditavam que o teste aplicado a eles era de percepção, mas o que estava sendo avaliado, na verdade, era a tendência ao conformismo.

Você presume que vai visitar o Met Breuer para ver as fotografias. Mas sua opinião sobre a exposição não interessa.

São 11h17.

Essa exposição em particular não receberá muitos visitantes a esta hora do dia; apenas algumas pessoas devem estar apreciando esse trabalho de arte.

A esta altura você já deve ter visto o Thomas. E ele já deve ter visto você.

Neste momento, sentar está fora de cogitação.

Uma mão percorre a fileira de livros que enchem uma prateleira da estante de madeira branca embutida, embora as lombadas já estejam perfeitamente alinhadas.

A única pasta arquivo sobre a mesa é movida ligeiramente para a direita e centralizada com mais precisão.

Os lenços sobre a mesa ao lado do sofá são repostos.

O relógio é checado repetidas vezes.

Finalmente, 11h30. Acabou.

O escritório tem dezesseis passos de comprimento, ida e volta.

11h39.

A janela mais distante permite que se veja a entrada. Ela é verificada constantemente.

11h43.

Você já deveria estar aqui a esta altura.

Uma inspeção diante do espelho, uma reaplicação de batom. As beiradas da pia são frias e duras. O reflexo no espelho confirma que a aparência externa está arrumada. Você não vai suspeitar de nada.

11h47.

A campainha soa.

Você enfim chegou.

Respiro brevemente, de modo cadenciado. Respiro de novo.

Você sorri quando a porta interna do escritório é aberta. Seu rosto está corado devido ao frio, e o vento despenteou seu cabelo.

Você irradia toda a beleza da juventude. A sua presença serve como um lembrete da crueldade inexorável do tempo. Algum dia também será engolida por ele.

O que será que ele pensou quando encontrou você em vez de mim?

— É como se nós fôssemos gêmeas — você diz.

Toca seu xale de casimira para explicar o comentário.

Eu rio. Uma risada forçada.

— Estou vendo... É perfeito para um dia tão feio.

Você se acomoda no sofá de dois lugares, que agora já é o seu lugar preferido.

— Jessica, fale-me sobre a sua experiência no museu.

A solicitação é feita sem rodeios. Não pode haver parcialidade na pesquisa. Seus relatos têm de ser impolutos.

Você começa:

— Bem, preciso lhe contar que cheguei alguns minutos atrasada. — Você evita olhar para mim. — Uma mulher foi atropelada por um táxi e parei para ajudá-la. Mas chamei uma ambulância, e outras pessoas presentes no local assumiram o controle da situação. Então corri para a exposição. Cheguei a me perguntar se o acidente fazia parte do teste. — Você dá uma risadinha constrangida e depois dispara a falar. — Foi difícil saber por onde começar, então fui direto para a primeira fotografia que me chamou a atenção.

Você está falando rápido demais, está resumindo.

— Vá mais devagar, Jessica.

Seus ombros despencam, seu corpo se curva. Você mostra abatimento.

— Me desculpe, é que aquilo me deixou impressionada. Eu não vi o acidente, mas vi a mulher estirada na rua logo depois...

Sua ansiedade deve ser compreendida.

— Deve ter sido angustiante — você ouve. — Foi bom ter parado para ajudar.

Você faz um aceno positivo com a cabeça. Sua tensão diminui e sua postura fica menos rígida.

— Por que não respira fundo e então prosseguimos?

Você tira o xale, desenrolando-o, e coloca no assento ao seu lado.

— Estou bem — você diz. Seu tom de voz agora é calmo.

— Jessica, descreva em ordem cronológica o que aconteceu depois que você entrou na exposição. Não deixe de fora nem um detalhe, nem mesmo o que possa parecer mais irrelevante.

Você fala do casal francês, da guia e dos turistas com ela e da sua impressão sobre a decisão de Alexander de fotografar em branco e preto para enfatizar a forma dos veículos.

Você hesita.

— Para ser honesta, eu não conseguia de maneira nenhuma entender o que tornava as fotografias especiais. Então perguntei a um cara que parecia realmente saber do assunto porque ele gostava do trabalho do artista.

Uma aceleração nos batimentos cardíacos. Uma necessidade quase incontrolável de despejar perguntas.

— Entendo. E o que ele disse?

Você relata o diálogo que teve com o homem.

É como se a voz profunda de Thomas estivesse repercutindo pelo meu escritório, misturada com seus tons mais agudos. Quando você falou, será que ele percebeu o arco do cupido arredondado no seu lábio superior? Os seus cílios alongados?

Sinto uma ligeira dor na mão. Paro de apertar a caneta que estou segurando.

A próxima pergunta deve ser escolhida com extremo cuidado.

— E depois a sua conversa com ele continuou?

— Sim, ele era legal.

Um breve e involuntário sorriso surge no meu rosto. A lembrança que você está evocando agora é agradável.

— Ele veio até mim um minuto depois, quando eu estava observando outra fotografia.

Havia apenas dois possíveis resultados nesta situação. O primeiro era que Thomas não prestasse atenção em você. O segundo, que prestasse.

A segunda alternativa tem sido repetidamente imaginada, mas seu poder continua devastador.

Thomas – com cabelo alourado e um sorriso que começa nos olhos, que contagia e faz sentir que tudo vai ficar bem – não poderia resistir a você.

Nós vivemos uma mentira, nosso casamento não passou de uma mentira, foi construído sobre areia movediça.

A raiva desmedida e o desapontamento profundo não se revelam. Não ainda.

Você continua a descrever a conversa sobre o reflexo do piloto no espelho da motocicleta. É interrompida quando começa a dar detalhes a respeito do alarme que soou no seu celular.

Pula para a parte em que está saindo do museu. Então, tem de ser reconduzida à sala onde você e Thomas se conheceram.

A pergunta precisa ser feita, ainda que pareça uma conclusão óbvia que Thomas a achou atraente, que ele buscou uma maneira de prolongar o contato.

Você foi treinada para ser honesta neste espaço. Suas primeiras sessões nos trouxeram a este momento crucial.

— O homem de cabelos claros... Vocês...

Você está balançando a cabeça numa negativa.

— Hã? Está falando do homem com quem eu conversei a respeito das fotografias?

É de vital importância que qualquer confusão seja eliminada.

— Sim — é a resposta que recebe. — O homem da jaqueta *bomber*.

Uma expressão de perplexidade se desenha no seu rosto. Você balança a cabeça novamente.

As palavras que diz em seguida fazem o consultório girar.

Algo está terrivelmente errado.

— O cabelo dele não era claro — você diz. — Era castanho-escuro. Quase preto, na verdade.

Você nunca encontrou Thomas no museu. O homem que encontrou não era Thomas, era outra pessoa qualquer.

# CAPÍTULO 31

### Sexta-feira, 14 de dezembro

À PRIMEIRA VISTA SE TRATA DE UM DIA COMO OUTRO QUALQUER: álcool em gel nas mãos, pastilha de menta na boca, minha chegada cinco minutos antes ao local combinado.

É noite de sexta-feira e faltam duas clientes para que eu encerre os trabalhos. Mas nenhum desses atendimentos foi marcado pela BeautyBuzz.

Essas são as mulheres que a dra. Shields selecionou, como parte do seu estudo.

Quando fui ao escritório dela ontem, depois do museu, a dra. Shields pareceu um tanto confusa a respeito da minha conversa com o sujeito de jaqueta *bomber*. Depois, ela pediu licença para ir ao banheiro. Alguns minutos mais tarde, quando voltou, tentei lhe contar o restante da visita ao museu, coisas como o dinheiro que pus a mais na caixa de donativos, ou o fato de não ter visto nenhum sinal do acidente quando saí da exposição.

Mas a dra. Shields me interrompeu. Insistiu em manter o foco no seu novo experimento.

Ela explicou novamente que essas mulheres haviam sido voluntárias em uma das suas primeiras pesquisas sobre moralidade e tinham concordado com uma ampla gama de possíveis experimentos futuros. Mas elas não conheciam o real motivo da minha visita às suas casas.

Pelo menos eu conheço, ou acho que conheço. Essa é a primeira vez que sou informada sobre o que está sendo avaliado antes de ingressar em um experimento.

Eu me sinto aliviada por não ter que participar sem saber o que vai acontecer, mas ainda assim há algo de estranho nisso tudo. Talvez porque os objetivos pareçam tão insignificantes. A dra. Shields quer saber se essas clientes me darão gorjetas mais generosas, considerando que o serviço é gratuito. Tenho de coletar alguns dados básicos sobre elas – idade, estado civil, ocupação – para que a doutora os inclua em um artigo sobre a pesquisa, quando o escrever, ou os utilize em qualquer outra finalidade que tenha em mente.

Eu me pergunto por que ela precisa de mim para confirmar esses detalhes. Ela ou o seu assistente, Ben, não teriam conseguido obter essas informações antes de colocar essas mulheres no experimento, como aconteceu comigo?

Antes de entrar no prédio de apartamentos no Chelsea e tomar o elevador até o 12º andar, pego o celular no meu bolso.

A dra. Shields salientou a importância de mais uma orientação.

Aperto o botão para chamar seu número.

Aguardo até que ela atenda.

— Olá, estou quase chegando — digo.

— Vou colocar meu aparelho no modo silencioso agora, Jessica — ela diz.

No instante seguinte, não ouço mais nada, nem mesmo o som da respiração dela.

Aciono o viva-voz.

Quando Reyna abre a porta, a primeira coisa que me vem à mente é que ela corresponde quase exatamente ao que eu esperava quando imaginei as outras mulheres no estudo da dra. Shields: no início da casa dos trinta, cabelo negro reluzente cortado na altura do ombro. Seu apartamento está mobiliado com um ar artístico – uma gigantesca pilha de livros retorcida serve como mesa de canto, paredes pintadas num esplêndido castanho-avermelhado e um candelabro esquisito, que parece uma antiguidade, colocado no peitoril da janela.

Nos quarenta e cinco minutos seguintes, tento inserir discretamente todas as perguntas que a dra. Shields quer que eu faça. Descubro que Reyna tem 34 anos, nasceu em Austin e é designer de joias. Ela exibe algumas peças que está usando, enquanto escolho uma sombra cinza-clara para os olhos; entre essas peças há um anel da eternidade, que ela criou para o casamento com sua parceira.

— Eleanor e eu temos anéis iguais — diz. Ela já havia me contado que esta noite as duas irão à festa de aniversário de 35 anos de um amigo.

A conversa com Reyna flui tão bem que quase me esqueço que este não é um dos meus trabalhos normais.

Nós papeamos mais um pouco e então ela vai conferir sua aparência diante de um espelho.

Quando volta, Reyna me dá duas notas de vinte.

— Não dá pra acreditar que ganhei isso — ela diz. — Para qual empresa você trabalha mesmo?

Eu hesito.

— Uma das maiores, mas estou pensando em trabalhar como autônoma.

— Sem dúvida vou chamar você de novo — Reyna diz. — Ainda tenho o seu número.

Mas esse número é do telefone que a dra. Shields me fez usar. Apenas sorrio e arrumo minhas coisas rapidamente. Quando chego de volta à calçada, tiro imediatamente a dra. Shields do viva-voz e levo meu celular ao ouvido.

— Ela me deu quarenta dólares — informo. — A maioria dos clientes me dá apenas dez de gorjeta.

— Maravilhoso — a dra. Shields comenta. — Quanto tempo leva até você chegar ao local do próximo atendimento?

Verifico o endereço. É uma corrida rápida de táxi pela West Side Highway.

— Fica no Hell's Kitchen — respondo. Estou tremendo. A temperatura despencou no intervalo de uma hora. — Devo estar lá por volta das 19h30.

— Perfeito — ela diz. — Ligue para mim quando chegar.

A SEGUNDA MULHER É DIFERENTE DE QUALQUER OUTRA CLIENTE que eu já tenha atendido na vida. É difícil imaginar como ela pode ter sido aceita num estudo da dra. Shields.

Tiffani tem cabelo oxigenado e é magérrima, mas não como as mães elegantes do Upper East Side.

Ela começa a tagarelar no minuto em que coloco minha maleta para dentro da minúscula entrada. É uma quitinete com uma cozinha pequenina e um sofá que serve de cama. Há garrafas de destilados enfileiradas no balcão da cozinha, e a pia está cheia de pratos sujos. A televisão está ligada. Dou uma espiada nela e vejo James Stewart na tela, atuando em *A felicidade não se compra*. É o único indício de alegria neste apartamento escuro e deprimente.

— Eu nunca ganhei nada na vida! — Tiffani diz. A voz dela é aguda, quase estridente. — Nem um bicho de pelúcia no parque de diversões!

Quando me preparo para perguntar a ela sobre seus planos para esta noite, outra voz se ergue das cobertas amarrotadas sobre o sofá-cama:

— Nossa, caralho, eu amo demais esse filme!

Levo um susto, e então olho para o móvel e vejo um sujeito deitado sobre os travesseiros.

Tiffani repara no meu movimento.

— É o meu namorado — ela diz, mas não me apresenta. O cara nem mesmo olha na nossa direção, e a luz azul que sai da tela envolve seu rosto e distorce suas feições.

—Vai a algum lugar especial esta noite? — pergunto.

— Não tenho certeza, talvez um bar — Tiffani responde.

Abro a minha maleta no chão; não há outro lugar para colocá-la. Já sei que não quero passar mais tempo aqui do que o necessário.

— Podemos acender a luz? — pergunto à Tiffani.

Ela estende o braço, toca num interruptor, e seu namorado reage imediatamente, colocando uma mão sobre os olhos. Tenho um vislumbre rápido de membros angulosos e uma tatuagem.

— Ei, não dá pra vocês fazerem isso no banheiro?

— Não tem espaço — Tiffani diz.

Ele bufa e depois diz:

— Mas que ótimo.

Coloco meu celular no compartimento superior da minha maleta e me asseguro de que a tela está voltada para baixo. Eu me pergunto quanto dessa conversa a dra. Shields consegue ouvir.

Tiffani arrasta para si um caixote marrom e se senta nele. Reparo que há mais dois deles encostados na parede.

Enquanto examino a pele de Tiffani, percebo que ela é mais velha do que imaginei a princípio: seu rosto é pálido, e seus dentes têm manchas acinzentadas.

— Acabamos de nos mudar para cá — ela diz. Suas frases soam como perguntas no final. — De Detroit.

Começo a misturar uma base de cor marfim na minha mão. Ela é tão pálida que preciso usar o tom mais leve que tenho.

— Por que você veio para Nova York? — pergunto. Já sei qual é o estado civil dela, agora só preciso descobrir sua profissão e sua idade.

Tiffani olha para o namorado. Ele ainda parece totalmente concentrado no filme.

—Vim ajudar o Ricky em alguns trabalhos — ela responde.

Mas ele sem dúvida está ouvindo nossa conversa, porque diz em voz alta:

— Mulher gosta mesmo de falar, não é?

— Desculpe — Tiffani diz. Então, com voz mais baixa, continua: — Seu trabalho parece bem legal. Como foi que você conseguiu?

Eu me inclino e começo a aplicar a base na pele dela. É então que vejo uma mancha roxa na têmpora de Tiffani. Estava oculta sob o cabelo dela quando atendeu a porta.

Minha mão para.

— Nossa, o que houve aqui? — pergunto.

Ela fica rígida.

— Bati a cabeça numa porta de armário quando estava desfazendo as malas. — Pela primeira vez noto desânimo em seu tom de voz.

Ricky tira o som da televisão, levanta-se sem pressa do sofá e cambaleia até a geladeira. Está descalço e usa uma calça jeans caindo pela cintura e uma camiseta surrada.

Ele pega uma cerveja na geladeira e a abre.

— Como foi que ela ganhou isso aí, afinal? — Ricky pergunta. Ele está a apenas um metro de distância de mim, diretamente sob a lâmpada fluorescente. Agora posso vê-lo claramente: seu cabelo loiro-sujo encrespado e sua pele pálida não são muito diferentes dos de Tiffani, mas os olhos dela são azuis-claros e os dele são quase negros.

Então percebo que as pupilas dele estão tão dilatadas que encobrem quase toda a íris.

Olho instintivamente na direção do meu celular, depois volto a olhar para Ricky.

— É uma iniciativa da minha chefe — respondo. — Acho que é uma promoção grátis para divulgar a empresa.

Pego um lápis de olho, sem me importar em conferir se é do tom certo ou não.

— Mais perto, por favor — oriento Tiffani.

Três arrotos irrompem sonoramente à minha direita.

Giro a cabeça na direção dele. Ricky está movendo o pescoço de um lado a outro. Mas seus olhos estão fixos em mim enquanto faz isso.

— Quer dizer então que você sai por aí fazendo maquiagem de graça pro povo? — ele diz. — Qual é a pegadinha?

Tiffani se levanta.

— Ricky, ela está quase terminando. Não passei meu cartão de crédito nem nada disso. Então vá ver o seu filme pra gente poder sair depois.

Porém Ricky não se move e continua olhando para mim.

Só preciso conseguir mais uma informação; depois termino o mais rápido que puder e vou embora.

— Para mulheres como você, que têm menos de 25 anos, prefiro um *blush* cremoso — comento, estendendo a mão até minha maleta. O *blush* está no compartimento superior, perto do meu celular.

Começo a aplicá-lo na maçã do rosto de Tiffani. Meus dedos estão um pouco vacilantes, mas faço o possível para tocá-la com delicadeza, pois talvez a área ao redor da contusão esteja dolorida.

Ricky se aproxima mais de nós.

— Como você sabe que ela tem menos de 25 anos?

Olho para meu celular novamente.

— Estou só adivinhando — respondo. Ele cheira a suor velho, fumaça de cigarro e mais alguma coisa que não consigo identificar.

— Qual é, tá tentando vender esse negócio pra ela? — diz.

— Não, é claro que não.

— Que estranho você ter escolhido a Tiffani. A gente se mudou pra cá faz só duas semanas. Como você conseguiu o número dela?

Minha mão escorrega, manchando com *blush* o rosto dela.

— Eu não sei com... Quero dizer, foi a minha chefe, ela me deu o telefone — respondo.

Duas semanas apenas? E eles se mudaram lá de Detroit para cá. Tiffani não poderia ter participado do estudo da dra. Shields de jeito nenhum.

Nem me dou conta de que havia parado de trabalhar na garota e estava olhando para o celular, até que noto um movimento súbito no meu campo de visão.

Ricky avança na minha direção. Eu me contorço para me esquivar, com um grito preso na garganta.

— Não, Ricky! — Tiffani grita, paralisada.

Instintivamente me encolho no chão. Mas ele não está atrás de mim. Ele quer o telefone.

Ricky agarra meu celular e o vira para ver a tela.

— É só a minha chefe... — eu digo sem pensar.

Ricky olha para mim.

—Você é da porra da Narcóticos?

— Hein?

— Nada na vida é de graça — ele diz.

Espero para ouvir a dra. Shields pelo viva-voz. A BeautyBuzz tem recursos de segurança para proteger seus colaboradores. E nós estamos autorizadas a ir embora imediatamente ao menor sinal de que algo está errado.

Tudo o que tenho é a dra. Shields. Ela vai consertar isso. Vai explicar tudo.

Estico o pescoço para olhar para o celular, mas Ricky afasta o aparelho para que eu não o veja.

— Por que você não para de olhar pra isso? — Ricky pergunta. Então ele vira lentamente o telefone na mão.

A tela não exibe nada além de uma foto do Leo como papel de parede.

A dra. Shields havia desligado.

Estou por minha própria conta.

Estou encolhida no chão, sem nada que me proteja.

— Meu namorado vem me buscar, e só quero ter certeza de que vou ver a chamada dele — minto, falando com voz alta e agitada. — Ele deve chegar aqui a qualquer momento.

Eu me levanto lentamente, como quem tenta evitar que um animal selvagem se irrite e ataque.

Ricky não se move, mas tenho a impressão de que ele pode explodir a qualquer instante.

— Me desculpe por irritar você — digo. — Eu posso esperar meu namorado lá fora.

Os olhos de Ricky estão cravados nos meus. A mão dele se fecha como um punho no meu celular.

—Tem alguma coisa errada aqui, moça, você é problema.

Balanço a cabeça numa negativa.

— Não. Sou só uma maquiadora, juro.

Ele olha para mim por mais um longo momento.

Então joga o meu celular no ar e eu me estico para pegá-lo.

— Pode pegar essa bosta de telefone — ele diz. —Vou continuar a ver o meu filme.

Não me atrevo nem a respirar até vê-lo de volta ao sofá.

— Sinto muito — Tiffani sussurra.

Quero pegar um dos meus cartões na maleta e dar a ela. Quero lhe dizer que pode me ligar se precisar de ajuda.

Mas Ricky está perto demais. A consciência da presença dele me impede de tomar qualquer atitude arriscada.

Pego alguns batons e os entrego a Tiffani.

— Fique com eles — digo.

Enfio minhas coisas de volta na maleta, que fecho em seguida, e me levanto. Minhas pernas estão bambas. Ando rápido até a porta, com a sensação de que os olhos de Ricky estão queimando as minhas costas. Quando chego à escadaria, já estou correndo, com o braço dolorido devido ao esforço de segurar a maleta pesada.

Uma vez instalada no banco de trás de um *Uber*, verifico meu registro de chamadas.

Não pode ser. A dra. Shields desligou depois de apenas seis minutos.

# CAPÍTULO 32

### Sexta-feira, 14 de dezembro

**HÁ UMA AGITAÇÃO SURPREENDENTE NA SUA VOZ QUANDO VOCÊ** telefona logo depois do seu encontro com a segunda mulher:

— Como você teve coragem de desligar o telefone assim? Aquele cara era encrenca!

Terapeutas são treinados para deixar de lado as próprias emoções turbulentas e se concentrar em seus pacientes. Isso pode ser bastante desafiador, principalmente quando perguntas que não podem ser reveladas concorrem com as suas, Jessica: "O que Thomas está fazendo esta noite? Ele está sozinho?".

Mas você tem de ser tranquilizada rapidamente.

Essas duas mulheres podem ter entrado em contato com meu marido por diversos motivos – terapia, por exemplo. De qualquer maneira, elas devem ser eliminadas como potenciais amantes: Reyna é uma lésbica casada, e Tiffani chegou à cidade há poucas semanas.

Os outros possíveis caminhos que levam à informação estão se fechando. Isso torna urgente e essencial sua participação.

Tudo depende de você agora.

Você tem de ser controlada.

— Jessica, mil desculpas. A ligação caiu e você obviamente não pôde ligar para mim. O que aconteceu? Você está bem?

— Oh. — Você bufa. — Sim, eu acho. Mas e aquela mulher que você me mandou atender? O namorado dela estava visivelmente drogado.

Fica no ar algo de negativo. Ressentimento? Raiva?

Isso deve ser eliminado.

— Quer que eu envie um carro para pegá-la?

A oferta é recusada, como já era esperado.

Contudo, a solícita atenção ao seu bem-estar tem o efeito desejado. Seu tom de voz muda. Você começa a se expressar de maneira mais calma conforme descreve suas interações. Perguntas superficiais lhe são feitas a respeito das duas mulheres. Você é elogiada por sua habilidade em extrair as informações desejadas.

— Eu saí da casa da Tiffani rápido demais para ganhar gorjeta — você diz.

Recebe a confirmação de que lidou com a situação de maneira perfeita e de que sua segurança vem em primeiro lugar.

Então uma semente é plantada cuidadosamente:

— É possível que sua experiência anterior com o diretor de teatro, aquele de quem me falou no saguão do hotel, tenha feito você se sentir mais vulnerável diante dos homens do que se sentiria normalmente?

— A pergunta é formulada com compaixão, naturalmente.

Você se atrapalha com a resposta.

— Eu não... Eu realmente não tinha pensado nessa possibilidade.

O indício de insegurança na sua voz revela que a pergunta teve seu objetivo alcançado.

O toque de uma nova chamada a interrompe. Verifico rapidamente o número. É meu pai, e não Thomas.

— Continue, Jessica, por favor.

Thomas não respondeu à mensagem deixada para ele há mais de uma hora. Isso não é normal.

*Onde ele está?*

Seu tom de voz permaneceu respeitoso desde que foi mencionada a possibilidade de que o passado esteja influenciando negativamente a percepção das suas experiências com homens. Talvez você também se lembre de que tirou conclusões precipitadas com Scott no bar do hotel.

— A segunda mulher, Tiffani... ela comentou que se mudou recentemente de Detroit para cá.

Houve um momento de hesitação na sua frase. Você está sondando informações sem querer apontar um dedo acusador.

— Eu tenho só uma pequena dúvida... — prossegue. — Você disse que ela participou do seu estudo?

Era esperado que esse detalhe passasse despercebido.

Você foi subestimada.

É necessário reparar esse erro sem demora.

— Ben, o meu assistente, deve ter trocado um dígito por outro quando pegou o número do telefone — é a explicação que você recebe.

Desculpas efusivas lhe são oferecidas, e você as aceita.

Você precisa ser trazida de volta para o jogo, e rápido; seus serviços serão necessários mais uma vez dentro de poucos dias, e será a sua tarefa mais importante até agora. Uma distração tem de ser criada.

A inspiração veio por acaso, apenas alguns instantes atrás, quando meu telefone acusou o recebimento de outra chamada. As palavras que a encantarão são selecionadas:

— Meu pai ligou hoje. Ele falou de uma oportunidade de emprego que pode ser interessante.

Seu alívio é óbvio e imediato. Você engasga, e então solta um grito de alegria.

— Sério mesmo?

Esse diálogo é seguido pela promessa de que um cheque pelo seu trabalho desta noite lhe será entregue na próxima vez que vier ao consultório.

Você tem muitas perguntas a fazer, mas não se permite expressá-las. Excelente, Jessica.

Você está relaxada quando a conversa ao telefone é encerrada.

Os materiais são reunidos: um *laptop*, uma caneta e um bloco de notas novo. Uma xícara de chá de hortelã, para manter a mente desperta e aquecer as mãos e a garganta.

O plano para o seu encontro com Thomas tem de ser concebido sem demora. Nenhum detalhe pode ser deixado de lado.

E desta vez o encontro tem de acontecer sem enganos.

# CAPÍTULO 33

## Sexta-feira, 14 de dezembro

Leo pula sobre mim assim que abro a porta de casa. Suas patinhas mal alcançam meus joelhos. Ainda não o levei para passear, pois saí para fazer as maquiagens de Reyna e de Tiffani. Apoio a maleta no chão e pego meu cachecol de lã, e depois coloco a guia nele.

Neste momento, eu preciso dessa caminhada tanto quanto ele.

Leo me puxa enquanto descemos os três lances de escadas, e continua assim até a porta da frente do prédio. Só vou ficar fora por alguns minutos, mesmo assim me certifico de que a porta está bem trancada.

Enquanto Leo se alivia num hidrante, enrolo o cachecol em torno do pescoço e checo o meu celular. Duas mensagens perdidas. A primeira é de Annabelle, minha amiga do teatro: *Saudade de você, garota, liga pra mim!*

A segunda é de um número desconhecido: *Olá, só queria avisar que a Marilyn está passando bem. A filha disse que ela recebeu alta do hospital algumas horas atrás. Espero que você não tenha se atrasado para o seu compromisso de trabalho.* No final da mensagem, ele acrescentou um *emoji* de sorriso.

*Que notícia boa! Obrigada por me informar!*, digito em resposta.

Continuo a caminhar, e com a minha mão livre eu massageio a nuca, tentando aliviar a tensão. Nem mesmo a possibilidade de que apareça um emprego para meu pai é capaz de anular a agitação que sinto.

Quero conversar com alguém sobre tudo o que está acontecendo. Mas não posso desabafar com ele nem com minha mãe, e não apenas por causa das regras de sigilo da dra. Shields.

Olho para meu celular novamente.

Ainda não são nove da noite.

Noah estará fora da cidade até domingo. Eu poderia ligar para Annabelle ou para Lizzie e tentar me encontrar com elas. Seria divertido passar um tempo em companhia bem-humorada, mas neste momento não acho que esteja com muita disposição para isso.

Viro numa esquina e passo por um restaurante com um cordão de luzes de Natal brancas penduradas ao redor das janelas. Na porta de entrada da loja ao lado há uma coroa de flores.

Meu estômago ronca e me dou conta de que não como nada desde a hora do almoço.

Um grupo caminha na minha direção, liderado por um cara com chapéu de Papai Noel. Ele está andando de costas, cantando "Rudolph, A Rena do Nariz Vermelho" em voz alta e parodiando a letra enquanto seus amigos dão risada.

Saio para o lado a fim de deixá-los passar. Sinto como se estivesse desaparecendo nas sombras vestida com minha roupa preta de trabalho.

Um ano atrás, eu também fazia parte de um grupo alegre e barulhento. Depois dos ensaios das sextas-feiras à noite, Gene pedia comida chinesa para todo mundo. Algumas vezes a esposa dele aparecia para uma visita e levava *brownies* ou *cookies* feitos em casa. Era como uma família para mim, de certo modo.

Eu não havia percebido a falta que sinto disso.

Estou sozinha esta noite, mas me acostumei com isso. Raras vezes me sinto solitária.

Na última vez que pesquisei Gene no Google, soube que sua esposa havia acabado de dar à luz uma menina. Minha busca exibiu uma fotografia dos três juntos na abertura de um dos seus espetáculos, e a esposa dele sorria para o bebê em seus braços. Eles pareciam felizes.

Penso nas duas mensagens de Katrina. Não respondi a nenhuma delas.

Apesar dos meus esforços para deixar para trás esse período da minha vida, tenho uma pergunta em mente. Quando penso na inocente mulher de Gene, é como se eu pudesse ouvir a dra. Shields perguntar:

*É ético destruir a vida de uma mulher inocente se isso representar uma chance de proteger outras mulheres de serem prejudicadas no futuro?*

Preciso de uma válvula de escape para os meus pensamentos. Se usasse drogas, estaria atrás de um baseado neste momento. Mas não perco o controle a esse ponto. Prefiro recorrer a outra alternativa quando a pressão é grande demais para suportar.

Noah pensa que sou o tipo de garota para quem você cozinha, e que no primeiro encontro não faz nada além de beijar. Mas não sou mais assim desde aquela noite com Gene French. Talvez porque eu tenha confiado demais nele, agora é difícil ser emocionalmente vulnerável diante de homens. Mesmo que Noah estivesse na cidade, não iria procurá-lo esta noite.

Penso então no homem com quem acabei de trocar mensagens; percebi como me olhou quando eu estava entrando no museu. Com ele, posso ser apenas uma garota anônima.

Então envio outra mensagem:

*Por acaso você estaria livre para beber alguma coisa agora?*

Penso por um segundo em Noah, com o seu pano de prato enfiado na calça jeans enquanto cozinhava para mim.

"Ele jamais vai saber", digo a mim mesma.

Tudo o que vou fazer é ver esse cara por algumas horas. Depois, nunca mais terei de falar com ele.

# CAPÍTULO 34

## Sexta-feira, 14 de dezembro

Depois que você apresenta o relatório sobre seus encontros com Reyna e Tiffani, o telefone permanece em silêncio por um período insuportavelmente longo. Quando Thomas enfim telefona, às 21h04, três xícaras de chá de hortelã já haviam sido consumidas e quase duas páginas do bloco de notas preenchidas.

— Mil desculpas por não ter visto a sua mensagem antes — ele começa. — Eu estava às voltas com as compras de Natal e não ouvi o toque do celular, porque as lojas estavam cheias demais.

De fato, Thomas costuma deixar as compras de Natal para o último momento. Ruídos da cidade podem ser ouvidos ao fundo.

Mesmo assim, as suspeitas crescem. Como é possível que ele não tenha sentido a vibração do celular?

Porém, sua justificativa é prontamente aceita, porque é de suma importância que ele ingresse no experimento sem saber o que se passa.

Conversamos um pouco sobre assuntos banais. Thomas diz que está cansado e vai para casa a fim de dormir mais cedo.

Então diz uma última frase:

— Estou ansioso para vê-la amanhã, gata.

A xícara balança e cai sobre o pires, lascando a fina peça de porcelana. Felizmente Thomas desligou o telefone antes que o barulho pudesse ser ouvido.

Durante o nosso casamento, Thomas não economizou elogios: *Você é linda. Encantadora. Brilhante.*

Gata? Jamais.

Mas, na mensagem que me enviou por engano, foi com essa palavra que ele se dirigiu à mulher com quem confessou ter tido um caso.

Passar por altos e baixos emocionais é algo universal. Uma parceria saudável e amorosa pode proporcionar uma boa base de apoio durante uma crise, mas não pode jamais apagar a dor que atinge uma pessoa em momentos críticos, como a morte de uma irmã ou a infidelidade do marido.

Ou o suicídio de uma jovem participante de um estudo.

Essa tragédia ocorreu no início do verão passado: 8 de junho, para ser exata. Nosso casamento sofreu, Jessica. Que casamento não sofreria? Foi difícil reunir energia suficiente para continuar totalmente produtiva. Visões dos olhos castanhos sinceros dessa jovem me surpreendiam o tempo todo. A consequência disso foi um retraimento tanto emocional quanto físico, apesar das palavras reconfortantes de Thomas: "Algumas pessoas são um caso perdido, meu amor, estão além da possibilidade de ajuda. Não havia nada que você pudesse ter feito".

O nosso casamento poderia ter se recuperado do distanciamento que se estabeleceu durante essa época. A não ser por uma coisa.

No final do verão, em setembro, foi parar no meu celular a mensagem que Thomas disse ter enviado para a proprietária da loja de roupas com a qual ele teve uma aventura de uma noite. O som claro da notificação reverberou pelo meu consultório silencioso. Eram 15h51 de uma sexta-feira.

Thomas provavelmente enviou a mensagem nesse horário em particular porque o consultório dele também estava vazio; os pacientes costumam se retirar dez minutos antes da hora cheia, permitindo que o terapeuta tenha algum tempo livre para cuidar de suas necessidades pessoais entre as sessões.

Durante aquele verão sombrio para mim, minhas horas de trabalho no escritório foram mantidas, Jessica. Nenhum paciente foi dispensado. Talvez isso tenha sido mais vital do que nunca.

Isso significa que, durante os nove minutos de folga que tive após receber a mensagem de texto de Thomas, é possível que eu não tenha tirado os olhos dessa mensagem: *Vejo você à noite, gata.*

Foi como se as palavras se expandissem mais e mais, até encobrirem tudo ao redor.

É muito comum para um terapeuta testemunhar tentativas dos pacientes de racionalizar, de arranjar desculpas, como um mecanismo de defesa para suprimir emoções opressivas. Essas palavras, contudo, não podiam ser ignoradas.

Quando restava apenas um minuto para que novos pacientes entrassem nos nossos consultórios, tanto no meu como no dele, o estado de transe foi rompido. Uma resposta foi enviada a Thomas.

*Acho que essa mensagem não era para mim.*

O telefone foi então silenciado, e a minha paciente das quatro da tarde, uma mãe solteira lutando contra uma ansiedade que era exacerbada pela beligerância do filho adolescente, não desconfiou nem por um segundo de que algo estivesse errado.

Entretanto, Thomas deve ter cancelado sua última consulta do dia, porque cinquenta minutos mais tarde, depois que a agitada paciente se foi, ele estava na minha sala de espera, sentado encolhido, inclinado para a frente com os cotovelos nos joelhos e o semblante tenso e triste.

### APÓS A MENSAGEM DE THOMAS, DADOS FORAM COLETADOS.

Algumas informações foram oferecidas por Thomas. O primeiro nome dela: Lauren. Seu local de trabalho: uma pequena loja de roupas elegantes perto do consultório dele.

Outras foram obtidas de maneira independente.

Um breve telefonema para a loja, ao meio-dia de um sábado, foi o suficiente para confirmar a presença de Lauren no local. Depois disso, seria preciso simplesmente andar por lá fingindo interesse pelos tecidos exuberantes.

Ela estava atendendo uma cliente. A loja, que estava cheia, tinha mais uma vendedora. Mas Lauren era a atração principal, e não apenas porque tinha uma história com meu marido. Você se parece um pouco com ela, Jessica. Há semelhança na essência de vocês duas. E era fácil ver por que até mesmo um homem feliz no casamento seria suscetível aos encantos dela.

Lauren completou a transação e se aproximou de mim com um sorriso acolhedor.

— Posso ajudá-la? — perguntou.

— Só estou dando uma olhada. Mas talvez você possa me dar sugestões. Vou viajar no fim de semana com meu marido e gostaria de levar algumas peças novas.

Lauren recomendou vários itens, entre eles alguns vestidos desestruturados que havia adquirido numa recente viagem de compras à Indonésia.

Conversamos brevemente sobre suas viagens.

Ela era exuberante e cheia de alegria, seu prazer de viver era evidente.

Depois que Lauren foi encorajada a falar por vários minutos, nosso encontro foi abruptamente encerrado. Nada foi comprado, é claro.

A conversa esclareceu algumas questões, mas fez com que outras surgissem.

Lauren ainda não faz ideia da verdadeira intenção da minha visita.

UMA GOTA DE SANGUE VERMELHO-VIVO MANCHA O PIRES DE POR-celana branco.

Um curativo cobre o meu pequeno ferimento. A xícara de chá quebrada permanece na mesa.

Thomas não faz muita questão de chá.

Ele prefere café.

O bloco de notas repousa na mesa, ao lado da xícara.

A pergunta no topo do papel amarelo pautado, escrita toda em letras maiúsculas, finalmente pode ser respondida: ONDE ELES VÃO SE ENCONTRAR?

Todos os domingos, depois do jogo de *squash*, Thomas se entrega a uma rotina simples: lê o *The New York Times* num restaurante próximo de sua academia. Finge que faz isso porque a localização é conveniente. A verdade é que ele não vê a hora de se deliciar com um bom pedaço de bacon gorduroso e ovos fritos com pão cheio de manteiga. Mesmo num casamento em que o regime alimentar é muito parecido, nossas rotinas nas manhãs de domingo sempre foram diferentes.

Dentro de trinta e seis horas, Thomas vai satisfazer sua calórica tentação semanal.

E você, Jessica, vai aparecer para providenciar outro tipo de tentação.

# CAPÍTULO 35

## Domingo, 16 de dezembro

**Avisto o alvo da dra. Shields no instante em que entro** no restaurante, que está tomado pelo barulho de pratos e o burburinho das conversas dos clientes. O homem está sozinho na terceira mesa à direita, com o rosto parcialmente coberto pelo jornal.

Ontem a dra. Shields me ligou para dizer que daria um cheque de mil dólares pelo meu trabalho de sexta-feira à noite. Então, me deu a seguinte tarefa: encontrar um determinado homem, precisamente neste restaurante, e trocar números de telefone com ele. Já foi bem desagradável flertar com Scott no bar do hotel, mas fazer a mesma coisa sem a iluminação indireta e o álcool parece cem vezes pior.

A única coisa que me estimula a fazer isso é imaginar a expressão de felicidade no rosto de todos da minha família ao saberem que, no fim das contas, vão sair de férias.

*Cabelo claro. Um metro e oitenta e oito. Óculos de armação de tartaruga. New York Times. Bolsa de ginástica.* A descrição da dra. Shields passa mais uma vez pela minha mente.

O homem confere cada quadro da página que está lendo. Caminho rapidamente na direção dele, com minha fala inicial na cabeça. Ele ergue a cabeça assim que chego à sua mesa.

Fico sem ação.

Sei bem o que preciso dizer: *Desculpe incomodá-lo, mas você encontrou um celular?*

Mas não consigo falar. Não consigo me mover.

O homem sentado à mesa não é um estranho.

Eu o encontrei pela primeira vez do lado de fora do Met Breuer quatro dias atrás, quando nós dois paramos para ajudar a mulher que foi atingida por um táxi. Nós éramos dois estranhos unidos pelo acaso – pelo menos foi como me pareceu.

Nossos caminhos voltaram a se cruzar quando ele enviou uma mensagem para me avisar que Marilyn estava bem, e sugeri que nos encontrássemos para beber algo.

Ele apoia o jornal sobre a mesa. Parece quase tão surpreso quanto eu.

— Jess? O que está fazendo aqui?

Meu primeiro instinto é me virar e ir embora. Minha boca está seca e sinto um travo na garganta.

— É que eu... Bem... — gaguejo. — Só estava passando por aqui e pensei em fazer uma boquinha.

Ele hesita.

— Mas que coincidência. — Seus olhos se fixam no meu rosto, e o pânico me invade. —Você não mora nesta região. O que a trouxe a este lugar?

Balanço a cabeça e afasto uma imagem de apenas duas noites atrás, no bar à meia-luz, ele se inclinando para a frente, com a mão pousada na minha coxa. Depois de três drinques, Thomas e eu fomos para o meu apartamento.

— Hum, uma amiga que me recomendou o lugar, disse que a comida é ótima.

A garçonete aparece com uma garrafa de café quente.

— Encho a xícara, Thomas?

— É claro — ele responde. E gesticula na minha direção. — Quer se sentar?

O restaurante parece abafado e quente demais. Desenrolo o cachecol bege do pescoço, deixando as duas pontas soltas na frente da jaqueta. Thomas ainda está olhando para mim desconfiado.

Não posso culpá-lo.

Eu nunca soube que tipo de teste de moralidade aconteceu naquele museu. Mas em uma cidade de oito milhões de pessoas, quais são as chances de cruzar ao acaso com a mesma pessoa duas vezes em quatro dias, realizando tarefas para a dra. Shields?

Tudo parece tão às avessas que não consigo coordenar as ideias e pensar com clareza. Outra imagem vem à minha mente: ele beijando o meu ventre nu.

Nada do que eu dissesse a Thomas explicaria de modo satisfatório minha presença aqui. Quem é ele para a dra. Shields? Por que ela o escolheu?

Sinto o suor escorrer nas minhas axilas.

A garçonete retorna. Eu ainda estou de pé.

— Gostaria de alguma coisa? — ela me pergunta.

De jeito nenhum vou me sentar com ele e comer.

— Sabe, na verdade não estou com fome ainda — respondo.

Olho para Thomas mais de perto – seus olhos verdes por detrás dos óculos com armação de tartaruga, sua pele morena e seu cabelo louro-escuro. Então me ocorre que a dra. Shields pressupôs que o cara com quem eu estava conversando na exposição era Thomas, já que ela pensou que ele fosse loiro. Mas perdeu o interesse assim que percebeu que não era.

Então esta é uma nova tentativa.

Mas o que a dra. Shields vai dizer quando souber que eu dormi com o cara cujo número de telefone deveria conseguir?

Tenho consciência de que estou brincando com as pontas do cachecol. Desfaço o contato visual com Thomas e tiro a peça do pescoço. Depois a enfio na bolsa e prendo sob o livro de bolso que carrego comigo.

— Preciso ir — digo.

Ele ergue as sobrancelhas.

—Você está me seguindo?

Eu me pergunto se ele está brincando ou não. Não falo com Thomas desde que saiu do meu apartamento, por volta da uma da manhã de ontem. Não trocamos mensagens; pareceu ter ficado bem claro o que significou o nosso encontro.

— Não, nada disso — respondo. — Eu só quis... Foi um engano.

Saio do restaurante num piscar de olhos.

Eu já havia realizado minha tarefa dias atrás. Tenho o número do Thomas armazenado no meu celular. E ele tem o meu.

A um quarteirão de distância do restaurante, ligo para a dra. Shields para avisar que estou a caminho de sua casa. Ela atende no primeiro toque. Há sinais de tensão em sua voz sempre límpida.

—Você o encontrou?

— Sim, ele estava exatamente onde você disse que estaria.

Estou prestes a entrar numa estação do metrô quando o toque de outra chamada interrompe a próxima pergunta dela. Tudo o que consigo entender é "... telefone... plano?"

— Perdão — digo. — Sim, nós temos o número do telefone um do outro.

Escuto quando ela solta um suspiro aliviado.

— Fantástico, Jessica. Vejo você em breve.

Meu coração está acelerado.

Não sei como vou fazer para me sentar diante dela e contar que transei com o cara do experimento. Posso dizer que teria lhe contado sobre o encontro com Thomas na entrada do museu, mas na nossa última sessão ela me interrompeu quando eu estava falando sobre o acidente de táxi.

Preciso fazer isso. Se não for honesta, ela vai descobrir.

Deixo escapar um suspiro.

"É tolice pensar que a dra. Shields ficará contrariada comigo", digo a mim mesma. Cometi um erro justificável. Ela não pode usar isso contra mim.

Mas não consigo parar de tremer.

Checo o meu correio de voz. Uma mensagem.

Sei de quem é a mensagem antes mesmo de ouvir sua voz.

— Oi, é o Thomas. Nós precisamos conversar. Acho que conheço a amiga que mandou você ao restaurante. Ela é... Olhe, ligue para mim assim que puder. — E continua: — Por favor, não diga nada a ela. — Há uma pausa. — Ela é perigosa. Tome cuidado.

## CAPÍTULO 36

### DOMINGO, 16 DE DEZEMBRO

VOCÊ FINALMENTE CONHECEU O MEU MARIDO.

O que achou dele? E mais importante: o que ele achou de você?

Uma visão de vocês dois juntinhos numa aconchegante mesa do restaurante é repelida.

Quando você chega ao sobrado, os costumeiros rituais de boas--vindas ocorrem: o casaco e o cachecol são pendurados no *closet* da entrada e a enorme bolsa é apoiada ao lado, no chão. Você é convidada a beber alguma coisa, mas pela primeira vez recusa.

Você é examinada com atenção. Sua aparência é cativante, como sempre. Mas hoje parece distraída, Jessica.

Evita o contato visual prolongado. Mexe sem parar em seus anéis.

Por que está tão distraída? Seu encontro com Thomas transcorreu de maneira perfeita, você seguiu todas as instruções. Você descreve os fatos: aproximou-se dele e explicou que provavelmente havia esquecido seu celular naquela mesa. Depois de uma busca superficial, pediu para usar o telefone dele a fim de ligar para seu número. Ele concordou, e o toque indicou que o celular estava dentro da sua bolsa; você simplesmente não havia percebido. Então se desculpou pelo transtorno e foi embora.

Agora é hora de passar para a próxima etapa.

Antes de começar a receber as instruções, porém, você se levanta do sofá da biblioteca.

— Preciso pegar uma coisa na minha bolsa — você diz.

Recebe um aceno afirmativo e se retira para o *closet* da entrada. Volta instantes depois segurando uma pequena embalagem.

Você está apreensiva. Talvez esteja mais uma vez preocupada com as finanças da sua família, ou talvez esteja reprimindo a necessidade de fazer perguntas sobre a última tarefa. O fato é que suas emoções não serão trabalhadas hoje. Há questões muito mais importantes para ser resolvidas.

— Meus lábios estão ressecados demais — você diz enquanto passa o protetor labial com o logo da BeautyBuzz.

Nenhuma resposta é dada. Você volta a se sentar.

— Preciso que envie uma mensagem ao homem do restaurante e o convide para sair.

Você olha para baixo, na direção do celular. E começa a digitar.

— Não! — A ordem é dada com mais tensão do que o pretendido. Um sorriso suaviza o meu rompante. — Eu gostaria que escrevesse o seguinte: *Oi, aqui é a Jessica, do restaurante. Foi legal conhecer você hoje. Quer me encontrar para tomar um drinque algum dia desta semana?*

A preocupação surge novamente em seu rosto. Seus dedos não se movem.

— O que foi, Jessica?

— Nada. É que... Ahn, todo mundo me chama de Jess. A não ser você. Eu não usaria o nome completo para me referir a mim mesma.

— Tudo bem, faça a correção.

Você segue as orientações. Coloca o celular no colo, e a espera recomeça.

Um toque soa alguns segundos depois.

Você levanta o telefone.

— É a BeautyBuzz — diz. — Tenho um atendimento a fazer dentro de uma hora.

Um violento choque de alívio e desapontamento é experimentado.

— Não entendo por que teve de agendar outros trabalhos hoje, Jessica.

Você parece confusa. Começa a raspar o esmalte da unha com a ponta do dedo, e para de mexer as mãos quando se dá conta do que está fazendo.

—Você disse que só precisaria de mim por uma hora ou duas, então...

Sua voz desvanece.

—Tem certeza de que a mensagem foi enviada?

Você olha novamente para o celular.

— Sim, aqui diz que foi entregue.

Mais três minutos se passam.

Thomas deve ter visto a mensagem, com certeza. Mas e se não tiver visto?

É importante que a solicitação a seguir seja comunicada com autoridade e sem o menor sinal de desespero.

— Eu gostaria que você cancelasse sua sessão de maquiagem.

Você engole em seco.

— Dra. Shields, sabe que eu faria qualquer coisa pela sua pesquisa. Mas essa é uma boa cliente, ela conta comigo. —Você hesita. — Ela vai receber convidados para uma grande festa de fim de ano hoje.

Que dilema mais insignificante.

— Não podem enviar uma substituta no seu lugar?

Você balança a cabeça. Seus olhos estão suplicantes.

— A BeautyBuzz tem uma política clara. Cancelamentos têm de ser feitos com um dia de antecedência.

Esse foi um erro de cálculo da sua parte, Jessica. Uma boa cliente não é páreo para a enorme generosidade com que você tem sido recompensada. Suas prioridades estão distorcidas.

Depois da sua explicação, o silêncio toma conta do ambiente. Após se remoer por algum tempo, você é dispensada.

— Bem, Jessica, eu não gostaria que você decepcionasse uma cliente tão boa.

— Me desculpe — diz, levantando-se rapidamente do sofá. Mas um novo pedido faz você voltar e escutar.

— Assim que Thomas responder à sua mensagem, preciso que me informe.

Você me fita com expressão de espanto.

— É claro — responde de imediato.

Então pede desculpas mais uma vez e é acompanhada até a porta.

# CAPÍTULO 37

## DOMINGO, 16 DE DEZEMBRO

EU ME AFASTEI DOIS QUARTEIRÕES DA CASA DA DRA. SHIELDS antes de retornar a ligação de Thomas. Mesmo que, durante todo o tempo em que estive com ela, não conseguisse pensar em nada além da mensagem dele.

*Ela é perigosa. Tome cuidado.*

A pergunta que não sai da minha mente é: como Thomas sabia que a dra. Shields havia arranjado nosso encontro?

Ele atende no primeiro toque. Antes que eu comece a falar, diz:

— Como você conheceu a minha esposa?

Minhas pernas vacilam e eu cambaleio, apoiando-me numa árvore para recuperar o equilíbrio. Vem à minha cabeça a imagem do homem de cabelos negros e barba na fotografia da casa dela, que parecia ter mais ou menos a mesma altura da dra. Shields. Tenho certeza de que a doutora disse que era casada com ele.

Então como Thomas poderia ser marido dela? Contudo, a dra. Shields sem dúvida o conhecia; ela o chamou pelo nome no final do nosso encontro.

— Sua esposa? — repito. Sinto o meu estômago revirar e a cabeça começar a girar. Olho para a calçada a fim de me manter firme.

— Sim, Lydia Shields. — Eu escuto quando ele respira fundo, como se estivesse tentando manter o equilíbrio também. — Nós fomos casados por sete anos. Mas estamos separados agora.

— Não acredito em você — digo num impulso.

É impossível que a dra. Shields, com suas regras sólidas a respeito de honestidade, tenha produzido uma mentira tão intrincada.

—Vamos nos encontrar e eu lhe conto tudo — ele diz. — Aquele livro que estava saindo da sua bolsa... *A moralidade do casamento*. Ela o escreveu alguns anos atrás. Li a primeira versão do original na nossa sala de estar. Por isso sei que ela está por trás disso.

Envolvo meu corpo com meu braço livre, como reação instintiva à forte ventania.

Um dos dois está mentindo. Mas quem?

— Não vou me encontrar com você até que prove que é realmente o marido dela — digo a Thomas.

— Eu vou provar. Mas, enquanto isso, prometa-me que não vai dizer a ela que estamos nos falando. Prometa que não vai dizer uma palavra.

Porém não posso concordar. Esta interação pode ser um teste. Talvez a dra. Shields queira que eu prove minha lealdade.

Estou a ponto de desligar o telefone na cara de Thomas quando ele faz um último comentário.

— Por favor, Jess, ao menos tome cuidado. Você não é a primeira.

As palavras dele me atingem como um golpe físico. Eu me sinto horrorizada.

— O que quer dizer com isso? — sussurro.

— Ela se aproveita de mulheres jovens como você. São presas para ela.

Eu fico paralisada.

— Jess? — Thomas chama do outro lado da linha.

Eu escuto quando ele repete o meu nome. Mas não consigo responder.

Por fim, encerro a ligação. Abaixo lentamente o telefone.

Então me dou conta de que a dra. Shields está a dois passos de distância de mim.

Eu engasgo e recuo instintivamente.

Ela se materializou do nada, como uma aparição. Não está usando casaco para se proteger do frio. Está em pé, totalmente parada, exceto por seu cabelo, que chicoteia o ar ao sabor do vento. Quanto da minha conversa ela conseguiu ouvir?

Uma descarga de adrenalina se espalha pelo meu corpo.

— Dra. Shields! — eu grito. — Só agora eu vi que você estava aqui!

Ela me olha de alto a baixo, como se me avaliasse. Então estende a mão fechada e lentamente abre os dedos.

— Você esqueceu seu protetor labial, Jessica.

Eu olho para ela, tentando entender a situação. Ela me seguiu por todo esse caminho apenas para devolver meu protetor labial?

Sinto um impulso quase incontrolável de lhe contar tudo o que Thomas acabou de me dizer.

*Presa.*

A palavra que Thomas usou é de dar medo. Eu quase posso ver os lábios da dra. Shields formando essa exata palavra enquanto acariciava a crista do falcão de vidro no seu consultório, algumas semanas atrás. O falcão que seria um presente para o seu marido, segundo ela.

Dou um passo para a frente. Depois outro passo.

Agora estou tão perto dela que posso enxergar o sulco vertical entre suas sobrancelhas, tão tênue e raso que mais parece uma rachadura numa peça de vidro.

— Obrigada — murmuro, pegando o protetor labial. Meus dedos estão dormentes devido à ação do frio.

Ela olha para o celular, que ainda estou segurando com minha outra mão.

Meu peito se aperta. Eu não consigo respirar.

— Ainda bem que peguei você em tempo — comenta, depois se vira e vai embora.

# CAPÍTULO 38

## Domingo, 16 de dezembro

**Noventa minutos depois que seu protetor labial é devol**vido, a campainha toca.

Uma espiada através do olho mágico revela a presença de Thomas. Está tão perto do pequeno círculo de vidro que seu rosto parece distorcido.

Temos aqui uma surpresa.

Ele apareceu sem aviso prévio.

A fechadura é destrancada e a pesada porta da frente se abre.

— Meu amor, o que o traz aqui?

Um braço dele está escondido atrás das costas.

Ele sorri e projeta o braço para a frente, revelando um enorme buquê de narcisos brancos.

— Eu estava passando pela vizinhança — diz.

— Que adorável!

Ele é convidado a entrar.

A esta altura, deve ter lido a sua mensagem. Foi enviada há bastante tempo. Por que ele está aqui, afinal?

Talvez tenha vindo provar sua fidelidade, revelando seu convite.

Uma mão é apoiada no braço dele. Uma bebida quente lhe é oferecida.

— Não, obrigado, eu já tomei café — ele diz.

É como se ele estivesse preparando o terreno para entrarmos no assunto que tanto aflige nossas almas.

— Claro. Você adora o café do Ted's Diner. — Uma leve risada.

— E os ovos fritos, o pão com manteiga e também a grande porção de bacon de lá.

— É, o de sempre.

Uma pausa.

Talvez seja difícil para ele saber por onde começar.

Um estímulo poderia ser útil:

— E foi bom o café da manhã?

Os olhos dele passeiam pela sala. Fuga ou incômodo?

— Foi tranquilo — responde.

Isso pode ser interpretado de duas maneiras. Uma é que o encontro de vocês foi irrelevante, Jessica. A outra é que ele está se empenhando para ocultar esse evento.

— Não seria melhor colocar na água? — Thomas está olhando para o buquê.

— Claro. — Nos dirigimos à cozinha. Os caules verdes são aparados e um vaso de porcelana é tirado de dentro de um armário.

— Que tal se eu colocasse as flores na biblioteca para você?

A sugestão de Thomas parece abrupta. Ele deve ter percebido isso também, pois rapidamente sorri.

Mas este não é um dos seus sorrisos largos e naturais, que alcançam seus olhos.

Ele pega o vaso e começa a caminhar em direção à biblioteca.

Quando é seguido, hesita.

— Quer saber? Café iria muito bem agora, na verdade — ele diz. — Eu adoraria uma xícara, se você não se importar.

— Que maravilha. Eu acabei de fazer.

É um bom sinal. Thomas pretende ficar mais tempo.

O café é preparado da exata maneira que ele gosta, com um pouco de nata e açúcar mascavo. Um rápido olhar para o meu telefone indica que você ainda não enviou a mensagem para informar a resposta de Thomas.

Quando a bandeja é levada para a biblioteca, Thomas ainda está posicionando o vaso sobre o piano. Ele se vira para olhar quando o seu café chega e exibe uma expressão de espanto no rosto.

Quase como se tivesse esquecido que havia pedido a bebida.

O que o assustou?

— Thomas, me diga uma coisa: onde você decidiu colocar aquela escultura de falcão?

Ele demora alguns instantes para responder. Mas sua resposta traz satisfação:

— No meu quarto, em cima da cômoda. Eu a vejo todas as noites quando vou dormir e todas as manhãs quando acordo.

— Perfeito. — E em seguida: — Por que não nos sentamos?

Ele se empoleira na ponta do sofá e imediatamente pega a sua xícara. Toma um gole rápido, então joga o corpo para trás num solavanco, quase derrubando o líquido quente.

—Você parece um pouco agitado. Quer falar comigo a respeito de alguma coisa?

Thomas hesita. Mas logo parece ter tomado uma decisão.

—Você não tem com que se preocupar. Eu só queria vê-la para poder lhe dizer quanto a amo.

Isso é melhor do que qualquer outro cenário que tenha sido imaginado.

Até que Thomas olha para o relógio, de repente se levanta do sofá e fica em pé.

— Tenho um monte de documentos para conferir — ele diz tristemente, tamborilando com os dedos a fivela do cinto da sua calça jeans. — Eu ainda não sei como vai ser a minha agenda para a semana, mas ligo depois que estiver com isso acertado.

Ele vai embora tão rápida e inesperadamente quanto chegou.

Há duas coisas estranhas a respeito da saída apressada de Thomas.

Ele não me deu um beijo de despedida.

E, exceto por aquele único e pequeno gole, o café que ele parecia fazer tanta questão de tomar ficou intocado.

## CAPÍTULO 39

### Domingo, 16 de dezembro

**Estou sentada num banco do lado de fora do Central** Park, segurando uma xícara de café que não consigo beber. Meu estômago está embrulhado demais para tolerar mais do que um gole da amarga bebida.

As mensagens dos dois chegam quase simultaneamente.

Da dra. Shields: *Jessica, Thomas já enviou alguma resposta?*
De Thomas: *Consegui a prova. Podemos nos encontrar esta noite?*

Não respondo para a dra. Shields, porque não vai haver nenhum retorno de Thomas sobre o meu convite para sairmos. Embora tenha digitado a mensagem perguntando a ele se gostaria de me encontrar para tomar uns drinques enquanto a dra. Shields me observava na casa dela, nunca cheguei a enviá-la.

Essa foi a primeira das duas mentiras que contei à dra. Shields esta manhã. Eu também não tinha uma cliente da BeautyBuzz agendada para hoje, como aleguei. Apenas precisava ficar longe da doutora.

Não respondo para Thomas também. Antes disso, há outra coisa que preciso conferir.

Ben Quick, assistente de pesquisas da dra. Shields, mora na rua 66ª Oeste.

Quando me dei conta de que ele era a única pessoa que eu conhecia que poderia saber a verdade sobre ela, foi surpreendentemente fácil encontrá-lo. Ou, ao menos, o apartamento dos pais dele.

Depois que o porteiro interfonou para avisar sobre a minha chegada, um homem que era a cópia exata de Ben, só que trinta anos mais velho, saiu do elevador.

— Ben não está aqui — ele disse. — Se quiser deixar seu número de telefone, digo ao meu filho que você passou procurando por ele.

O porteiro me deu um pedaço de papel e uma caneta, e eu anotei meus dados. Então percebi que Ben poderia não se lembrar de mim, dentre as tantas outras mulheres que participaram do estudo da dra. Shields.

*Eu fui a Participante 52*, escrevo, e dobro o papel.

Isso aconteceu há mais de uma hora, e ainda não recebi retorno dele. Levanto os braços sobre a cabeça para alongar minhas costas. Do Wollman Rink chega até os meus ouvidos a voz de Mariah Carey cantando "All I Want for Christmas Is You". Eu costumava ir muito a esse rinque de patinação no Central Park quando me mudei para Nova York, mas este ano ainda não fui patinar.

No momento em que me levanto para jogar o café na lata de lixo, o meu celular toca.

Pego o aparelho e vejo o nome de Noah.

Depois de tudo o que aconteceu neste fim de semana, eu quase esqueci que havíamos combinado sair para jantar esta noite.

— Italiano ou mexicano — ele diz quando eu atendo. — Qual dos dois soa melhor para você?

Eu hesito quando brota em minha mente outra imagem indesejada de Thomas na cama, enrolado nos lençóis.

Eu não devia me sentir culpada. Só encontrei Noah duas vezes. No entanto, me sinto culpada mesmo assim.

— Eu adoraria ver você, mas será que a gente pode fazer alguma coisa mais tranquila? — pergunto. — Eu tive um dia bastante estressante.

Ele não desanima com a minha resposta.

— Por que não ficamos em casa, então? Posso abrir uma garrafa de vinho e pedir comida chinesa. Ou talvez eu possa ir a sua casa?

Eu não posso, neste momento, lidar com um encontro e conversar normalmente. Mas não quero cancelar.

Uma voz grave sai do sistema de som do rinque de patinação:

—Vamos fazer um intervalo de dez minutos enquanto o pessoal passa a máquina no gelo. Vão pegar um chocolate quente e nós nos veremos em breve!

— Eu tenho uma ideia — digo a Noah.

**EU CRESCI PATINANDO NO LAGO CONGELADO PERTO DA CASA DOS** meus pais, por isso sou muito boa nessa modalidade. Mas Noah retira os próprios patins de uma mochila que ele trouxe para o rinque e explica:

— Eu ainda jogo hóquei nos fins de semana.

Depois de darmos algumas voltas na pista, ele gira o corpo para patinar de costas. Então estende as mãos para segurar as minhas.

—Venha comigo, tartaruga — ele brinca e eu acelero sobre o gelo, sentindo os músculos das minhas pernas queimarem.

Era exatamente disso que eu precisava: sentir a neve caindo levemente, o exercício físico, a música alta, os rostinhos corados das crianças ao nosso redor.

E também do cantil prateado cheio de licor de menta que Noah me oferece quando nos apoiamos nas grades do rinque para descansar um pouco.

Eu bebo um gole, depois outro.

Devolvo a garrafa para ele, solto as grades e tomo impulso.

— Tente me alcançar agora — provoco, olhando para trás, enquanto ganho velocidade.

Deslizo rapidamente na direção da curva do rinque oval, sentindo o frio queimar o meu rosto e uma grande vontade de rir.

Subitamente um corpo sólido me atropela. A colisão quase me derruba no chão.

Meus pés vacilam e eu instintivamente balanço os braços, tentando recuperar o equilíbrio sobre o gelo.

— Tome cuidado — uma voz grave de homem diz ao meu ouvido.

Alcanço a grade lateral, e os meus dedos se fecham em torno dela bem a tempo de evitar que eu caia.

Estou bastante ofegante quando Noah aparece um segundo depois.

— Você está bem? — ele pergunta.

Faço que sim com a cabeça, mas não olho para ele. Estou tentando localizar no meio da multidão o homem que me empurrou, porém é impossível encontrá-lo na confusão de cachecóis se agitando ao vento e pesados casacos e pés movimentando lâminas prateadas.

— Sim — respondo a Noah finalmente, ainda muito ofegante.

— Quer parar um pouco? — ele sugere. Então segura na minha mão e me leva para fora do gelo.

Minhas pernas estão bambas e os tornozelos parecem prestes a ceder.

Encontramos um banco longe do amontoado de gente, e Noah se oferece para ir pegar chocolate quente para nós dois.

Embora meu celular esteja no meu bolso e ajustado para vibrar, a possibilidade de ter perdido uma mensagem de Ben me preocupa. Então eu aceito a oferta de Noah e lhe agradeço. No instante em que ele se retira, checo o celular. Nenhuma mensagem me espera.

O que aconteceu, o encontrão com aquele homem, só pode ter sido um acidente. Mas ele usou exatamente as mesmas palavras de Thomas: *Tome cuidado.*

A alegria que eu experimentei quando estava no gelo, sentindo as mãos de Noah segurando as minhas, se foi.

Sorrio para Noah quando ele volta para o banco com duas xícaras de chocolate fumegantes, mas é quase como se ele pudesse sentir a mudança na minha energia.

— O cara apareceu do nada — ele diz. —Você não se machucou mesmo, não é?

Os seus olhos castanhos são tão acolhedores. A sua presença parece ser a única coisa sólida na minha vida agora. Eu volto a me perguntar como fui capaz de ir pra cama com o Thomas na sexta à noite.

Eu não percebi na ocasião quanto essa aventura poderia ter me custado e quanto ainda pode custar.

Subitamente me ocorre que Noah é a única pessoa do meu círculo de relacionamentos que a dra. Shields não conhece. Ela nada sabe a respeito dele. Eu descrevi a minha primeira noite com o Noah numa daquelas sessões no início do estudo, através do computador, mas jamais mencionei o nome dele. E não revelei que a gente ainda mantinha contato.

Algo em mim deve ter desejado ocultar esse detalhe, para que um pedaço da minha vida fosse apenas meu.

A dra. Shields me ouviu contar tudo sobre Becky, sobre os meus pais, sobre Lizzie. Eu dei a ela o nome do meu empregador, meu endereço residencial e a data do meu aniversário. Ela está a par das minhas inseguranças mais profundas e dos meus pensamentos mais íntimos.

Seja lá o que ela esteja fazendo com toda essa informação, sei que Noah não está envolvido nisso.

Tomo uma decisão súbita.

— Eu não me machuquei, mas há um problema que não me sai da cabeça — começo. Bebo um gole de chocolate quente antes de continuar. — Aconteceu algo relacionado a trabalho e é difícil de explicar, mas...

Eu me desdobro para tentar colocar tudo em palavras, mas Noah se senta e espera, sem me apressar.

— Como consegue saber se pode realmente confiar em alguém? — eu pergunto por fim.

Noah ergue as sobrancelhas e toma um gole da sua bebida.

Então ele olha de novo nos meus olhos e a expressão no rosto dele é tão sincera que tenho a impressão de que está falando por experiência própria quando responde.

— Se você precisa fazer essa pergunta, então provavelmente já sabe a resposta — ele diz.

Passadas duas horas, depois que eu e Noah devoramos alguns pedaços de pizza e ele caminhou comigo até meu apartamento, eu me encontro aninhada na minha cama. Quando estou quase pegando no sono, ouço um toque do meu celular.

Meu quarto está escuro, e a pequena lâmpada azul na minha mesa de cabeceira é tudo que eu consigo ver.

Eu estou bem acordada.

Pego o celular.

*Por que não respondeu?*, Thomas escreveu. *Precisamos nos encontrar.*

Sob a mensagem dele há uma fotografia de casamento. Nela, a dra. Shields está usando um vestido marfim e exibe um sorriso radiante para a câmera. Ao olhar para a foto já um pouco granulada, eu percebo que nunca antes havia visto a doutora expressar felicidade. Ela parece ser uns cinco ou dez anos mais nova do que é hoje, mas eu não preciso desse detalhe para confirmar o que Thomas tinha me dito sobre os dois estarem casados sete anos atrás.

O noivo ao lado da dra. Shields, com um braço em torno dela, envolvendo-a de maneira protetora, não é o homem de cabelo escuro da fotografia na sala de jantar dela.

É Thomas.

## CAPÍTULO 40

### Segunda-feira, 17 de dezembro

Você está sendo honesta, Jessica?

Você continua me garantindo que Thomas não respondeu ao seu convite.

É difícil acreditar nisso. Thomas reage imediatamente ao toque que indica a chegada de uma mensagem no celular; é quase como um reflexo condicionado. Ele poderia ter recusado o seu convite. Ou poderia tê-lo aceito. Mas é muito improvável que o tenha simplesmente ignorado.

Agora são três da tarde de uma segunda-feira. Passaram-se mais de vinte e quatro horas desde que você saiu da minha casa. E faz três horas que você se comunicou comigo pela última vez.

É necessário lhe telefonar mais uma vez.

Você não responde.

— Jessica, está tudo bem? Eu estou... desapontada por não receber notícias.

Você não retorna a ligação. Em vez disso, envia uma mensagem de texto: *Nenhuma resposta ainda. Não estou me sentindo bem, por isso vou tentar dormir.*

É impossível avaliar com precisão o tom de uma mensagem de texto, embora a sua transmita um sentimento de impaciência.

Por que resolveu apertar o botão de pausa, Jessica? Você vinha mostrando tanto interesse e disposição até agora.

Você foi cuidadosamente selecionada por ter características que agradam a Thomas.

Será que ele exerce a mesma atração em você?

Desde a inesperada visita que me fez ontem, Thomas não cumpriu com a promessa de examinar a sua agenda para esta semana.

Exceto por uma breve ligação para dizer boa-noite, ele não entrou em contato.

É preciso um esforço deliberado e contínuo para desacelerar as violentas inalações de ar. Ingerir comida é impossível.

Há uma tábua de assoalho meio solta a um passo da cozinha. Ela estala levemente a cada passo. Esse rangido produz um ritmo hipnótico, como o trinado de um grilo.

De cem grilos.

De duzentos grilos.

A agenda de Thomas continua incerta, mas ele conhece a minha.

Às segundas, das cinco da tarde às sete da noite, minha presença era sempre esperada numa sala de aula da Universidade de Nova York, bem ao lado do sala 214.

Contudo, desde que uma licença me foi concedida algumas semanas atrás, um substituto vai conduzir meu seminário.

Duvidar de Thomas é um infeliz, porém necessário, efeito colateral resultante das ações dele.

Mas duvidar de você, Jessica... a esta altura, isso é intolerável.

**SER IMPULSIVO, OU AGIR SEM PRUDÊNCIA NEM REFLEXÃO, PODE** levar a consequências desastrosas.

Mesmo assim, às 15h54 uma decisão um tanto precipitada é tomada.

É hora de lembrar a você quem está no comando, Jessica.

Você não disse por que está passando mal, mas caldo de galinha é considerado um remédio para todos os males.

Quase todas as mercearias de Nova York vendem caldo de galinha, incluindo aquela que fica a uma quadra da sua quitinete.

Um grande recipiente é escolhido, e vários pacotes de bolachas salgadas são acrescentados ao saco de papel pardo. Uma colher de plástico e guardanapos são incluídos.

A visão do seu prédio causa um certo espanto: fachada de gesso amarelo descascando e a escada de incêndio de metal serpenteando na lateral. Você sempre pareceu tão chique e atraente, é difícil imaginá-la saindo de um ambiente tão discordante.

Aperto o interfone do apartamento 4C.

Você não responde.

As suspeitas têm de ser reavaliadas. Talvez esteja mesmo dormindo, como alegou.

O dedo aperta o botão do interfone e o mantém apertado por um longo momento.

No seu apartamentinho, o barulho deve estar ressoando muito alto.

Nenhuma resposta.

Mesmo que estivesse mergulhada num sono profundo, é quase impossível que não tivesse acordado depois disso.

Permanecer na entrada do seu prédio não traz nenhuma resposta, mas ir embora não é uma tarefa fácil.

Então, por acaso, os olhos passam de relance pela porta de entrada do seu prédio e algo interessante se revela: a porta não está trancada, está ligeiramente entreaberta.

Um empurrão basta para abri-la e ter acesso ao interior do prédio.

Não há elevador nem porteiro. A escadaria é escura e desolada, e seus degraus são recobertos por um carpete cinza gasto. Ainda assim, os moradores desse prédio deram vida aos corredores com objetos de arte de aspecto amador. Guirlandas natalinas enfeitam algumas portas, e o aroma de alguma coisa saborosa – chili ou ensopado, talvez – enche o ar.

Seu apartamento fica no final do corredor. Há um tapete de boas-vindas na porta da frente.

Uma batida firme basta para que Leo, o cãozinho sem raça definida que você adotou em um abrigo, comece a latir com vigor.

Mas esse é o único indício de som ou movimento no interior da residência.

Onde você está, Jessica? Está com o meu marido?

Ouve-se um ruído de crepitação quando o saco de papel é amassado.

O pacote é deixado na frente da sua porta, onde você o verá no momento em que chegar em casa.

*Às vezes um presente é, na verdade, uma arma utilizada para disparar um tiro de advertência.*

No momento em que recebê-lo, porém, será tarde demais.

Sua lealdade foi metodicamente cultivada. Você embolsou milhares de dólares pelos seus serviços. Você ganhou presentes escolhidos a dedo. Seu estado emocional teve atenção especial; você recebeu gratuitamente o equivalente a sessões de terapia intensiva.

Você pertence a mim.

# CAPÍTULO 41

### SEGUNDA-FEIRA, 17 DE DEZEMBRO

**EU ME SENTO EM UMA PEQUENA MESA DE MADEIRA POSICIONADA** perto de um mostruário com presentes de Natal, girando o cartão de papelão que envolve meu copo da Starbucks e olhando para a porta sempre que ela se abre.

Ben deveria me encontrar aqui às 17h30 – seu único horário disponível no dia de hoje, segundo ele. Mas ele já está quinze minutos atrasado, e já estou preocupada com a possibilidade de que ele nem apareça, a julgar pela relutância que demonstrou ao telefone.

Fui obrigada a cancelar meu atendimento de maquiagem do final da tarde para ter tempo de voltar ao Upper West Side. Eu não menti para a dra. Shields sobre a política da BeautyBuzz quanto a cancelamentos: o coordenador de atendimento me avisou que, se faltasse a outro horário agendado este mês sem a devida notificação, dentro do prazo, estaria fora.

Consulto meu celular na esperança de que Ben tenha tentado entrar em contato comigo, mas tudo o que vejo é outra ligação perdida de Thomas. É a quinta vez que tenta falar comigo hoje, mas não vou falar com ele até ouvir o que Ben tem a dizer.

Uma lufada de ar frio me atinge quando a porta se abre novamente. Desta vez é Ben.

Ele me localiza imediatamente, embora a cafeteria esteja cheia.

Retirando do pescoço o seu cachecol de lã xadrez, Ben caminha até a minha mesa. Ele não tira o sobretudo. Em vez de dizer olá, senta-se rapidamente na cadeira diante de mim e corre os olhos pelo estabelecimento, examinando por alto os clientes.

— Eu só disponho de dez minutos — diz.

Ele parece ser a mesma pessoa de que me lembro: magro e filhinho de papai, com um ar entediado. Isso é até um alívio; pelo menos uma coisa nesse estudo é coerente.

Pego a lista de perguntas que escrevi na noite passada, quando perdi o sono depois de ter visto a foto de casamento que Thomas enviou.

— Vamos lá então — eu começo. — Você sabe que sou uma das participantes da pesquisa da dra. Shields. E acho que as coisas estão ficando um pouco estranhas.

Ele simplesmente olha para mim sem dizer nada. Isso não torna as coisas mais fáceis.

— Você é o assistente de pesquisa dela, não é?

— Não mais. — Ele cruza os braços. — Meu cargo foi eliminado quando o estudo se encerrou.

Meu corpo se projeta para trás na cadeira, e sinto a madeira dura do encosto comprimir minha coluna.

— O que você quer dizer com "se encerrou"? — vocifero. — Eu faço parte do estudo. E ainda está em andamento.

Ben franze a testa.

— Essa não foi a informação que recebi.

— Mas uma noite dessas você procurou para a dra. Shields o número de telefone de algumas participantes de pesquisas antigas. Tive que fazer maquiagem nelas — eu balbucio, nervosa.

Ele olha para mim com expressão confusa.

— Do que é que você está falando?

Tento me recompor, porém a minha cabeça está girando. Um bebê começa a chorar numa mesa próxima – um choro alto, penetrante. O barista liga um gigantesco triturador elétrico de grãos de café, fazendo um grande barulho. Preciso da ajuda de Ben, mas não consigo me concentrar.

— A dra. Shields me disse que você trocou por acidente um dígito do número do telefone de uma das mulheres envolvidas num estudo anterior e, quando eu fui visitar essa mulher para uma sessão de maquiagem, acabei no lugar errado. No final das contas me vi no apartamento de uns drogados. — Estou falando apressadamente e em voz alta. A mulher na mesa ao lado da nossa se vira para olhar.

Ben se inclina para a frente na mesa.

— Faz semanas que não falo com a dra. Shields — ele informa em voz baixa. Do modo como olha para mim, é bem possível que não tenha acreditado em uma única palavra do que eu disse.

Eu me recordo do bloco de anotações amarelo com os cinco números de telefone. Eles estavam todos escritos na caligrafia impecável da dra. Shields.

Ela disse que Ben havia trocado os números, não disse? Talvez ela quisesse dizer que ele havia cometido o erro quando originalmente colheu as informações para o estudo.

Mas por que ela o dispensaria se ainda estivesse realizando a pesquisa com outras mulheres?

Ben olha enfaticamente para o seu relógio.

Examino apressadamente as minhas perguntas. No entanto, se Ben não está a par dos experimentos de ética que a dra. Shields está realizando comigo, nenhuma dessas perguntas tem utilidade.

— Você não tem conhecimento de *nada* do que ela esteja fazendo agora? — pergunto.

Ele balança a cabeça numa negativa.

De súbito, sinto um frio que chega até os ossos.

— Eu assinei um acordo de confidencialidade — ele revela. — Estou terminando o meu mestrado e ela pode me causar problemas na faculdade. Não deveria nem estar aqui falando com você.

— Então por que está? — sussurro.

Ele tira um fiapo da manga do seu casaco. Seus olhos sondam mais uma vez os clientes da cafeteria. Em seguida, ele empurra a sua cadeira para trás.

— Por favor! — As palavras saem da minha garganta como um grito estrangulado.

Ben reduz seu tom de voz quando volta a falar, e eu mal consigo distinguir as suas palavras em meio ao burburinho das conversas paralelas e do choro de criança.

— Encontre o arquivo que tem o seu nome escrito nele — Ben diz.

Olho para ele com espanto.

— O que há nesse arquivo?

— Ela me fez coletar informações gerais sobre todas as participantes. Mas quis mais sobre você. Então ela retirou o seu arquivo do armário que contém os arquivos de todas as outras participantes.

Ele se vira para ir embora.

— Espere! — chamo. — Você não pode sair assim.

Ele faz menção de andar na direção da porta.

— Eu estou em perigo?

Ben hesita, fica parado em pé, quase de costas para mim, como se estivesse pensando. Então volta a se virar na minha direção rapidamente.

— Não posso responder a isso, Jess — diz e logo após se retira.

**A PASTA DO ARQUIVO FICAVA NA MESA DA DRA. SHIELDS DURANTE** as nossas primeiras sessões. O que poderia haver nela?

Depois que Ben se vai, fico sentada por algum tempo, olhando para o vazio. Por fim, resolvo telefonar para Thomas.

Ele atende no primeiro toque.

— Por que não respondeu antes às minhas ligações e mensagens? Chegou a ver a fotografia que enviei?

— Eu a vi — respondo.

Ouço água corrente ao fundo e então um ruído metálico.

— Não posso falar agora — ele diz, num tom de voz quase nervoso. — Tenho planos para o jantar. Vou telefonar para você amanhã logo cedo. Não diga nada a ela — ele me avisa novamente e depois desliga.

Já é tarde quando finalmente vou embora da cafeteria.

No caminho para casa, encolhendo-me sob o açoite do vento frio, tento imaginar o conteúdo do arquivo que a dra. Shields guarda com informações sobre mim. A maioria dos terapeutas não toma notas de suas sessões? Esse arquivo provavelmente contém uma transcrição de todas as conversas que tivemos, mas por que Ben me pediria para encontrar esse documento?

Então me dou conta de que não vejo esse arquivo há semanas.

Lembro desse documento no centro da organizada escrivaninha da dra. Shields e tento visualizar as letras datilografadas na etiqueta. Eu nunca as vi claramente, mas agora tenho certeza de que elas compunham o meu nome: Farris, Jessica.

A dra. Shields me chamava apenas de Participante 52 e depois passou a me chamar de Jessica.

Porém, a última coisa que Ben fez na cafeteria foi me chamar de "Jess".

**Quando chego, enfim, ao meu prédio, vejo que a porta da** frente não está trancada. Sinto uma onda de irritação com o vizinho negligente que deixou a porta entreaberta e também com o síndico, que não consegue providenciar o conserto permanente da fechadura.

Subo a escadaria com carpete cinza gasto e, ao passar pelo apartamento da sra. Klein, um andar abaixo do meu, inalo o aroma de curry.

Paro no final do corredor. Há alguma coisa na frente da minha porta.

Chego mais perto e vejo que se trata de um saco de papel pardo. Depois de alguma hesitação, eu o pego.

O cheiro é delicioso e familiar, mas não consigo identificá-lo.

Dentro da embalagem há um recipiente contendo caldo de galinha. Ainda está quente.

Não há bilhete nenhum no saco de papel.

Mas há apenas uma pessoa que pensa que eu não estou me sentindo bem.

# CAPÍTULO 42

## Segunda-feira, 17 de dezembro

Um súbito e forte barulho me alerta para a presença de alguém dentro de casa.

A faxineira não vem trabalhar às segundas-feiras.

Os cômodos estão silenciosos e às escuras. O barulho veio do lado esquerdo.

Ter uma casa na cidade de Nova York traz algumas vantagens: mais espaço. Privacidade. Quintal com jardim.

É claro que há uma desvantagem significativa.

Não há porteiro para tomar conta.

Outro barulho alto, de batida.

Esse barulho é possível reconhecer: uma panela foi colocada no fogão.

Thomas sempre teve mão pesada para cozinhar.

Ele está seguindo a nossa rotina das segundas à noite, a rotina que foi suspensa quando ele se mudou daqui.

Thomas não nota imediatamente a minha presença na porta da cozinha; talvez o concerto de Vivaldi que toca no sistema de som esteja encobrindo o som dos meus movimentos.

Ele está cortando abobrinha para a pasta primavera com massa integral. É um dos poucos pratos do repertório dele. Thomas sabe que é o meu favorito.

Há duas sacolas brancas sobre a bancada, e uma garrafa de vinho está no gelo, num balde prateado.

Cálculos são rapidamente realizados: o último paciente de Thomas no dia de hoje se retira às 16h50. Do escritório dele até aqui são vinte minutos. Mais vinte minutos para as compras. O preparo dessa refeição está bem adiantado.

Ele não pode ter estado com você mais cedo esta noite, Jessica. Aonde quer que você tenha ido depois de mentir que estaria em casa dormindo, você não foi se encontrar com o meu marido.

A onda de alívio imediata e arrebatadora provoca a sensação de debilidade física.

— Thomas!

Ele se vira no mesmo instante, segurando a faca como se estivesse se defendendo.

Então ri alto, com nervosismo.

— Lydia! Você já chegou!

Essa é a única razão para o nervosismo dele?

O alívio começa a se deteriorar.

Mesmo assim ele é recebido com um beijo.

— A aula terminou mais cedo, Thomas. — Essa é a única explicação que lhe é dada.

Algumas vezes o silêncio é uma arma mais eficaz para a obtenção de informações do que uma pergunta direta. Integrantes da polícia, por exemplo, empregam frequentemente essa tática quando um suspeito está sob custódia.

— Eu só... Eu sei que nós não falamos sobre isso, mas achei que você não se importaria se eu viesse e lhe fizesse uma surpresa preparando o jantar — Thomas gagueja.

Esta é a segunda visita que ele faz nas últimas quarenta e oito horas sem avisar previamente.

Isso também viola o arranjo que ficou implícito depois da traição que ele cometeu: Thomas nunca antes tinha usado a chave que havia levado consigo depois que se mudou.

Ou será que usou?

No momento, essa evidência contraditória está turvando a percepção da situação.

Um novo dispositivo de segurança será implementado amanhã para detectar a presença dele na casa, caso resolva entrar aqui sem autorização prévia no futuro.

— Que adorável da sua parte — ele ouve como resposta, num tom um pouco mais frio do que seria esperado.

Ele enche uma taça com vinho.

— Aqui está, querida.

— Só vou guardar o meu casaco.

Ele faz que sim com a cabeça e se volta para mexer a massa.

Você ainda não comunicou nenhuma resposta à sua mensagem, Jessica

Se a intenção do Thomas é recusar o seu convite, por que ele não fez isso?

Ou será que você é quem está escondendo alguma coisa?

É possível que você acredite que encontrar-se com Thomas seja um passo necessário para a sua permanência no estudo. Talvez ele tenha resistido à tentação e, por isso, você decidiu aumentar a pressão, tentando ganhar tempo, à espera de uma solução alternativa.

Você, com sua ânsia por agradar e sua mal disfarçada adoração, não vai querer causar decepção fornecendo o resultado errado.

Assim que Thomas for embora, você receberá um telefonema e será intimada a comparecer a uma reunião amanhã de manhã. Nenhuma justificativa será tolerada: nem doença, nem compromisso social, nem trabalho da BeautyBuzz.

Você *vai* ser honesta comigo, Jessica.

**NA VOLTA À COZINHA, NOVAMENTE NA COMPANHIA DE THOMAS**, a massa foi escorrida e os vegetais temperados foram misturados a ela.

A conversa é leve. O vinho é saboreado com prazer. Notas alegres da música de Vivaldi enchem o ar. A refeição é servida.

Talvez Thomas também esteja nervoso.

Aproximadamente quinze minutos após o início da refeição, o toque agudo de um celular atravessa a sala.

— É o seu — ele diz.

—Você se importa? Estou esperando a ligação de uma paciente.

E isso é mesmo verdade, pelo menos em parte.

— Fique à vontade.

O número do telefone na tela é o seu.

É fundamental que o meu tom de voz permaneça firme e profissional.

— Dra. Shields falando.

— Olá, é a Jessica... Estou me sentindo melhor. Muito obrigada pelo caldo de galinha.

Não posso dar a Thomas nenhuma pista sobre essa conversa.

— Foi um prazer.

Você continua:

— Ah, liguei também para avisar que recebi uma resposta daquele cara do restaurante. Thomas.

A reação instintiva que se segue: rápida inalação de ar enquanto os meus olhos se voltam para Thomas.

Ele está prestando atenção em mim. É impossível saber o que está lendo no meu rosto.

— Um momento, por favor.

Rapidamente a distância em relação a Thomas é aumentada. O celular é levado para a sala ao lado.

— Continue, Jessica.

Variações no tom de voz, e também o ritmo, fornecem informações confiáveis sobre o conteúdo de uma conversa. Más notícias são frequentemente adiadas, enquanto boas notícias são anunciadas com vibração.

A sua voz, porém, permanece neutra.

Nenhuma prevenção é suficiente para o que vem a seguir.

— Ele respondeu que gostaria de se encontrar comigo. Vai me ligar amanhã para combinarmos um horário, depois que verificar a sua agenda.

# CAPÍTULO 43

### Terça-feira, 18 de dezembro

**Eu vivo em Nova York há anos, mas nunca tinha ouvido** falar da existência desse jardim oculto.

O Conservatório West Village parece ser um desses lugares que sempre ficam repletos de gente. E talvez seja, no verão. Mas, enquanto eu espero por Thomas numa tarde bastante nublada e lúgubre, sentindo a madeira úmida do banco sob o meu jeans, vejo-me cercada somente por galhos de árvores e arbustos secos. Eles parecem gigantescas teias de aranha estendendo-se contra o céu sombrio.

Eu pensei que pudesse confiar na dra. Shields. Nas últimas quarenta e oito horas, porém, descobri que ela mentiu sobre inúmeras coisas: Ben não trocou aqueles números de telefone; para piorar, nem mesmo existe uma pesquisa em andamento. A dra. Shields não é casada com o homem cabeludo na fotografia exposta na sala de jantar dela; ela é casada com Thomas. E eu não sou especial para ela, muito pelo contrário. Sou apenas útil, como um xale de casimira ou um objeto brilhante que ela balança na frente do marido.

Hoje eu quero descobrir por que ela faz isso.

"Não diga nada a ela", pediu Thomas.

Mas não vou deixar que ele tome as rédeas da situação.

Preciso me esquivar da dra. Shields até descobrir o que está acontecendo. Por isso eu disse a ela que Thomas respondeu à minha mensagem e concordou com um encontro. Porém não disse que seria hoje. Ela pensa que ainda estou esperando que ele entre em contato para marcarmos um horário.

Eu o vejo vindo em minha direção precisamente às quatro da tarde.

Tornou-se fácil para mim agora reconhecer a figura que conheci no museu e voltei a encontrar no bar: um cara de aparência atlética, alto, na casa dos trinta e poucos anos, usando um pesado sobretudo azul e calça cinza. Um gorro cobre o seu cabelo.

Olho ao meu redor, subitamente temerosa de que dra. Shields apareça novamente, como fez perto da casa dela quando eu falava com Thomas ao telefone. Mas não há mais ninguém nas proximidades.

Enquanto ele se aproxima, um par de rolinhas corta o ar, batendo as asas ruidosamente. Pega de surpresa, me encolho e levo a mão ao peito.

Ele se senta ao meu lado, deixando menos de meio metro entre nós. Ainda é um pouco mais perto do que eu gostaria.

— Por que a minha esposa mandou você me seguir? — ele pergunta imediatamente.

— Eu nem sabia que ela era casada com você — respondo.

— Contou a ela que nós fomos para a cama?

A possibilidade de que a dra. Shields descubra isso parece assustá-lo mais do que a mim mesma.

Balanço a cabeça numa negativa.

— Ela está me pagando para que eu a ajude em sua pesquisa.

— Pagando a você? — Ele franze a testa. — Você faz parte do estudo dela?

Thomas está me fazendo perguntas demais, e isso não me agrada muito; pelo menos dessa maneira eu posso perceber quão pouco ele sabe sobre os fatos.

Solto o ar e vejo o meu hálito formar um vapor branco.

— Eu comecei como participante do estudo. Mas agora... — Eu nem sei como explicar o que estou fazendo para a dra. Shields. Então eu mudo de assunto. — Naquele dia no museu, eu não sabia que ela queria que eu o conhecesse. Só entendi isso quando vi você no restaurante. Eu nunca teria... bem... me aproximado de você, se soubesse.

Ele esfrega os nós dos dedos da mão direita na testa.

— Eu não consigo entrar na mente distorcida da Lydia — ele diz. — Eu a deixei, você sabe. Ou talvez não saiba.

Penso nas duas canecas de café que a dra. Shields recolheu da bancada na primeira vez que estive na casa dela. Penso também nas jaquetas masculinas no *closet* na entrada da casa.

E há mais uma coisa.

— Você estava com ela ontem à noite! — digo num impulso.

Quando telefonei para Thomas ontem, eu ouvi barulho de batidas ao fundo, o ruído de panelas e frigideiras e o rumor de água corrente.

Como se alguém estivesse cozinhando. E havia algo mais, que a princípio não pareceu relevante: música clássica, mas não de um tipo sombrio, quase tenso. Era uma música... alegre.

Eu ouvi as mesmas notas vívidas e intensas de novo mais tarde, quando telefonei para a dra. Shields.

— Não é o que parece — ele diz. — Veja bem, você não pode simplesmente abandonar uma pessoa como a Lydia. Não se ela não quiser que isso aconteça.

Sinto um calafrio percorrer o meu corpo quando ouço essas palavras.

— Você disse que ela se aproveitava de mulheres jovens como eu. — Engulo em seco. Minha próxima pergunta é a mais difícil de fazer, embora seja a única que de fato está me consumindo. — O que exatamente quis dizer com isso?

Ele se levanta de repente e olha ao redor. Eu me recordo de que Ben fez a mesma coisa na cafeteria.

Os dois homens tinham forte ligação com a dra. Shields, mas agora ambos alegam estar afastados dela. Mais do que isso, parecem desconfiados dela.

O conservatório está quase em silêncio; não se escuta nem o farfalhar das folhas tremulando ao vento, nem o tagarelar dos esquilos.

— Vamos andar — Thomas sugere.

Começo a caminhar na direção que leva para fora do parque, mas ele segura o meu braço e o puxa. Sinto um aperto firme através do tecido do meu casaco.

— Por aqui — ele diz.

Eu livro o meu braço da pressão da mão dele antes de segui-lo mais para o interior dos jardins, na direção de uma fonte de pedra com água congelada em sua base.

Alguns metros depois da fonte, ele para e olha para o chão.

Sinto tanto frio agora que a ponta do meu nariz está dormente. Envolvo o meu corpo com meus braços, tentando conter um estremecimento.

— Havia outra garota — Thomas diz. A voz dele está tão baixa que preciso me aproximar para ouvi-lo. — Ela era jovem e sozinha, e Lydia se apegou a ela. As duas passavam um bom tempo juntas. Lydia deu presentes a ela, deixou até que frequentasse a sua casa. Era como se a garota tivesse se tornado sua irmãzinha caçula ou algo do tipo...

"Como uma irmã mais nova", eu penso. Meu coração bate mais forte dentro do peito.

Um nítido estalido vem de algum lugar à minha esquerda. Giro a cabeça para olhar ao redor, mas não vejo ninguém.

Deve ter sido um galho que caiu.

— A garota... ela tinha alguns problemas. — Thomas tira os óculos e esfrega a base do nariz. Não consigo ver a expressão nos olhos dele.

Eu luto contra a súbita e quase esmagadora vontade de me virar e sair correndo. Sei que preciso ouvir o que ele vai dizer.

— Certa noite ela apareceu para ver Lydia. As duas conversaram por algum tempo. Não sei o que Lydia disse a ela. Eu não estava em casa.

O sol já se pôs, e tenho a sensação de que a temperatura caiu cinco graus. Estremeço de novo.

— O que é que isso tem a ver comigo? — pergunto. A minha garganta está tão seca que é difícil articular as palavras. E no fundo, bem lá no fundo, nem preciso de uma resposta.

Já sei como termina essa história.

Thomas finalmente se volta para mim e me olha nos olhos.

— Foi aqui que ela se matou — ele revela. — Ela era a Participante 5.

# CAPÍTULO 44

### Terça-feira, 18 de dezembro

Como se atreve a me enganar, Jessica?

Às 8h07 desta noite você ligou para informar que Thomas havia acabado de lhe telefonar.

— Vocês marcaram um encontro?

— Não, não, não — você responde imediatamente.

Esse excesso de "nãos" é a sua ruína: mentirosos, assim como pessoas cronicamente inseguras, costumam recorrer a mecanismos de compensação.

— Ele me disse que não poderia se encontrar comigo esta semana, mas manteria contato — você prossegue.

A sua voz expressa confiança e também pressa. Você está tentando enviar um sinal, quer dar a entender que está ocupada demais para uma conversa mais duradoura.

Quanta ingenuidade da sua parte, Jessica, presumir que pode ditar os termos da nossa conversa. Ou ditar qualquer outra coisa, aliás.

Uma longa pausa é feita para lembrá-la disso, ainda que essa lição não devesse ser necessária.

— Ele sugeriu que a agenda cheia não lhe deixaria tempo, Jessica? Você teve a impressão de que ele voltaria a procurá-la?

Ao responder a essa pergunta, você comete o seu segundo erro:

— Na mensagem ele não indicou mais nada — você responde.

No início você disse que Thomas telefonou e vocês conversaram, porém agora diz que a conversa foi por mensagem de texto. É possível que isso tenha sido simplesmente um engano da sua parte?

Ou foi uma farsa deliberada?

Se você estivesse dentro do consultório numa sessão de terapia, encarapitada no sofá, seus sinais não verbais apareceriam: você enrolaria fios do seu cabelo com o dedo, mexeria nos seus anéis de prata ou rasparia uma unha na outra.

Ao telefone, porém, seus sinais silenciosos não estão visíveis.

Suas contradições poderiam ter sido apontadas.

Mas, se você tivesse a intenção de enganar, certamente tomaria mais cuidado com o que fala, teria mais cuidado ao encobrir seus rastros.

A conversa chega ao fim, e você desliga o telefone.

O que você faz quando desliga o telefone?

Talvez você prossiga com sua rotina noturna, convencida de que escapou de uma conversa potencialmente capciosa. Você leva o seu cão para passear, toma um longo banho e aplica condicionador nos seus cachos rebeldes. Enquanto confere sua maleta de maquiagem, você zelosamente liga para seus pais. Depois de falar com eles, ouve os ruídos familiares através das paredes finas do seu apartamento: sons de passos, o volume baixo de um humorístico na televisão, táxis buzinando na rua lá fora.

Ou será que a sua noite está diferente? Talvez os ruídos estejam lhe causando desassossego esta noite. A longa e angustiante sirene da polícia. Uma discussão acalorada no apartamento ao lado. Ratos raspando o rodapé. Talvez esteja preocupada com a fechadura defeituosa da porta de entrada do prédio. Passar por essa porta é bem fácil para um estranho, ou mesmo para uma pessoa conhecida.

Eu a conheço profundamente, Jessica. Você provou sua devoção de maneira consistente. Usou o esmalte na cor vinho. Superou sua atitude instintiva de hesitação e seguiu instruções. Não espiou furtivamente a escultura antes de entregá-la. Renunciou aos seus segredos.

Nas últimas quarenta e oito horas, porém, você tem escapulido: não priorizou nosso encontro mais recente; em vez disso, preferiu sair cedo para atender uma cliente. Esquivou-se das minhas ligações e mensagens. Claramente mentiu para mim. Você está agindo como se esse relacionamento fosse uma mera transação comercial, como se eu não passasse de um caixa automático que solta dinheiro a troco de nada.

O que mudou, Jessica?

Por acaso você sentiu o calor do fogo de Thomas?

Essa possibilidade causa uma intensa rigidez no corpo.

A rigidez é contornada depois de muitos minutos de respiração lenta e controlada.

O mais importante é retornar à questão em foco: quanto custará comprar de volta a sua lealdade?

Seu arquivo é trazido do escritório no andar de cima, levado para a biblioteca e colocado sobre a mesa de centro. Diante dele, os narcisos de Thomas repousam sobre o piano, ao lado da fotografia de nós dois no dia do nosso casamento. Uma fragrância sutil perfuma o ar.

O arquivo é aberto. A primeira página contém a fotocópia da sua carteira de motorista, que você forneceu no dia em que ingressou no experimento, assim como outras informações biográficas.

A segunda página consiste de fotografias impressas que Ben foi orientado a recolher no Instagram.

Você e a sua irmã se parecem, mas, enquanto as suas feições são bem desenhadas e os seus olhos são argutos, as feições de Becky mantêm a pureza da infância, como se houvesse passado uma camada de vaselina na parte do filtro da câmera que focalizou a garota.

Cuidar de Becky não deve ser fácil.

Sua mãe está vestindo uma blusa barata sob a luz do sol; as mãos do seu pai repousam nos bolsos, como se isso pudesse ajudá-lo a se manter ereto.

Seus pais parecem cansados, Jessica.

Talvez precisem tirar umas férias.

# CAPÍTULO 45

### Quarta-feira, 19 de dezembro

**Thomas me disse para agir normalmente. Para proceder** como se nada tivesse mudado, a fim de não despertar suspeitas na dra. Shields.

—Vamos descobrir um modo de tirar você dessa em segurança — ele disse, enquanto deixávamos o parque. Quando saímos do jardim, Thomas subiu numa motocicleta, colocou seu capacete e se foi.

Mas, durante as vinte e quatro horas que se passaram desde que nos separamos, a sensação desagradável que havia se apoderado de mim no conservatório refluiu.

Quando cheguei em casa na noite passada, eu não conseguia parar de pensar na Participante 5. Tomei um longo banho quente e dividi com Leo um pouco de espaguete com almôndegas. Contudo, quanto mais eu pensava no assunto, menos sentido fazia. Eu realmente deveria acreditar que uma psiquiatra renomada, professora da Universidade de Nova York, levaria uma pessoa a cometer suicídio, e que poderia fazer a mesma coisa comigo?

Provavelmente aquela garota já tinha problemas desde o início, como Thomas afirmara. A morte dela não tinha nenhuma relação com a dra. Shields e o estudo.

Receber notícias de Noah também ajudou. A mensagem dele dizia: *Está livre para um jantar na sexta à noite? Um amigo meu tem um restaurante excelente chamado Peachtree Grill, se você gosta de comida do Sul.* Eu respondi imediatamente: *Estou dentro!*

Não importa se a dra. Shields precisar de mim nessa noite. Vou dizer a ela que estou ocupada.

No momento em que visto meu confortável pijama, minha conversa com Thomas parece vaga e distante, quase como um sonho. Minha ansiedade está sendo substituída por algo mais sólido e desejável: raiva.

Antes de ir para a cama, reabasteço a maleta de maquiagem, preparando-me para um dia atarefado amanhã. Hesito quando minha mão se fecha em torno do frasco de esmalte pela metade. Então eu o jogo na lata de lixo.

Puxo minha manta até o pescoço, sentindo Leo aninhado ao meu lado, e escuto o som metálico das chaves do meu vizinho do outro lado do corredor. Lembro-me de que a dra. Shields havia sugerido que poderia ajudar a encontrar um emprego para o meu pai. Mas, pelo visto, se esqueceu disso completamente. Embora o dinheiro tenha sido bom, alguns milhares de dólares não compensam a perturbação que ela trouxe para a minha vida.

Durmo pesadamente por sete horas.

Quando acordo, percebo que a solução é muito simples: vou dar um fim nisso.

Antes de sair para trabalhar, ligo para a dra. Shields. Pela primeira vez, sou eu quem vai ligar para solicitar uma reunião.

— Posso passar aí esta noite? — pergunto. — Eu gostaria de receber o meu cheque mais recente... Vou precisar do dinheiro.

Estou sentada na beirada da minha cama, mas, no instante em que ouço a voz modulada dela, me levanto.

— É bom voltar a falar com você, Jessica — diz a dra. Shields. — Posso vê-la às seis.

"Como pode ter sido tão simples assim?", eu me pergunto.

Sou tomada por uma sensação de *déjà-vu*. Tenho exatamente o mesmo pensamento que tive quando consegui que me aceitassem no estudo.

As nuvens no céu estão grossas e pesadas quando eu saio do meu apartamento, alguns minutos depois, para ir atender a primeira das seis clientes que me esperam. Em nove horas tudo estará resolvido, digo a mim mesma.

Passo o dia atendendo: uma empresária que precisa de uma fotografia de rosto para o site da empresa, uma autora que está sendo entrevistada para uma revista e um trio de amigas que vai a uma festa. Além disso, dou uma escapada até minha casa no início da tarde e levo Leo para dar um passeio. Sinto-me como se estivesse voltando a me habituar à minha vida de antes, ancorada pelo peso reconfortante da previsibilidade.

Chego à casa da dra. Shields alguns minutos mais cedo que o combinado, mas espero até as seis em ponto para tocar a campainha. Sei exatamente o que vou dizer. Não vou nem mesmo tirar o casaco.

A dra. Shields rapidamente vem abrir a porta, mas, em vez de me cumprimentar, ela ergue o dedo indicador no ar. Está com o celular junto ao ouvido.

— Mmm-hmm — ela diz a alguém do outro lado da linha, enquanto gesticula para que eu entre na casa.

Ela me leva até a biblioteca. Que alternativa eu tenho a não ser segui-la?

Olho ao redor da biblioteca enquanto ela continua falando ao telefone com quem quer que seja. Sobre o piano há um buquê de flores brancas. Noto uma pétala caída em cima da reluzente tampa preta do piano. A dra. Shields acompanha o meu olhar, vai até o instrumento e retira a pétala.

Ela alisa a pétala entre os dedos, ainda segurando o telefone com a outra mão.

Então eu vejo a escultura em bronze de uma motocicleta. Afasto o olhar do objeto num movimento rápido, antes que a dra. Shields perceba o meu interesse nele.

— Eu lhe agradeço pela assistência — a dra. Shields diz, retirando-se brevemente do recinto.

Olho ao redor em busca de mais pistas, contudo há apenas algumas pinturas, uma estante embutida cheia de livros de capa dura e uma fruteira de vidro contendo laranjas lustrosas sobre a mesa de centro.

Quando retorna, a dra. Shields já não segura nem a pétala nem o telefone.

— Seu cheque está pronto, Jessica — ela diz. Porém, não o entrega a mim. Em vez disso, ela estende os braços. Fico sem ação por um momento, achando que ela quer me dar um abraço. Mas não é nada disso. — Dê-me o seu casaco, Jessica.

— Ah, eu não vou me demorar muito — respondo. — Sei que isso é meio repentino e não foi uma decisão fácil, mas eu acho que preciso ir para a casa dos meus pais, devido a tudo o que está acontecendo com a minha família. Vou nesta sexta-feira e passo as festas lá.

A dra. Shields não esboça reação.

Eu continuo tagarelando:

— Eles nem poderão ir para a Flórida este ano. As coisas estão realmente difíceis. Essa situação tem me preocupado bastante, e talvez até tenha de me mudar para lá, por algum tempo. Eu vim agradecer pessoalmente a você por tudo.

— Entendo. — A dra. Shields se senta no sofá e faz um gesto para que me sente a seu lado. — Essa é uma grande decisão. Sei quanto você tem se sacrificado para tentar construir uma vida aqui.

Permanecer de pé é uma verdadeira luta.

— Me desculpe, eu tenho um compromisso com uma pessoa, então...

— Ah — a dra. Shields diz. A voz aveludada dela se torna dura como aço: — Um encontro?

— Não, não. — Balanço a cabeça. — É com a Lizzie.

Por que contei isso? É como se não pudesse quebrar o padrão de dar satisfação a ela.

Meu celular toca, assustando-me.

Não faço menção de pegar o telefone para atender. Eu estarei fora daqui em dois minutos, e daí poderei retornar a ligação de quem quer que seja. De súbito me ocorre que pode ser uma ligação de Thomas.

O celular toca de novo, e o som penetrante quebra o silêncio.

— Atenda — a dra. Shields diz, descontraidamente.

Sinto um nó no estômago. Atender o telefone agora é correr um grande risco de que ela veja a tela ou escute a conversa.

O celular toca pela terceira vez.

— Não há segredos entre nós, Jessica. Ou há?

É como se eu estivesse hipnotizada por ela. Sou incapaz de reunir forças para desobedecer. Minha mão está tremendo quando tiro o aparelho do bolso da jaqueta.

Vejo a pequena imagem da minha mãe na tela e desisto; afundo resignadamente na cadeira diante da dra. Shields.

— Mãe — digo, quase num resmungo.

Sinto-me como se estivesse sendo encurralada pelo olhar da dra. Shields. Meus membros parecem pesados como chumbo.

— Não consigo acreditar nisso! — minha mãe grita.

Mais ao fundo, escuto Becky gritar também:

— Flórida! Nós vamos ver o mar!

— O quê? — eu engasgo.

Os cantos da boca da dra. Shields se curvam num sorriso.

— Um mensageiro acabou de entregar o pacote da agência de viagens alguns minutos atrás — minha mãe diz. — Oh, Jess, a sua chefe é mesmo maravilhosa! Que surpresa incrível!

Não consigo formular as palavras para responder. Minha mente parece lenta demais para acompanhar os acontecimentos que estão girando em torno de mim.

— Eu não sei nada sobre isso. O que há no pacote? — pergunto finalmente.

— Três passagens de avião para a Flórida e uma revista do resort onde vamos ficar — minha mãe diz, vibrando de emoção. — É bom demais para ser verdade!

Três passagens. Não quatro.

A dra. Shields pega uma laranja da fruteira sobre a mesa de centro entre nós. Ela aspira o perfume da fruta.

Não consigo parar de olhar para ela.

— É uma pena que você não possa ir com a gente — minha mãe continua. — A sua chefe nos escreveu um lindo bilhete explicando que você precisa trabalhar, mas que vai se assegurar de que você não passe o Natal sozinha, vai levar você para a casa dela para a celebração.

Minha garganta se aperta. Tenho dificuldade para respirar.

— É óbvio que ela gosta muito de você — minha mãe diz. Ao fundo, Becky ri alto de alegria. — Estou orgulhosa demais por ver que encontrou um emprego tão bom.

— É uma pena mesmo que a sua presença aqui seja necessária nesses dias de festas — a dra. Shields comenta brandamente.

Faço um esforço para dizer alguma coisa.

— Tenho que desligar, mãe, estou ocupada aqui. Mas amo você.

A dra. Shields devolve a laranja à fruteira. E coloca a mão no bolso. Abaixo o meu celular e olho para ela.

— O voo deles é amanhã à noite — a dra. Shields diz. A voz dela é precisa; cada palavra é como uma nota musical. — No fim das contas, acho que você não vai para a casa dos seus pais nesta sexta.

"Você não pode simplesmente abandonar uma pessoa como ela", Thomas disse naquele parque gelado.

— Jessica? — A dra. Shields tira a mão de dentro do bolso. — O seu cheque.

Pego o cheque num gesto mecânico.

O olhar dela me sonda. Desvio os olhos para não ter que encará-la e volto a atenção para a fruteira.

Então me dou conta de que as laranjas são do mesmo tipo que eu costumava vender todo mês de dezembro para angariar fundos para o nosso colégio: laranja-baía. Da Flórida.

# CAPÍTULO 46

## QUARTA-FEIRA, 19 DE DEZEMBRO

VOCÊ ME FEZ LEMBRAR DE APRIL NOVAMENTE ESTA NOITE.

Naquela noite de junho, seis meses atrás, ela estava empoleirada numa banqueta, balançando a perna que estava cruzada sobre a outra e bebendo vinho. Ela exibia uma energia frenética, como de hábito, mas seu estado de espírito estava oscilante.

Isso, por si só, não era motivo de preocupação.

Muitas vezes o humor dela mudava rapidamente, como uma súbita tempestade interrompendo um dia ensolarado, como uma manhã fria dando lugar prontamente ao calor da tarde.

Era como se o barômetro interno dela refletisse o mês que lhe dava o nome.

Naquela noite, porém, seu descontrole emocional foi abrupto como nunca havia sido antes.

Palavras cruéis foram ditas; ela chorou tão desesperadamente que chegou a ficar ofegante.

Mais tarde, naquela mesma noite, ela tirou a própria vida.

A vida de todas as pessoas é marcada por momentos de transformação, tão únicos para cada um quanto cadeias de DNA.

A materialização de Thomas no corredor escuro durante o blecaute foi uma dessas experiências avassaladoras.

O desaparecimento de April foi outra.

A morte dela e as palavras que trocamos pouco antes disso desencadearam uma trajetória declinante, como um lento afundar numa areia movediça emocional. Houve uma segunda baixa: meu casamento com Thomas.

A vida de cada pessoa contém esses momentos críticos – algumas vezes são golpes do destino, outras vezes parecem predeterminados – que moldam e, com o tempo, acabam cimentando o caminho de cada um.

Você é o momento crítico mais recente, Jessica.

Você não pode desaparecer agora. Mais do que nunca você é necessária.

Até agora os fatos apontam para duas possibilidades mais prováveis. Ou você está mentindo, e você e Thomas se encontraram ou pretendem se encontrar, ou você disse a verdade, o que significa que ele está vacilando. A hesitação em responder à sua mensagem, bem como as reações conflitantes dele – tudo isso indica que ele pode estar prestes a ceder à tentação.

Seja qual for o caso, é preciso reunir mais evidências. A hipótese – Thomas é um adúltero reincidente – não foi testada de modo adequado.

Você terá uma oportunidade para voltar a ser aquela jovem dócil e disposta que ingressou no meu estudo como a Participante 52.

Você revelou que tinha a intenção de deixar a cidade. Isso significa que zerou a sua agenda de atendimentos.

Sua amiga Lizzie vai se refugiar com a família dela, a milhares de quilômetros de distância, para o período de festas.

Sua família vai viver momentos de grande alegria, fartando-se de comer frutos do mar e se esbaldando numa morna piscina de água salgada.

E você será toda minha.

## CAPÍTULO 47

### Quarta-feira, 19 de dezembro

— A SUA MULHER É REALMENTE LOUCA! — DIGO AO TELEFONE com voz abafada.

Estou a quatro quarteirões da casa da dra. Shields, mas desta vez me asseguro de que ela não está me seguindo. Estou encolhida debaixo da cobertura da entrada de uma loja de roupas que encerrou as atividades. As nuvens nesse momento desapareceram, mas o céu de inverno exibe uma tonalidade entre o púrpura e o preto. As poucas pessoas que passam apressadamente por mim estão cobertas por casacos pesados, com a cabeça abaixada e o queixo escondido na gola.

— Eu sei — Thomas suspira. — O que aconteceu?

Estou tremendo, mas não é de frio. A dra. Shields está me deixando sem saída; é como uma armadilha – quanto mais você luta para escapar, mais presa fica.

— Eu só preciso ficar longe dela. Você disse que me ajudaria a achar uma maneira de resolver isso. A gente precisa se encontrar de novo.

Thomas hesita.

— Eu não posso sair esta noite.

— Eu vou até você — respondo. — Onde você está?

— Eu... Bom, na verdade eu estou indo até ela.

Eu arregalo os olhos. Minhas costas ficam rígidas.

— Quê? Mas há duas noites você já esteve na casa dela. Como quer que eu acredite que está separado dela se vocês estão juntos o tempo todo?

— Não é bem assim. Nós temos um horário marcado com o advogado que está cuidando do nosso divórcio — Thomas responde. A voz dele agora é reconfortante. — Que tal conversarmos amanhã?

Estou tão encolhida que nem mesmo consigo continuar falando.

— Certo! — digo antes de desligar.

Fico parada onde estou por um momento.

Então faço a única coisa que me ocorre fazer para recuperar um pouco do controle sobre a minha vida estilhaçada.

Saio da entrada da loja e tomo novamente a direção da casa da dra. Shields. Quando estou a cerca de trinta metros dela, atravesso a rua e me oculto nas sombras.

Ela sai de casa quinze minutos depois, quando eu já começava a achar que a tivesse perdido.

Eu a sigo, tomando o cuidado de me manter o mais longe possível; ela prossegue por dois quarteirões, vira numa esquina e continua andando por mais três.

Não tenho receio nenhum de perdê-la de vista, nem mesmo quando nos aproximamos de uma área comercial em que os passantes se adensam. Ela veste um longo casaco branco de inverno, e o seu cabelo loiro-avermelhado se espalha solto em torno dos seus ombros.

Ela parece um anjo de porcelana no topo de uma árvore de Natal.

A distância, vejo Thomas esperando debaixo de um toldo.

Tenho certeza de que ele não pode me ver; vesti meu capuz e estou escondida atrás de um ponto de ônibus.

Mas ele pode enxergar a dra. Shields.

Um largo sorriso se estampa no rosto dele. Sua expressão é uma mistura de expectativa com alegria.

Ele não parece ser um homem que deseja se divorciar da mulher que caminha na direção dele; pelo contrário, está ansioso para vê-la.

Nenhum dos dois percebe que os estou observando. Não sei quanto tempo terei antes que eles desapareçam dentro do prédio para o compromisso com o tal advogado. Mas talvez eu possa descobrir algo.

Ele dá alguns passos na direção dela e lhe estende a mão.

A dra. Shields pega na mão dele.

E nesse instante – ele usando uma jaqueta preta feita sob medida, ela de branco – é como se eu já tivesse visto os dois em situação parecida, mas num momento diferente: numa fotografia do casamento deles.

Thomas inclina a cabeça, encaixa a mão na nuca da dra. Shields e a beija.

Não é o tipo de beijo que um homem dá numa mulher da qual quer se livrar.

Sei disso porque Thomas me beijou da mesma maneira apenas cinco dias atrás, quando nos encontramos no bar.

Enquanto caminho para casa, vou pensando na teia de mentiras em que nós três estamos presos.

Porque agora eu sei que Thomas também está tentando me enganar.

Depois que ele e a dra. Shields deram por encerrado o demorado beijo sob o toldo vermelho, Thomas passou um braço em torno dos ombros dela e a puxou para perto de si novamente. Então abriu a grande porta de madeira – que não era do escritório de um advogado coisa nenhuma, e sim de um restaurante italiano de inspiração romântica – e deu passagem para que ela entrasse primeiro.

Ao menos eu finalmente pude constatar algo de concreto: nenhum dos dois é confiável.

Não faço ideia de quais sejam as intenções deles. Mas não posso me preocupar com isso agora.

Só há uma pergunta a que preciso responder: qual dos dois é mais perigoso?

# PARTE 3

MUITAS VEZES, AS PESSOAS QUE JULGAMOS COM MAIS SEVERIDADE *somos nós mesmos. Todos os dias criticamos nossas próprias decisões e ações; criticamos até os nossos pensamentos íntimos. Receamos que o tom de um e-mail que enviamos a um colega possa ser mal interpretado. Censuramos nossa falta de autocontrole depois que esvaziamos o pote de sorvete. Nós nos arrependemos de apressar a conversa com um amigo ao telefone, em vez de escutar pacientemente um relato de seus problemas. Lamentamos não ter dito a um membro da família o que ele significava para nós antes da sua morte.*

*Todos nós carregamos o peso dos nossos arrependimentos secretos — os estranhos que vemos na rua, nossos vizinhos, nossos colegas, nossos amigos, até mesmo as pessoas que amamos. E todos nós somos constantemente forçados a fazer escolhas morais. Algumas dessas escolhas são insignificantes; outras podem mudar a nossa vida.*

*Na teoria, formular um julgamento parece coisa fácil: você dá sua opinião e segue com a vida. Na vida real, porém, nunca é tão simples.*

*As possibilidades perseguem você. Dias, semanas, até mesmo anos depois você pensa nas pessoas afetadas pelas suas ações. Você questiona suas escolhas.*

*E você não se pergunta se haverá consequências — você se pergunta quando elas virão.*

# CAPÍTULO 48

## Quarta-feira, 19 de dezembro

O ÚLTIMO PRESENTE DA DRA. SHIELDS PARECE MAIS PERIGOSO para mim do que flertar com um homem casado ou revelar segredos dolorosos ou ficar presa em um apartamento com um viciado em drogas.

Já é bastante ruim ver minha própria vida sair dos trilhos com a dra. Shields e seus experimentos. Mas agora ela está envolvendo a minha família de maneira deliberada. Eles provavelmente reagiram como se tivessem ganhado na loteria com essa viagem. Eu ainda ouço a gritaria de Becky: "Nós vamos ver o mar!".

Como Ricky disse quando tomou meu celular e me encurralou na cozinha da quitinete dele, *"Nada na vida é de graça"*.

Enquanto caminho para casa depois de ter seguido a dra. Shields, não sai da minha cabeça a imagem dela e de Thomas se beijando do lado de fora do restaurante. Imagino o casal numa romântica mesa para dois, enquanto o *sommelier* tira a rolha de uma garrafa de vinho tinto. Imagino Thomas provando o vinho e demonstrando sua aprovação. E depois talvez ele cubra as mãos da dra. Shields com as suas para aquecê-las. Eu daria qualquer coisa para saber o que eles estão dizendo um ao outro.

Eu me pergunto se o assunto da conversa deles sou eu. Será que mentem um para o outro, assim como estão mentindo para mim?

Quando entro no meu prédio, puxo a porta de segurança atrás de mim com tanta força que bato o ombro na parede. Faço uma careta, massageio o local e prossigo até a escadaria.

Subo as escadas até o quarto andar e chego ao corredor. Na metade do caminho, a cerca de três portas de distância do meu apartamento, uma coisa pequena e de aparência lisa está jogada no tapete. Por um instante, chego a pensar que se trata de um rato. Então, percebo que é uma luva cinza, de mulher.

"É dela", eu penso, e fico paralisada. A cor, o tecido; reconheço o estilo dela instantaneamente.

Juro que posso sentir seu perfume inconfundível. Por que ela voltou ao meu apartamento?

Ao me aproximar da luva, porém, noto que estou errada. O couro é grosso e barato; do tipo de luva que se compra de vendedores ambulantes. Deve ser de alguma das minhas vizinhas. Eu a deixo onde está para que o dono a resgate.

Quando abro a porta do meu apartamento, hesito antes de entrar. Olho ao redor. Tudo parece estar exatamente como eu havia deixado, e Leo corre para me receber, como de costume. Ainda assim eu já tranco as minhas duas fechaduras, em vez de esperar para fazer isso na hora de dormir.

Eu sempre deixo o abajur da minha mesa de cabeceira aceso para o Leo quando sei que vou chegar em casa depois de escurecer. Agora eu também acendo a luz principal, do teto, e depois a do banheiro. Hesito um pouco e, então, puxo a cortina do chuveiro. Só me sinto melhor depois de deixar cada canto da minha quitinete bem visível.

Ao caminhar para a cozinha, eu roço na cadeira em que deixo roupas quando estou com preguiça de pendurá-las no armário.

O xale da dra. Shields está lá, aparecendo debaixo do suéter que usei ontem. Desvio o olhar e continuo andando até o armário da cozinha, onde pego um copo para beber água. Em três goles ávidos eu tomo um copo inteiro, depois apanho um bloco de anotações na minha gaveta de tralhas.

Levo o bloco até minha cama e me sento com as pernas cruzadas sobre a minha manta. As anotações escritas na página são uma série de números de que eu me recordo brevemente como uma tentativa de organizar um orçamento. É difícil acreditar que há apenas seis semanas eu estava preocupada com o pagamento de Antonia pelas sessões de terapia ocupacional realizadas com Becky e esperava que meus atendimentos pela BeautyBuzz fossem coordenados de um modo mais vantajoso para mim, de modo que eu não tivesse que arrastar por grandes distâncias minha maleta de maquiagem. Olhando em retrospecto, a minha vida era tão sossegada; meus problemas eram tão corriqueiros. Mas então veio aquele impulso de pegar o telefone da Taylor da cadeira e escutar mais uma vez a mensagem de Ben. Aqueles dez segundos mudaram minha vida.

Daqui por diante, chega de seguir os impulsos; preciso agir da maneira oposta.

Arranco a primeira folha do bloco e risco uma linha reta no meio dessa página. Escrevo o nome da dra. Shields no topo de uma coluna e o nome de Thomas no topo da outra. Então começo a colocar no papel tudo o que eu sei sobre os dois.

*Dra. Lydia Shields: 37, residência na West Village, professora adjunta na Universidade de Nova York. Psiquiatra, com um consultório no Midtown. Pesquisadora, autora publicada. Roupas exclusivas, gostos caros. Teve um assistente chamado Ben Quick. Casada com Thomas.* Sublinho esse último detalhe quatro vezes.

Acrescento pontos de interrogação a outras possibilidades: *Pai influente? Pasta de clientes? História por trás da Participante 5?*

Olho surpresa para a escassa quantidade de informação na página. Isso é mesmo tudo o que sei sobre a mulher que conhece tantos segredos meus?

Passo para a coluna de Thomas. Pego o meu *laptop* e tento pesquisar o nome dele no Google. Vários resultados surgem para Thomas Shields, mas todos referentes a outros homens.

Talvez a dra. Shields tenha mantido o nome de solteira.

Penso no encontro que tive com ele no bar e tento me lembrar de algumas coisas: *Dirige uma motocicleta. Conhece toda a letra da música "Come Together", dos Beatles. Bebe chope IPA.* Depois, me lembro de alguns detalhes que obtive durante o tempo que passamos no meu apartamento: *Gosta de cães. Em boa forma. Cicatriz no ombro de cirurgia para reparar uma ruptura do manguito rotador.*

Depois de pensar mais um pouco, eu acrescento: *lê The New York Times no Ted's Diner. Vai à academia. Usa óculos. É casado com a dra. Shields.* Sublinho esse detalhe quatro vezes também.

Continuo: *Beirando os 40? Ocupação? Onde mora?*

Eu sei ainda menos sobre Thomas do que sei sobre a dra. Shields.

Há apenas duas outras pessoas que sei que estão ligadas a eles. A primeira delas, Ben, não quer me falar nada além do que já falou.

E a segunda não pode falar comigo.

Participante 5. Quem era ela?

Pulo da cama e começo a andar de um lado para o outro no meu apartamento, tentando me lembrar de tudo o que Thomas me disse no jardim do conservatório.

*Ela era jovem e sozinha. Lydia lhe deu presentes. Não era próxima ao pai dela. Foi aqui que ela se matou.*

Volto rápido para minha cama e pego meu *laptop* novamente. O artigo de dois parágrafos no *New York Post* que eu encontro na internet, pesquisando "conservatório West Village" e "suicídio" e "junho", revela que ao menos sobre uma coisa Thomas não mentiu: uma jovem morreu no conservatório. O corpo dela foi encontrado na mesma noite em que ela se suicidou, por um casal que tinha ido ao parque para um passeio sob a luz da lua. A princípio os dois pensaram que ela estivesse dormindo.

O artigo também me informa o nome completo dela: Katherine April Voss.

Fecho os olhos e repito esse nome para mim mesma silenciosamente.

A garota tinha apenas 23 anos, e se apresentava usando seu nome do meio, April. O artigo mostra alguns outros detalhes, além de dados sobre a linhagem dos pais dela e seus irmãos, bem mais velhos.

Mas o artigo me forneceu elementos suficientes para começar a traçar a trajetória de sua vida e onde e como os caminhos dela e da dra. Shields se cruzaram.

Esfrego a testa, pensando nos próximos passos que vou dar. Um leve latejamento se instalou na região das minhas têmporas, talvez porque eu quase não comi hoje, mas o meu estômago está embrulhado demais para tolerar comida agora.

Embora meu desespero por informações seja grande, ainda não quero entrar em contato com os pais enlutados de April. Há outras linhas de investigação que posso seguir. Como a maioria dos jovens na faixa dos 20 anos, April tinha presença ativa nas redes sociais.

Não levo mais de um minuto para descobrir a conta de April no Instagram. O perfil dela está aberto ao público.

Eu hesito antes de acessar as imagens, assim como quando comecei a investigar a dra. Shields na internet.

Não faço ideia do que vou ver. Tenho a sensação de que estou prestes a cruzar um limite do qual não serei capaz de retornar.

Dou um clique no nome dela. Pequenas fotos quadradas enchem a minha tela.

Eu aumento a foto mais recente, a última fotografia postada por April, e tomo a decisão de pesquisar material mais antigo.

A data é 2 de junho. Seis dias antes da sua morte.

A visão do rosto sorridente dela me incomoda, embora seja o tipo de fotografia que eu mesma poderia tirar com a Lizzie – duas amigas brindando com taças de margarita e se divertindo. Parece uma cena tão comum, tão incompatível com o que viria a acontecer menos de uma semana depois. A legenda que April escreveu: *Com @Fab24 – Melhores Amigas Para Sempre!* Doze pessoas deixaram comentários; coisas como *Amo muito!* e *Lindaaa*.

Observo as feições de April. Essa é a garota por trás do número designado pela dra. Shields. Cabelos negros longos e lisos e pele clara. E magra, bem magra. Seus olhos castanhos parecem grandes e redondos demais para o seu rosto pequeno.

Em uma nova folha do bloco de anotações eu escrevo *Fab24/ melhor amiga* sob o nome de April.

Rolando a página na tela, percorro as fotos uma por uma, examinando-as minuciosamente em busca de pistas, de referências para localização. O nome de um restaurante impresso num guardanapo. As pessoas que aparecem repetidas vezes.

Quando chego à décima quinta foto, já sei que April também usava brincos de argola prateados e possuía uma jaqueta de couro preta. Ela adorava *cookies* e cães, assim como eu.

Retorno à foto de April e Fab24. Sei que não é coisa da minha imaginação. April parece feliz, genuinamente feliz nessa foto. Então eu avisto algo: a ponta de um xale bege na cadeira ao lado dela.

Levanto a cabeça num movimento brusco quando ouço sons de passos no corredor.

Passos que parecem cada vez mais próximos do meu apartamento.

Espero que alguém bata à minha porta, mas isso não acontece.

Em vez disso, escuto um farfalhar.

Descruzo as pernas e deslizo para fora da cama. Percorro o caminho até a porta devagar e na ponta dos pés, esperando que o roçar das minhas meias contra o piso de madeira não seja ouvido.

Minha porta tem um olho mágico. Enquanto me movo para posicionar meu olho atrás da porta, sou invadida pelo medo de deparar com o olho azul penetrante da dra. Shields tomando o outro lado do vidro fino.

Não consigo. Minha respiração é tão intensa que tenho certeza de que ela pode ouvi-la através da porta.

Minha adrenalina aumenta quando pressiono meu ouvido contra a porta. Nada.

Se ela estiver lá fora, sei que não irá embora até que eu faça o que ela quer. Sou assaltada pela sensação de que ela é capaz de enxergar diretamente dentro do meu apartamento, assim como foi capaz de me observar através do computador na época em que comecei a participar do estudo. Eu preciso olhar. Vencendo o medo, ajusto a cabeça e espio pelo olho mágico. Sinto um aperto no peito.

Não há ninguém lá fora.

O fato de não haver ninguém é quase tão desagradável quanto seria a presença de alguém. Dou um passo para trás, engasgando. Será que estou perdendo o juízo? A dra. Shields e Thomas estão jantando juntos. Eu os vi. É a mais pura verdade.

Os latidos altos e ritmados de Leo interrompem os meus pensamentos. Ele está olhando para mim com uma expressão curiosa.

— Shh — sussurro para ele.

Vou até a janela na ponta dos pés. Empurro a lâmina de uma persiana com a ponta dos dedos e espio lá fora. Meus olhos examinam a rua: algumas mulheres entram em um táxi, e um homem passeia com o seu cachorro. Nada parece fora de lugar.

Tiro os dedos da persiana e pego Leo nos braços para levá-lo até a cama comigo.

Ele precisa dar um passeio, e logo. Eu nunca tive medo de levá-lo para passear à noite. Agora, porém, não gosto da ideia de descer a escadaria, que tem vários pontos onde alguém poderia se esconder, e sair andando por uma rua que a esta hora pode estar deserta.

A dra. Shields sabe exatamente onde eu moro. Ela já esteve aqui antes. Ela sabe como chegar à minha família. Talvez ela saiba até mais sobre mim do que imagino.

Ben tem razão. Eu preciso pegar o meu arquivo.

Continuo verificando as fotos de April. Amplio uma delas para tentar ler uma placa com o nome de uma rua. Então passo para uma fotografia tirada no início de maio, de um sujeito dormindo numa cama com uma manta com motivos florais cobrindo a região em torno do seu torso nu. "Um namorado?", eu me pergunto.

Seu rosto está quase todo oculto por causa do ângulo da foto; consigo ver apenas um pedaço dele.

Meu olhar se detém na mesa de cabeceira ao lado dele. Há alguns livros nela – eu anoto os títulos –, um bracelete e um copo com água pela metade.

Há mais um detalhe. Um par de óculos.

Meu corpo está desmoronando. É como se eu tivesse dado um passo em direção ao precipício e agora não pudesse mais deter a minha queda livre.

Minhas mãos tremem quando eu aumento a foto.

Os óculos são de armação de tartaruga.

Dou um zoom no homem adormecido, o que April aparentemente fotografou na cama dela.

Não é possível. Eu quero agarrar o Leo e correr, mas para onde? Meus pais jamais compreenderiam. Lizzie já deixou a cidade para o feriado prolongado. E Noah... Eu mal o conheço. Não posso envolvê-lo nisso.

Empurro o computador para o lado, mas não sai da minha cabeça a imagem da linha reta do nariz dele, e do cabelo caindo sobre a sua testa.

O homem na fotografia é Thomas.

# CAPÍTULO 49

## Quarta-feira, 19 de dezembro

**Você parecia tão assustada quando deixou minha casa** esta noite, Jessica. Não percebe que nada de ruim vai lhe acontecer?

Você não imagina quanto é necessária.

O jantar marcado com meu marido não revelou nenhuma informação nova. Thomas se esquiva com facilidade quando confrontado com perguntas sobre o seu dia e seus planos para o resto da semana. Ele responde formulando suas próprias perguntas e, quando o silêncio ameaça se instalar, lança comentários sobre seu delicioso macarrão à bolonhesa e sobre as couves-de-bruxelas assadas que ele pediu para nós dois.

Thomas é um excelente jogador de squash. Ele é habilidoso em tentar antecipar os movimentos do seu oponente; ele se move rapidamente na quadra.

Mas até mesmo os atletas mais hábeis cedem sob pressão contínua. E nesse instante eles erram.

Depois que terminamos nossa refeição e nos servimos de uma torta francesa de maçã, Thomas pergunta descontraidamente o que Papai Noel poderia escolher de especial para colocar sob a árvore de Natal este ano.

— É sempre difícil saber o que dar de presente a uma mulher que tem tudo — ele diz.

Thomas provou ser um oponente sagaz, mas agora uma oportunidade inesperada se apresenta.

— Tenho uma sugestão, Thomas. Que tal aqueles delicados anéis de prata colecionáveis?

A súbita rigidez do corpo de Thomas é palpável.

Alguns instantes mais de silêncio.

— Você sabe de que anéis estou falando?

Ele abaixa os olhos devagar até o seu prato, fingindo um súbito interesse pelos restos da sua sobremesa.

— Ah, talvez, acho que sei quais são, sim — Thomas responde.

— E o que você acha deles? Acha que eles são... bonitos?

Thomas olha para a frente. Ele segura na minha mão e a levanta no ar, como se estivesse imaginando como ela ficaria com esses adereços. Ele balança a cabeça numa negativa. Seu olhar é decidido.

— Não são especiais o suficiente — ele comenta por fim.

A conta chega, e Thomas deixa que o assunto morra.

Seus avanços são recusados, e ele é barrado na entrada da minha casa. É algo um pouco pessoal para admitir, Jessica, mas você deve concordar que já passamos do estágio de meras conhecidas a esta altura. Intimidades com Thomas não foram restabelecidas desde a traição de setembro. Nosso casamento ainda está abalado; intimidades estão fora de cogitação esta noite.

Thomas aceita a delicada rejeição de modo elegante. Elegante demais?

O apetite sexual dele sempre foi grande. A abstinência a que está sendo submetido agora vai atiçar a sua libido, aumentando a sua ânsia de sucumbir novamente à tentação.

Depois que Thomas se vai e a porta é fechada, e a recém-instalada fechadura é trancada, a residência retorna à sua tranquilidade. Restam algumas tarefas. Essas tarefas deviam ter sido realizadas depois da sua saída, Jessica, mas não houve tempo para isso neste dia tão corrido.

O jornal é recolhido da mesa de centro e enfiado na lata de lixo reciclável. A lava-louças é esvaziada. Então a biblioteca é inspecionada. Uma fraquíssima fragrância de laranja perfuma o ambiente. A tigela contendo as laranjas é levada para a cozinha. As laranjas são lançadas na lata de lixo.

Frutas cítricas nunca tiveram muitos atrativos.

Depois que as luzes são apagadas no andar principal, chega a hora de subir as escadas rumo ao andar superior. Uma camisola de seda lilás e um robe combinando são escolhidos. Sérum noturno é aplicado em torno dos olhos com o delicado toque do meu dedo anular, e um excelente creme hidratante é utilizado. Embora inevitável, o envelhecimento pode ser contrabalançado discretamente com um arsenal apropriado.

Depois que os rituais noturnos são terminados e um copo de água é levado para a mesa de cabeceira, resta ainda uma tarefa. A pasta de arquivo bege com o nome Jessica Farris na aba é retirada do centro da escrivaninha no pequeno escritório contíguo ao quarto. Ela é aberta.

As fotografias dos seus pais e de Becky são examinadas mais uma vez. Em menos de vinte e quatro horas eles estarão a bordo de um avião, rumo a um lugar a centenas de quilômetros de distância. Será que a falta que você sente deles vai se tornar mais pronunciada quando a distância entre vocês aumentar?

Então uma nova folha do bloco amarelo, que contém anotações meticulosas, é preparada, e uma caneta-tinteiro Montblanc, um estimado presente do meu pai, é tomada na mão. A nova anotação é datada de quarta-feira, 19 de dezembro, e detalhes do meu jantar com Thomas são registrados. Atenção especial é dedicada a capturar a reação dele à sugestão de que os anéis de prata colecionáveis seriam um presente apreciado.

O seu arquivo, Jessica, é fechado e recolocado no centro da mesa, sobre um segundo arquivo pertencente a outra participante do estudo. Esses arquivos não são mais mantidos com os outros. Foram trazidos para casa alguns dias atrás, depois que a nova fechadura foi instalada na porta da frente.

O nome escrito na aba do arquivo debaixo do seu é Katherine April Voss.

# CAPÍTULO 50

## Quinta-feira, 20 de dezembro

**Preciso me manter o mais fiel à verdade que puder quando** me encontrar com a dra. Shields.

Não apenas porque eu não tenho ideia de quanto ela sabe. Eu também não sei do que ela é capaz.

Eu mal consegui dormir na noite passada. Sempre que as velhas tábuas do piso do prédio rangiam, ou alguém subia as escadas e passava pelo meu apartamento, eu ficava imóvel, esperando que uma chave fosse girada na fechadura da minha porta.

Não é possível que a dra. Shields ou Thomas tenham conseguido uma chave do meu apartamento – fiquei dizendo isso na tentativa de me acalmar. Ainda assim, por volta das duas da manhã, arrastei a minha mesa de cabeceira até a porta para bloqueá-la. Além disso, peguei o meu spray de pimenta da bolsa e o enfiei debaixo do meu travesseiro, num lugar fácil de alcançar.

Quando a dra. Shields me enviou uma mensagem de texto, às sete da manhã de hoje, me pedindo que fosse até a casa dela depois do trabalho, eu imediatamente respondi *Tudo bem*. Seria inútil resistir, e – mais importante – não quis deixá-la agitada.

Pensei: "Se eu não posso escapar dessa armadilha me afastando, talvez precise pagar para ver".

Um plano se formou na minha mente esta manhã, debaixo do jato de água quente que não parecia me aquecer. Nem imagino como ela vai reagir quando escutar o que tenho a lhe dizer. Mas eu não posso continuar assim.

Chego à casa dela às 19h30, depois de um dia de trabalho duro. Todas as minhas clientes estavam alegres, animadas, se preparando para festas de fim de ano. No meu último compromisso do dia, atendi uma jovem que esperava que o namorado a pedisse em casamento.

Mal via o rosto dessas pessoas enquanto as maquiava. Em vez disso, visões de Thomas na cama de April se chocavam na minha mente com as coisas que eu pensava em dizer à dra. Shields depois que entrasse na casa dela e ficássemos a sós.

Ela abre a porta de imediato, quase como se estivesse parada no corredor à espera do som da campainha. Ou talvez já tivesse me visto chegar de uma janela no andar de cima.

— Jessica — ela diz a título de saudação.

Só isso. Só o meu nome.

Ela tranca a porta e pega o meu casaco.

Fico em pé ao seu lado enquanto ela o pendura no *closet*. Ela dá um passo para trás e quase colide comigo.

— Perdão — digo. Ela precisa se lembrar desse momento. Estou plantando uma semente para o meu álibi.

— Você gostaria de uma água? — a dra. Shields pergunta, dirigindo-se para a cozinha. — Ou de uma taça de vinho, talvez?

Eu hesito por um momento.

— O que você for tomar está bom para mim — digo por fim. Asseguro-me de mostrar gratidão no meu tom de voz.

— Eu acabei de abrir uma garrafa de vinho — diz a dra. Shields.

— Pode ser — respondo, mas não vou beber mais do que uns poucos goles. Minha mente tem de estar afiada.

Ela enche duas taças de cristal e me entrega uma. Meus olhos percorrem a sala. Não há nenhum indício de que Thomas esteja no recinto, mas, depois do modo como os dois agiram na noite passada, preciso ter certeza de que ele não está por perto, escutando nossa conversa.

Tomo um pequeno gole de vinho e então vou direto ao ponto, mantendo a voz baixa:

— Tenho uma coisa a lhe dizer.

Ela se volta para mim e me olha com atenção. Sei que pode sentir o meu nervosismo; ele parece irradiar de mim. Pelo menos não precisarei fingir nada.

A dra. Shields me aponta uma banqueta e se senta em outra ao meu lado. Nós giramos as banquetas e ficamos de frente uma para a outra, muito mais próximas do que costumamos ficar. Eu giro o meu corpo alguns centímetros a mais para ter uma visão clara do recinto. Agora ninguém pode me surpreender.

Tênues sombras azul-violeta formam meias-luas sob os olhos da dra. Shields. Ela provavelmente não dormiu bem também.

— O que foi, Jessica? Espero que você saiba que pode me contar o que quiser.

Ela ergue sua taça de vinho, e então eu vejo: a mão *dela* está tremendo quase imperceptivelmente. É a primeira vez que testemunho uma vulnerabilidade sua.

— Não fui completamente honesta com você, doutora.

A dra. Shields engole em seco. Mas não me apressa; pelo contrário, espera até que eu prossiga.

— O homem no restaurante... — eu digo. Algo muda nos olhos dela, eles se estreitam muito discretamente. Tomo grande cuidado com as palavras ao prosseguir. — Quando respondeu à minha mensagem, ele na verdade disse que queria se encontrar comigo. Pediu que eu sugerisse um dia e horário.

O olhar da dra. Shields permanece fixo em mim. Ela não se move.

E ao vê-la assim, imóvel, um pensamento atravessa a minha mente: a dra. Shields se transformou em vidro, o mesmo vidro de Murano em que foi esculpido o falcão que, segundo ela, era um presente para o marido. Para Thomas.

— Mas eu não respondi — acrescento.

Desta vez eu espero que ela se manifeste. A pretexto de beber um gole de vinho, desvio o olhar para a minha taça, interrompendo o nosso contato visual.

— E por que fez isso? — ela pergunta por fim.

— Eu acho que Thomas é o seu marido — sussurro. Meu coração está batendo tão alto que tenho certeza de que ela pode ouvi-lo.

Ela respira com vigor, como se estivesse sugando o ar.

— Hmmm — ela murmura. — O que a levou a essa suposição?

Não sei se o caminho que estou trilhando agora é o certo. Estou pisando em campo minado, mas não faço ideia de quanto ela sabe, por isso preciso dar a ela um pouquinho da verdade.

— Quando entrei no Ted's Diner, me dei conta de que já tinha visto aquele homem antes — respondo. Essa é a parte difícil. Eu reprimo o temor de parecer insensata. — Eu me lembrei de ter passado por ele a caminho do museu, quando um grupo de pessoas se reuniu ao redor da mulher que foi atropelada pelo táxi. Eu só reparei nele porque olhei para todos ali, tentando descobrir se faziam parte do teste. Mas tenho certeza de que ele não tinha me visto.

A dra. Shields não responde. Não há expressão em seu semblante. Não é possível dizer que efeito a minha revelação causou nela.

— Quando contei sobre o homem com quem falei diante das fotografias da exposição, fiquei confusa porque você pensou que ele tivesse cabelo loiro. Eu nem associei o sujeito na frente do museu à sua pergunta. Mas aí eu o vi, quer dizer, vi o Thomas novamente no restaurante.

A dra. Shields finalmente abre a boca para falar:

— E essas simples coisas levaram você a tal conclusão?

Balanço a cabeça numa negativa. O argumento que estou prestes a expor a ela me pareceu bom quando eu o ensaiei hoje mais cedo. Mas agora já não sei se conseguirei convencê-la.

— As jaquetas no seu *closet* da entrada… Elas são grandes. Evidentemente pertencem a um homem que é alto e grande, não ao sujeito da fotografia na sua sala de jantar. Percebi isso na última vez que estive aqui, e hoje tive a confirmação, quando você guardou o meu casaco.

— Você é uma detetive e tanto, não é, Jessica? — Os dedos dela afagam a haste da sua taça de vinho. Ela a leva aos lábios e bebe um gole. — Você descobriu isso tudo sozinha?

— Mais ou menos — respondo. Não sei se ela acredita em mim, então continuo com a história que eu havia planejado. — Lizzie me contou por esses dias que teve de mandar fazer um traje a mais para um suplente que era muito maior do que o ator principal da peça. Daí eu tive um estalo e liguei os pontos.

A dra. Shields se inclina para a frente abruptamente, e eu recuo. Tomo o cuidado de não quebrar o contato visual com ela.

Então ela se levanta da sua banqueta sem dizer uma palavra. Pega a garrafa de vinho sobre a bancada e vai até a geladeira. Quando abre a porta, eu vislumbro apenas uma fileira de garrafas de água e uma caixa de ovos. Nunca vi uma geladeira tão vazia.

— Falando na Lizzie, vou encontrá-la para um drinque logo após esta nossa reunião — prossigo. — Conhece algum lugar aqui perto que seja bom? Eu disse a ela que mandaria uma mensagem quando terminássemos aqui.

Essa é mais uma das minhas medidas de segurança, assim como o spray de pimenta que pus na bolsa e a vigilância constante do que está à minha volta.

A dra. Shields fecha a porta da geladeira. Mas ela não contorna a bancada para voltar e se sentar ao meu lado.

— Ah, a Lizzie ainda está na cidade? — a dra. Shields pergunta.

Eu quase engasgo. Lizzie viajou ontem, mas como a dra. Shields pode saber disso? Se ela chegou até os meus pais, talvez tenha chegado até a Lizzie também.

Nem mesmo consigo me lembrar se já disse a ela algo sobre os planos de viagem de Lizzie para o feriado prolongado. A dra. Shields toma nota de todos os detalhes das nossas conversas. Eu não faço isso.

Começo a tagarelar:

— Pois é, ela estava pensando em viajar antes, mas aconteceram algumas coisas e ela vai ter de ficar por aqui mais alguns dias.

Eu me esforço para parar de falar. A dra. Shields continua atrás da bancada. Ela não tira os olhos de mim. É como se quisesse me encurralar com o olhar.

Há quatro outros cômodos atrás de mim, incluindo um banheiro. A dra. Shields mudou de posição do outro lado da bancada, e em consequência disso já não posso mais olhar para ela e ao mesmo tempo vigiar as portas de acesso.

Tudo o que eu consigo ver agora são as superfícies sólidas e reluzentes da cozinha dela: bancadas de mármore cinza, acabamentos em aço inoxidável e a espiral de metal de um saca-rolhas que ela deixou na pia.

— Fico feliz que você tenha sido honesta comigo, Jessica — diz a dra. Shields. — E agora vou fazer o mesmo. Você tem razão: Thomas é o meu marido. O homem na fotografia foi o meu mentor na pós-graduação.

Deixo escapar o ar que eu não percebi que estava prendendo. Finalmente um fragmento de informação que condiz com o que Thomas e a dra. Shields me contaram, e com os meus instintos.

— Nós fomos casados por sete anos — ela prossegue. — Trabalhávamos no mesmo prédio. Foi assim que nos conhecemos. Ele também é psiquiatra.

— Ah — eu digo, esperando que isso baste para encorajá-la a continuar falando.

— Você deve estar se perguntando por que eu quis aproximar você de Thomas.

Quem fica em silêncio agora sou eu. Não quero dizer nada que possa levá-la a desistir de falar.

— Ele me traiu — a dra. Shields revela. Tenho a impressão de ver o brilho de lágrimas nos olhos dela, mas num instante o brilho desaparece; devo ter sido enganada pela iluminação. — Aconteceu apenas uma vez — ela prossegue. — Mas os detalhes dessa traição a tornaram particularmente dolorosa. E ele prometeu que jamais faria isso de novo. Quero acreditar nele.

A dra. Shields é tão precisa e cuidadosa com as palavras. A sensação é de que ela está finalmente me dizendo a verdade.

Eu me pergunto se ela chegou a ver aquela foto íntima de Thomas na cama da April, com a manta com motivos florais deixando entrever os ombros nus dele. Como isso deve ter sido doloroso.

Mas as coisas vão ficar bem piores para a dra. Shields se ela souber o que eu fiz.

Estou desesperada de curiosidade, quero ouvir mais. Mesmo assim, sei que não posso baixar a guarda diante dela nem por um segundo.

— Eu nunca lhe perguntei o que vou perguntar agora, Jessica. Você alguma vez já se apaixonou de verdade?

Não sei se existe uma resposta certa.

— Eu acho que não — respondo por fim.

— Você saberia — ela diz. — A alegria, a sensação de plenitude que isso pode oferecer a uma pessoa, é diretamente proporcional à angústia que ela experimenta quando esse amor lhe é tomado.

Esta é a primeira vez que ela se mostra enternecida e arrebatada pela emoção.

Preciso fazê-la acreditar que estou do lado dela. Eu não tinha a menor ideia de que Thomas era seu marido quando o levei para o meu apartamento. Mesmo assim, se ela souber desse fato... bem, nem imagino o que ela poderia fazer comigo.

Volta a invadir a minha mente a imagem da Participante 5 jogada num banco nos jardins na última noite da sua vida. Certamente a polícia investigou a morte dela antes de concluir que foi suicídio. Mas será que ela estava mesmo sozinha quando morreu?

— Eu sinto muito — digo. Minha voz treme um pouco, mas torço para que ela pense que é por compaixão e não medo. — O que posso fazer para ajudar?

Os lábios da dra. Shields se curvam para cima num sorriso vazio.

— Foi por isso que eu escolhi você, Jessica — ela diz. — Você me lembra um pouco a... bem, *ela*.

Eu não consigo evitar – quando me dou conta, já estou virando a cabeça para saber o que há atrás de mim. A porta da frente está a mais ou menos vinte metros de distância, mas a fechadura parece complicada.

— Algo errado, Jessica?

Relutantemente eu me viro de volta para a posição normal.

— Nada, eu só pensei ter escutado um barulho. — Pego a minha taça de vinho. Em vez de beber, apenas a seguro. É pesada o suficiente para ser usada como arma.

— Nós estamos totalmente sozinhas — ela garante. — Não se preocupe.

A dra. Shields finalmente sai de detrás da bancada e vem sentar-se ao meu lado. O joelho dela roça no meu enquanto ela se acomoda na banqueta. Faço esforço para não recuar.

— A moça com quem Thomas cometeu a traição... — São palavras que eu não quero pronunciar, mas preciso perguntar. — Você disse que ela se parece comigo?

A dra. Shields estende a mão e toca meu braço com seus dedos finos. As veias azuis nas costas da sua mão são bastante salientes.

— Havia uma semelhança na essência — ela responde. Quando ela sorri, eu vejo isto: mais algumas linhas finas e acentuadas aparecem em torno dos olhos dela, como rachaduras se espalhando pelo vidro. — Os cabelos dela eram negros, e ela era cheia de vida.

A mão dela ainda está segurando meu antebraço. Seu aperto parece aumentar imperceptivelmente. "Cheia de vida", eu penso. Que modo estranho de descrever uma jovem que tirou a própria vida.

Espero pelas próximas palavras da dra. Shields, e me pergunto se ela vai dizer o nome de April ou se vai referir-se à jovem como participante num experimento.

Ela olha para mim. Seus olhos se aguçam de novo. E é como se a mulher que vi instantes atrás – mais vulnerável, que estava claramente ansiando por seu marido – tivesse se escondido atrás de uma máscara. As palavras dela voltam a soar desprovidas de emoção. Ela lembra uma professora universitária ministrando uma aula.

— Se bem que a mulher com quem Thomas me traiu não era tão jovem quanto você, Jessica. Ela era cerca de dez anos mais velha. Mais próximo da minha idade.

Dez anos mais velha.

Sei que a dra. Shields nota a minha expressão chocada, porque o semblante dela fica paralisado.

É impossível que April, aquela garota das fotos do Instagram, tivesse mais de 30 anos. O obituário informava que ela tinha 23. A dra. Shields não estava falando de April.

Se for verdade o que a dra. Shields acaba de me revelar, Thomas se relacionou com uma segunda mulher durante seu casamento. São três, contando comigo. Quantas terão sido, no total?

— É difícil imaginar que alguém possa ter feito isso com você — digo, bebendo outro gole de vinho para disfarçar minha surpresa.

Ela abaixa e levanta solenemente a cabeça.

— O importante é ter certeza de que ele não vai voltar a fazer isso, Jessica. Você compreende, não é? — Um breve momento de silêncio, e então: — É por isso que eu preciso que você dê uma resposta a ele agora.

Estico o braço para colocar minha taça de vinho na bancada, mas calculo mal a distância. A taça bambeia na beirada do mármore e cai, porém eu a apanho antes que se espatife no chão.

A dra. Shields registra o incidente, sem fazer nenhum comentário.

Meu plano foi por água abaixo, deu totalmente errado. A confissão que eu acreditava que me libertaria acabou me prendendo de vez.

Pego o celular da minha bolsa e digito o texto que a dra. Shields me dita: *Podemos nos encontrar amanhã à noite? Deco Bar, às 8?*

Ela me vê apertar a tecla *Enviar*. Nem vinte segundos se passam e uma resposta chega.

O pânico invade meu corpo. E se ele escrever alguma coisa incriminadora?

Estou tão zonza que sinto vontade de enfiar a cabeça entre os joelhos. Mas não posso.

A dra. Shields está me encarando como se fosse capaz de ler meus pensamentos.

Engulo em seco, nauseada só de pensar em verificar meu celular.

— Jessica? E então?

A voz dela soa metálica e distante, como se viesse de muito longe.

Minha mão está tremendo quando viro o celular para que a dra. Shields possa ver a resposta de Thomas: *Estarei lá.*

# CAPÍTULO 51

### Sexta-feira, 21 de dezembro

TODO PSIQUIATRA SABE QUE A VERDADE MUDA DE FORMA. É ilusória e fugaz como uma nuvem. Assume formas diferentes, resiste a tentativas de definição, molda-se de acordo com o ponto de vista daquele que alegue possuí-la.

Às 19h36, você envia uma mensagem de texto: *Vou sair daqui a alguns minutos para encontrar T. Devo me oferecer para pagar um drinque, já que o convite para sairmos partiu de mim?*

A resposta: *Não, ele é tradicional. Deixe que conduza a situação.*

Às 20h02, Thomas se aproxima do Deco Bar, onde você o aguarda. Ele desaparece de vista quando entra pela porta do estabelecimento. Em nenhum momento presta atenção nos restaurantes e cafés próximos, e não repara nem mesmo naquele que está bem em frente ao Deco Bar, do outro lado da rua.

Às 20h24, Thomas sai do bar. Sozinho.

Quando ele chega à esquina, enfia a mão no bolso e tira o celular. Com a outra, gesticula chamando um táxi.

— Tem certeza de que não gostaria de mais nada, senhora?

A intromissão do garçom bloqueia a visão da rua que a grande vidraça proporciona. Quando o garçom se retira, Thomas já sumiu de vista. Um táxi amarelo começa a deixar o local onde Thomas se encontrava instantes atrás.

Quase em seguida meu celular toca. Mas a pessoa que está ligando não é Thomas. É você.

— Ele acabou de ir embora — você diz, ofegante. — As coisas não saíram como eu esperava.

Antes que você possa continuar, outra chamada chega. Thomas está na outra linha.

Depois de vinte e dois minutos perturbadores – um intervalo de tempo que abrigou emoções que foram da raiva ao desespero e a uma tênue esperança –, as coisas estão avançando bem rápido agora.

— Espere um momento, Jessica. Procure coordenar as ideias enquanto isso.

Todos os vestígios de autoridade são removidos da voz quando Thomas é saudado:

— Ei, olá!

— Onde você está, querida? — ele pergunta.

Ruídos do ambiente, como o barulho de pratos ou as conversas de pessoas que estão jantando nas outras mesas, podem chegar aos ouvidos de Thomas. É vital que a resposta esteja de acordo com o estado de espírito de uma mulher que, embora não inteiramente despreocupada, está aproveitando um instante de relaxamento após um longo dia.

— Perto do consultório. Parei só para fazer uma boquinha, já que não tive tempo de passar no supermercado esta semana.

Do outro lado da rua, a porta do Deco Bar se abre e você sai do estabelecimento segurando o celular próximo do ouvido. Você aguarda na calçada, olhando em volta.

— Quanto tempo vai demorar para chegar em casa? — Thomas pergunta. A voz dele é gentil, a sua fala é calma. — Estou com saudade de você, adoraria vê-la esta noite.

O conjunto de indícios – a brevidade do encontro combinada com o pedido inesperado de Thomas – permite que a esperança flutue na superfície.

O café na frente do Deco Bar fica a menos de vinte minutos de casa. Mas antes de encarar Thomas, é necessário reservar algum tempo para avaliar você.

— Eu estou terminando, Thomas. Vou telefonar quando já estiver em um táxi.

Enquanto isso, você permanece na calçada, com os braços ao redor do próprio corpo para se proteger do frio. Não é possível decifrar a expressão no seu rosto a essa distância, mas sua linguagem corporal transmite incerteza.

— Perfeito — Thomas responde, e a ligação é encerrada.

Você ainda está esperando na outra linha.

— Peço desculpa pela demora, Jessica. Continue, por favor.

— Ele não veio para um encontro — você diz. O ritmo da sua fala é mais cadenciado agora. Você teve tempo para elaborar sua resposta. Isso é uma pena. — Thomas quis me ver porque estava desconfiado — você prossegue. — No fim das contas, ele me viu no museu, na ocasião do atropelamento. Ele me reconheceu; sabia que eu não tinha aparecido no restaurante por acidente. E me perguntou por que eu o estava seguindo.

— E o que você disse? — A pergunta é feita de maneira áspera.

— Que foi um mal-entendido — você responde docilmente.

— Eu insisti que tudo não passou de coincidência. Acho que ele não acreditou. Dra. Shields, eu percebi que ele é totalmente devotado a você. Cem por cento.

Seu trabalho não é tirar conclusões, embora essa seja irresistível demais para ignorar.

— O que leva você a acreditar nisso?

— Eu sei que lhe disse que jamais me apaixonei antes, mas já vi isso em outras pessoas. E Thomas disse que estava casado com uma mulher maravilhosa, e que eu devia parar de incomodá-lo.

Como é possível? Todos aqueles sinais preocupantes – as ligações telefônicas tarde da noite, a visita não programada da mulher com casaco aberto ao escritório de Thomas, o almoço suspeito no restaurante cubano – não passaram de miragem.

Meu marido passou no teste. Ele é fiel.

Thomas é meu novamente.

— Obrigada, Jessica.

A vista da janela oferece uma cena de inverno: você caminhando pela calçada no seu casaco de couro preto, as franjas do seu cachecol vermelho dando um toque colorido à noite.

— E isso foi tudo o que vocês conversaram?

— Sim, basicamente foi isso — você responde.

— Aproveite sua noite, Jessica. Falo com você em breve.

Três notas de vinte são colocadas sobre a mesa – uma gorjeta enorme, inspirada por uma felicidade que parece grande demais para ser medida.

Quando um táxi estaciona do lado de fora do café, meu celular toca.

É Thomas de novo.

— Já saiu do restaurante? — ele pergunta.

O instinto forja a minha resposta:

— Ainda não.

— Eu só queria avisá-la que estou enfrentando um pouco de trânsito. Então não precisa ter pressa.

Algo no seu tom de voz é suspeito.

— Obrigada por me ligar para avisar — é a resposta que ele recebe.

Os fatos são rapidamente analisados: vinte e dois minutos no Deco Bar. Rápido demais para um interlúdio romântico. Mesmo assim, não parece provável que o conteúdo da conversa com Thomas que você relatou exigisse tanto tempo.

Agora você já está a duas quadras de distância, e quase não é mais possível vê-la. Mas está caminhando na direção oposta à do seu apartamento. Seus passos largos são cada vez mais rápidos, como se estivesse ansiosa para chegar a algum lugar.

Você está com pressa, Jessica. Aonde é que está indo?

A demora de Thomas fornece a oportunidade para colher mais informações. E uma caminhada rápida ao ar livre deixa a mente mais leve.

Você passa por outro quarteirão. Então gira o corpo rapidamente. Sua cabeça vira de um lado para outro enquanto examina tudo ao redor.

Apenas o escuro manto da noite e a distância nos separam, combinados com a providencial proteção de um prédio isolado, que não lhe permite flagrar sua perseguidora.

Você se vira novamente para a frente e prossegue.

Vários minutos depois você chega a outro pequeno restaurante, chamado Peachtree Grill.

Um homem espera do lado de dentro das portas de vidro para recebê-la. Ele tem aproximadamente a sua idade, cabelos negros e veste um casacão azul-marinho ornado com zíperes vermelhos. Você se lança nos braços dele. Ele a abraça forte por um momento.

Então vocês dois desaparecem dentro do restaurante.

Você prometeu que seria honesta, porém nunca mencionou a existência desse homem antes.

Quem é ele? Que importância ele tem para você? E o que você anda dizendo a ele?

Quantos outros segredos você vem guardando, Jessica?

# CAPÍTULO 52

## Sexta-feira, 21 de dezembro

Minha conversa com Thomas no Deco Bar foi exatamente como eu descrevi à dra. Shields.

Ele me encontrou lá alguns minutos depois das oito da noite, numa mesa na área do fundo. Eu estava bebendo uma cerveja, mas ele não pediu bebida nenhuma. O bar estava cheio, mas ninguém parecia prestar muita atenção em nós.

Mesmo assim começamos a representar cada qual seu papel.

— Por que você está me seguindo? — Thomas perguntou, e eu arregalei os olhos de surpresa.

Eu protestei, alegando que não havia passado de coincidência. Ele se mostrou cético e me disse que era casado com uma mulher maravilhosa e que eu tinha de deixá-lo em paz.

Nós repetimos variações desse diálogo até que as duas mulheres na mesa ao lado da nossa se viraram para olhar. Eu nem precisei fingir que fiquei constrangida.

Isso foi ótimo, nós tivemos testemunhas. E, embora eu não tenha visto a dra. Shields quando disfarçadamente passei os olhos pelo bar, não podia descartar a possibilidade de que ela tivesse encontrado uma maneira de ouvir a nossa conversa, ou pelo menos de observar nossa interação.

Esse encontro com Thomas não durou muito. Mas na verdade foi a segunda vez que nos encontramos no dia.

Às quatro da tarde, várias horas antes de nos encontrarmos no Deco Bar, Thomas e eu nos reunimos no O'Malley's Pub, o mesmo lugar onde nos encontramos exatamente uma semana atrás, antes de irmos para o meu apartamento. Naquela ocasião, eu não fazia a menor ideia de que ele era o marido da dra. Shields.

Thomas precisou cancelar o horário de um paciente para poder ir a esse encontro no final da tarde. Era uma conversa importante demais para se ter por telefone. E nós precisávamos nos falar antes do encontro que a dra. Shields havia orquestrado.

Eu cheguei primeiro ao O'Malley's. Ainda era cedo, por isso o movimento estava fraco. Havia apenas algumas poucas pessoas no estabelecimento. Tomei o cuidado de escolher a mesa mais distante da mesa delas. Posicionei-me de costas para a parede, a fim de ter uma visão de todo o ambiente.

Quando Thomas chegou, ele acenou para mim, e então pediu um uísque no balcão. Ele bebeu um grande gole antes mesmo de se sentar e retirar o casaco.

— Eu lhe avisei que a minha mulher é doida — Thomas disse. Ele passou a mão na testa. — Mas por que ela quis que você me convidasse para sair?

Nós queríamos a mesma coisa um do outro: informação.

— Ela me disse que você a traiu. A dra. Shields me manipulou para saber se você voltaria a fazer isso.

Ele murmurou alguma coisa ininteligível e terminou o seu uísque, depois gesticulou para o garçom pedindo outro.

— Bem, acho que nós já temos uma resposta para isso, não é? — ele disse. — Você não contou nada a ela sobre nós, contou?

— Ei, que tal ir mais devagar com isso aí? — sugeri, apontando para a bebida dele. — Nós vamos nos encontrar de novo daqui a poucas horas, e teremos de estar bem-dispostos e atentos.

— Tudo bem, entendi. — Mesmo assim ele se levantou e foi atrás do seu segundo drinque.

— Eu não disse a ela que nós dormimos juntos — eu avisei quando ele voltou à mesa. — Não tenho a menor intenção de contar isso a ela.

Ele fechou os olhos e suspirou aliviado.

— Não dá pra entender. Você diz que ela é louca e que quer deixá-la, mas, quando está com a dra. Shields, você age como se estivesse apaixonado por ela. É como se ela tivesse um estranho poder sobre você.

Os olhos dele se arregalaram.

— Eu não sei explicar — Thomas disse por fim. — Mas você tem razão a respeito de uma coisa: quando estou com ela, ajo como se gostasse dela, isto é, eu represento.

— Você já tinha sido infiel antes, não é? — Eu já sabia a resposta, mas quis forçá-lo a sair da toca.

— E por que isso seria da sua conta?

— É da minha conta, porque eu fui arrastada para o meio desse relacionamento doente!

Thomas olhou para trás, depois se inclinou para mais perto de mim e abaixou a voz.

— Veja, a coisa é complicada, certo? Eu tive um rolo.

Um rolo? Ele não estava sendo totalmente honesto.

— A sua mulher sabia quem ela era? — perguntei.

— Quê? Sim, mas ela era uma ninguém — ele respondeu.

Isso me deixou irritada. Senti vontade de jogar o uísque bem na cara dele.

Uma ninguém que participava do estudo da dra. Shields, assim como eu. Uma ninguém que agora estava morta.

Ele viu a expressão no meu rosto e voltou atrás.

— Eu não quis dizer que... Foi apenas uma mulher que tinha uma loja de roupas a um quarteirão do meu escritório. Foi uma aventura de uma noite.

Olhei para a minha garrafa de cerveja. A esta altura eu já tinha arrancado quase todo o rótulo dela.

Então ele não estava se referindo a April. Pelo menos a história dele se alinhava com a da dra. Shields a respeito do caso dele.

— Como foi que ela descobriu? — perguntei. — Você confessou?

Thomas balançou a cabeça numa negativa.

— Eu enviei para a Lydia uma mensagem que se destinava à outra mulher. Os nomes das duas começavam com a mesma letra, foi simplesmente um erro muito estúpido.

Isso não deixava de ser interessante, mas o que eu queria era saber a respeito de outro caso. Queria saber sobre a Participante 5.

Então perguntei a ele, sem rodeios:

— E quanto ao seu relacionamento com April Voss?

Ele engasgou, o que por si só já era uma resposta.

— O que você sabe sobre ela? — O rosto dele estava pálido.

— Eu não sabia da existência dessa garota até você me falar sobre ela, naquela noite no jardim do conservatório. Só que você se referiu a ela como Participante 5.

Ele me olhou com expressão de espanto.

— Lydia não sabe sobre isso, não é?

Balancei a cabeça numa negativa e verifiquei o horário no meu telefone. Ainda tínhamos algumas horas antes do nosso suposto encontro.

Ele tomou outro generoso trago da bebida. E depois me olhou diretamente nos olhos. O medo que vi nos olhos dele era genuíno.

— Ela não pode descobrir nada sobre a April. Nunca, jamais.

Ele havia dito algo bem parecido quando falou de nós dois alguns segundos atrás.

A porta do pub se abriu com tanta violência que bateu contra a parede, fazendo um grande barulho.

Levamos um susto. Thomas ficou agitado.

— Desculpe, gente! — Um sujeito corpulento com barba ruiva apareceu à porta.

Thomas resmungou alguma coisa, balançou a cabeça e então se voltou para mim. Sua expressão era bem séria.

— Então você não vai contar nada para a Lydia sobre April? — ele perguntou. — Não faz ideia do que acabará destruindo se fizer isso.

Finalmente eu tinha algo que poderia usar contra Thomas. Era a oportunidade que eu esperava.

— Eu não vou dizer nada a ela, Thomas.

Ele começou a me agradecer, mas eu o interrompi:

— Contanto que você me diga tudo o que sabe.

— A respeito de quê? — ele perguntou.

— A respeito de April.

**THOMAS NÃO ME DEU MUITA INFORMAÇÃO. FUI PENSANDO NAS** coisas que ele me revelou a respeito de April enquanto caminhava para ver Noah e jantar com ele no Peachtree Grill, depois do meu segundo encontro do dia com o marido da dra. Shields, no qual representamos nossos papéis como atores num palco.

Thomas contou que havia estado com April apenas uma vez, na primavera passada. Ele tinha ido ao bar de um hotel para encontrar-se com um amigo. Depois que o amigo se foi, Thomas se preparava para pagar a conta quando April se sentou na cadeira diante dele e se apresentou.

É a cena que a dra. Shields me fez recriar no bar do Hotel Sussex com o Scott. Mas eu não revelo isso ao Thomas. Talvez precise guardar para mim essa informação também.

Será que a dra. Shields armou para April testar Thomas, e será que April mentiu sobre o ocorrido – assim como eu menti?

Ou será que a verdade é ainda mais sórdida?

Thomas me relatou que foi ao apartamento de April mais tarde na mesma noite em que a conheceu no bar e saiu pouco depois da meia-noite. Exceto pelo modo como os dois se conheceram, isso parece estranhamente semelhante ao nosso encontro.

Thomas insistiu que não fazia ideia de que April tivesse ligação com a sua esposa, e que só soube disso depois que a garota morreu. Mas April também era uma participante no experimento da dra. Shields, por isso seria bem difícil acreditar que os dois haviam se conhecido por acaso.

A história que Thomas e eu inventamos para a dra. Shields esta noite pode nos garantir um pouco de tempo – é o que penso enquanto me aproximo do Peachtree Grill. Eu percebi o alívio na voz da dra. Shields quando ela me agradeceu depois que eu lhe disse que Thomas era devotado a ela.

Mas algo me diz que isso não vai durar.

A dra. Shields tem o dom de arrancar a verdade das pessoas, principalmente quando se trata de verdades que as pessoas querem esconder. Eu descobri isso em primeira mão.

*Conte-me.*

É como se eu pudesse ouvir a voz dela novamente na minha cabeça. Viro-me e corro os olhos pela calçada. Mas não a vejo em nenhum lugar.

Volto a caminhar, agora mais rápido, ansiosa para desfrutar a companhia de Noah e a normalidade que ele representa.

Um segredo só está seguro quando uma pessoa o detém. Quando duas pessoas dividem um segredo, e ambas têm na autopreservação seu motivo principal, uma delas vai acabar cedendo. Eu deletei a sequência de mensagens nas quais convidei Thomas para um encontro antes de saber que ele era casado com a dra. Shields. Mas duvido que ele tenha feito isso.

Thomas é trapaceiro e mentiroso; estranhos atributos para alguém casado com uma mulher obcecada por moralidade.

Ele diz que quer sair do casamento. Quem pode dizer que ele não vai me sacrificar para fazer isso?

Sei que três coisas aconteceram na última primavera: April se envolveu no estudo da dra. Shields como a Participante 5. April dormiu com Thomas. April morreu.

O que eu preciso fazer agora é descobrir qual dos dois – a dra. Shields ou o Thomas – arrastou primeiro a April para esse triângulo de perversão.

Porque eu não estou inteiramente convencida de que ela tenha tirado a própria vida.

# CAPÍTULO 53

## Sexta-feira, 21 de dezembro

Thomas está esperando nos degraus da entrada de casa.

Suas primeiras palavras eliminam as suspeitas que se levantaram quando ficou constatado que o trânsito entre o Deco Bar e a minha casa estava perfeitamente normal.

— Meu plano foi frustrado — ele diz ironicamente enquanto me envolve num abraço. Não é um abraço diferente daquele que você acabou de receber do seu amigo de casaco azul, Jessica.

— Como?

— Eu esperava chegar aqui primeiro para poder lhe preparar um banho e abrir um champanhe — ele diz. — Mas a minha chave não funcionou. Você trocou as fechaduras?

É um golpe de sorte que a nova medida de segurança tenha coincidido com a história criada por Thomas durante o trajeto de táxi para cá.

— Eu me esqueci completamente de avisá-lo! Venha, vamos entrar.

Thomas pendura o casaco no *closet*, ao lado de outros casacos mais leves que você tão astuciosamente notou. Depois ele é conduzido até o escritório de casa.

Em vez de champanhe, uma garrafa de conhaque é retirada da adega bar e duas taças são servidas. Uma história como a que vou contar pede uma bebida mais pujante.

— Você parece angustiada — ele diz, sentando-se no sofá e dando tapinhas na almofada ao lado dele. — O que houve, meu amor?

Um lento suspiro indica que este não é um assunto fácil de abordar.

— É uma jovem que está participando do meu estudo, Thomas. Provavelmente não é nada demais...

O ideal é que ele me estimule a falar sobre o assunto. Thomas acreditará que tem a ver com isso.

— O que foi que ela fez? — ele pergunta.

— Nada ainda. Mas na semana passada, quando saí do consultório para almoçar, eu a vi. Ela estava parada do outro lado da rua do prédio. Estava simplesmente... me observando.

Um gole de conhaque. A mão de Thomas cobrindo a minha de maneira protetora. As próximas falas são transmitidas num tom ligeiramente hesitante.

— Além disso, alguém está telefonando e desligando o telefone quando eu atendo. E no domingo passado eu a vi do lado de fora de casa. Não sei como ela conseguiu o endereço da nossa casa.

Thomas me escuta com atenção. Talvez as engrenagens tenham começado a funcionar na cabeça dele, enquanto ele é levado a concluir que se trata de uma difícil charada. Mas ele tem de ouvir mais.

— Por uma questão de sigilo, não posso revelar muito sobre ela. Mas, mesmo durante as perguntas da fase inicial da pesquisa, ficou claro que ela tinha... problemas.

Thomas faz uma careta.

— Problemas? Como a outra garota do seu estudo?

Um aceno positivo de cabeça fornece as respostas às perguntas dele.

— Isso explica algumas coisas — ele diz. — Eu não quero assustá-la, mas posso ter visto essa garota também. Ela tem cabelos escuros cacheados?

Agora a presença dela no museu e no restaurante tem uma explicação.

Um olhar cabisbaixo camufla o que os olhos agora exibem: o brilho do triunfo.

Mas isso nem passa pela cabeça de Thomas, que provavelmente está imaginando uma espiral de emoções negativas, preocupantes, que não podem ser verbalizadas em respeito às normas profissionais de discrição. Ações sempre falam mais que palavras: a sensata esposa de Thomas não instalaria uma fechadura nova sem um bom motivo.

O abraço de Thomas tem o mesmo efeito que teve a voz dele em meio à escuridão na primeira noite em que nos encontramos. Finalmente volto a ter a sensação de segurança.

— Eu vou mantê-la longe de você — Thomas diz com firmeza.

— De nós, você quer dizer? Se ela seguiu você também...

— Acho que vou dormir aqui esta noite, vai ser melhor. Na verdade, eu insisto. Posso ficar no quarto de hóspedes, se você preferir.

Há esperança nos olhos dele. Minha mão toca o seu rosto. A pele de Thomas é sempre tão quente.

Este momento parece suspenso no tempo, envolto numa aura cristalina.

Minha resposta é sussurrada:

— Não, eu quero que fique comigo.

Quem transformou esta noite foi você, Jessica. "Ele é totalmente devotado a você."

Jessica, tudo aconteceu por causa das suas palavras.

# CAPÍTULO 54

### SÁBADO, 22 DE DEZEMBRO

É ÉTICO FINGIR TER SIDO AMIGA DE UMA GAROTA MORTA, A FIM DE obter informações que podem salvar a si mesma?

Eu me sento diante da sra. Voss no quarto que foi de April na infância e que ainda tem pôsteres com frases inspiradoras e colagens de fotos nas paredes. Numa estante de livros há muitos romances, e um ramo de flores secas está pendurado na maçaneta de uma porta do armário. É quase como se tivessem preservado o espaço para que April voltasse quando quisesse.

A sra. Voss está usando calça *legging* de couro marrom e suéter branco. A família Voss — Jodi é a mãe de April e a segunda esposa do sr. Voss, bem mais nova que ele — mora na cobertura de um apartamento com vista para o Central Park. O quarto de April é maior que a minha quitinete inteira.

A sra. Voss está sentada na beirada da cama de casal de April, e eu na cadeira verde-clara de tafetá da escrivaninha diante dela. Enquanto conversamos, os dedos da sra. Voss não param de se mexer. Ela alisa dobras imaginárias na manta, ajeita um velho urso de pelúcia, reposiciona as almofadas.

Quando telefonei esta manhã, disse a ela que conhecia April desde a época em que fomos intercambistas em Londres, no primeiro ano da faculdade. A sra. Voss ficou ansiosa em me ver. Para ocultar o fato de que eu sou cinco anos mais velha que April, recorri ao meu *kit* de maquiagem — pele clara e suave, lábios rosados e rímel marrom em cílios curvos ajudam a subtrair alguns anos da minha idade. Um rabo de cavalo alto e meus tênis Converse completam o visual.

— Foi tão gentil da sua parte ter vindo — a sra. Voss diz pela segunda vez, enquanto eu disfarçadamente corro os olhos pelo quarto mais uma vez. Estou desesperada para obter mais pistas sobre essa garota que é tão parecida comigo em alguns aspectos, mas não poderia ser mais diferente em outros.

A certa altura, a sra. Voss me faz uma pergunta:

— Você teria alguma lembrança dela para compartilhar comigo?

— Uma lembrança? Vamos ver... — respondo. Gotas de suor começam a se formar na minha testa.

— Alguma coisa que eu não saiba sobre a April? — ela propõe, a título de incentivo.

Eu nunca estive em Londres, mas me recordo das fotografias da April tiradas naquele semestre, que vi no Instagram dela.

A mentira se desprende naturalmente da minha língua, como se já estivesse de prontidão desde o início. Os testes da dra. Shields me ensinaram a representar papéis, mas isso não aliviava minha sensação de enjoo no estômago.

— Ela ficava tentando fazer com que os guardas do Palácio de Buckingham rissem.

— Não me diga! E o que ela fazia? — A sra. Voss claramente está ansiosa para ouvir detalhes que desconhece sobre a filha. Talvez porque não terá mais lembranças de April formadas no futuro, ela queira reunir tantas quantas puder do passado.

Espio um pôster emoldurado num canto do quarto de April que tem a seguinte citação escrita numa caligrafia fluente: *Cante como se ninguém estivesse ouvindo... Ame como se jamais tivesse sido magoada... Dance como se ninguém estivesse olhando.*

Quero escolher um detalhe que faça a sra. Voss se sentir bem. Se ela puder imaginar a filha num momento de felicidade, talvez isso compense um pouco a imoralidade do meu ato.

— Ah, ela fez uma dança muito engraçada — eu digo. — Os guardas não chegaram nem a sorrir, mas a April jurou que viu o canto da boca de um deles se esticar. Essa lembrança é tão incrível porque... Bem, eu não conseguia mais parar de rir!

—Verdade? — A sra. Voss se inclina para a frente. — Mas ela odiava dançar! O que será que deu nela?

— Foi um desafio. — Eu preciso desviar nossa conversa para outra direção. Não vim aqui para compartilhar histórias falsas com uma mãe enlutada. — Sinto tanto por não ter comparecido ao funeral — eu digo. — Estava morando na Califórnia e acabei de voltar para a cidade.

—Veja aqui — diz a sra. Voss. Ela se levanta da cama e vai até a escrivaninha atrás de mim. —Você gostaria de ficar com um folheto da homenagem fúnebre? Nele há fotos da April ao longo dos anos. Até aparecem algumas do semestre em que ela esteve em Londres.

Olho para a capa do folheto, que tem um tom de rosa-claro. Nela há um desenho em relevo de um pombo sobre o nome *Katherine April Voss* e uma citação grafada em itálico: *No fim das contas, o amor que você amealha é o amor que você espalha.* Na parte de baixo aparecem as datas de nascimento e de morte de April.

— Mas que citação linda — murmuro, torcendo para não ter feito um comentário inconveniente.

Mas a sra. Voss acena que sim com a cabeça entusiasticamente.

—April veio aqui alguns meses antes de morrer e me perguntou se eu já havia visto essa citação antes. — A sra. Voss sorri, e uma expressão sonhadora se estampa em seu rosto. — Eu disse a ela, claro, que se tratava do trecho de uma canção dos Beatles chamada "The End". Minha filha não conhecia a música, afinal é antiga demais para jovens da geração dela. Então, nós a baixamos no iPhone dela e ouvimos juntas. Cada uma pôs um fone de ouvido para escutar.

A mãe de April enxuga uma lágrima.

— Depois que a minha filha... Bem, eu me lembrei desse momento, e a citação me pareceu perfeita.

"Os Beatles", eu penso, lembrando-me de que Thomas cantou "Come Together" no bar na noite em que ficamos juntos. Thomas é obviamente um grande fã da banda, então deve ter cantado "The End" para April na noite em que se encontraram e foram para a cama. Eu sinto um calafrio; é outra assustadora semelhança entre mim e a Participante 5.

Eu guardo o folheto na minha bolsa. Seria horrível para a sra. Voss saber que essa citação tem uma intricada ligação com a trama absolutamente sinistra que culminou na morte da sua filha.

— Você esteve em contato com a April depois da primavera? — a sra. Voss me pergunta. Ela agora está na cama novamente, seus dedos magros continuam mexendo nas franjas sedosas de uma almofada.

Eu balanço a cabeça negativamente.

— Não, não estive. Eu meio que acabei perdendo o contato com meus amigos por causa de um relacionamento ruim com um cara.

"Morda a isca!", eu penso.

—Vocês, garotas... — A sra. Voss balança a cabeça. — April também não tinha muita sorte com os homens. Ela era sensível demais. Acabava sempre machucada.

Faço que sim com a cabeça.

— Para ser sincera, eu nem sabia que ela estava interessada em alguém — a sra. Voss diz. — Mas depois que... aconteceu, uma das amigas da April me disse que ela estava...

Eu prendo a respiração, esperando que ela continue. Mas ela apenas fica calada, com o olhar perdido.

Eu franzo as sobrancelhas, como se algo tivesse acabado de me ocorrer.

— Na verdade, April mencionou um sujeito de quem ela gostava — comento. — Não era um homem um pouco mais velho?

A sra. Voss faz um aceno positivo com a cabeça.

— Parece que sim... — A voz dela fica instável. — A pior parte é não saber. Eu acordo todas as manhãs pensando: "Por quê?".

Desvio o olhar para não testemunhar a tristeza nos olhos dela.

— Minha filha sempre foi tão emotiva. — Ela pega o urso de pelúcia e o aperta contra o peito. — Não era segredo que ela vivia fazendo terapia.

Ela olha para mim como se eu soubesse do que ela está falando, como se April tivesse compartilhado essa informação comigo; e eu volto a acenar que sim com a cabeça.

— Mas já fazia anos que ela não tentava ferir a si própria. April não fazia isso desde o colégio. Ela parecia estar melhorando. Estava à procura de um novo emprego... Mas a minha filha provavelmente andou planejando isso, porque a polícia disse que ela havia ingerido aquele monte de Vicodin. Eu nem sei como ela conseguiu os comprimidos. — A sra. Voss mergulha a cabeça entre as mãos e deixa escapar um pequeno soluço.

"Então a polícia investigou o caso", eu penso. Dado que April já havia tentado se ferir no passado, provavelmente foi suicídio. Isso deveria bastar para que eu me sentisse segura, mas algo ainda não faz sentido nessa história.

A sra. Voss ergue a cabeça. Seus olhos estão avermelhados.

— Eu sei que você não a via já fazia algum tempo, mas você diria que ela era uma pessoa feliz? — a mulher indaga, e há desespero em sua voz. Eu me pergunto se ela tem mais alguém com quem falar sobre April. Thomas tinha dito que April não era muito próxima de seu pai, e provavelmente os amigos dela haviam seguido com a vida deles.

— Sim, ela parecia feliz para mim — eu sussurro. A única coisa que me impede de explodir em lágrimas e sair correndo do quarto é a esperança de obter informações que possam ajudar também a sra. Voss na sua busca por respostas.

— Por isso eu fiquei surpresa quando soube que April estava se consultando com uma psiquiatra — diz a sra. Voss. — Essa psiquiatra apareceu no funeral e se apresentou a nós. Era linda de morrer e muito gentil.

Meu coração se acelera.

Só uma pessoa se encaixa exatamente nessa descrição.

— Você falou com essa psiquiatra recentemente? — eu pergunto, tomando o cuidado de manter minha voz calma e uniforme.

A sra. Voss faz que sim com a cabeça.

— Falei com ela no outono. No dia 2 de outubro, dia do aniversário da April. Foi um dia tão difícil. A minha filha faria 24 anos.

Ela recoloca o ursinho de pelúcia no lugar.

— No aniversário dela, nós sempre fazíamos um dia de *spa* entre mãe e filha. No último ano, ela usou um esmalte azul-claro horrível, e eu acabei dizendo a ela que parecia um ovo de Páscoa. — A mulher balança a cabeça, desgostosa. — Eu não acredito que nós tivemos uma discussão por causa disso.

— Então você viu a psiquiatra naquele dia? — eu pergunto.

— Nós nos encontramos no consultório dela — a sra. Voss diz. — Em ocasiões anteriores, quando April fez sessões de terapia com outros profissionais, nós sempre soubemos. Nós pagávamos pelas sessões. Então, por que foi diferente dessa vez? Eu quis saber o teor das conversas entre ela e a minha filha.

— E a dra. Shields contou a você?

Eu imediatamente percebo que me distraí e falei o nome da psiquiatra. Engulo em seco, certa de que a sra. Voss percebeu meu lapso.

Como explicar uma coisa dessas? Não posso dizer que April mencionou o nome da psiquiatra dela para mim meses atrás, e eu não esqueci mais. A sra. Voss jamais vai acreditar nisso; minutos atrás eu disse a ela que havia perdido o contato com a April.

A sra. Voss vai descobrir que sou uma impostora. E vai ficar furiosa, com toda a razão. Que tipo de doente finge haver tido amizade com uma garota morta?

Mas a sra. Voss não dá sinais de que percebeu meu deslize.

— Não — ela responde, balançando a cabeça. — Eu perguntei se poderia ver as anotações que ela havia feito durante as sessões com a April. Eu acreditava que pudesse haver alguma coisa nessas anotações, algo que eu não soubesse e que pudesse explicar por que April fez aquilo.

Eu me controlo para não mostrar a agitação que me invade. A dra. Shields é muito meticulosa, ela registraria a data da primeira vez em que viu April. Essas notas poderiam revelar se foi Thomas ou a dra.

Shields quem atraiu a garota. Se a dra. Shields iniciou o contato, ela é provavelmente ainda mais perigosa do que eu imaginava.

— A doutora deixou que você visse as anotações? — indago.

Estou insistindo demais no assunto. A sra. Voss me olha com curiosidade, mas prossegue mesmo assim.

— Não, ela pegou na minha mão e me disse mais uma vez que sentia muito pela minha perda. Disse que as minhas perguntas eram naturais, mas que fazia parte do processo de cura aceitar que talvez eu jamais encontre uma resposta. Por mais que eu a tenha pressionado, ela se recusou a me deixar ver as anotações. Alegou que isso violaria o acordo de confidencialidade.

Mal consigo controlar minha indignação ao ouvir isso. Solto o ar pela boca, quase bufando. É claro que a dra. Shields quis colocar a salvo as suas anotações. Mas para proteger os segredos de April ou para proteger a si mesma – ou o seu marido?

A sra. Voss se levanta e alisa o suéter. Ela está olhando diretamente nos meus olhos agora, e qualquer indício de lágrimas desapareceu de seu rosto.

— Perdão, pode me dizer de novo se você e April estavam no mesmo programa de intercâmbio? Desculpe, eu não me lembro de ter ouvido minha filha mencionar o seu nome.

Abaixo a cabeça. Pelo menos não preciso fingir que estou envergonhada.

— Eu queria ter sido uma amiga melhor para ela — digo. — Mesmo estando tão longe, eu devia ter ficado em contato.

Ela vem até mim e me dá um tapinha no ombro, como se estivesse me absolvendo.

— Eu não desisti, sabe? — ela diz. Acabo inclinando a cabeça para ver a expressão no rosto dela. Sua dor continua presente, porém agora está misturada com determinação.

— A dra. Shields parece ser uma boa terapeuta, mas não deve ser mãe. Caso contrário, ela saberia que não existe cura quando você perde um filho — ela diz. — É por esse motivo que sigo procurando uma resposta. — Ela estufa o peito, e sua voz se eleva. — É por esse motivo que eu *jamais* vou parar de procurar uma resposta.

# CAPÍTULO 55

### Sábado, 22 de dezembro

**Finalmente uma resposta: Thomas é fiel.**
A fronha no lado esquerdo da cama guarda mais uma vez o cheiro do xampu dele.

Os raios de sol enchem o quarto com o seu brilho quente. São quase oito da manhã. Notável. O alívio se manifesta fisiologicamente de inúmeras maneiras: a insônia desaparece. O corpo parece rejuvenescer. O apetite retorna.

A renovada demonstração de fidelidade de Thomas está curando mais do que apenas nosso casamento atormentado.

Quase vinte anos atrás, outra traição devastadora – esta envolvendo a minha irmã, Danielle – deixou-me uma horrível cicatriz emocional.

Cicatriz que hoje parece menos perceptível.

Em cima da mesa de cabeceira, um bilhete dobrado em forma de tenda aguarda ser notado. Ele provoca um sorriso antes mesmo de ser lido: *Querida, deixei café fresco para você. Volto em vinte minutos com pão e salmão defumado. Com amor, T.*

Palavras tão corriqueiras, e mesmo assim tão mágicas.

**Depois de um descontraído café da manhã, Thomas vai para** a academia. Ele vai retornar mais tarde para me buscar, temos um jantar marcado com outro casal. Minhas tarefas são de rotina, mas minha parada na nova loja a poucos metros do meu salão de cabeleireiro não é. O manequim na vitrine veste um *body* sensual com decote profundo. É mais sutil do que o tipo de *lingerie* que você provavelmente escolheria, Jessica, mas a seda macia e a calcinha cavada são sedutoras.

Por impulso, a peça é comprada.

Depois de um banho de espuma com óleo de lavanda, um vestido é escolhido para ser usado por cima da *lingerie*. Thomas vai descobri-la mais tarde esta noite.

O vestido ainda não foi colocado quando uma mensagem de texto chega.

É uma mensagem sua: *Oi, só queria saber se você vai precisar de mais alguma coisa a respeito da última tarefa. Se não, Lizzie me convidou para viajar junto e passar o Natal na casa dos pais dela, e pensei em reservar um voo.*

Que interessante.

Você chegou mesmo a acreditar que detalhes a respeito do seu paradeiro seriam negligenciados, Jessica? Lizzie e a família dela estão comemorando as festas num condomínio de luxo em Aspen.

Antes que uma resposta seja elaborada, seu arquivo é pego da escrivaninha no escritório. Datas são verificadas mais uma vez. De fato, Lizzie partiu ontem para encontrar a família no Colorado.

A campainha toca.

Seu arquivo é recolocado sobre o de April, no centro da mesa, perto da caneta-tinteiro que foi presente do meu pai.

— Thomas! Você chegou cedo! — Ele recebe um demorado beijo.

Ele consulta o relógio.

— De quantos minutos mais vai precisar?

— Apenas um.

No andar de cima, os toques finais: aplicar perfume atrás das orelhas e vestir os sapatos de salto preferidos de Thomas.

Thomas ainda está esperando à porta.

— Warren avisou que eles vão se atrasar um pouco, então eu disse a ele que não precisava se preocupar, porque nós chegaríamos lá a tempo de garantir a mesa.

— Felizmente um jantar não leva muito tempo. Eu gostaria que nós fôssemos mais cedo para a cama hoje, Thomas. Preparei uma surpresa para você.

# CAPÍTULO 56

## Sábado, 22 de dezembro

A chave se encaixa na fechadura.

Minha mão treme quando eu a giro e em seguida abro a porta.

Um sinal sonoro é ativado quando entro na casa da dra. Shields. Fecho a porta, bloqueando a luz proveniente das arandelas externas. Agora o corredor está tão escuro que eu mal consigo enxergar o painel do alarme no lado esquerdo da entrada.

Tiro os sapatos para não trazer lama nem sujeira para dentro da casa, mas não tiro o casaco, caso precise sair rápido.

Thomas me deu o código de segurança quando me ligou hoje. Ele me disse que deixaria a cópia das chaves debaixo do capacho.

"Use a chave prateada para a fechadura de baixo e a quadrada para a de cima", ele instruiu. "Vou tentar manter a Lydia fora até as onze."

Ele também me disse que eu teria trinta segundos para desativar o alarme.

Vou até o teclado do alarme e aperto os quatro dígitos: 0-9-1-5. Mas, na minha afobação, eu troco o 5 pelo 6 no ambiente mal iluminado.

Percebo quase no mesmo instante o erro que cometi.

Um longo e estridente barulho se segue, e então o sinal sonoro recomeça. Está mais rápido agora, quase frenético, assim como as batidas do meu coração.

Quantos segundos já se passaram? Quinze? Se eu não fizer a coisa direito, a empresa de segurança vai acionar a polícia.

Pressiono cada um dos números cuidadosamente.

Com um último bipe alto e agudo, o alarme cessa. E o silêncio volta a predominar.

Afasto minha mão enluvada do teclado numérico e respiro aliviada. Até o último instante eu não tinha certeza se Thomas havia me dado a senha correta.

Minhas pernas estão tão fracas que sou obrigada a me encostar na parede para me firmar em pé.

Fico assim por um bom minuto. E mais outro. Não consigo me desvencilhar do medo de que Thomas e a dra. Shields estejam logo no andar de cima, escondidos no escritório dela.

Ainda dá tempo de parar por aqui e ir embora. Eu poderia calçar os sapatos, armar o alarme e recolocar as chaves no lugar. Mas, se fizer isso, jamais vou saber o que a dra. Shields está reservando para mim.

"Eu vi o seu arquivo na escrivaninha dela esta manhã, no andar de cima", Thomas havia me informado. "Está em cima do arquivo da April."

Finalmente eu sei onde está a pasta de arquivos que a dra. Shields mantém trancada a sete chaves – a pasta que eu vi no consultório dela durante as nossas sessões iniciais. Aquela que Ben disse que eu precisava encontrar.

"Você olhou dentro do arquivo?", eu perguntei a Thomas.

"Não tive tempo. Ela estava dormindo, mas poderia acordar a qualquer segundo."

Fechei os olhos com força ao ouvir isso, muito frustrada. De que me adiantava saber onde a dra. Shields guardava meu arquivo se eu nunca poderia pôr as mãos nele?

Thomas então disse: "Eu posso colocar você dentro da casa".

Pelo tom de voz dele eu soube no mesmo instante que haveria uma condição.

"Mas só se você concordar em fotografar para mim todas as anotações da Lydia a respeito da April. Eu preciso desse arquivo, Jess."

Só depois que encerramos a ligação me ocorreu que talvez seja por esse motivo que Thomas finja continuar apaixonado pela dra. Shields: ele quer ficar por perto para ter acesso ao arquivo de April.

Apenas alguns minutos se passaram desde que entrei na casa da dra. Shields, mas tenho a impressão de que fiquei paralisada no corredor por muito mais tempo. Finalmente, dou dez passos à frente. Agora eu me aproximo da escada. Ainda assim não consigo reunir coragem para seguir em frente e subir: mesmo que não seja uma armadilha, a cada movimento que faço me afundo ainda mais nesse lamaçal.

A não ser pelo zumbido baixo de um radiador próximo, tudo está em completo silêncio.

Preciso fazer alguma coisa, então coloco um pé no primeiro degrau. Ele range.

Faço uma careta, mas continuo subindo lentamente as escadas. A esta altura meus olhos já se adaptaram à luz ínfima, mas ainda assim avanço pé ante pé, com cuidado, para não correr o risco de escorregar.

Quando, enfim, chego ao topo da escadaria, eu paro, sem saber ao certo que caminho tomar. O corredor se estende para a direita e para a esquerda. Thomas me disse apenas que o escritório da dra. Shields ficava no segundo andar.

Há uma luz vinda do lado esquerdo. Começo a seguir nessa direção.

De repente, meu celular toca, quebrando o silêncio opressivo.

Meu coração quase salta para a boca.

Remexo no bolso do meu casaco, mas as luvas escorregam em contato com a superfície lisa do telefone e eu não consigo agarrá-lo.

Ele toca novamente.

"Algo deu errado", eu penso, tomada de pânico. Thomas está ligando para avisar que eles estão voltando para casa mais cedo.

Mas, quando finalmente consigo firmar o telefone na mão e puxá-lo para fora, em vez do codinome de Thomas – Sam, as últimas três letras do nome dele ao contrário –, eu vejo o rosto sorridente da minha mãe no pequeno círculo na tela.

Tento recusar a chamada, mas a tela não capta meu toque com a luva por cima da mão.

Uso os dentes para agarrar as pontas dos dedos da luva e tento puxá-la enquanto o telefone toca sem parar. Minha mão está tão pegajosa que o couro gruda na minha pele. Puxo com mais força. Se houver alguém no andar de cima, certamente vai saber que estou na casa agora.

Por fim consigo colocar o telefone no modo silencioso.

Permaneço imóvel, prestando atenção a todo tipo de som, mas não há sinal de que alguém esteja por perto. Respiro fundo três vezes antes de forçar as minhas pernas trêmulas a se moverem novamente.

Continuo andando na direção do brilho fraco da luz e chego à sua fonte: a mesa de cabeceira ao lado da cama da dra. Shields. "A cama de Thomas e da dra. Shields", eu me corrijo, em pé, na porta do quarto, olhando para a cabeceira estofada e para a colcha impecavelmente arrumada. Ao lado da pequena luminária há um livro, *Middlemarch*, e um pequeno buquê de anêmonas.

Esta é a segunda vez hoje que eu violo um espaço tão íntimo. Primeiro foi o antigo quarto de April, e agora este, da dra. Shields.

Eu daria qualquer coisa para ter tempo de revirar tudo aqui em busca de pistas que me revelassem quem é a dra. Shields, tais como um diário, fotos antigas ou cartas. Mas continuo andando, na direção de um quarto contíguo.

É um gabinete, um pequeno escritório.

Os arquivos estão exatamente onde Thomas disse que os havia visto esta manhã.

Corro até a escrivaninha e removo com cuidado aquele que está por cima, o arquivo com o meu nome na aba. Eu o abro e vejo uma fotocópia da minha carteira de motorista e os dados biográficos que entreguei a Ben naquele primeiro dia, quando eu alegremente me ofereci para participar do estudo, esperando ganhar uma grana extra.

Pego o meu celular e fotografo a primeira página.

Então viro a página e levo um grande susto.

Os rostos dos meus pais e de Becky sorriem para mim na segunda página. Eu reconheço a foto que a dra. Shields imprimiu: é do *feed* do meu Instagram, de dezembro passado. A imagem está ligeiramente embaçada, mas ainda posso ver a extremidade da árvore de Natal que foi posta na sala dos meus pais.

Perguntas fervilham no meu cérebro: por que a dra. Shields tem esse material? Em que momento depois de me conhecer ela fez essas impressões? E de que maneira ela teve acesso à minha conta privada no Instagram?

Mas não disponho de tempo para parar e pensar. A dra. Shields sempre parece estar um passo à minha frente; não consigo me livrar do medo de que ela sinta que eu estou aqui. De que ela chegue em casa a qualquer instante.

Continuo batendo fotos de imagens, tomando o cuidado de manter as páginas em ordem. Vejo os meus dois questionários da pesquisa por computador. As perguntas estão ali:

**Você é capaz de mentir sem se sentir culpada?**
**Descreva um momento na sua vida em que você tenha trapaceado.**

*Alguma vez você já machucou profundamente alguém de quem gosta?*

E também aquelas duas perguntas finais, antes que a dra. Shields me pedisse para estender a minha participação no estudo dela:

**Uma punição sempre deve ser proporcional ao crime que uma pessoa cometeu?**

**Uma vítima tem o direito de fazer justiça com as próprias mãos?**

Seguem-se observações e mais observações escritas em um bloco de anotações, numa caligrafia graciosa.

*Renda-se... Você pertence a mim... Você está adorável como sempre.*

Eu sinto náuseas, mas continuo virando as páginas mecanicamente enquanto registro cada uma delas. Não posso me dar ao luxo de parar para prestar atenção no que estou vendo.

Através das pequenas aberturas das venezianas de madeira que cobrem uma janela eu percebo luzes de faróis. E congelo.

Um veículo está seguindo pela rua em velocidade lenta. Eu me pergunto se o motorista pôde enxergar o flash da câmera do meu iPhone.

Pressiono o celular contra a minha perna para bloquear o brilho da tela e não mexo um músculo até que o carro passe.

"Talvez seja um vizinho", penso, e a minha ansiedade aumenta ainda mais. Pode até ser alguém que tenha visto Thomas e Lydia saírem juntos uma hora atrás. Se notarem algo estranho, talvez chamem a polícia imediatamente.

Mas ainda não posso ir embora. Não até terminar de fotografar as páginas. Eu as viro o mais rápido que posso, atenta a qualquer ruído que indique alguém se aproximando da residência. Depois de virar a última, com muitos traços sublinhando a frase *Ele é totalmente devotado a você* – palavras que eu mesma disse a ela –, deixo todo o material em ordem, batendo as bordas contra a mesa para alinhá-las bem. Então coloco as folhas de volta na pasta.

Em seguida, eu me concentro no arquivo de April.

Ele parece um pouco menos extenso que o meu.

Abrir isso me dá medo, é como erguer um tronco sabendo que talvez uma tarântula esteja escondida debaixo dele. Mas não estou fotografando o arquivo de April só porque Thomas precisa da informação. Eu também preciso saber o que ele contém.

A página inicial parece idêntica à do meu arquivo. A fotografia granulosa da carteira de motorista de April me encara; seus grandes olhos dão a impressão de que ela está assustada. Debaixo da fotocópia estão seus dados biográficos: nome completo, data de nascimento, endereço.

Bato uma foto e então sigo para a próxima folha.

Nele, grafada na escrita fluente da dra. Shields, está a resposta que eu buscava desesperadamente. April ingressou no experimento da dra. Shields e se tornou a Participante 5 em 19 de maio.

Quinze dias antes disso, em 4 de maio, April postou no Instagram a fotografia de Thomas em sua cama.

Mesmo que tenha tirado a foto de Thomas dias ou até semanas antes e esperado para postá-la, o encontro aconteceu antes de ela ter ingressado no estudo da dra. Shields.

Foi Thomas quem atraiu April.

Eu respiro fundo. Minha intuição estava errada: é ele o mais perigoso dos dois.

Olho novamente para a data para me certificar de que estou processando os fatos da maneira correta. A única coisa que está clara agora é que a minha história não reflete mais a de April. A dra. Shields não pode ter usado April para testar Thomas, como fez comigo.

Além disso, pelo visto April não participou do estudo da dra. Shields por muito tempo. Ela apenas respondeu a algumas perguntas da pesquisa, e nem mesmo voltou para uma segunda sessão. Por que ela parou?

Thomas é a única pessoa que sabe que eu estou aqui. E se foi ele a única pessoa que orquestrou os eventos que resultaram na morte de April, estou correndo um sério risco.

Eu tenho de sair daqui. Encerro minha tarefa com o arquivo, tirando fotos das anotações o mais rápido possível. A penúltima página traz o título *Conversa com Jodi Voss, 2 de outubro*. E então eu chego à última folha.

Trata-se de uma carta registrada datada de apenas uma semana depois que a dra. Shields encontrou a sra. Voss, no aniversário de April. Está endereçada à dra. Shields.

Algumas linhas se destacam diante dos meus olhos enquanto eu espero que a câmera do meu celular ajuste o foco: *Investigando a morte...*

*Katherine April Voss... família solicita a liberação voluntária das anotações... Possível intimação...*

Pelo visto, a sra. Voss falava sério quando me disse que jamais pararia de procurar respostas. Ela havia contratado um investigador particular para ajudá-la nessa busca.

Fecho o arquivo e o coloco sob o meu, centralizando-os, do modo como a dra. Shields o havia deixado. Agora eu tenho tudo de que preciso. Ainda quero vasculhar a casa à procura de mais pistas, pois nunca mais voltarei a ter uma oportunidade como esta, porém, não tenho escolha, preciso sair daqui imediatamente.

Volto pelo mesmo caminho que percorri antes, em direção à escadaria, movendo-me bem mais rápido do que quando entrei. Na entrada da casa eu calço os sapatos, religo o alarme e abro a porta. Agacho-me, enfio as chaves debaixo do capacho e fico em pé. Não há nenhum vizinho à vista. Mesmo que percebessem a minha presença, veriam apenas alguém usando um casaco escuro e gorro e descendo os degraus casualmente.

Mal consigo respirar até virar a esquina.

Então eu desabo contra um poste de luz, ainda apertando com a mão o meu celular no bolso. Não posso acreditar que fui mesmo até o fim nessa loucura. E não deixei nenhum indício – nenhuma luz acesa, nenhum vestígio de sujeira sobre os carpetes imaculados, nem mesmo uma única impressão digital rastreável. A dra. Shields jamais vai desconfiar que eu invadi a casa dela.

Mas continuo refazendo mentalmente meus movimentos dentro da casa, várias vezes, apenas para ter certeza.

Depois que me vejo na segurança da minha casa, com minha própria porta bem trancada e a mesa de cabeceira apoiada contra ela, começo a pensar na sra. Voss. Ela acredita que o arquivo de April contém a explicação do suicídio da filha. A mulher está tão desesperada para chegar ao fundo disso que até contratou um detetive particular.

Mas Thomas, que garante que só dormiu com April uma vez, parece tão ansioso para ver o arquivo quanto a sra. Voss.

Por um momento, vem a tentação de enviar anonimamente as fotos para o investigador e deixar que as coisas sigam o seu curso. Mas isso poderia não dar em nada, e Thomas saberia quem entregou o arquivo.

*Quando a situação aperta, eu só posso contar comigo mesma.*

Escrevi essa frase na pesquisa da dra. Shields, na minha primeira sessão. Isso agora parece fazer mais sentido do que nunca.

Diante disso, antes de enviar as fotografias do arquivo de April para Thomas por e-mail, eu vou examiná-las.

Preciso descobrir por que é tão importante para ele esconder sua ligação com a Participante 5.

# CAPÍTULO 57

### Sábado, 22 de dezembro

Como você está aproveitando esta noite, Jessica? Na companhia do belo homem de casaco azul-marinho com zíperes vermelhos que você abraçou na frente do restaurante na noite passada?

Talvez seja ele o homem que finalmente vai lhe possibilitar a experiência do primeiro amor. Não a versão de conto de fadas, mas a real, que sobrevive às fases de trevas até que a luz volte a brilhar.

A esta altura, talvez você já conheça o sentimento de se sentar ao lado dele numa mesa com sofá, diante de outro casal, e vibrar de puro contentamento. Talvez ele demonstre preocupação com o seu bem-estar, como Thomas demonstra com o meu. Ele pode gesticular ao garçom para pedir que encha novamente seu copo, Jessica, um instante antes que se esvazie. A mão dele pode encontrar razões para tocá-la.

Essas são ações externas, que podem ser facilmente testemunhadas. Mas só quem conviveu com um homem por muitos anos pode conhecê-lo bem o suficiente para identificar suas complexidades internas, ocultas.

Elas emergem no decorrer de um jantar, obscurecendo, como um lento eclipse, a tranquilidade recém-criada.

Quando Thomas está distraído – quando outra engrenagem da sua mente está ocupada –, ele assume uma atitude de compensação excessiva.

Ele ri com um pouco mais de veemência. Faz muitas perguntas — a respeito dos planos do outro casal para as férias que se aproximam e da escola que eles vão escolher para seus gêmeos —, que dão a impressão de interesse, mas na verdade o livram de ter que lidar com possíveis momentos de silêncio por falta de assunto. Ele faz a sua refeição metodicamente: hoje à noite, ele primeiro pede seu filé malpassado, depois as batatas e, por fim, a vagem.

Quando um indivíduo é tão absolutamente familiar, torna-se fácil decifrar seus hábitos e suas manias.

Os pensamentos de Thomas estão em outro lugar esta noite.

Enquanto ainda está se deliciando com seu bolo de chocolate amargo, Thomas pega o celular, que está vibrando. Ele olha para a tela e faz uma careta contrariada.

— Sinto muito — ele diz. — Um paciente meu acabou de dar entrada no Bellevue. Eu odeio ter que interromper nosso jantar, mas preciso ir até lá para conversar com os médicos que vão atendê-lo.

Todos na mesa demonstram compreensão; esse tipo de interrupção é consequência natural do trabalho de Thomas.

—Vou para casa assim que puder — ele diz, colocando um cartão de crédito na mesa. — Mas você sabe como essas coisas são, não precisa me esperar acordada.

O roçar dos lábios dele, o gosto do chocolate amargo.

E logo o meu marido se vai.

A ausência dele é sentida como um roubo.

**A CASA ESTÁ ESCURA E SILENCIOSA. O PRIMEIRO DEGRAU DA** escada range levemente quando pisado, como acontece há anos. No passado, esse ruído era reconfortante; costumava indicar que Thomas havia acabado de fechar tudo e estava vindo para a cama.

No andar de cima, a tênue luz de uma luminária brilha sobre a mesa de cabeceira no quarto vazio.

Este momento deveria ter sido bem diferente. Velas seriam acesas, uma música tocaria suavemente. Meu vestido deslizaria bem devagar, revelando a pista de uma irresistível seda cor-de-rosa.

Em vez disso, meus sapatos são recolocados no *closet*. Depois, meus brincos e meu colar são novamente guardados em seus compartimentos aveludados na gaveta de cima da cômoda. O bilhete que Thomas escreveu esta manhã continua ao lado das joias, como mais um item precioso.

As palavras dele, tão reconfortantes em sua simplicidade, ficaram gravadas na memória.

Ainda assim, o bilhete é aberto e lido novamente.

Três pequenas gotas de tinta mancham as frases.

Essas manchas levam a uma súbita descoberta.

Elas foram feitas com uma caneta-tinteiro específica, que deixa respingos na página quando a ponta fica imóvel sobre o papel por muito tempo.

Essa caneta-tinteiro encontra-se sempre no mesmo lugar: a escrivaninha no meu escritório.

Doze passos rápidos são dados para atravessar o quarto e entrar no escritório.

Quando pegou a caneta antes de sair para comprar pão, Thomas deve ter visto dois arquivos, Jessica – o seu e o de April, com os nomes claramente visíveis nas abas –, a centímetros de distância dele na superfície da escrivaninha.

O instinto de pegar os arquivos e verificar o seu conteúdo é quase incontrolável; contudo, deve ser suprimido. Pânico leva ao erro.

Há cinco itens sobre a mesa: a caneta, um descanso para copos, um relógio Tiffany e os dois arquivos.

Tudo parece intacto à primeira vista.

Mas alguma coisa quase imperceptível está fora de lugar.

Cada item é examinado, enquanto uma crescente onda de ansiedade é combatida.

A caneta está exatamente onde deveria estar, no canto superior esquerdo da mesa. O relógio está do lado oposto, no canto superior direito. O descanso está debaixo do relógio, porque bebidas são sempre mantidas na minha mão direita, deixando a minha mão esquerda livre para fazer anotações.

A alteração é identificada em um minuto. Contudo, seria invisível para noventa por cento das pessoas.

A imensa maioria da população é composta de indivíduos destros, que raramente reconhecem as inconveniências às quais nós, a minoria, estamos muito atentos. Até artigos domésticos simples – tesouras, colheres de servir sorvete, abridores de lata – são feitos para pessoas destras. Botões de bebedouro. Porta-copos de carros. Caixas automáticos de banco. A lista não tem fim.

Pessoas para quem a mão direita predomina naturalmente movimentam a folha de papel para o lado direito do corpo quando escrevem. Já as pessoas que usam a outra mão movimentam a página para a esquerda. A prática é automática, não pede nenhum pensamento consciente.

As pastas foram movidas vários centímetros para a direita do seu lugar habitual sobre a mesa. Estão agora no espaço onde o cérebro de uma pessoa destra determinaria que deveriam estar.

As pastas se turvam por um instante conforme a minha visão perde o foco. Então a razão volta a assumir o controle.

Talvez Thomas simplesmente tenha esbarrado nas pastas ao recolocar a caneta no lugar, movendo-as um pouco para o lado, e depois tenha tentado arrumá-las.

Mesmo que Thomas tivesse pegado as pastas por curiosidade, ou com a intenção de conseguir uma folha de papel para o seu bilhete (antes de descobrir um bloco de notas na gaveta de cima da escrivaninha), ele teria percebido que eram pastas de pacientes. Terapeutas estão sujeitos a regras de sigilo; Thomas não violaria suas obrigações profissionais dessa maneira. Nós jamais mencionamos o nome dos nossos pacientes, nem mesmo em conversas particulares. Isso se aplica até mesmo a pacientes especiais, como a Participante 5.

Foi relatado a Thomas o meu primeiro encontro com a Participante 5, o modo como ela saiu correndo, aos prantos, da sala de aula da Universidade de Nova York, no meio da sua primeira sessão de pesquisa por computador. Quando a Participante 5 revelou a Ben, meu assistente, que as perguntas do estudo haviam desencadeado nela uma reação emocional intensa, Thomas concordou que a linha de conduta moral a ser adotada seria a de fornecer orientação profissional a ela. Ele ouviu com atenção e interesse a descrição das minhas interações subsequentes com a Participante 5 – as conversas no meu consultório, os presentes, e finalmente o convite para uma noite regada a queijo e vinho na minha casa, numa ocasião em que Thomas estava fora, num evento profissional.

Ele compreendeu que ela havia se tornado... especial.
Mas o nome dela nunca foi falado entre nós.
Nem uma única vez. Nem mesmo após a morte dela.
*Principalmente* após a morte dela.

Entretanto, Thomas viu o e-mail enviado a mim pelo investigador particular contratado pela família Voss. Se àquela altura ele ainda não havia concluído que o nome da Participante 5 era Katherine April Voss, essa mensagem deixou tudo bastante claro para ele, sem dúvida.

A tensão acumulada nos meus músculos cede aos poucos, enquanto meu pensamento passa a navegar em águas mais tranquilas.

Se Thomas tivesse visto tudo no seu arquivo, Jessica – as páginas de anotações detalhando as *nossas* conversas, os pormenores das suas tarefas e seus relatos acerca das interações que teve com ele –, o comportamento dele com certeza se modificaria. No café da manhã, seu estado emocional parecia normal. E continuou assim quando ele chegou à minha casa esta noite.

No entanto... esta noite, no jantar, a atitude dele mudou. Ele estava bastante distraído. Retirou-se abruptamente. Seu beijo de despedida foi bastante superficial e não transmitiu o devido descontentamento com a partida.

É difícil pensar com clareza: as duas taças de vinho consumidas esta noite minaram minha capacidade de chegar a uma conclusão sólida.

Outras considerações flutuam na minha mente: apesar das regras de sigilo, você e April são diferentes de todas as outras que passaram pelo meu consultório. Tecnicamente, nenhuma de vocês duas foi paciente minha. E Thomas acredita que ambas possuem uma outra característica: ele acha que as duas causaram um grande transtorno à sua esposa.

April desapareceu. Ela não pode mais causar dor alguma.

Mas Thomas acredita que você, Jessica, representa uma ameaça potencial, o suficiente para me levar a instalar uma nova fechadura na porta da frente de casa. Ele pode ter considerado que seria melhor cometer uma violação ética do que ignorar informação que poderia proteger sua esposa.

É uma possibilidade que deve ser admitida: Thomas examinou o seu arquivo.

O impacto dessa compreensão é equivalente a levar uma pancada física. A beirada da minha mesa é agarrada com força até que o equilíbrio seja restabelecido.

Se ele resolveu ocultar isso e fingir, qual seria sua motivação? Nenhuma resposta razoável surge.

A comunicação é um elemento vital numa parceria saudável. É um aspecto básico em um relacionamento romântico, e é também um aspecto terapêutico.

Ainda assim, a autopreservação deve sobrepujar a confiança cega de uma esposa. Particularmente quando seu cônjuge provou não ser digno de confiança no passado.

As vinte e quatro horas de alívio terminaram. Todas as conclusões foram enterradas. Mais do que nunca, Thomas deve ser vigiado de perto.

As pastas são trancadas num armário para arquivo. A porta do meu escritório é fechada.

Então, uma mensagem de texto é enviada a ele: *Vou para a cama mais cedo. Vamos conversar amanhã?*

Meu telefone é desligado antes que ele possa responder. No quarto, os costumeiros rituais noturnos são realizados: meu vestido é pendurado no *closet*, sérum noturno é aplicado, um pijama é escolhido.

A nova *lingerie* é amassada entre as mãos e enfiada no fundo de uma gaveta.

## CAPÍTULO 58

### Domingo, 23 de dezembro

**Na noite passada, eu fiquei acordada quase o tempo todo,** examinando o meu arquivo e o de April.

Até onde me lembro, o relacionamento de Thomas com a proprietária da loja de roupas é o único ao qual a dra. Shields se referiu naquela noite em sua cozinha, quando a mão dela tremeu e seus olhos se encheram de lágrimas. Essa mulher é a razão pela qual ela decidiu me usar como um teste real para o marido, a fim de se assegurar de que não aconteceria de novo.

Passa rapidamente pela minha cabeça a lembrança da boca de Thomas deslizando sobre o meu ventre enquanto ele empurrava para o lado a minha calcinha fio-dental de renda, e faço uma careta.

Não posso pensar nisso agora. Preciso me concentrar em descobrir por que Thomas foi tão transparente sobre o seu relacionamento com a dona da loja e demonstrou tanto receio de que alguém descobrisse seu caso com April.

O que tornava um caso tão diferente do outro?

É por esse motivo que estou a caminho da loja de roupas Blink esta manhã, para falar com a proprietária do estabelecimento: Lauren, a mulher com quem Thomas dormiu.

Não foi difícil descobrir quem ela era e onde trabalhava. Eu tive pistas. O nome dela começava com *L*, a mesma inicial de Lydia. E ela era dona de uma loja de roupas localizada a uma quadra do consultório de Thomas.

Havia três possíveis lojas. Eu identifiquei a loja certa verificando as páginas na internet. O site da Blink exibe uma fotografia de Lauren e um relato sobre o início do empreendimento.

Ao entrar na loja luminosa e cheia de estilo, entendo a semelhança que a dra. Shields pode ter visto entre mim e Lauren. Quando vi a fotografia dela no *site*, não percebi essa semelhança, mas, agora frente a frente, eu tenho de reconhecer que ela se parece um pouco comigo – cabelo negro e olhos claros –, ainda que, como a dra. Shields declarou, ela seja provavelmente dez anos mais velha que eu.

Ela está ocupada atendendo uma cliente, então resolvo conferir uma prateleira com blusas organizadas por cor.

— Procurando por algo especial? — uma vendedora me pergunta.

— Só dando uma olhada — eu digo. Espio uma etiqueta de preço e faço uma careta: a blusa transparente de manga comprida custa 425 dólares.

— Se quiser experimentar alguma coisa, é só me avisar — a vendedora diz.

Faço que sim com a cabeça e continuo fingindo interesse nas blusas, sem perder Lauren de vista. Mas a cliente que ela está atendendo decidiu comprar vários itens como presente de Natal de última hora e a mantém ocupada, pedindo sua opinião.

Fico passeando pela pequena loja, a passos lentos, até que finalmente a cliente se encaminha à caixa registradora. Lauren começa a passar as compras dela.

Eu pego um lenço de pescoço numa mesa de acessórios, imaginando que deva ser um dos artigos menos caros. Quando Lauren entrega para a cliente uma sacola branca lisa com o logotipo da loja – um enorme esboço de um par de olhos fechados, com cílios longos e cheios –, eu sou a próxima na fila.

— Quer que embrulhe para presente? — ela pergunta.

— Sim, por favor — respondo. Isso vai me garantir alguns minutos a mais do tempo dela, para que eu possa reunir coragem suficiente.

Ela embrulha o lenço num papel de seda e amarra um lindo laço ao redor dele, enquanto eu passo meu cartão de crédito para pagar os 195 dólares. Se eu conseguir a informação que procuro, o preço terá sido baixo.

Lauren me entrega o comprovante, e eu noto que ela está usando uma aliança de casamento.

Tomo coragem e falo:

— Eu sei que isso vai parecer um tanto estranho, mas será que podemos conversar a sós por um minuto? — Sinto o metal frio dos meus anéis e percebo que estou esfregando meu polegar neles. De acordo com o arquivo da dra. Shields sobre mim, essa é uma das minhas reações quando estou ansiosa.

O sorriso de Lauren desaparece.

— É claro — ela responde, dando ênfase à palavra quase como se fosse uma pergunta.

Lauren me leva até a parte dos fundos da loja.

— Em que posso ajudá-la? — ela indaga.

Eu preciso da resposta mais imediata e instintiva dela. Aprendi com a dra. Shields que essa é geralmente a mais honesta. Por isso, em vez de falar, pego o meu celular e mostro a Lauren a tela com a fotografia de Thomas que eu recortei da foto de casamento que ele me mandou. O retrato foi tirado sete anos atrás, mas a imagem está nítida, e ele continua praticamente com a mesma aparência.

Eu fico atenta à reação de Lauren. Se ela se recusar a falar comigo ou simplesmente me pedir para ir embora, sua reação inicial é tudo o que eu terei. É fundamental que eu consiga interpretar a expressão dela, que eu consiga decifrar sinais de culpa ou desgosto ou amor.

Mas ela não reage como eu esperava.

Não há nenhuma emoção marcante em seu semblante. As sobrancelhas dela se dobram um pouco. Ela me olha com curiosidade.

É como se ela reconhecesse Thomas, mas não se lembrasse de onde.

— Ele me parece vagamente familiar... — ela diz, por fim.

E me encara, esperando que eu esclareça a situação.

—Você teve um caso com ele — eu falo de repente. — Não faz nem dois meses!

— Quê?

O grito de surpresa dela é tão alto que chama a atenção da sua colega de trabalho:

—Tudo bem, Lauren?

— Me desculpe — eu digo com nervosismo. — Ele me contou, ele disse que...

—Tudo bem — Lauren responde para a colega, mas num tom de voz mais áspero, como se agora ela estivesse zangada.

Eu me esforço para me acalmar e me concentrar. Ela provavelmente vai me expulsar da loja em um minuto.

—Você disse que ele lhe parece familiar — eu insisto. —Você pelo menos o conhece?

Minha voz falha, e eu luto para não chorar.

Em vez de me rechaçar como se eu fosse uma louca, Lauren se acalma e me olha com mais brandura.

—Você está bem?

Faço que sim com a cabeça e enxugo as lágrimas com o dorso da mão.

— Afinal, por que você acha que eu tive um caso com esse homem? — ela pergunta.

Não consigo pensar em mais nada a dizer, a não ser a verdade.

— Alguém me contou isso... — Eu hesito, mas me esforço para seguir em frente. — Eu o conheci algumas semanas atrás... Tenho receio de que ele possa ser perigoso — sussurro.

Lauren inclina a cabeça para trás.

— Escute, eu não sei quem você é, mas isso é loucura. Alguém lhe disse que eu tive um caso com ele? Eu sou casada. E *sou feliz* no meu casamento. Quem lhe contou essa mentira?

— Talvez eu tenha entendido errado — digo. Não há como me aprofundar nesse assunto com ela. — Peço que me desculpe, não tive a intenção de insultá-la... Você poderia apenas conferir a foto mais uma vez e me dizer se consegue se lembrar de já tê-lo visto antes?

Agora é Lauren quem me olha com atenção. Volto a enxugar os meus olhos e a encaro também.

Ela finalmente estende a mão.

— Deixe-me ver o seu telefone.

Enquanto ela observa a foto, a expressão do seu rosto se descontrai.

— Sim, eu me lembro dele agora. Ele era um cliente. — Lauren olha para o alto e morde o lábio inferior. — Certo, estou começando a me lembrar de algumas coisas. Ele veio à loja alguns meses atrás. Eu tinha acabado de colocar à venda alguns artigos da coleção de outono, e ele procurava roupas especiais para a mulher dele. Gastou muito dinheiro.

A campainha sobre a porta anuncia a chegada de uma cliente. Lauren olha na direção dela, e percebo que o meu tempo está se esgotando.

— E isso foi tudo o que aconteceu? — pergunto.

— Bem... — Lauren ergue as sobrancelhas. — Ele devolveu no dia seguinte tudo o que havia comprado. Aliás, deve ser por esse motivo que me lembro dele. Pediu-me desculpas muitas vezes e alegou que sua esposa não gostava desse estilo de roupa.

Ela olha mais uma vez para a frente da loja.

— Eu nunca mais o vi — Lauren prossegue. — Ele não me pareceu perigoso, eu não tive essa impressão. Na verdade, ele foi bastante simpático. Mas eu passei muito pouco tempo com ele. E certamente não tive um caso com ele.

— Obrigada. E me desculpe por incomodá-la.

Ela se vira para ir atender a cliente, mas então se volta novamente para mim:

— Querida, se está com tanto medo dele assim, então deveria chamar a polícia.

# CAPÍTULO 59

## Domingo, 23 de dezembro

Em um teste psicológico conhecido como "Estudo do Gorila Invisível", os participantes receberam a tarefa de contar os passes trocados entre jogadores de uma equipe de basquete. Na verdade, a avaliação a que esses voluntários foram submetidos nesse experimento tinha em vista algo inteiramente diferente. O que a maioria deles não percebeu enquanto apurava os lançamentos da bola era que um homem vestido de gorila havia entrado na quadra. Os voluntários estavam tão concentrados em um detalhe que acabaram não percebendo o que se passava em volta deles.

Meu foco exagerado na fidelidade de Thomas, ou na falta dela, pode ter obscurecido um aspecto inesperadamente espantoso do meu estudo de caso: que você possui seus próprios interesses.

Sua única responsabilidade foi reportar o que aconteceu durante todos os seus encontros com o meu marido – no museu, no Ted's Diner, no encontro mais recente no Deco Bar. Suas interações com Thomas não puderam ser testemunhadas porque seria grande o risco de que ele notasse a minha presença.

Mas você provou ser uma exímia mentirosa.

De fato, você se infiltrou na minha pesquisa valendo-se de um movimento que pareceu intrépido, mas na verdade não passou de pura fraude.

Todas as suas revelações foram novamente reexaminadas, desta vez através de uma nova lente: você mentiu para os seus pais sobre as circunstâncias do acidente de Becky. Você dorme com homens que mal conhece. Você alega que um respeitado diretor de teatro se aproveitou sexualmente de você.

Você possui tantos segredos perturbadores, Jessica.

Sua vida poderia ser destruída se eles fossem revelados.

Apesar de suas promessas de honestidade, você continuou a mentir para mim depois que se tornou a Participante 52. Confessou que Thomas *na verdade* respondeu com rapidez à sua mensagem inicial, propondo um encontro logo depois que vocês se encontraram no Ted's Diner, mas ocultou essa informação de mim. E os vinte e dois minutos de encontro entre você e o meu marido no Deco Bar que geraram uma conversa que não poderia durar mais de cinco minutos... Isso continua sendo uma ponta solta, Jessica.

O que você não me contou, Jessica? E por quê?

Sua vontade de ir para a casa dos seus pais no fim do ano e ficar lá pareceu um tanto repentina. Depois dessa tentativa frustrada, você deu a entender que passaria o Natal com a família de Lizzie. Mas mentiu sobre isso também, quando alegou falsamente que Lizzie a convidou para ir à fazenda da família dela em Iowa.

Alguma coisa está muito errada, Jessica.

Seus motivos para querer fugir devem ser examinados.

Você escreveu uma coisa bastante reveladora logo na sua primeira sessão. As palavras se formam na minha mente, uma por uma, assim como apareceram na tela enquanto você digitava, sem saber que estava sendo observada pela câmera do *laptop*: *Quando a situação aperta, eu só posso contar comigo mesma.*

Autopreservação é um poderoso motivador, mais confiável do que dinheiro ou empatia ou amor.

Uma hipótese começa a surgir.

*É, sim,* possível que o teor dos seus encontros com o meu marido tenha sido significativamente diferente do que você descreveu.

Talvez Thomas sinta desejo por você.

Você agora sabe bem qual é o seu papel nesse experimento.

Por que você adulteraria os resultados?

Você compreendeu que muito mais lhe seria solicitado se continuasse no meu estudo sobre moralidade. Talvez você tenha chegado ao seu limite.

Você claramente quer se desvencilhar do nosso envolvimento, quer ser liberada. Por acaso pensou que a melhor maneira de escapar seria criar uma falsa narrativa, uma que fornecesse o desfecho que você acha que eu quero? Uma que a livrasse de qualquer envolvimento futuro?

Neste momento você talvez esteja se parabenizando por ter se dado tão bem – presentes, dinheiro, até mesmo um esplêndido pacote de férias na Flórida para a sua família – antes de astutamente planejar uma maneira de seguir com a sua vida.

Você está tão focada nos próprios interesses que ignora o rastro de destruição que vem deixando por onde passa.

Como se atreve, Jessica?

Vinte anos atrás, Danielle, minha irmã mais nova, foi confrontada com uma tentação moral. Mais recentemente, isso aconteceu com Katherine April Voss. Essas duas jovens fizeram más escolhas.

Essas duas mortes podem ser consideradas um resultado direto dos fracassos éticos delas.

Você foi trazida para funcionar como uma prova de moralidade para o meu marido, Jessica.

Mas talvez seja você quem tenha ido mal.

# CAPÍTULO 60

## DOMINGO, 23 DE DEZEMBRO

JÁ FIZ ESSA PERGUNTA A MIM MESMA INÚMERAS VEZES. MINHA intuição diz que eu tenho de me aprofundar nisso até expor o segredo mais bem escondido: por que Thomas inventou um caso com Lauren, a proprietária da loja de roupas, sendo que está tão desesperado para ocultar o caso real que teve com a April?

Não posso simplesmente virar as costas e fugir disso, ainda que eu tenha meu arquivo. A dra. Shields não vai me deixar em paz até se cansar de mim. Tudo o que eu posso fazer para me proteger é buscar descobrir o que aconteceu com April, para tentar evitar que aconteça comigo.

Lauren me disse para chamar a polícia se eu me sentisse ameaçada pelo Thomas. Mas o que eu diria à polícia?

"Eu persegui um homem casado. Até fui para a cama com ele. Ah, e a esposa dele me contratou; ela meio que sabia disso. A propósito, eu acredito que um deles, ou ambos, podem estar envolvidos no suicídio de uma garota."

Isso parece um absurdo total. A polícia acharia que eu sou louca. Então, em vez de telefonar para a polícia, faço algumas outras chamadas.

Primeiro eu ligo para o celular do Thomas. E vou direto ao ponto:

— Por que você fingiu que dormiu com a Lauren quando tudo o que fez foi comprar roupas na loja dela?

Eu escuto a respiração pesada dele do outro lado da linha.

— Quer saber, Jess? Eu tenho as anotações da Lydia sobre a April, e você tem as anotações da Lydia sobre você. Estamos quites. Eu não preciso responder às suas perguntas. Boa sorte.

E ele desliga.

Imediatamente eu aperto *Discar novamente.*

— Na verdade, você tem só as primeiras treze páginas do arquivo da April. Eu não lhe enviei as últimas cinco. Por isso você precisa, sim, me dar uma resposta. Mas pessoalmente. Quero olhar para a sua cara quando me responder.

O silêncio do outro lado é tão grande que me faz achar que ele desligou novamente.

— Estou no meu consultório — ele diz finalmente. — Me encontre aqui em uma hora.

Depois que ele me dá o endereço, eu desligo e começo a andar de um lado para o outro, com a cabeça a mil. Foi impossível decifrar o tom de voz dele. Ele não pareceu zangado. Não havia nenhuma emoção mais intensa em sua voz. Mas talvez ele seja um desses caras que são mais perigosos quando parecem calmos e explodem quando você menos espera.

Um consultório parece um lugar seguro. Se Thomas quisesse me machucar, ele não teria escolhido outro lugar, um que não estivesse ligado a ele? Mas hoje é domingo, e eu não sei se o prédio estará vazio.

Lauren disse que Thomas lhe pareceu ser um cara legal. Essa foi a minha impressão sobre ele, também, no museu e na noite em que nós transamos. Mas eu jamais vou esquecer o que aconteceu na última vez em que fiquei sozinha num local de trabalho com um cara legal.

Resolvo fazer mais uma ligação, desta vez para Noah, para pedir a ele que me encontre do lado de fora do prédio do Thomas em uma hora e meia.

— Está tudo bem? — ele pergunta.

— Não tenho certeza — eu respondo com sinceridade. — Tenho um compromisso com uma pessoa que não conheço muito bem e me sentiria melhor se você estivesse lá para me esperar.

— Quem é essa pessoa?

— O nome dele é dr. Cooper. Tem a ver com um trabalho. Explico tudo a você quando nos virmos, certo?

Noah parece estranhar um pouco a situação, mas concorda.

Penso em todas as coisas que eu fiz – dar a Noah um nome falso, dizer a ele várias vezes que o meu dia havia sido estranho ou estressante, que tinha problemas para confiar nos outros –, e prometo a mim mesma que vou contar a ele tudo o que eu puder. Não apenas porque ele merece isso. Eu vou me sentir mais segura quando outra pessoa souber o que está acontecendo.

Como eu temia, o corredor está vazio quando eu me aproximo do consultório do Thomas, à uma e meia da tarde.

No final do corredor, eu deparo com o conjunto 114. Há uma placa ao lado da entrada exibindo o nome inteiro dele, Thomas Cooper, bem como o nome de alguns outros terapeutas.

Ergo a mão. Antes que eu bata, a porta se abre.

Instintivamente dou um passo para trás.

Ele é um homem bem grande, eu havia me esquecido disso. Seu corpo cobre a maior parte da porta de entrada, ocultando a fraca luz do sol de inverno que atravessa a janela atrás dele.

— Por aqui — Thomas diz, dando um passo para o lado e movendo a cabeça na direção do que deve ser sua sala particular.

Eu espero que ele vá na minha frente, não o quero atrás de mim. Mas ele não se move.

Depois de alguns segundos, ele parece compreender minha preocupação e abruptamente se vira e atravessa a sala de espera.

Assim que entro na sua sala, ele fecha a porta.

O espaço parece se comprimir, sufocando-me. Meu corpo se contrai, o pânico ameaça me dominar. Se Thomas for realmente perigoso, ninguém poderá me ajudar. Há três portas entre mim e o mundo lá fora.

Estou presa, da mesma maneira que estive com Gene.

Tantas vezes já fantasiei a respeito do que eu faria se pudesse reviver aquela noite no teatro silencioso, depois que todos já tinham ido embora: eu me recriminava por ter ficado em pé ali, paralisada, enquanto ele se aproveitava da minha vulnerabilidade e do meu medo.

Agora estou numa situação que parece assustadoramente similar. E me vejo paralisada mais uma vez.

Mas Thomas apenas contorna a sua mesa e se senta na cadeira de couro giratória.

Permaneço de pé, e ele se mostra surpreso com isso.

— Sente-se — ele diz, gesticulando na direção de uma cadeira à frente dele.

Eu afundo na cadeira, tentando respirar mais calmamente.

— Meu namorado está me esperando lá fora — aviso com voz engasgada.

As sobrancelhas de Thomas se erguem.

— Tudo bem — ele diz, com uma atitude tão embaraçada que me convence de que não planeja fazer nada que me machuque.

Meu terror diminui ainda mais quando eu presto atenção na aparência de Thomas: ele parece exausto. Sua camisa está para fora da calça e sua barba está por fazer. Quando ele tira os óculos para esfregar os olhos, noto que eles estão avermelhados, como ficam os meus quando não consigo dormir direito.

Ele volta a colocar os óculos e junta as pontas dos dedos umas nas outras. O que ele diz em seguida me surpreende.

— Olhe, eu não posso obrigar você a confiar em mim. Mas juro que estou tentando protegê-la de Lydia. Você já está nisso até o pescoço.

Eu interrompo o contato visual com ele e olho ao redor, em busca de sinais que me indiquem quem Thomas é. Eu estive no consultório da dra. Shields e na casa dela, e esses dois lugares refletem ambos sua elegância serena e impessoal.

O consultório de Thomas é tão diferente disso. Debaixo dos meus pés há um tapete macio, e as estantes de madeira estão repletas de livros de todas as formas e tamanhos. Na mesa dele há um pote de vidro cheio de balas embrulhadas em papel amarelo. Próximo a ele há uma daquelas canecas de café estampadas com frases inspiradoras. As palavras que consigo ver no meio da frase são: *o amor que você*.

Isso me estimula a fazer uma pergunta.

— Você ama mesmo sua esposa?

Ele abaixa a cabeça.

— Eu pensei que amasse. Eu quis amá-la. Tentei... — A voz dele soa um tanto estranha. — Mas não consegui.

Acredito nele. Eu também fiquei encantada com a dra. Shields quando a conheci, no início.

Sinto meu celular vibrando no bolso. Eu o ignoro, mas imagino a dra. Shields segurando seu reluzente telefone prateado junto ao ouvido, esperando que eu atenda. As linhas delicadas do seu rosto perfeito – rosto que parece entalhado no mais branco dos mármores – demonstram ressentimento.

— As pessoas se divorciam o tempo todo. Por que você não põe logo um fim nisso? — pergunto.

Então me lembro do que ele havia me dito: *Você não pode simplesmente abandonar alguém como ela.*

— Eu tentei. Mas para ela o nosso casamento era perfeito, e ela se recusou a enxergar que nós tínhamos problemas — Thomas explicou. — Você está certa, eu inventei aquele caso com a mulher da loja, a Lauren. Eu a escolhi quase por capricho. Parecia convincente, parecia ser uma mulher com quem eu gostaria de dormir. Daí enviei de propósito a mensagem para a Lydia, fingindo que seria para a Lauren.

— Você enviou para a sua mulher uma mensagem falsa? — Imagino quão desesperado ele devia estar para chegar a esse ponto.

Thomas então olha para as suas mãos.

— Eu achei que a Lydia com certeza me deixaria se eu a traísse. Essa me pareceu uma saída fácil. O título do livro que ela escreveu é *A moralidade do casamento*. Eu jamais imaginei que ela fosse persistir, que ela tentaria reparar nosso relacionamento.

Ele ainda não esclareceu uma dúvida importante: por que não admitiu para ela que teve um relacionamento com a April?

Faço essa pergunta a ele.

Ele levanta a caneca e bebe um gole. Seus dedos cobrem quase todas as palavras da frase gravada. Talvez Thomas esteja tentando ganhar tempo.

Então ele apoia a caneca de volta na mesa. Mas as palavras que estão voltadas para mim agora são outras, porque ele mudou a posição da caneca quando a manipulou: *amealha é*.

Como um quebra-cabeça que começa a se encaixar, a frase inteira brota na minha mente: *E, no final das contas, o amor que você amealha é o amor que você espalha*.

Eu tinha razão: Thomas deve ter cantado esse verso dos Beatles para a April na noite em que eles ficaram juntos. Foi assim que ela descobriu a canção que ouviu com a mãe.

— April era tão jovem — Thomas diz, finalmente. — Achei que Lydia não suportaria saber que eu havia escolhido uma garota de 23 anos. — Ele parece ainda mais triste agora do que estava quando eu cheguei. Poderia jurar que ele está lutando para segurar as lágrimas. — Eu não sabia, a princípio, quão perturbada April era. Imaginei que nós dois queríamos a mesma coisa, uma aventura, uma transa e nada mais...

Ele me olha com vivacidade, e eu entendo o que ele não disse, mas que ficou no ar: "Como você e eu".

Sinto meu rosto ficando vermelho. Dentro do meu bolso, meu celular vibra novamente. E de algum modo essas chamadas parecem mais insistentes agora.

— Como foi que a April se tornou a Participante 5? — pergunto, tentando ignorar o zunido vibrante contra a minha perna. Sinto um formigamento na pele, como se a vibração estivesse se espalhando por todo o meu corpo. Como se tentasse me dominar.

Olho para a minha esquerda, para a porta fechada da sala de Thomas. Eu não o vi trancando a porta. Também não me lembro de tê-lo visto trancar a porta principal do conjunto de consultórios depois que entrei.

Thomas não representa mais uma ameaça para mim. Mas eu posso sentir que algo está por perto, à espreita, como fumaça alertando para o fogo que se aproxima.

— April se apegou demais a mim, por alguma razão — Thomas continua. — Ela ligava e mandava mensagens o tempo todo. Eu tentei afastá-la gentilmente... Ela sabia desde o início que eu era casado. Algumas semanas depois, a coisa toda parou tão repentinamente quanto havia começado. Eu pensei que ela tivesse seguido em frente, que tivesse conhecido outra pessoa.

Ele pressiona o polegar e o indicador contra a testa, como se estivesse com dor de cabeça.

"Rápido", eu penso, cada vez mais aflita. Não sei precisar o motivo, mas os meus instintos me dizem para dar o fora deste consultório o quanto antes.

Thomas bebe mais um gole da sua caneca antes de continuar.

— Então a Lydia chegou em casa e me falou sobre uma nova participante no seu experimento, uma jovem que teve uma reação traumática ao experimento. Nós falamos sobre a possibilidade de que a pesquisa tenha desencadeado algo, talvez uma lembrança reprimida. *Fui eu* que encorajei a Lydia a falar com ela pessoalmente, para ajudá-la. Eu não sabia que se tratava da April. Lydia sempre a chamou apenas de Participante 5. — Thomas deixa escapar uma risada áspera, que parece condensar todos os sentimentos complicados e conflitantes que devem atormentá-lo. — Eu não havia percebido que April e a Participante 5 eram a mesma pessoa, até que um investigador particular entrou em contato com Lydia para falar sobre o arquivo.

Minha expectativa é tão grande que mal consigo respirar. Não quero interrompê-lo; estou desesperada para ouvir o que mais ele sabe. Mas também estou preocupada com o celular no meu bolso. Estou esperando que comece a vibrar de novo a qualquer momento.

— Eu precisei de algum tempo para conseguir entender o que aconteceu — Thomas diz, finalmente. — E o meu melhor palpite é que April descobriu quem era a minha esposa. Então ela se inscreveu no experimento, porque era algo que a ligava a mim. Ou talvez tenha enxergado Lydia como uma rival e quis saber mais sobre ela.

Num reflexo, eu viro a cabeça para a direita, na direção da janela. O que foi que chamou minha atenção? Talvez um som abafado, ou alguma movimentação na rua. As persianas estão inclinadas, por isso minha visão fica muito limitada. Não consigo ver se Noah está lá embaixo.

Minha sensação de perigo iminente não parece ter relação com Thomas. Eu acredito na história dele: na ocasião da morte de April, já fazia semanas que ele não tinha contato com a garota.

Contudo, o que me leva a crer nele não é somente fé cega ou intuição. Eu li o arquivo de April não uma, não duas, mas meia dúzia de vezes até o momento. E tomei conhecimento de uma informação essencial sobre o relacionamento entre a dra. Shields e April: eu sei de alguns detalhes a respeito do que aconteceu entre as duas na noite em que a April morreu.

A dra. Shields escreveu sobre isso com uma letra um tanto irregular, diferente da sua caligrafia harmoniosa de sempre. O encontro final das duas está documentado numa página do arquivo que vem logo antes do obituário de April, aquele que encontrei na minha busca na internet. E eu registrei todo esse material em fotografias no celular que se encontra no meu bolso, o mesmo celular que neste exato instante parece quente como nunca esteve antes. O mesmo celular que eu continuo esperando que toque de novo a qualquer momento.

Foi isto o que a dra. Shields escreveu:

*Você me desapontou profundamente, Katherine April Voss. Eu pensei que a conhecesse. Você foi tratada com tanta ternura e cuidado, e recebeu tantas coisas — intensa atenção ao seu bem-estar mental, presentes selecionados a dedo, até mesmo encontros pessoais, como o desta noite, em que você foi recebida na minha casa e se empoleirou numa banqueta da cozinha, bebendo uma taça de vinho, enquanto o bracelete fino dourado que eu havia tirado do meu braço e dado a você deslizava no seu pulso.*

*As portas deste lar foram abertas para você.*

*Mas então você fez a revelação que arruinou tudo, que a fez ser vista de uma maneira completamente diferente: "Eu cometi um erro. Dormi com um homem casado, um cara que eu conheci num bar. Aconteceu apenas uma vez".*

*Seus grandes olhos se encheram de lágrimas. Seu lábio inferior começou a tremer. Como se você merecesse compaixão por sua transgressão.*

*Você quis desesperadamente ser perdoada, mas o perdão não lhe foi concedido. E como poderia? Há uma barreira entre os indivíduos morais e os indivíduos imorais. Essas regras são bastante claras. Você foi informada de que havia ultrapassado essa barreira, e de que nunca mais será bem-vinda a esta casa.*

*Você revelou seu verdadeiro eu, cheio de falhas. Não era a jovem ingênua e confiante que no início deu a impressão de ser.*

*A conversa continuou. E, quando chegou ao fim, você recebeu um abraço de adeus.*

*Vinte minutos depois, todos os traços da sua presença já haviam sumido. Sua taça de vinho já havia sido lavada, enxugada e guardada no armário. Os restos do queijo brie e das uvas foram despejados na lata de lixo. Sua banqueta foi recolocada na posição certa.*

*Como se você jamais tivesse estado aqui. Como se você não existisse mais.*

Na primeira vez que vi essas palavras escritas pela dra. Shields, eu nem mesmo pude lê-las. Só pensava em ir embora da casa dela antes que ela chegasse. Mais tarde, na segurança do meu apartamento, eu as li várias vezes.

As anotações da dra. Shields não mostram que ela soubesse que era Thomas o homem casado com quem April confessou ter dormido. Ela parece acreditar que April ingressou no estudo dela sem segundas intenções. Contudo, agora me parece óbvio que a garota estava obcecada por Thomas, obcecada o suficiente para entrar no projeto de pesquisa da esposa dele. Depois, pelo visto, ela acabou se afeiçoando à doutora. April era uma garota perdida; parecia estar em busca de alguém ou de alguma coisa a que se agarrar.

Parece estranho que ela tenha revelado à dra. Shields que teve um caso com um desconhecido casado, chegando tão perto de uma revelação explosiva. Mas eu até entendo isso, tendo em vista a atração magnética que a dra. Shields exerce.

Talvez April estivesse em busca de absolvição, algo que eu mesma esperava receber da dra. Shields quando contei a ela meus segredos. A psiquiatra construiu uma carreira estudando escolhas morais; April pode ter pensado que não seria uma garota tão imperfeita assim se uma mulher como a doutora lhe oferecesse seu perdão.

— Eu vou lhe entregar as páginas que estão faltando — digo a Thomas. — Mas você poderia responder a só mais uma pergunta?

Ele faz que sim com a cabeça.

Eu penso na noite em que vi os dois debaixo do toldo do restaurante.

— Eu vi você com a dra. Shields uma noite dessas. Você parecia tão apaixonado. Por que você fingiu isso?

— O arquivo dela sobre a April — ele responde. — Eu precisava entrar na casa para poder vê-lo. Se ela tivesse dito alguma coisa que a ligasse a mim de alguma forma, Lydia poderia perceber isso mais tarde e reagir de maneira excessiva. Essa possibilidade me preocupava. Mas eu nunca tinha encontrado o arquivo, até que o vi sobre a escrivaninha dela.

— Não há nada nesse arquivo que ligue você à April — eu digo.

— Obrigado — ele sussurra.

Mas algo me diz que isso pode não ser verdade. Existe um detalhe flutuando bem no limite da minha consciência. É como um balão cheio de hélio dançando encostado no teto. Não consigo pegá-lo, por mais que eu tente. Tem alguma coisa a ver com a April. É uma imagem ou lembrança ou detalhe.

Olho para a janela de novo enquanto tiro o celular do bolso. "Assim que eu sair daqui, vou examinar o arquivo novamente", penso. Agora só preciso ir embora.

Olho para o celular, a fim de acessar as cinco últimas fotografias das páginas do arquivo de April. Então eu vejo as chamadas perdidas da BeautyBuzz. São quatro, incluindo duas mensagens de voz.

"Será que me esqueci de algum trabalho?", eu me pergunto. Mas tenho certeza de que não tenho nenhum atendimento marcado até as cinco da tarde.

Por que a empresa tem tanta urgência em falar comigo?

Eu separo rapidamente as fotos do arquivo que faltam para Thomas e as envio para ele.

— Agora você tem todo o material — eu aviso, e me levanto. Ele já está checando o seu celular a fim de examinar as fotos.

Escuto a mensagem da BeautyBuzz. Volto a olhar para a janela. Acho que estou vendo sombras de pessoas circulando, mas não tenho certeza.

Para minha surpresa, a mensagem na caixa postal não é do coordenador do programa. É da proprietária da empresa, uma mulher com quem eu nunca havia falado antes.

— Jessica, ligue para mim imediatamente, por favor.

O tom de voz dela é brusco. Ela está brava.

Aperto a tecla para escutar a segunda mensagem.

— Jessica, você foi desligada, e o efeito disso é imediato. Você precisa responder a esta mensagem assim que possível. Nós descobrimos que você violou o termo de não concorrência que assinou quando começou a trabalhar na nossa empresa. Temos os nomes das duas mulheres para as quais você ofereceu serviços como *freelancer* usando o nome da BeautyBuzz. Se continuar com isso, nossos advogados tomarão as providências cabíveis.

Levanto a cabeça e olho para Thomas.

— Ela me fez ser demitida — eu balbucio.

A dra. Shields deve ter ligado para a BeautyBuzz e contado a eles sobre Reyna e Tiffani.

Penso no meu aluguel, que vence em uma semana, nas contas da Antonia, no meu pai desempregado. Imagino o rosto doce e confiante da Becky tornando-se triste quando souber que a casa que ela chamou de sua a vida inteira está prestes a desaparecer.

O mundo está desabando sobre a minha cabeça mais uma vez.

Será que a dra. Shields vai me processar se eu não fizer o que ela quiser?

Eu me recordo do que ela escreveu em suas anotações a meu respeito: *Você pertence a mim.*

Sinto um travo na garganta e os meus olhos estão ardendo. Quero gritar, mas não consigo.

— O que aconteceu? — Thomas pergunta, levantando-se atrás da sua mesa.

Mas eu não consigo responder. Lanço-me pela porta do consultório afora, atravesso a sala de espera vazia e me precipito pelo corredor. Preciso telefonar para a dona da BeautyBuzz para tentar me explicar. Preciso ligar para os meus pais e me certificar de que ainda estão em segurança. Será que a dra. Shields teria coragem de fazer algo contra eles? Talvez ela planeje deixar de pagar a viagem deles, no final das contas. Ela pode ter conseguido o número do meu cartão de crédito, usando-o para a reserva.

"Se ela se atrever a *tocar* em Becky, eu vou matá-la!", penso, desesperada.

Estou ofegante e chorando quando empurro a porta da frente do prédio e saio para a rua. O vento gelado do inverno atinge meu rosto feito um tapa.

Giro de um lado para o outro na calçada, procurando freneticamente por Noah. Dentro do meu bolso, meu celular começa a vibrar de novo. Quero arrancá-lo dali e atirá-lo na rua.

Não vejo Noah em lugar algum. As lágrimas estão lavando o meu rosto. E eu que começava a pensar que pudesse contar com ele...

Mas agora me dou conta de que não posso.

Estou quase desistindo quando avisto um casaco azul a um quarteirão de distância. Meu coração dispara. É ele. Eu reconheço a parte de trás da sua cabeça; já sei identificar o seu modo de andar.

Começo a correr, desviando-me das pessoas à minha frente.

— Noah! — eu grito.

Ele não se vira, então continuo correndo. Estou muito ofegante e é difícil bombear oxigênio suficiente para meus pulmões, mas eu forço minhas pernas a correrem mais rápido.

— Noah! — grito novamente quando estou mais perto. Quero me lançar nos braços fortes dele e lhe contar tudo. Ele vai me ajudar, sei que vai.

Ele se vira para trás.

A expressão no rosto dele me faz parar imediatamente, como se eu tivesse me chocado contra uma parede.

— Eu estava começando a me apaixonar por você — ele diz, dando ênfase a cada palavra. — Mas agora sei quem você é de verdade.

Dou um passo em sua direção, mas ele levanta a mão. Seus lábios estão colados um no outro numa linha cheia de rancor. Seus olhos castanhos me fitam com dureza.

— Não se aproxime. Eu não quero vê-la nunca mais.

— Quê? — eu balbucio.

Mas ele simplesmente se vira e continua andando, afastando-se de mim cada vez mais.

# CAPÍTULO 61

## Domingo, 23 de dezembro

**Ter ido para a cama antes do horário habitual me permitiu** levantar particularmente cedo esta manhã.

O dia vai ser corrido.

Ligo meu celular. Há uma nova mensagem de Thomas. Às 23h06 da noite passada, ele informou que seu paciente se encontrava estável no Bellevue e pediu desculpas mais uma vez por ter abreviado o jantar.

Uma resposta foi enviada às 8h02 da manhã: *Eu compreendo. Quais são os planos para hoje?*

Ele escreveu que estava a caminho do seu jogo de *squash* e depois tomaria o desjejum no Ted's Diner. *Vou colocar a papelada em dia esta tarde. Vamos ao cinema esta noite?*

A resposta que ele recebeu: *Perfeito.*

Suas atividades matinais transcorrem exatamente como ele descreveu: ele sai da academia, come no Ted e depois segue direto para o consultório.

Tudo muda precisamente à 1h34 da tarde.

Nesse momento você é vista caminhando a passos largos pela calçada, com uma sacola de compras na mão.

Você desaparece dentro do prédio onde fica o consultório de Thomas.

Ah, Jessica. Você cometeu um erro grave.

**Uma vítima tem o direito de fazer justiça com as próprias mãos?**

Na sua segunda sessão por computador, você se sentou numa sala de aula da Universidade de Nova York e respondeu afirmativamente a essa pergunta, Jessica. Você praticamente não hesitou. Não mexeu nos seus anéis nem olhou para o teto enquanto pensava. Você teclou rapidamente, formulando a sua resposta.

O que você acha dessa pergunta agora?

Finalmente há uma evidência da sua espantosa traição.

O que está fazendo aí dentro com o meu marido, Jessica?

A esta altura, é quase irrelevante saber se vocês estão ou não tendo um caso. Vocês dois estão conspirando pelas minhas costas. A propensão de vocês dois à dissimulação devia ter sido um sinal de alerta.

Mas agora vocês criaram tantos níveis de fingimento e de deslealdade que acabaram aprisionados numa armadilha obscena da qual não existe escapatória.

— Moça, você está bem?

Um transeunte estende um guardanapo. Essa atitude é recebida com um olhar confuso.

— Parece que você cortou o lábio — ele diz.

Depois de alguns instantes o guardanapo é recusado. O gosto metálico de sangue perdura em minha boca. Mais tarde, uma aplicação de gelo vai reduzir o inchaço. Por enquanto, um protetor labial no meu estojo de maquiagem vai resolver.

É uma réplica exata daquele que você havia deixado na minha casa na semana passada, aquele que proporciona aos lábios um tom rosado encantador.

O tubo ostenta o logotipo da BeautyBuzz. Este artigo é produzido pelo seu empregador, Jessica.

É muito fácil obter o número do telefone da empresa.

Enquanto você está conspirando com o meu marido, uma ligação telefônica é feita.

Quando alguém fala com autoridade, as pessoas escutam. A recepcionista que atende transfere minha chamada para um gerente, que por sua vez promete entrar em contato com a proprietária da empresa para transmitir a informação imediatamente.

Pelo visto, a BeautyBuzz leva muito a sério o seu termo de não concorrência.

Você continua mencionando o desejo de sair da cidade durante as festas de fim de ano.

Você não vai a lugar nenhum, Jessica.

Mas parece que vai receber uma dispensa inesperada do seu trabalho, afinal.

**Uma punição sempre deve ser proporcional ao crime que uma pessoa cometeu?**

Perder o trabalho ainda não é punição suficiente para você.

Mas uma punição mais justa se apresenta sem demora, enquanto você ainda está enfiada no consultório do meu marido.

Um jovem usando um casaco azul volumoso com zíperes vermelhos se aproxima e para na esquina do prédio de Thomas. Ele olha em volta, como se procurasse por alguém.

Eu o reconheço de imediato: é o jovem que você abraçou tão calorosamente na outra noite. Aquele que você escondeu de mim.

Enquanto você aproveita a sua festinha com o meu marido, uma conversa paralela e espontânea ocorre na calçada bem debaixo do consultório de Thomas.

Isso parece justo, não acha?

— Eu sou a dra. Lydia Shields, como vai?

É vital que meu tom de voz e minha expressão facial pareçam carregados. Uma aparência de profissional. Um ar pesaroso de quem sente muito pela situação.

—Você está aqui para a intervenção em favor de Jessica Farris?

Jessica, o seu amante parece bastante espantado a princípio.

— O quê? — ele diz.

Assim que ele confirma que veio se encontrar com você neste endereço, credenciais são apresentadas. Um cartão de visita lhe é oferecido. E o trabalho de convencimento se inicia.

O rapaz é avisado de que os outros participantes da intervenção já se foram, e que o dr. Thomas Cooper, seu terapeuta de longa data, ainda está no consultório tentando argumentar com você, Jessica.

— A paranoia e a ansiedade de Jessica costumam responder bem ao tratamento — ele é informado. — Infelizmente, o comportamento destrutivo dela é tão generalizado e persistente que a relação de confidencialidade entre médico e paciente tem de ser comprometida visando o bem-estar e a proteção de terceiros que possam ser prejudicados.

Noah está tão apaixonado por você que são necessários três exemplos detalhados da sua natureza mentirosa para que ele comece a considerar que a mulher que lhe está sendo descrita é de fato você.

Ele ouve um relato detalhado das coisas que você fez ultimamente: o seu recente desligamento da empresa em que trabalhava, devido a suas violações éticas. A sua perigosa visita ao apartamento de um traficante de drogas. Suas habituais aventuras sexuais, frequentemente com homens casados e passando-se por uma pessoa diferente.

Noah faz uma careta de desgosto ao saber deste seu último deslize, uma reação que indica a direção mais acertada para o restante da conversa.

Noah foi atingido.

É chegada a hora de liquidar a presa.

Evidências concretas são mais persuasivas do que relatos testemunhais, que podem ser desacreditados.

A mensagem de texto que você enviou no início deste mês é colocada na tela do meu celular e mostrada a Noah:

*Dra. Shields, flertei com ele, mas fui rejeitada. Ele me disse que era feliz no casamento. Ele foi para o quarto dele, e eu estou no saguão do hotel.*

— E por que ela enviaria isso a você? — Noah pergunta.

Ele parece chocado. Está passando por um momento de negação. Seu próximo estágio será a raiva.

— Sou especialista em compulsões, inclusive as de natureza sexual. Eu e o dr. Cooper temos trocado informações a respeito desse aspecto da personalidade de Jessica.

Noah ainda está se agarrando a uma ponta de descrença. Então outra mensagem é resgatada e exibida. Você enviou isso há apenas duas noites, logo antes de sair para se encontrar com Thomas no Deco Bar. Na mesma noite em que você encontrou Noah no Peachtree Grill:

*Vou sair daqui a alguns minutos para encontrar T. Devo me oferecer para pagar um drinque, já que o convite para sairmos partiu de mim?*

O dia em que essa mensagem foi enviada está bem visível: sexta-feira. Um polegar cobre o restante da troca de mensagens, enquanto o celular é mantido bem diante dos olhos de Noah para sua atenta leitura.

Noah agora está pálido.

— Mas eu a vi naquela noite — ele diz. — *Nós* tivemos um encontro.

Hora de fingir surpresa:

— Ah, sim, você é a pessoa com quem a Jessica se encontrou no Peachtree Grill? Ela me falou sobre isso também. Ela na verdade até se sentiu um pouco culpada por ter estado com outro homem logo antes de sair com você.

A raiva dele está aparecendo bem depressa, Jessica.

— Ela é uma garota muito autodestrutiva. — O semblante de Noah se transforma cada vez mais. — E infelizmente a personalidade narcisista dela acaba tornando-a tristemente incorrigível, apesar de encantadora a princípio.

Noah vai embora, balançando a cabeça.

Menos de dois minutos depois, você irrompe do prédio de Thomas e corre atrás de Noah.

Após o encontro com Noah e sua rejeição, você fica parada na calçada, olhando para ele com expressão de desespero.

A sacola de compras ainda está na sua mão.

Agora o logotipo composto de pálpebras fechadas está visível. É extremamente familiar.

Ah, Jessica, como você é esperta. Então você também visitou a Blink.

Você deve se achar tão sagaz. Talvez tenha até descoberto a verdade sobre a Lauren, não a história que Thomas inventou.

Ficou surpresa ao saber que meu marido nunca teve um caso com ela?

Você não vai mesmo acreditar que a pessoa que conhece Thomas melhor do que ninguém, sua amorosa esposa de um casamento de sete anos, engoliria uma mentira patética dessas, não é?

Que o caso de Thomas com a dona da loja não passava de invenção ficou claro cerca de uma semana depois que a mensagem "acidental" dele chegou ao meu celular, quando Lauren foi procurada e lhe foi solicitado que ajudasse na escolha das roupas que eu usaria numa viagem de fim de semana. Ela recomendou vários itens, dentre os quais os vestidos desestruturados que havia adquirido em sua recente viagem de compras à Indonésia.

Seguiu-se então uma breve conversa a respeito de suas viagens.

Ela revelou que havia acabado de passar uma semana em Bali e outra em Jacarta, e que tinha retornado aos Estados Unidos somente três dias antes da minha visita à sua loja.

É impossível que meu marido tivesse combinado de encontrá-la, tanto na ocasião em que enviou a mensagem *Vejo você à noite, gata* quanto na noite em que alegou que o caso deles havia começado, quando ele disse que Lauren se sentara diante dele na mesa de um bar de hotel.

A mentira dele, contudo, jamais foi contestada. Ela tinha de permanecer válida.

Thomas tinha uma excelente razão para tentar camuflar sua aventura de uma noite com a April, chamando a atenção para uma outra história de passatempo sexual.

E a esposa dele, é claro, tinha uma razão ainda melhor para não revelar que sabia tanto do caso fictício quanto do verdadeiro, com April.

Sim, eu conhecia desde o início a verdade sobre meu marido e a Participante 5. Você se surpreenderia com esse fato?

Jessica, você talvez ache que desvendou tudo. Mas deveria ter aprendido uma lição importante desde que se tornou a Participante 52: hipóteses têm de ser deixadas em aberto.

É uma pena que esteja tão perturbada, mas foi você mesma que provocou essa situação.

Neste momento você se sente totalmente só.

Mas não se preocupe. Logo terá a minha companhia.

## CAPÍTULO 62

### Domingo, 23 de dezembro

*Falou com sua família recentemente, Jessica? Eles estão aproveitando as férias na Flórida?*

Olho fixamente para a mensagem, para essas perguntas torturantes.

A dra. Shields acabou com meu ganha-pão. Acabou com meu relacionamento com Noah. O que ela pode ter feito com meus pais e com a Becky?

Estou na cama, encolhida, com o Leo ao meu lado. Depois que Noah me deixou falando sozinha na rua, tentei telefonar e mandar-lhe mensagens de texto, mas ele não respondeu. Então fiz a única coisa que me ocorreu fazer: vim para casa e chorei lágrimas amargas. Chorei desesperadamente. O choro havia perdido força e se transformado em soluços mais contidos quando a mensagem da dra. Shields chegou.

"Acabei não retornando a ligação da minha mãe, na noite passada, enquanto me esgueirava pela casa da dra. Shields", penso enquanto me sento ereta. "E ela não deixou nenhum recado."

Disco o número do celular da minha mãe imediatamente, lutando para não entrar em pânico. A ligação cai na caixa postal.

— Mãe, ligue-me o mais depressa possível, por favor — balbucio.

Tento falar no celular do meu pai. Acontece a mesma coisa.

Eu começo a ofegar.

A dra. Shields nunca me disse nem mesmo o nome do *resort* para onde eles foram. Minha mãe me ligou logo depois que eles chegaram, e me contou sobre o quarto com vista para a praia e a piscina de água salgada, mas não me disse onde exatamente eles estavam; e eu não perguntei, porque estava desnorteada, lidando com tudo o que estava acontecendo na minha vida.

Como pude ser tão descuidada?

Ligo para meus pais novamente, um de cada vez.

Então pego meu casaco, enfio as botas nos pés e vou direto para a porta. Desço as escadas correndo e passo por uma vizinha que está carregando uma sacola de compras. Ela me olha de relance. Sei que a minha maquiagem provavelmente está borrada e o meu cabelo despenteado, mas não ligo mais para o que a dra. Shields acha da minha aparência.

Corro pela rua, acenando freneticamente para pedir um táxi. Um deles para, e eu me sento no banco de trás.

— Depressa, por favor — eu digo, dando ao motorista o endereço da dra. Shields.

Quinze minutos mais tarde, quando chego, eu ainda não tenho um plano. Apenas bato na porta dela até a minha mão doer.

A dra. Shields abre a porta e olha para mim sem demonstrar nenhuma surpresa, como se já estivesse à minha espera.

— O que foi que você fez a eles? — eu grito.

— Como? — a dra. Shields responde.

Ela está impecável como sempre, com um top cinza-claro e uma calça preta feita sob medida. Faço um grande esforço para não a agarrar pelos ombros e sacudi-la.

— Eu sei que você fez alguma coisa! Eu não consigo falar com meus pais!

Ela recua um passo.

— Jessica, respire fundo e tente se acalmar. Não poderemos conversar direito dessa maneira.

O tom de sua voz é de repreensão, como se ela estivesse lidando com uma criança irracional.

Gritar com ela não vai me adiantar de nada. Só vou conseguir respostas se deixá-la pensar que vou me submeter às suas regras e que ela está no controle.

Então contenho meu ódio e meu horror.

— Pode me deixar entrar para conversarmos, por favor? — pergunto.

Ela abre mais a porta, e eu entro.

Ao fundo ouve-se música clássica, a casa dela está imaculada como sempre. Petúnias frescas adornam a reluzente mesa de madeira no corredor de entrada, embaixo do painel do sistema de alarme.

Evito olhar para esse painel quando passo por ele.

A dra. Shields me leva até a cozinha e aponta para uma banqueta para que eu me sente.

Sento e vejo sobre a bancada de granito um prato contendo um cacho de uvas e uma fatia de queijo fresco, como se ela estivesse esperando companhia. Ao lado do prato há uma taça de cristal cheia de um líquido dourado-pálido.

Tudo tão apropriado e exato e insano.

— Onde está a minha família? — pergunto, lutando para manter um tom de voz calmo.

Em vez de responder imediatamente, a dra. Shields caminha sem pressa até um armário e de lá retira outra taça de cristal. Pela primeira vez ela não pergunta se eu quero beber algo. Em vez disso, ela abre a geladeira, pega uma garrafa de Chardonnay e enche a taça.

Ela coloca a taça diante de mim como se fôssemos duas amigas prestes a compartilhar confidências.

Tenho vontade de gritar, mas sei que, se eu tentar apressá-la, ela vai impor sua autoridade obrigando-me a esperar ainda mais.

— A sua família está na Flórida vivendo momentos inesquecíveis, Jessica — ela diz finalmente. — Por que você achou que teria acontecido outra coisa?

— Por causa da mensagem que você me enviou! — digo num impulso.

A dra. Shields arqueia uma sobrancelha.

—Tudo o que eu fiz foi perguntar a respeito das férias deles — ela comenta. — Não há nenhum inconveniente nisso, há?

Ela parece bastante sincera, mas sei quais são suas intenções.

— Quero telefonar para o *resort* — digo. Minha voz está tremendo.

— Perfeitamente. Você não tem o número do telefone?

—Você nunca me deu o número — retruco.

A dra. Shields franze a testa.

— O nome do *resort* nunca foi um segredo, Jessica. Faz três dias que sua família está lá.

— Por favor! — imploro. — Só me deixe falar com eles.

Sem uma palavra, a dra. Shields se levanta e pega seu celular de cima da bancada.

— Eu tenho os dados da confirmação do *resort* aqui — ela diz, enquanto dá uma olhada em seus e-mails. Esse processo parece levar um tempo incrivelmente longo. Por fim, ela dita um número.

Ligo imediatamente para esse número.

— Boas festas, Winstead Resort e Spa, eu sou Tina — uma mulher responde com voz cantante.

— Preciso falar com a família Farris — digo sem delongas.

— É claro, ficarei feliz em colocá-los em contato. Pode me dar o número do quarto?

— Não sei o número — sussurro.

— Um momento, por favor.

Olho para a dra. Shields, que me encara com seus frios olhos azuis. Mal consigo acreditar na alegre música natalina que toca enquanto eu aguardo na linha: "Papai Noel está chegando à cidade".

Então a dra. Shields empurra minha taça de vinho para mais perto de mim.

Eu não tenho coragem de beber. Tento reprimir uma forte sensação de *déjà-vu*. Eu estava bem aqui alguns dias atrás, confessando que sabia que Thomas era marido dela, mas não é isso que está despertando a sensação perturbadora que me invade agora.

A música é abruptamente interrompida.

— Não há registro de nenhum hóspede com esse sobrenome — diz a funcionária do *resort*.

Meu corpo se enrijece.

Minha visão se turva, e sinto ânsia de vômito.

— Eles não estão aí? — exclamo.

A dra. Shields pega sua taça e bebe mais um pequeno gole, num gesto indiferente que me faz reagir com raiva de novo.

— Onde está a minha família? — exijo saber, fitando-a direto nos olhos. Empurro minha banqueta para trás, quase a derrubando, enquanto me levanto.

Ela apoia a taça na bancada.

— Ah, sim — dra. Shields diz. — Talvez a reserva esteja em meu nome.

— Shields — digo imediatamente ao telefone. — Tente esse nome, por favor.

O outro lado da linha agora está em total silêncio.

Posso sentir minha pulsação ecoando nos meus ouvidos.

— Ah — diz a funcionária. — Aqui está. Já vou colocá-los em contato.

Minha mãe atende no segundo toque, e a sua voz soa tão familiar e intacta que eu quase desabo em lágrimas novamente.

— Mãe! Você está bem? — pergunto.

— Deus meu, querida, nós estamos nos divertindo como nunca! Acabamos de chegar da praia. Becky até acariciou golfinhos, com a assistência do pessoal especializado daqui. Seu pai tirou tantas fotos!

Minha família está em segurança. A dra. Shields não fez mal a eles. Não ainda, pelo menos.

— Vocês estão bem? Tem certeza?

— É claro que tenho! Por que não estaríamos? Só que estamos com saudade de você. Mas que chefe maravilhosa você tem, capaz de fazer isso tudo por nós! Você deve ser muito especial para ela.

Eu me sinto tão desorientada que mal me resta ânimo para encerrar a conversa. Prometo ligar de novo amanhã e desligo o telefone. Não consigo conciliar a tagarelice animada da minha mãe com a terrível preocupação que me consome.

Eu guardo meu celular.

A dra. Shields sorri.

— Viu? — diz calmamente. — Eles estão bem. Bem demais, na verdade.

Espalmo as minhas mãos no granito frio e duro e me inclino para a frente, tentando me concentrar.

A dra. Shields quer que eu pense que estou imaginando coisas, que sou instável. Mas eu realmente perdi o emprego e perdi o Noah, isso não é delírio. São fatos incontestáveis. Ainda tenho as mensagens de voz da BeautyBuzz no meu celular. E Noah não me responde. Com certeza não se trata de coincidência que as duas coisas tenham acontecido enquanto eu estava no consultório do Thomas. Não posso provar, mas a dra. Shields sabe que eu estava com ele. Talvez ela até já saiba que eu dormi com Thomas; ele pode ter contado a ela para se safar.

Ela está me punindo.

Sinto a mão dela tocando delicadamente minhas costas, mas giro o corpo e a afasto.

— Não! — digo. — Fui despedida por sua causa. Você me denunciou à BeautyBuzz, disse a eles que eu estava trabalhando por conta própria quando fiz os atendimentos da Reyna e da Tiffani!

— Vá com calma, Jessica — a dra. Shields pede.

Ela volta à banqueta e cruza sua longa e esguia perna sobre a outra. Eu sei o que a doutora espera que eu faça, o jogo que ela quer que eu jogue, por isso me sento na banqueta ao lado dela.

— Você não me disse que havia perdido o emprego, Jessica.

Qualquer um que a visse agora acreditaria que ela está realmente preocupada: suas sobrancelhas estão arqueadas e seu tom de voz é gentil.

— Pois é, alguém me entregou por violar o termo de não concorrência — digo de modo acusador.

— Hmmm... — A dra. Shields toca os lábios algumas vezes com o dedo indicador, e então noto que seu lábio inferior parece levemente inchado, como se tivesse sido machucado. — Você não me disse que o namorado viciado daquela garota que você atendeu ficou desconfiado de você? É possível que ele a tenha denunciado?

Ela sorri para mim com expressão de gato que comeu o canário. Tem resposta para tudo.

Mas sei que foi ela quem fez isso. Talvez a dra. Shields não tenha dado os nomes de Reyna e de Tiffani, mas pode ter feito uma chamada anônima fingindo que *ela própria* tinha sido atendida por mim como *freelancer*. Posso até imaginá-la simulando preocupação, dizendo algo como "Oh, é que a Jessica parecia ser uma garota tão boa, eu não quero causar problemas a ela".

Então eu me lembro das insistentes perguntas que Ricky me fez antes que eu desse um punhado de amostras grátis de cosméticos para a Tiffani e escapasse dali. Estou certa de que os produtos tinham o logotipo da BeautyBuzz, assim como todos os meus brilhos labiais e batons. Seria fácil chegar ao meu empregador.

— Jessica, sinto muito que tenha perdido seu emprego — a dra. Shields diz. — Mas de jeito nenhum fui eu a causadora disso.

Esfrego as minhas têmporas. Tudo estava tão claro até poucos minutos atrás. Agora, porém, não sei em que acreditar.

— Espero que não me leve a mal por dizer isso, mas você não parece bem — a dra. Shields observa. E empurra o prato para mais perto de mim. — Você tem se alimentado direito?

Eu me dou conta de que não me alimentei bem nos últimos dias. Quando vi Noah na sexta à noite no Peachtree Grill, ele insistiu para que eu comesse sanduichinhos de frango frito, mas eu só dei umas bocadas. Acho que desde então não ingeri nada além de café e uma ou duas barras de cereal.

— Mas e quanto ao Noah? — digo, quase para mim mesma. Minha voz falha quando pronuncio o nome dele.

Ele ficou feliz por termos conversado esta manhã, embora possa ter achado estranho o meu pedido. Não me sai da cabeça a imagem dele com a mão levantada, como se fosse uma barreira diante de mim, impedindo-me de me aproximar.

— Quem?

— O cara com quem eu estava saindo — respondo. — Como foi que o encontrou?

A dra. Shields corta um pedaço de queijo e o coloca numa bolacha redonda fina antes de entregá-lo a mim. Eu olho e balanço a cabeça numa negativa.

—Você nem chegou a me dizer que estava saindo com alguém — a dra. Shields diz. — Como eu me envolveria numa conversa com uma pessoa que eu nem mesmo sei que existe?

Ela deixa que o silêncio paire no ar por alguns instantes, como que para enfatizar seu argumento.

— Tenho que lhe dizer, Jessica, estou começando a me ofender com suas acusações. Você completou suas tarefas e foi paga por isso. Você me garantiu que Thomas era fiel. Por que então eu iria interferir na sua vida agora?

Como isso é possível? Levo as mãos à cabeça e tento relembrar detalhes dos últimos dias, mas tudo está confuso. Talvez Thomas seja o mentiroso nessa história. Talvez os meus próprios instintos estivessem errados. Eles já falharam antes. Eu confiei em Gene French, quando não devia. Talvez eu tenha invertido as coisas agora.

— Pobrezinha... você tem dormido bem?

Afasto as mãos da cabeça e a ergo. Sinto meus olhos arenosos e pesados. Ela sabe que eu não estou dormindo, assim como sabe que eu não estou comendo. Ela nem precisa perguntar.

—Volto num instante — a dra. Shields diz. Ela sai da banqueta e desaparece. Seus passos são tão leves que eu não saberia dizer em que lugar da casa ela está.

Estou completamente esgotada, mas é o tipo de cansaço que sei que vai me impedir de dormir bem à noite. Meu cérebro parece pesado e turvo, mas meu corpo está tenso.

Dra. Shields volta e traz alguma coisa consigo, mas não sei dizer o que é. Ele entra na cozinha novamente e abre uma gaveta. Ouço um ligeiro chacoalhar, e então a vejo transferir um pequeno comprimido oval branco de um frasco para uma embalagem plástica com fecho deslizante.

Ela fecha a embalagem e caminha até mim.

— Não há dúvida de que você está assim por minha culpa — ela diz brandamente. — É evidente que pressionei você demais com todas as nossas conversas intensas e com os experimentos. Não devia ter deixado você se envolver na minha vida pessoal. Foi uma atitude pouco profissional da minha parte.

Suas palavras me envolvem como um dos seus xales de casimira: são suaves, reconfortantes e quentes.

— Você é muito forte, Jessica, mas tem sofrido uma pressão tremenda. O desemprego do seu pai, o estresse pós-traumático que você carrega desde aquela noite com o diretor de teatro, todas as suas preocupações financeiras... e, claro, a culpa com relação à sua irmã. Você deve estar exausta.

Ela empurra a embalagem contra a minha mão.

— O período de festas pode ser muito solitário. Isso vai ajudá-la a dormir à noite. Eu não devia dar a você um comprimido sem receita, mas considere isso um último presente.

Olho para o comprimido e digo sem pensar:

— Obrigada.

É como se ela estivesse escrevendo o meu roteiro, e eu agora estivesse apenas recitando as falas.

Dra. Shields pega a minha taça quase cheia de vinho e despeja o conteúdo na pia. Depois, apanha o prato quase intocado de queijo e uvas e joga tudo na lata de lixo.

A taça esvaziada. A crosta do queijo.

Olho para ela e sinto uma descarga elétrica atravessar o meu corpo.

Ela não está olhando para mim. Está totalmente concentrada na sua tarefa de limpar e arrumar, mas se visse o meu rosto saberia que algo está terrivelmente errado.

As anotações que ela fez no arquivo de April atravessam a minha mente:

*Todos os traços da sua presença já haviam sumido... Sua taça de vinho já havia sido lavada... Os restos do queijo brie e das uvas foram despejados na lata de lixo...*

*Como se você jamais tivesse estado aqui. Como se você não existisse mais.*

Olho para a embalagem transparente com o pequeno comprimido que está na minha mão.

Um calafrio de terror percorre meu corpo.

"O que você fez a ela?", eu penso.

Preciso sair daqui, e já, antes que ela perceba o que eu sei.

— Jessica?

A dra. Shields está olhando diretamente para mim. Espero que ela acredite que a emoção estampada no meu rosto é desespero.

— Só quero que você saiba que não é vergonha nenhuma admitir que precisamos de um pouco de ajuda — ela diz com voz baixa e reconfortante. — Todos precisam de uma fuga da realidade, um alívio.

Faço que sim com a cabeça. Minha voz treme quando falo:

— Sabe, vai ser bom poder enfim dormir um pouco.

Enfio o comprimido na minha bolsa. Então me inclino para me levantar da banqueta e pego meu casaco, controlando meus passos para me mover lentamente e não revelar meu pânico. A dra. Shields não parece querer me acompanhar até a saída; ela permanece na cozinha, esfregando uma esponja no imaculado granito. Então me viro e caminho até a porta.

A cada passo eu sinto um formigamento na região das omoplatas. Finalmente alcanço a porta, a abro e, após sair da casa, volto a fechá-la suavemente.

No minuto em que chego em casa, tiro a embalagem plástica da bolsa e olho mais de perto para o pequeno comprimido oval. Há um código numérico bem visível no comprimido, então eu o checo numa página da internet que identifica drágeas. Trata-se de Vicodin, o mesmo medicamento de uso controlado que, segundo a sra. Voss, April havia ingerido em grande quantidade no parque.

Posso apostar que sei quem deu as pílulas de Vicodin para a April, e o porquê.

A dra. Shields deve ter constatado que Thomas dormiu com April, caso contrário não teria dado o Vicodin para a garota. Só preciso descobrir como a dra. Shields fez April ingerir os comprimidos.

Tenho de voltar ao jardim do conservatório e encontrar o banco perto da fonte congelada. O lugar que April escolheu para morrer deve ter algum significado.

Será que a dra. Shields também sabe que Thomas inventou o caso com a Lauren da loja de roupas? Se consegui descobrir isso, então a doutora, com sua formidável capacidade de enxergar detalhes, certamente conseguiu também.

De quanto tempo mais ela vai precisar para descobrir sobre meu encontro não autorizado com Thomas e todas as mentiras que contei a ela?

E quando essa mulher souber que fui para a cama com o marido dela, o que ela vai querer fazer comigo?

# CAPÍTULO 63

### Segunda-feira, 24 de dezembro

**Você está aproveitando o sono profundo e sem sonhos** de que necessita tão desesperadamente, Jessica?

Não vai haver nenhuma interrupção. Você está totalmente só.

Não existe mais trabalho para distraí-la. E Lizzie está longe. Talvez tenha pensado em passar a véspera de Natal com Noah, mas ele se retirou para Westchester para ficar com a família.

Quanto à sua própria família, Jessica... eles estão incomunicáveis. Esta manhã a recepção do hotel ligou para o quarto deles e os surpreendeu com um passeio de um dia num veleiro. É extremamente difícil que haja sinal de celular no meio do oceano.

Até mesmo seu novo amigo Thomas estará ocupado.

Mas aqueles que vão comemorar ao lado da família também podem se sentir isolados.

Preste atenção à cena: véspera de Natal na propriedade da família Shields em Litchfield, Connecticut, a uma hora e meia de Nova York.

O fogo de uma lareira arde bem no centro da grande sala de estar. As delicadas imagens do presépio de Limoges estão distribuídas sobre o console da lareira. Este ano o decorador da mãe escolheu luzes brancas e pinhas perfeitas para dar destaque especial à árvore.

Isso tudo parece tão lindo, não é?

O pai abre uma garrafa de Dom Pérignon. Crostinis de salmão defumado com caviar são oferecidos.

Meias estão penduradas na lareira. Cinco meias, embora haja apenas quatro pessoas na sala.

A meia excedente foi colocada para Danielle, como acontece todos os anos. O costume é fazer uma doação para uma instituição de caridade séria em nome de Danielle. O envelope que contém o cheque é inserido na meia. Geralmente o beneficiário é a organização *Mães contra as drogas*, embora a *Safe Ride* e a *Fundação Americana de Prevenção ao Suicídio* já tenham sido escolhidas no passado.

Na semana que vem, a morte de Danielle completará vinte anos, por isso o cheque é especialmente gordo.

Ela faria 36 anos.

Danielle morreu a menos de um quilômetro desta sala de estar.

À medida que o nível do champanhe na segunda taça da mãe diminui, suas histórias sobre a filha mais jovem, sua favorita, tornam-se mais exageradas.

Esse é outro costume de Natal.

Ela acaba abordando uma história mirabolante sobre um verão em que Danielle foi monitora do acampamento para estudantes do clube de campo.

— Minha filha se dava tão bem com crianças — a mãe pondera tediosamente. — Ela teria sido uma mãe maravilhosa.

A mãe convenientemente se esqueceu de que o pai teve de insistir muito para que a relutante Danielle aceitasse o trabalho; e que ela só foi contratada porque o pai jogava golfe com o diretor do clube de campo.

A típica mãe condescendente.

Mas hoje é impossível evitar uma refutação:

— Hum, eu não sei se Danielle gostava tanto assim daquelas crianças. É verdade que ela faltou tantas vezes ao trabalho, alegando problemas de saúde, que quase foi demitida?

Embora essas palavras tenham sido ditas no tom mais carinhoso possível, elas causam nervosismo na mãe.

— Ela *adorava* aquelas crianças — a mãe reage. Seu rosto fica rubro.

— Mais champanhe, Cynthia? — Thomas oferece. É uma tentativa de dissipar a tensão que de repente se instalou na sala.

A mãe recebe o privilégio de ter a última palavra e ganhar a discussão, embora esteja errada.

Eis o fato que a mãe se recusa a aceitar: Danielle era completamente egoísta. Ela pegava coisas alheias: um suéter de casimira favorito, que ela acabou alargando porque vestia um tamanho maior. Um trabalho nota A+ para a aula de inglês do 3º ano do ensino médio, que foi armazenado no computador compartilhado de casa e reapresentado com o nome dela no ano seguinte.

E um namorado que havia jurado fidelidade à irmã mais velha.

Danielle nunca sofreu as consequências por suas duas primeiras transgressões, nem por tantas outras antes dessas. O pai estava preocupado com o trabalho, e a mãe, como era de esperar, a desculpou.

Se tivesse sido responsabilizada por suas más ações desde o princípio, Danielle ainda estaria viva.

Thomas havia atravessado a sala para encher novamente a taça da mãe.

— Como é possível que você pareça mais nova a cada ano que passa, Cynthia? — ele pergunta, dando um tapinha no braço dela.

Em tempos normais, são adoráveis as tentativas de Thomas de promover a reconciliação.

Mas a desta noite é vista como outra traição.

— Preciso de um copo de água. — Na verdade, eu preciso de uma desculpa para sair da sala. A cozinha parece servir bem como refúgio.

Nos últimos vinte anos, esta cozinha sofreu modificações: a nova geladeira conta com um *dispenser* de água gelada. O piso de madeira foi substituído por piso cerâmico italiano. Os pratos de jantar atrás dos armários com portas de vidro agora são brancos com borda azul.

Mas a porta lateral não mudou, continua exatamente a mesma.

Ainda é preciso usar uma chave para abri-la pelo lado de fora. Do lado de dentro da cozinha, um simples giro na pequena maçaneta oval destranca ou tranca a porta, dependendo do lado para o qual se vira a maçaneta.

Você nunca soube dessa história, Jessica.

Ninguém sabe. Nem mesmo Thomas.

Mas você devia saber que era especial para mim. Que nós estamos inexoravelmente ligadas. Essa é uma das razões pelas quais seus atos me feriram tão profundamente.

Se ao menos *você* tivesse se comportado bem, nossa relação poderia ter sido bem diferente.

Porque, apesar de todas as nossas diferenças superficiais – de idade, socioeconômicas, educacionais –, os principais momentos críticos da nossa vida são bizarramente semelhantes. É como se nós estivéssemos destinadas a nos encontrar. Como se as nossas histórias fossem imagens espelhadas.

Você trancou dentro de casa a sua irmã mais nova, Becky, naquele trágico dia de agosto.

Eu tranquei do lado de fora de casa a minha irmã mais nova, Danielle, naquela trágica noite em dezembro.

DANIELLE COSTUMAVA SAIR ÀS ESCONDIDAS DE CASA PARA SE encontrar com garotos. Seu modo favorito de escapar era deixar a porta da cozinha aberta soltando a tranca, de modo que pudesse voltar para casa sem ser notada.

Esse subterfúgio usado pela minha irmã não era da minha conta. Até que ela se meteu com meu namorado.

Danielle cobiçava o que era meu. Ryan não era exceção.

Os garotos davam em cima da Danielle o tempo todo. Ela era linda, cheia de vida, e em matéria de sexo praticamente não conhecia limites.

Ryan era diferente. Ele era terno, gostava de noites sossegadas e de conversar. Foi minha primeira relação em diversos sentidos.

Ele partiu meu coração duas vezes. A primeira foi quando me deixou. E mais uma vez, uma semana depois, quando começou a namorar minha irmã mais nova.

É impressionante como a mais simples das decisões pode criar um efeito borboleta; como uma ação aparentemente sem importância pode causar um tsunami.

Um singelo copo de água, como o que está sendo abastecido nesta cozinha agora mesmo, é o que deu início a tudo naquela noite de dezembro, quase vinte anos atrás.

Danielle estava fora com Ryan, sem o conhecimento dos nossos pais. Ela havia destravado a fechadura para poder voltar tarde da noite sem ser notada.

Ela jamais havia sofrido as consequências de nenhum dos seus pecados. Fazia já muito tempo que ela merecia pagar.

Um rápido giro da maçaneta para travar o sistema, e a minha irmã seria obrigada a tocar a campainha e acordar os meus pais. Meu pai ficaria furioso. Ele sempre teve temperamento explosivo.

Foi impossível dormir naquela noite. A expectativa era grande demais, e deliciosa.

De uma janela no andar de cima, à 1h15 da madrugada, foi possível ver os faróis do jipe de Ryan apagando-se num ponto do nosso longo e sinuoso acesso para veículos. Danielle foi vista atravessando o gramado na direção da porta da cozinha.

O suspense tomou conta de mim: como a minha irmã reagiria quando a maçaneta se recusasse a lhe obedecer?

Sem dúvida tocaria a campainha bem depressa.

Em vez de fazer isso, Danielle correu de volta para o carro de Ryan.

Então o jipe deu marcha a ré e saiu do acesso para automóveis, com Danielle sentada no banco dianteiro.

Como Danielle faria para se safar dessa? Talvez ela aparecesse na manhã seguinte com alguma desculpa ridícula, alegando, por exemplo, que teve um episódio de sonambulismo. Dessa vez, nem a minha mãe conseguiria ignorar sua hipocrisia.

Sem saber que a filha mais nova havia enfiado travesseiros debaixo da manta para enganá-los, meus pais dormiam tranquilos.

Até que um policial apareceu na porta algumas horas mais tarde.

Ryan havia bebido, coisa que jamais fazia quando estivemos juntos. O jipe dele bateu numa árvore no final da nossa extensa e tranquila estrada. Ambos morreram no acidente. Minha irmã instantaneamente, e ele no hospital, devido aos enormes traumas internos.

Danielle havia feito tantas escolhas erradas que criou as circunstâncias para o acidente: roubou meu namorado, bebeu vodca cinco anos antes do que lhe seria legalmente permitido, saiu escondida de casa e não assumiu sua transgressão. Ela poderia ter tocado a campainha e enfrentado nossos pais, mas não fez isso.

O resultado do ato de trancar a porta da cozinha não foi previsto.

Foi apenas um detalhe numa sequência de fatos que levaram à morte dela. Se Danielle não tivesse feito ao menos uma de suas escolhas ruins, é possível que estivesse aqui conosco nesta sala, neste exato instante, talvez com os netos que a nossa mãe quer tão desesperadamente.

Como os seus pais, Jessica, os meus têm conhecimento de parte da história apenas.

Se você soubesse quão fortemente essas tragédias duplas nos ligam, teria mentido para mim sobre Thomas?

Ainda há perguntas a serem feitas sobre seu envolvimento com meu marido. Mas elas serão respondidas amanhã.

Seus pais foram informados de que você passará as festas comigo e de que eles devem aproveitar a viagem ao máximo, sem se preocupar se não tiverem notícias suas.

Afinal de contas, estaremos bastante ocupadas com nossos planos.

# CAPÍTULO 64

## Segunda-feira, 24 de dezembro

Eu não tinha reparado na estreita plaqueta de prata afixada no banco quando encontrei Thomas aqui, menos de uma semana atrás. Estava escuro demais.

Mas agora, sob a luz do sol do meio da tarde, vejo o brilho do pequeno memorial.

O nome inteiro da garota e as datas de seu nascimento e de sua morte estão gravados num tipo de letra elegante, seguidos por uma frase. Posso ouvir a voz nítida da dra. Shields lendo a inscrição na minha mente: *Katherine April Voss, que se rendeu cedo demais.*

Foi a dra. Shields quem mandou instalar essa placa aqui. Eu sei que foi.

Tem a marca registrada dela: sutil. Elegante. Ameaçadora.

Este lugar sossegado bem no interior dos jardins do conservatório do West Village é formado por círculos concêntricos: a fonte congelada está no meio. Há meia dúzia de bancos em volta. E ao redor dos bancos há um passeio.

Parada e de pé, de braços cruzados, observo o banco onde April morreu.

Desde que deixei a casa da dra. Shields na noite passada, estudei meu arquivo e o de April várias e várias vezes. Lembro-me da frase que a dra. Shields escreveu sobre mim: *Este teste pode libertar você*, Participante

*52. Renda-se a esse fato*, numa escrita não muito diferente da que está gravada na placa.

Esses jardins congelados não são tão sinistros à luz do dia; mesmo assim eu estremeço. Passei por várias pessoas que vieram para cá a fim de passear, e a risada das crianças, não muito longe de onde estou, se espalha pelo ar fresco. A distância, uma mulher idosa usando um gorro de tricô verde empurra um pequeno carrinho de compras. Está caminhando na minha direção, mas se move lentamente.

Ainda assim me sinto sem coragem e totalmente só.

Eu tinha tanta certeza de que encontraria respostas nas anotações da dra. Shields.

Mas a peça que falta no quebra-cabeça, aquela que eu sei que vi no arquivo de April, mas não consigo identificar, permanece escorregadia.

A mulher idosa está mais perto agora. Seus passos lentos e pesados a trazem para a área dos bancos.

Esfrego os olhos e cedo à tentação de me sentar num banco. Contudo, eu não escolho o de April. Sento-me no banco logo ao lado dele.

Estou cansada como jamais estive na vida.

Dormi apenas umas poucas horas na última noite, e mesmo esse sono sofrível foi atormentado por pesadelos: Ricky me atacando. Becky caindo numa piscina na Flórida e se afogando. Noah fugindo de mim.

Contudo, tomar o comprimido da dra. Shields jamais foi uma opção. Já estou farta de aceitar os presentes dela.

Massageio as têmporas, na tentativa de aliviar o latejamento na minha cabeça.

A mulher de gorro verde senta-se no banco diante do meu. O banco de April. Ela fuça no carrinho e retira dele um pão de fôrma fatiado numa embalagem de bolinhas brilhantes. Começa a rasgar a fatia em pequenos pedaços, atirando-as ao chão. Na mesma hora, como se já estivesse esperando por ela, uma dúzia ou mais de pássaros surge do nada.

Enquanto os pássaros esvoaçam em torno da comida, minha mente divaga.

Se a pista não está nas anotações, talvez eu possa encontrá-la refazendo os passos de April. Um pouco antes de vir ao jardim, April se sentou numa banqueta e conversou com a dra. Shields na cozinha dela, assim como eu na noite passada.

Visualizo outros lugares onde os nossos caminhos se cruzaram: April e eu usamos o teclado na sala de aula da Universidade de Nova York e deixamos que a dra. Shields sondasse nossos pensamentos mais íntimos. Provavelmente até nos sentamos à mesma mesa.

Nós duas fomos então convidadas ao consultório da dra. Shields, onde nos acomodamos no sofá e permitimos que nossos segredos fossem arrancados de nós.

E, é claro, April e eu fomos com Thomas a um bar, e vimos o desejo no olhar dele, e então o levamos para as nossas casas.

A velha senhora continua jogando pão para os pássaros.

— Rolinhas — ela diz. — Sabia que são fiéis a um parceiro a vida toda?

Ela deve estar falando comigo, porque não há ninguém mais por perto.

Faço que sim com a cabeça.

— Quer alimentá-los? — propõe, caminhando até mim e estendendo na minha direção uma fatia de pão.

— É claro — respondo distraidamente, pegando a fatia e arrancando alguns pedaços para atirar aos bichinhos.

Outros lugares em que eu e April estivemos: no quarto dela, no apartamento dos seus pais, o quarto com o urso de pelúcia surrado em cima da manta. E havia uma fotografia da fachada do Insomnia Cookies perto da Amsterdam Avenue que eu reconheci no Instagram dela. Eu já entrei lá também, para comer cookies de canela e de menta com chocolate duplo.

E, obviamente, nós duas visitamos este jardim.

Eu nem teria tomado conhecimento da existência de April se Thomas não tivesse me convidado para vir até aqui a fim de me advertir sobre sua esposa.

Thomas.

Fico de cara amarrada ao pensar em tudo o que foi varrido da minha vida – meu trabalho, meu relacionamento com Noah – enquanto eu estava numa cadeira diante da escrivaninha de Thomas, ouvindo-o falar sobre o falso caso dele com a mulher da loja.

O consultório de Thomas é um lugar no qual eu estive, mas que April nunca frequentou. Thomas disse que havia estado com April somente naquela noite que terminou no apartamento dela. Mas, pensando bem, se April estivesse realmente obcecada por ele, poderia ter descoberto o endereço do local de trabalho dele.

Eu jogo o último pedaço de pão.

Há uma ideia querendo se formar na minha mente. Algo que tem relação com o consultório de Thomas.

Uma rolinha passa voando por mim, interrompendo meus pensamentos. A pequena ave pousa no banco de April, ao lado da idosa, e se empoleira sobre a plaqueta de prata.

Essa imagem prende a minha atenção.

A adrenalina começa a correr pelo meu corpo, eliminando a minha exaustão.

O nome de April naquela escrita fluente. As datas de seu nascimento e de sua morte. A rolinha. Eu já vi tudo isso antes.

Inclino-me para a frente e a minha respiração se acelera.

Eu me lembro do lugar em que vi isso: foi no folheto da homenagem fúnebre, aquele que a sra. Voss me deu.

Eu quase sinto os meus dedos se fechando em torno da coisa que eu perseguia. Meu pulso se retesa.

Mantenho-me bem calma enquanto reconsidero um fato que sempre me pareceu estranho: Thomas fingiu ter um caso com uma mulher desconhecida para acobertar seu envolvimento com April. Além disso, estava desesperado para pôr as mãos no arquivo de April; desesperado o suficiente para se arriscar a me colocar dentro da casa da dra. Shields enquanto a distraía.

Porém a pista que estava dançando na minha mente nunca esteve no arquivo.

Remexo a minha bolsa e tiro de dentro dela o folheto fúnebre que a sra. Voss me deu, aquele que exibia o nome de April e o esboço do pombo.

Eu o desdobro lentamente, alisando o papel.

Há uma diferença vital entre o conteúdo deste folheto e a cena no banco a poucos metros de mim.

É algo semelhante ao que aconteceu quando fui enviada ao bar do Hotel Sussex e falei com dois homens: o detalhe que os distinguia, a aliança de casamento, era o que realmente importava.

A citação na plaqueta do banco é diferente da citação no folheto fúnebre.

Leio novamente a citação contida no folheto, embora eu conheça de cor o verso da canção dos Beatles: *No fim das contas, o amor que você amealha é o amor que você espalha.*

Se Thomas tivesse cantado esse verso na noite em que ele e April se conheceram, ela não teria perguntado à mãe sobre a origem dessas palavras. April saberia que se tratava da letra de uma música.

Mas, se April tivesse simplesmente visto a citação na caneca de café dele, como eu mesma vi, a curiosidade dela poderia ter sido atiçada.

Fecho os olhos e tento me lembrar da exata disposição das coisas no consultório de Thomas. Há algumas cadeiras lá. Mas não importa qual delas um visitante escolha para sentar, todas lhe darão uma visão clara da mesa de Thomas.

April *esteve* no consultório de Thomas, que fica a poucos quarteirões de distância do Insomnia Cookies.

Mas ela não foi até lá para persegui-lo.

Só existe um outro motivo para que April tenha estado lá, e esse motivo também explicaria por que Thomas fez tudo ao seu alcance para ocultar sua aventura de uma noite. O porquê de continuar com tanto medo de que alguém descubra tudo.

A sra. Voss me revelou que April fazia sessões de terapia com frequência.

Não foi em um bar que April se encontrou com Thomas pela primeira vez.

April se encontrava com Thomas quando ia vê-lo na terapia como sua paciente.

# CAPÍTULO 65

### Segunda-feira, 24 de dezembro

Uma boa maneira de evitar a conversa com Thomas é simulando um sono profundo durante a viagem de uma hora e meia de volta a Manhattan.

Talvez isso seja um alívio para ele. Em vez de ligar o rádio, ele dirige em silêncio, olhando fixamente para a frente. Suas mãos agarram com firmeza o volante. Sua postura rígida também é atípica. Durante longas viagens, ele costuma cantar com as músicas e marcar o ritmo tamborilando na coxa.

Quando ele estaciona em frente de casa, finjo acordar; algumas piscadas, um bocejo discreto.

Não há discussão a respeito do lugar onde ele passará a noite. Por consentimento mútuo e implícito, Thomas ficará em seu apartamento alugado.

Há uma breve despedida e um beijo superficial.

O ronco do motor do carro diminui à medida que ele se afasta.

Depois, o que resta é um profundo e desolado silêncio na residência.

A nova fechadura pede uma chave para destrancar a porta pelo lado de fora.

Pelo lado de dentro, porém, basta girar a maçaneta oval para que a porta se tranque.

Um ano atrás, a véspera de Natal transcorreu de maneira muito diferente: depois que voltamos de Litchfield, Thomas acendeu a lareira e insistiu para que abríssemos os presentes que demos um ao outro. Ele parecia um menino: seus olhos brilhavam quando pegou um pacote ricamente embalado e o entregou a mim.

A embalagem era caprichada mas exagerada, com fita adesiva e fitas demais.

Os presentes dele eram sempre apaixonantes.

Esse em particular foi uma primeira edição do meu livro favorito de Edith Wharton.

Três noites atrás, depois que você relatou que Thomas havia rejeitado seus avanços no Deco Bar, a esperança retornou com força. Parecia que esse doce ritual poderia continuar. Uma fotografia original dos Beatles tirada por Ron Galella foi comprada, emoldurada e cuidadosamente acondicionada em camadas de papel de seda e papel brilhante; seria o presente de Thomas.

Agora o presente está na sala, ao lado da flor-de-natal branca.

O Natal é a época mais dolorosa para estar sozinho.

Uma esposa observa o presente plano e retangular que infelizmente não vai ser desembrulhado esta noite.

Uma mãe olha para a meia com o nome de Danielle que jamais será aberta pela filha.

E outra mãe passa o seu primeiro Natal sem a sua única filha, a filha que tirou a própria vida há seis meses.

O arrependimento parece maior em meio ao total silêncio.

São necessárias apenas algumas batidas das pontas dos meus dedos no teclado do computador. E então uma mensagem de texto é enviada para a sra. Voss:

*Em honra à memória de April, uma doação de Natal foi feita para a Fundação Americana de Prevenção ao Suicídio. Espero que aprecie. Sinceramente, Dra. Shields.*

A doação não foi feita com o objetivo de acalmar a sra. Voss, que está desesperada para ver o arquivo intitulado KATHERINE APRIL VOSS. A contribuição é apenas um gesto espontâneo.

A mãe de April não é a única que anseia por saber em detalhes o que aconteceu nos momentos finais de April: um investigador solicitou formalmente meus registros e chegou a me ameaçar com a possibilidade de uma intimação. Thomas também mostrou curiosidade excessiva a respeito do arquivo de April depois de ser informado que a família Voss havia contratado um detetive particular.

A ausência de anotações sobre nossa última conversa levantaria suspeitas, por isso foi criada uma versão resumida dela. Ela contém a verdade. Esse era um aspecto fundamental, devido à ligeira possibilidade de que April pudesse ter telefonado ou enviado uma mensagem a algum amigo pouco antes de sua morte. Mas o relato sobre nossa interação foi muito mais leve e menos detalhado:

*Você me desapontou profundamente, Katherine April Voss... As portas deste lar foram abertas para você. Mas então você fez a revelação que arruinou tudo, que a fez ser vista de uma maneira completamente diferente: "Eu cometi um erro. Dormi com um homem casado...". Você foi informada de que ... nunca mais será bem-vinda a esta casa... A conversa continuou. E, quando chegou ao fim, você recebeu um abraço de adeus.*

As anotações resumidas foram produzidas imediatamente após o funeral da Participante 5.

É compreensível que a mãe dela deseje tanto ver essas anotações.

Mas ninguém jamais terá acesso aos registros verdadeiros acerca do que aconteceu naquela noite.

Assim como April, esses registros já não existem mais.

A CHAMA DE UM SIMPLES FÓSFORO DEVOROU ESSAS PÁGINAS DO meu bloco de anotações amarelo. O fogo consumiu gulosamente minhas palavras grafadas à mão em azul.

Antes de virarem cinzas, eis aqui o que havia nessas anotações:
PARTICIPANTE 5 / 8 de junho, 19h36
April bate à porta de casa seis minutos depois do horário combinado.

Isso não é estranho. Ela não é rigorosa quanto à pontualidade.

Vinho, um cacho de uvas roxas e um pedaço de queijo brie estão prontos para serem consumidos na cozinha.

April se senta numa banqueta, ansiosa para falar sobre a sua iminente entrevista numa pequena firma de relações públicas. Ela me dá uma cópia impressa do seu currículo. Não sabe bem como explicar seu tumultuado histórico de empregos e me pede aconselhamento a respeito desse assunto.

Após alguns minutos de uma conversa encorajadora, meu bracelete fino dourado, aquele que April não se cansava de admirar, é colocado em seu pulso.

— Isto é para que se sinta confiante, April. Fique com ele.

A atmosfera da noite então muda subitamente.

April desvia o olhar. Ela olha para baixo, para o próprio colo.

A princípio tem-se a impressão de que foi tomada por uma emoção positiva.

Porém, a voz dela vacila:

— Tenho a esperança de que esse emprego seja um novo começo para mim, doutora.

— Você merece um novo começo. — O vinho é despejado em sua taça.

Ela faz o bracelete deslizar para cima e para baixo em seu antebraço.

— Você é tão boa para mim — April diz. Mas não há gratidão em seu tom de voz. Na verdade, há outra coisa se insinuando nessa sua fala. Algo que não é possível identificar de imediato.

Antes que isso possa ser compreendido, April abaixa o rosto, cobre-o com as mãos e começa a chorar.

— Desculpe-me — ela diz, em meio às lágrimas. — É aquele cara sobre quem eu lhe falei...

April obviamente está se referindo ao homem mais velho que ela conheceu semanas atrás num bar e que levou para casa, e por quem nutriu uma obsessão. Controlar a fixação doentia de April já demandou horas de aconselhamento informal; sua regressão é decepcionante.

Não posso revelar minha impaciência.

— Achei que você tivesse superado toda essa questão, April.

— Eu tinha superado — ela responde, o rosto molhado de lágrimas ainda abaixado.

Algum detalhe que não foi resolvido talvez a esteja impedindo de deixar o problema para trás. É hora de trazer isso à tona.

— Vamos voltar ao começo e ajudar você a superar esse homem de uma vez por todas. Você entrou em um bar e o viu sentado lá, não é? O que aconteceu em seguida?

O pé de April começa a girar como uma hélice.

— O fato é que... eu não contei tudo a você — ela diz com hesitação. E bebe um grande gole de vinho. — Na verdade, eu o vi pela primeira vez quando fui ao consultório dele para uma consulta. Ele é psicólogo. Mas eu não faço mais sessões de terapia com ele, foi só uma sessão.

Isso é algo totalmente inesperado e espantoso.

Não importa que a garota tenha feito apenas uma sessão com o profissional. Um terapeuta que dorme com sua paciente deve perder o registro profissional. Esse homem, que sem dúvida chafurda na indigência moral, tirou vantagem de uma jovem frágil emocionalmente, que foi procurá-lo em busca de ajuda.

April olha para as minhas mãos e vê que meus punhos estão cerrados.

— Também sou culpada por isso, em parte — ela logo argumenta. — Eu o persegui.

O braço de April é tocado.

— Não, a culpa não é sua — é a resposta enfática que ela recebe.

Ela vai precisar de mais ajuda para se livrar da crença de que é culpada pelo que aconteceu. Havia um desequilíbrio de poder. Ela foi explorada sexualmente. Por enquanto, porém, é melhor que continue contando a história que tanto pesa sobre seus ombros.

— E não é que eu o encontrei por acaso num bar, como eu havia dito — April admite. — Senti uma atração enorme por ele naquela primeira sessão. Então eu... eu o segui uma noite, depois que ele saiu do consultório.

O restante do relato do seu encontro com ele é compatível com o que ela havia contado desde o começo: tinha visto o terapeuta sentado sozinho numa mesa para dois no bar de um hotel. Ela o abordou. No final, foram para o apartamento dela e fizeram sexo. April telefonou e enviou mensagens para ele no dia seguinte, mas vinte e quatro horas se passaram sem que ele desse resposta. Quando ele finalmente respondeu, deixou claro que não estava mais interessado. April insistiu com mais ligações, mensagens e convites para saírem. Ele foi gentil, mas nunca cedeu.

April conta sua nova história de modo hesitante, com pausas entre as frases, como se estivesse escolhendo cada palavra com grande cuidado.

— Esse sujeito é abominável, April. Não importa quem começou tudo. Ele tirou vantagem de você e traiu sua confiança. O comportamento dele beira o ato criminoso.

— Não — April sussurra, balançando a cabeça. — Eu também fiz bobagem. — Ela quase engasga ao falar. — Por favor, não fique zangada comigo. Eu nunca admiti isso a você. Estava envergonhada demais. Mas... a verdade é que ele é casado.

O ar é inalado com força após a terrível revelação: *Ela é uma mentirosa.*

A primeira coisa que April fez, no início de tudo, antes mesmo de nos conhecermos pessoalmente, foi prometer que seria honesta. Ela assinou um acordo para atestar isso quando se tornou a Participante 5.

— Você deveria ter me revelado isso há muito tempo, April.

A terapia realizada com April foi baseada na hipótese de que o homem que a rejeitou, depois que dormiram juntos no apartamento dela, era solteiro. Tantas horas de trabalho para nada. Se ela tivesse apresentado os fatos verdadeiros sobre a origem do relacionamento dos dois e sobre o estado civil dele, a situação teria sido conduzida de maneira bem diferente.

April não é a vítima que parecia ser instantes atrás. Ela também carrega parte da culpa.

— Eu não cheguei a mentir para você, eu apenas omiti essa parte — protesta. Por incrível que pareça, April se mostra na defensiva agora. Quer se esquivar da responsabilidade por seus atos.

Há migalhas debaixo da banqueta de April. Ela deve saber que quando se morde um biscoito os farelos se espalham. Mas ela simplesmente os deixa ali – mais uma das suas bagunças, para que outra pessoa limpe tudo depois.

Coloco meu dedo sob o queixo de April e uma suave pressão é aplicada para que sua cabeça se levante e o contato visual se restabeleça.

— Essa omissão foi muito séria, April. Eu estou profundamente desapontada.

— Perdão, perdão... — April dispara. Ela começa a chorar de novo, e esfrega a manga da blusa no nariz. — Faz tanto tempo que eu queria lhe contar isso... Eu não sabia que acabaria gostando de você assim.

Um alarme dispara no meu cérebro e faz o meu corpo inteiro estremecer.

As palavras dela não fazem sentido.

Os já previstos sentimentos de April por mim não deviam ter ditado o que ela revelaria ou não sobre o homem com quem dormiu. Não deveria existir conexão entre uma coisa e outra.

O apelido que Thomas me deu anos atrás, "falcão", cai como uma luva agora.

"Você é capaz de tomar um comentário aparentemente despretensioso de um paciente e rastreá-lo até detectar o motivo que trouxe esse paciente à terapia, mesmo que ele próprio não se dê conta disso",

Thomas disse uma vez, sem esconder o tom de admiração em sua voz. "É como se você tivesse visão de raio X. Você enxerga através das pessoas."

Um falcão percebe a mais leve ondulação na relva; esse é o sinal para que ele se lance sobre a presa.

As palavras contraditórias de April são uma leve ondulação em meio à paisagem verdejante.

Ela passa a ser observada com mais atenção. O que ela está escondendo?

April vai-se fechar caso se sinta amedrontada. É preciso dar a ela a ilusão de segurança.

Meu tom de voz é brando agora, meu discurso deliberadamente se alinha ao dela:

— Eu também não sabia que iria gostar tanto de você, April. — Mais vinho é colocado em sua taça. — Peço desculpa se fui um tanto ríspida. É que sua nova informação me pegou de surpresa. Bem, por que não me fala mais sobre ele?

— Ele era bastante gentil, e bonito — ela começa. Seus ombros se levantam quando ela respira. — Ele tinha, ahn... era ruivo...

A primeira pista aparece: ela está mentindo quanto à aparência dele.

Um engano comum perpetuado em filmes e programas de televisão é achar que pessoas em pleno ato de mentir sempre exibem certos tiques: eles olham para cima e para a esquerda enquanto tentam inventar uma história. Quando falam, também evitam contato visual, ou mantêm esse contato de maneira excessiva. Mordem as unhas ou literalmente cobrem a boca como sintoma subconsciente do seu desconforto. Mas esses indícios não são universais.

As pistas que April deixa são mais sutis. Elas começam com uma mudança na sua respiração. Seus ombros se erguem visivelmente, sinalizando que a respiração dela está mais profunda, e sua voz se enfraquece um pouco. Isso acontece porque os batimentos cardíacos e a circulação sanguínea dela mudam; ela está literalmente sem fôlego devido a essas alterações fisiológicas. April já exibiu esses sinais antes: quando tentou, certa vez, fingir que não se magoava com as frequentes viagens do pai, nem com o fato de não receber atenção dele; e também quando alegou que não iria mais se importar por ter sido rechaçada pelas garotas populares no colégio, ainda que tenha ficado tão traumatizada por ter sido deixada de lado que tentou o suicídio ingerindo comprimidos no 3º ano do ensino médio.

Nesses casos, porém, ela estava mentindo para si mesma.

Mentir para mim é coisa bem diferente.

E é isso que ela está fazendo agora.

Por que ela inventaria detalhes sobre a aparência do homem depois de admitir tantas outras verdades difíceis?

April continua a descrever o homem, relatando que ele tem altura mediana e é magro. Ela é encorajada com um discreto aceno de cabeça e um toque no pulso, que tem também o propósito de confirmar se sua pulsação está acelerada – outro sinal de mentira.

— Eu pedi a ele para passar a noite comigo, mas ele disse que não podia, pois a esposa o esperava em casa — April continua. Ela funga e enxuga as lágrimas com um guardanapo.

Uma terrível suspeita começa a despontar. O homem era um terapeuta. Era casado. April parece sentir necessidade de confessar isso porque algo pesa na sua consciência.

Mas ela está tentando esconder a identidade dele de mim camuflando sua aparência.

"Quem é ele?"

Então April faz um gesto descontraído com a mão, como se estivesse se preparando para fazer um comentário corriqueiro, sem importância:

— Antes de ir embora, ele me abraçou e disse que eu não devia me apaixonar por ele. Disse que eu merecia coisa melhor, e que um dia eu encontraria a pessoa que seria a luz da minha vida.

Cinco segundos podem mudar uma vida.

Votos de casamento podem ser selados com um beijo. Um bilhete de loteria pode ser raspado e revelar um número premiado. Um jipe pode colidir de frente com uma árvore.

Uma esposa pode descobrir que seu marido a trai com uma jovem perturbada.

*Você é a luz da minha vida.*

Essa frase é a inscrição na minha aliança, e na de Thomas. Nós a escolhemos juntos.

Há cinco segundos, essas palavras pertenciam somente a nós. Saber que elas estavam pressionadas o tempo todo contra o meu dedo me enchia de contentamento. Agora eu tenho a sensação de que elas queimam a minha pele, de que elas podem derreter o ouro branco da minha aliança.

April e Thomas foram para a cama. *Ele* é o misterioso terapeuta casado.

Espera-se que o impacto de uma revelação tão devastadora chegue com um estrondo. Mas a casa está em silêncio.

April bebe mais um gole de vinho. Ela parece mais calma depois de ter feito uma confissão parcial – uma tentativa de aliviar a consciência e também uma maneira de se desculpar secretamente por ter dormido com o meu marido.

Mas ela não apenas dormiu com ele. Ela desenvolveu uma obsessão por Thomas.

Foi por isso que ingressou no meu estudo? Para saber mais sobre a mulher de Thomas?

O estado de choque profundo pode levar uma pessoa a se sentir entorpecida. É o que está acontecendo agora.

April continua tagarelando aparentemente sem perceber que tudo mudou.

Desde a primeira vez em que nos encontramos, April sabia que havia ido para a cama com o meu marido.

Agora nós duas sabemos.

April e Thomas me traíram terrivelmente. Mas apenas um deles vai ser confrontado com suas ações neste momento.

Talvez April pense que poderá sair desta casa tranquilamente e seguir com sua vida, deixando para mim mais uma das suas sujeiras – esta, impossível de limpar.

Os lábios do meu marido se juntaram aos dela. As mãos dele exploraram todo o seu corpo.

"Não."

—Vamos dar um passeio, April. Há um lugar especial que eu quero lhe mostrar. — Uma pausa, e então uma decisão é tomada: —Termine o seu vinho. Só preciso dar uma passada no andar de cima e pegar uma coisa antes de sairmos.

Chegamos à fonte dos jardins do conservatório do West Village quinze minutos mais tarde e nos sentamos lado a lado num banco. É um lugar silencioso, perfeito para uma conversa. E é apenas isso que acontece: uma conversa sincera.

Minhas últimas palavras para April:

— É bom que você vá embora antes que fique muito perigoso.

April ainda estava viva nessa ocasião. Ela não ingeriu nem um comprimido na minha presença. Deve ter feito isso depois da minha partida, nas duas horas que transcorreram antes de seu corpo ser encontrado por um casal que passeava à luz do luar.

# CAPÍTULO 66

### Terça-feira, 25 de dezembro

Todos nós temos medo da dra. Shields — eu, o Ben, o Thomas. Tenho certeza de que April também.

Mas há uma pessoa que parece intimidar a dra. Shields: Lee Carey, o detetive particular. Aquele de quem a sra. Voss me falou. Foi ele que enviou uma carta registrada à dra. Shields solicitando o arquivo de April.

Eu decidi que o melhor a fazer é contar tudo a ele. Se a dra. Shields se tornar alvo de uma investigação, talvez ela pare de tentar destruir a minha vida. As coisas estão bem ruins para mim agora, mas sei que podem ficar muito piores se eu não tomar alguma providência.

Encontro a fotografia que tirei da carta registrada do sr. Carey quando invadi a casa da dra. Shields e acho a informação de contato dele.

Reúno paciência para esperar até as nove da manhã antes de telefonar, porque é Natal.

O telefone toca quatro vezes, e então a ligação cai na caixa postal. Toca a mensagem da caixa postal. Eu deveria ter imaginado que ele não atenderia, mesmo assim sinto minhas pernas cedendo.

— Quem fala é Jessica Farris — digo. — Tenho informações a respeito de Katherine April Voss que podem lhe interessar.

Hesito.

— É urgente — acrescento, e deixo o número do meu celular.

Abro meu *laptop* e começo a procurar um voo para a Flórida, para me juntar à minha família. Estou desesperada para vê-los, mas não é só isso: quero estar longe da cidade quando a dra. Shields e o Thomas souberem que contei ao investigador que April havia sido paciente de Thomas e participante da pesquisa da dra. Shields. E que provavelmente recebeu o Vicodin das mãos da dra. Shields, assim como eu.

O próximo voo para Naples sai amanhã às seis da manhã.

Faço a reserva imediatamente, ainda que custe mais de mil dólares.

O e-mail de confirmação me traz um pouco de alívio. Vou levar o Leo comigo, e roupas em quantidade suficiente para que eu possa ir para a casa dos meus pais em Allentown em vez de voltar a Nova York, se essa alternativa me parecer mais segura.

Não vou nem contar aos meus pais que logo estarei com eles no *resort*. Não quero correr o risco de que a dra. Shields descubra.

Quando eu puder retornar a Nova York, vou recomeçar a minha vida, como já fiz antes. Vou me manter por algum tempo com o dinheiro que ganhei da dra. Shields. E sei que vou conseguir encontrar outro emprego; trabalho desde a adolescência.

Noah, porém, não será tão fácil de substituir.

Ele não responde às minhas mensagens e ligações, por isso preciso achar outro modo de falar com ele. Penso um pouco, e então pego o meu bloco de anotações.

O nosso relacionamento começou com uma mentira, quando dei a ele um nome falso.

Agora preciso ser completamente honesta.

Não sei como a dra. Shields chegou até ele, nem o que lhe disse. Então começo o meu relato pelo momento em que estive no apartamento de Taylor e peguei o celular dela sem ser vista, e termino no dia em que fui aos jardins do conservatório e lá cheguei à conclusão de que April era paciente de Thomas.

Escrevo até mesmo sobre as circunstâncias que me levaram a dormir com Thomas: *Eu sei que a gente só tinha saído duas vezes na época, sem compromisso... mas me arrependo de ter feito aquilo, não apenas por ter descoberto quem Thomas era, mas porque você acabou se tornando muito importante para mim.*

A carta acaba ficando com seis páginas.

Eu a enfio num envelope, visto o meu casaco e pego a coleira do Leo.

Enquanto caminho pelo corredor do meu andar, reparo que tudo está silencioso demais. Quase todos os apartamentos do prédio são quitinetes ou instalações de um dormitório; não tem muitas famílias por aqui. É Natal, e a maioria dos meus vizinhos provavelmente está fora, visitando parentes.

Assim que saio pela porta da frente, me detenho, sentindo-me desorientada.

Tudo está estranho demais.

O silêncio nas ruas é total. A cacofonia de ruídos cessou. É como se Nova York inteira tivesse parado para um intervalo, esperando as cortinas voltarem a subir para o espetáculo recomeçar.

Certamente eu não sou a única pessoa que resta na cidade – mas é assim que me sinto.

**Depois de passar no prédio onde Noah mora e deixar a** carta com o porteiro, sigo para casa. Meu celular toca.

Pode ser qualquer pessoa. Não escolho toques específicos para meus contatos.

Mas eu já sei quem é antes mesmo de olhar para a tela.
*Recusar.*

O nome da dra. Shields desaparece da tela do meu aparelho.

Que diabos ela quer de mim em pleno Natal?

Dez minutos depois, quando estou quase chegando ao meu apartamento, o celular toca novamente.

Meu plano para o resto do dia é ficar em casa, com a porta bem trancada, e fazer as malas para viajar. Vou chamar um *Uber* amanhã bem cedo e seguir direto para o aeroporto.

Não vou responder às chamadas dela.

Estou decidida a recusar a ligação mais uma vez; mas, quando olho para a tela, vejo um número desconhecido.

Deve ser o detetive particular.

— Alô, aqui é a Jessica Farris — digo com entusiasmo.

Durante a pausa quase imperceptível que se segue, as batidas do meu coração se aceleram.

— Feliz Natal, Jessica.

Instintivamente olho ao meu redor, mas não vejo absolutamente ninguém.

Estou a um quarteirão de distância de casa. Posso pegar o Leo no colo e correr. Daria para fazer isso.

— O jantar sai às seis — diz a dra. Shields. — Quer que eu envie um carro para buscá-la?

— *Quê?* — respondo.

Minha mente se acelera, tentando acompanhar o raciocínio da dra. Shields: ela deve ter usado um chip descartável, talvez até aquele telefone que me fez usar para ligar para Reyna e Tiffani. Foi por isso que eu não reconheci o número.

— Com certeza você se lembra de eu ter dito aos seus pais que você e eu passaríamos o Natal juntas — ela continua.

— Eu não vou pisar na sua casa! — grito. — Nunca mais!

Quando estou prestes a desligar, ouço sua voz muito nítida:

— Mas eu tenho um presente para você, Jessica.

O modo como ela diz isso faz o meu sangue gelar. Já ouvi esse tom de voz antes, nos momentos mais perigosos.

— Não quero — respondo. Sinto um nó na garganta. Estou a poucos passos do meu prédio.

Vejo a porta de segurança aberta.

Será que ela não travou quando eu a fechei? O silêncio inesperado da cidade me distraiu; talvez eu tenha esquecido.

Me pergunto se ficarei mais segura lá dentro ou aqui fora, na rua.

— Que pena — a dra. Shields diz. Ela está se divertindo. Parece um gato brincando com um rato ferido. — Se você não vier buscar seu presente, vou ter que entregá-lo à polícia.

— Do que é que você está falando? — sussurro.

— Da gravação, Jessica. Do vídeo que mostra você invadindo a minha casa.

As palavras dela me atingem como uma martelada.

Thomas deve ter armado para mim. Ele é o único que sabia que eu havia entrado lá.

— Acabo de perceber que meu colar de diamantes sumiu — a dra. Shields diz com tranquilidade. — Felizmente pensei em checar a câmera de segurança que mandei instalar recentemente. Sei que está desesperada por dinheiro, Jessica, mas jamais pensei que você chegaria a esse ponto.

Eu não peguei nada, mas, se ela entregar essa gravação às autoridades, serei presa. Ninguém jamais acreditará que Thomas, o marido dela, me deu a chave. A dra. Shields poderia dizer que eu a vi digitando o código do alarme quando estava na casa dela. Ela teria a narrativa perfeita.

Não tenho como contratar um advogado; mesmo que tivesse, de que me serviria? Ela iria nos massacrar.

No final das contas, eu estava enganada. As coisas podiam mesmo ficar piores para mim. Bem piores.

Mas sei o que preciso dizer para acalmá-la.

Fecho os olhos.

— O que você quer de mim? — pergunto com voz rouca.

— Basta que apareça para jantar às seis — ela responde. — Não precisa trazer nada. Até mais tarde.

Eu me viro e encaro as ruas vazias.

Minha respiração está acelerada.

Se eu for presa, isso vai destruir não apenas a minha vida, mas a da minha família também.

Uma lufada de vento força o portão, que se abre alguns centímetros. Pulo para trás, instintivamente.

"A dra. Shields não está aqui", digo a mim mesma. Ela sabe que irei ao jantar na casa dela.

Ainda assim, agarro Leo, entro no prédio e subo correndo as escadas.

Já estou com as chaves na mão bem antes de chegar ao meu andar. Não tem ninguém no meu corredor, mas não paro de correr até alcançar meu apartamento.

Quando entro, vasculho a quitinete inteira antes mesmo de colocar o Leo no chão.

Depois desabo na minha cama, ofegante.

Olho o relógio: passa um pouco das onze da manhã. Tenho sete horas para descobrir uma maneira de salvar o meu pescoço.

Mas tenho que reconhecer que isso talvez não seja possível.

Fecho os olhos e imagino o rosto dos meus pais e de Becky, resgatando lembranças que acumulei com o passar dos anos: vejo a minha mãe entrando esbaforida na enfermaria da minha escola no ensino fundamental, vestida com o seu blazer azul de secretária, porque a enfermeira havia ligado para avisar que eu estava com febre. Vejo o meu pai de pé no quintal, curvando o braço ao me ensinar a lançar uma bola numa espiral perfeita. Vejo Becky fazendo cócegas na sola dos meus pés quando estamos deitadas juntas no sofá.

Eu me agarro às imagens das únicas pessoas que amo neste mundo até minha respiração se desacelerar, por fim. Já sei o que tenho que fazer.

Levanto e pego meu celular. Minha família ligou logo de manhãzinha, deixando uma mensagem de Feliz Natal. Eu não respondi, pois sabia que perceberiam a tensão na minha voz.

Mas agora não posso mais adiar a revelação do que venho escondendo deles há quinze anos. Talvez nunca mais tenha a chance de dizer aos meus pais o que eles merecem saber.

Com as mãos tremendo, ligo para a minha mãe.

Ela atende imediatamente:

— Querida! Feliz Natal!

Sinto um aperto tão grande na garganta que é difícil falar. Não existe um modo fácil de dizer isso – tem que ser de uma vez.

— Pode colocar o pai na linha também, mãe? Mas não a Becky. Preciso falar com vocês dois, só com vocês.

Seguro o telefone com tanta força que os meus dedos doem.

— Espere um instante, querida, ele está bem aqui. — Pelo tom de voz da minha mãe, sinto que ela já sabe que alguma coisa está errada.

Quando me imagino conversando com eles a respeito desse assunto, nunca consigo passar da primeira frase: "Preciso contar a verdade sobre o que aconteceu com a Becky".

Agora, ouço a voz profunda e grave do meu pai:

— Jessie? Eu e sua mãe estamos aqui. — E não consigo dizer nem aquela primeira frase.

Minha garganta está apertada; é como um daqueles pesadelos em que não conseguimos emitir um som sequer. Eu me sinto tão tonta que parece que vou desmaiar.

— Jess? O que aconteceu?

O medo na voz da minha mãe finalmente obriga minhas palavras a sair.

— Eu não estava lá quando a Becky caiu. Eu a deixei sozinha em casa — digo em meio a engasgos. — Eu a tranquei no quarto.

Silêncio absoluto.

Me sinto despedaçada; é como se o segredo que me manteve colada todos esses anos estivesse agora derretendo.

Será que eles estão vendo, como eu, o corpo inerte de Becky sendo colocado na maca da ambulância?

— Sinto muito — digo entre soluços que fazem o meu corpo inteiro se contrair. — Eu não devia...

— Jessie — meu pai intervém com firmeza. — Não. A culpa foi *minha*.

Minha cabeça se levanta, em meio ao espanto. As palavras dele não fazem sentido. Ele deve ter entendido algo errado.

Mas ele continua:

— A tela daquela janela ficou rasgada por meses. Eu ficava adiando o reparo. Se eu a tivesse consertado, Becky não teria conseguido abrir a janela.

Caio sentada na minha cama, com a cabeça girando. Tudo está de pernas para o ar, um caos.

Meu pai se culpava por isso também?

— Mas eu estava lá para tomar conta dela! — eu grito. — Vocês confiaram em mim!

— Ah, Jess — minha mãe diz. A voz dela soa estranhamente cansada. — Exigimos demais de você deixando-a sozinha com a Becky o verão inteiro. Eu devia ter encontrado outra solução.

Eu esperava que eles reagissem com raiva, no mínimo. Nunca passou pela minha cabeça que meus pais carregassem tanta culpa e dor quanto eu.

Minha mãe continua:

— Querida, o fato de Becky ter se machucado não é consequência de algo que alguém tenha feito ou deixado de fazer. Não foi culpa de ninguém. Foi apenas um terrível acidente.

Deixo as palavras dela se derramarem gentilmente sobre mim. Mais do que nunca, queria poder estar entre eles, num abraço apertado, como quando eu era uma menininha. Há anos não me sentia tão próxima dos meus pais como me sinto agora.

Ainda assim, há um vazio dentro de mim no espaço que antes abrigava meu segredo.

Talvez eu tenha encontrado a minha família apenas para perdê-la novamente.

— Eu devia ter dito isso a vocês antes — suspiro. Meu rosto está molhado, mas as lágrimas já não caem mais tão intensamente.

— Sem dúvida, meu amor — meu pai diz.

Nesse momento, ouço o rosnado rouco de Leo. Ele está olhando fixamente para a porta da entrada.

Levanto-me imediatamente, com meus sentidos em alerta total. Mesmo depois de escutar as vozes familiares do casal que mora no final do corredor, minha postura permanece rígida.

Minha mãe continua falando sobre a necessidade de perdoarmos a nós mesmos. Posso até ver o meu pai fazendo que sim com a cabeça e esfregando as costas dela. Tenho tantas coisas para dizer a eles. No entanto, mesmo querendo desesperadamente fazer isso, não posso ficar nem mais um minuto no telefone. Muito em breve vou encontrar a dra. Shields, e ainda não sei o que fazer para me proteger.

— Deem um abraço bem apertado na Becky por mim — eu peço. — Mais tarde ligo para vocês de novo. — Dou uma hesitada antes de desligar o telefone, torcendo para conseguir cumprir essa promessa.

Quando desligamos, sinto vontade de me enfiar debaixo das cobertas e processar tudo que tinha acabado de acontecer. Uma boa parte da minha vida tinha sido construída em cima de um engano; me tornei prisioneira das minhas próprias suposições.

Mas não posso perder tempo com nada disso agora.

Preparo uma xícara de café forte e começo a andar de um lado para o outro, tentando me concentrar no meu dilema. Talvez eu devesse sair da cidade ainda esta noite. Deve haver alguma empresa de aluguel de carros aberta no Natal; eu poderia ir dirigindo até a Flórida.

Ou… poderia ficar e enfrentar a dra. Shields.

Não consigo enxergar outra alternativa além dessas.

Tento pensar como a dra. Shields: de maneira lógica e metódica.

Primeiro passo: preciso ver a gravação da tal câmera, pois só assim saberei se ela existe de fato. E, se existir, talvez não seja possível me identificar nas imagens. A roupa que eu vestia era preta, e não acendi nenhuma luz dentro da casa.

No entanto, talvez não seja seguro ir até a casa dela. Ainda mais quando não faço a menor ideia do que ela está planejando.

Segundo passo: preciso tomar precauções para a minha segurança. Pensando melhor, acho que já tenho algumas medidas de segurança trabalhando a meu favor. Noah saberá de toda a história quando ler a minha carta. E eu liguei para o investigador; se me sentir acuada, posso provar que fiz isso mostrando o número dele no meu celular. Não consigo imaginar a dra. Shields usando de violência física, mas quero estar preparada, só para garantir.

Mas o mais importante é que finalmente me apossei de alguns segredos da dra. Shields.

Será que isso vai ser suficiente?

# CAPÍTULO 67

### Terça-feira, 25 de dezembro

**Você chegou exatamente no horário combinado, Jessica.**

Mesmo assim, é obrigada a esperar quase dois longos minutos depois de apertar a campainha de casa.

Quando a porta é aberta, sua figura causa surpresa, e não é uma surpresa bem-vinda.

Neste momento você deveria estar acovardada, à beira de um colapso nervoso.

Em vez disso, entra em minha casa mostrando-se mais confiante e atraente do que nunca.

Você está toda vestida de preto: seu sobretudo aberto revela um vestido de gola alta que valoriza suas curvas, suas botas de couro chegam acima dos joelhos. Essas botas lhe dão uns sete centímetros a mais, o bastante para você ficar da minha altura.

Você também observa a minha aparência: um vestido em malha de lã branca como a neve, diamantes nas orelhas e no pescoço.

Será que você se dá conta do simbolismo? As cores que nós escolhemos são *yin* e *yang*. Elas representam o início – batizados e casamentos, por exemplo – e o fim – como os funerais. Preto e branco também são oponentes no jogo de xadrez. Bastante adequado, tendo em vista o que ocorrerá em breve.

Em vez de esperar que eu dê um sinal ou um comando qualquer, você toma a iniciativa de se inclinar e me beijar no rosto.

— Obrigada por me receber, Lydia — você diz. — Eu trouxe um presentinho para você.

Você é cheia de surpresas, não? Está tramando alguma coisa, com certeza. Usar meu primeiro nome é uma tentativa clara de mostrar poder.

Se a sua intenção é me desestabilizar, vai ter que fazer muito melhor do que isso.

Seus lábios se curvam num sorriso, mas nota-se neles um ligeiro tremor. Você está fingindo ter uma coragem que não tem.

É tão fácil medir forças com você que chega a ser decepcionante.

—Vamos entrando, Jessica.

Você se desvencilha do seu sobretudo e o entrega para mim. Como se eu estivesse aqui para servi-la.

A embalagem prateada amarrada com um laço vermelho continua em suas mãos.

Tem alguma coisa estranha acontecendo. Preciso colocá-la no seu devido lugar, e rápido.

— Vamos até a biblioteca, Jessica. Temos drinques e aperitivos nos esperando.

— Claro — você diz, à vontade. —Você pode abrir o meu presente lá.

Uma pessoa que não a conhecesse bem talvez caísse nessa arrogância fingida.

Você é convidada a ir na frente. Isso vai lhe dar uma ilusão de controle, tornando muito mais interessante o que virá a seguir.

Ao entrar na biblioteca, ainda na porta, você engasga.

Você não é a única que tem surpresas a oferecer hoje, Jessica.

Fica parada, piscando, como se não conseguisse acreditar nos próprios olhos.

O homem sentado no sofá também olha para você, espantado, num silêncio atônito.

Você esperava mesmo que eu fosse celebrar o Natal sem o meu marido, aquele que você alega ser totalmente devotado a mim?

— O que *ela* está fazendo aqui? — Thomas diz finalmente. Ele se levanta, girando a cabeça para olhar para mim.

— Querido, eu não cheguei a comentar que a Jessica, minha voluntária, se juntaria a nós hoje? Ela não tinha com quem passar o Natal, coitada. A família dela a deixou completamente sozinha neste fim de ano.

Os olhos dele estão arregalados por trás dos seus óculos.

— Thomas, você sabe como eu me apego a essas meninas.

Ele hesita, e então retruca:

— Mas você disse que estava sendo assediada por ela!

Você se recupera do choque com uma rapidez admirável, Jessica, muito antes de Thomas. Neste momento, sua irritação é visível.

— Eu disse isso? — Uma pequena pausa. — Espere, é ela a garota que você disse que estava seguindo *você*?

Thomas empalidece. É hora de mudar o rumo da conversa.

— Deve haver algum mal-entendido. Vamos nos sentar?

O pequeno sofá e as duas cadeiras de encosto reto formam um semicírculo. A mesa de centro está posicionada paralelamente ao sofá.

O lugar onde você se sentar será instrutivo, Jessica, assim como foi no primeiro dia em que você entrou no meu consultório.

Mas você não se move; apenas permanece no meio do recinto, como se receasse ter de fugir para a porta da frente a qualquer momento.

— Eu não acredito nessa história — você diz, levantando o queixo.
— Perdão, não entendi.
— Não há nenhuma gravação comigo dentro desta casa.
Às vezes você é tão previsível, Jessica.
Atravesso a sala até o fino *laptop* prateado que se encontra sobre o piano e o abro. Um leve toque em um botão faz o vídeo rodar.
A câmera, que foi comprada e escondida no hall de entrada na mesma época que a nova fechadura foi instalada, gravou você entrando na casa e se abaixando para retirar os sapatos. As imagens estão pouco nítidas, mas seu cabelo é inconfundível.
O *laptop* é fechado subitamente.
— Satisfeita?
Você lança um olhar acusador para Thomas, que quase imperceptivelmente balança a cabeça numa negativa.
Você hesita por um instante, sem dúvida avaliando mentalmente as possibilidades antes de concluir que não tem alternativa melhor. Então, resignada, contorna a mesa de centro e escolhe a cadeira mais afastada do meu marido. O presente fica no chão, aos seus pés.
Podem existir muitas razões para a escolha dessa cadeira. Uma delas é que, se você considerava Thomas seu aliado, já não considera mais.
Thomas já tem um uísque diante dele, na mesa de centro, e uma garrafa de vinho branco descansa num balde de gelo. Duas taças são servidas.
O vinho é revigorante e refrescante, e o peso do cristal em minha mão me dá prazer.
— O que você quer de mim? — Essa é uma pergunta que pode ser feita de várias maneiras, das mais agressivas às mais aduladoras. Mas o seu tom de voz, Jessica, é de pura resignação.
Sua linguagem corporal agora é de resguardo: seus braços estão cruzados no colo.
— Quero saber a verdade — é a resposta que você recebe. — Qual é a verdadeira natureza do seu relacionamento com o meu marido?
Seus olhos pousam rapidamente no *laptop* mais uma vez.
—Você já sabe de tudo. Ele a traiu e você me usou para descobrir se ele faria isso de novo.
Thomas olha para você com espanto.

Se vocês fossem um casal em busca de terapia no meu consultório na rua 62ª, o objetivo seria buscar a harmonia conjugal. Acusações seriam desencorajadas; o confronto, habilmente atenuado.

Mas aqui, o que quero é exatamente o contrário. É necessário separá-los para garantir que vocês não vão se aliar.

O fogo estala na lareira. Você e Thomas se encolhem com o som súbito e penetrante.

— Miniquiche? — Os aperitivos são servidos, mas você recusa com um gesto de cabeça sem nem olhar para o prato.

— Quer, Thomas? — Ele apanha uma e a coloca na boca tão rapidamente que o gesto parece automático. Um guardanapo lhe é entregue.

Thomas bebe um grande gole de uísque. Você prefere não beber nada. Talvez queira permanecer bem lúcida.

Agora que o tom da noite foi dado, é hora de ela realmente começar.

E, assim como na pesquisa que nos trouxe até aqui, tudo começa com um teste de moralidade.

—Vamos voltar ao começo. Eu tenho um desafio para vocês dois.

Você demonstra surpresa, assim como Thomas. Ficam em alerta, desconfiados do que está por vir.

— Imaginem um porteiro em seu posto no saguão de um prédio de escritórios. Uma mulher que ele conhece, pois o marido dela ocupa um escritório nesse prédio, pede ao porteiro que vá para a rua e pare um táxi porque ela está passando mal. Se um de vocês fosse esse porteiro, deixaria o seu posto e abandonaria seus deveres para ajudar a mulher?

Você parece totalmente perplexa, Jessica. E com razão; afinal, o que isso tem a ver com você? Thomas, porém, franze a testa, de modo quase imperceptível.

— Eu acho que sim — você responde por fim.

— E então? — Thomas é pressionado.

— Acho que... eu também deixaria o posto para ajudá-la — ele diz.

— Olha, que interessante! Foi exatamente isso que o vigia do *seu* prédio fez.

Ele se move para mais perto do braço do sofá. E para mais longe de mim.

Thomas enxuga a palma das mãos na calça enquanto acompanha o meu olhar até o papel parcialmente enfiado debaixo do *laptop*.

Dois dias depois da morte de April, essa mesma folha de papel foi retirada do registro de visitantes no saguão do prédio de Thomas, o mesmo prédio do porteiro solidário da história.

Tudo isso sem o conhecimento de Thomas, claro.

A reputação profissional de Thomas seria arruinada se viesse a público que ele havia dormido com uma jovem que foi ao seu consultório para uma sessão de terapia. Ele poderia perder seu registro.

Depois de sua aventura de uma noite com April, seria de esperar que ele se livrasse de todas as evidências da origem de sua conexão com a garota. Todos os registros eletrônicos, tais como o agendamento da consulta no iCalendar, suas anotações no computador a respeito da sessão, deveriam ser deletados.

Mas ser minucioso nunca foi o forte de Thomas.

Ele está tão acostumado a passar desimpedido pela portaria que deve ter se esquecido de que todos os visitantes precisam se registrar para entrar no prédio. O nome completo de April e o horário da sua visita certamente estariam registrados no grosso livro de visitantes com capa de couro.

Ali constaria a hora exata da consulta de April: ela foi ao consultório de Thomas logo antes de se apresentar para a minha pesquisa.

A folha com sua assinatura bonita e arredondada foi arrancada e enfiada na minha bolsa muito antes de o porteiro conseguir parar um táxi – aliás, é sempre uma tarefa difícil encontrar um táxi às cinco e meia da tarde num dia de semana chuvoso.

E é essa mesma folha de papel que agora é retirada de debaixo do *laptop* e passada para Thomas.

— Esta é a página do livro de registros do dia em que Katherine April Voss se consultou com você, Thomas. Poucas semanas antes de vocês dormirem juntos no apartamento dela.

Ele encara longamente o papel. Parece não acreditar no que vê.

De repente, ele se inclina e vomita no guardanapo.

Thomas nem sempre consegue controlar o próprio estresse.

Seus olhos amedrontados se voltam na minha direção.

— Meu Deus, Lydia, não, não é o que você está pens...

— Eu sei exatamente o que é, Thomas.

Quando Thomas, com a mão trêmula, tenta pegar seu copo de uísque, o desafio é lançado.

— Eu tenho uma coisa que cada um de vocês quer desesperadamente. A gravação e a folha do livro de registros. Se esses itens caírem nas mãos das autoridades... bem, duvido que consigam se explicar. Mas não há motivo para que isso aconteça. Eu posso entregar esse material a vocês. Tudo o que precisam fazer é me contar a verdade. Podemos começar?

# CAPÍTULO 68

### TERÇA-FEIRA, 25 DE DEZEMBRO

QUANDO VEJO THOMAS NA BIBLIOTECA DA DRA. SHIELDS, SEI QUE o meu plano não vai funcionar.

Mais uma vez ela está um passo à frente.

Depois daquele telefonema, pensei em procurar a polícia, mas temi que a informação que eu tinha para fornecer não fosse suficiente. A dra. Shields provavelmente inventaria alguma história convincente na qual eu seria descrita como uma garota perturbada que havia roubado as suas joias; ela acabaria invertendo a situação, e *eu* é que iria parar atrás das grades. Por isso, algumas horas antes de responder à convocação dela, encontrei uma loja de aparelhos eletrônicos que abria no Natal e comprei um relógio preto fino que podia gravar conversas.

— Presente de última hora? — o vendedor perguntou.

— Mais ou menos — eu respondi, e saí apressada da loja.

Eu estava levando um presente para a dra. Shields, mas não era esse. O que eu reservava para ela era algo bem mais pessoal e pretensioso.

Minha intenção era usar o relógio para gravar suas palavras quando ela abrisse o presente. Foi ela mesma quem me deu essa ideia quando pôs em prática aquela estratégia de ter uma testemunha secreta durante uma conversa, na ocasião em que me mandou visitar Reyna e Tiffani.

Imaginei a dra. Shields olhando com espanto para o presente dela, enquanto eu a atingia com um segundo golpe: "Eu sei que você deu para a April o Vicodin que a matou".

Ela ficaria perigosamente furiosa. Mas não seria capaz de tocar em mim, porque eu também contaria que tinha e-mails em meu computador endereçados a Thomas, à sra. Voss, a Ben Quick *e também* ao detetive particular, com todas as evidências que eu havia juntado, incluindo uma fotografia do comprimido que a própria dra. Shields tinha me dado. *"Eu escrevi que estava indo vê-la. Os e-mails serão enviados automaticamente hoje à noite, a menos que eu chegue em casa e cancele o envio"*, planejei dizer. *"Mas, se você não entregar o que tem contra mim, também não entregarei o que tenho contra você."*

Essa última parte seria mentira, porque eu ainda pretendia encontrar uma maneira de entregar a dra. Shields. Se eu conseguisse assustá-la a ponto de fazê-la dizer algo incriminador para o meu gravador oculto, pelo menos eu teria alguma prova para confrontar uma eventual história inventada por ela.

AGORA, SENTADA NA BIBLIOTECA DA CASA DA DRA. SHIELDS, vendo Thomas limpar a boca com um guardanapo, percebo que preciso de uma nova estratégia – e rápido.

Mal consigo acreditar que a dra. Shields acaba de dizer a Thomas que sabe que ele dormiu com April e que April era paciente dele.

De repente, Thomas parece completamente diferente daquele homem confiante e cheio de iniciativa que tirou a jaqueta e cobriu a senhora idosa que havia sido atropelada por um táxi na frente do museu.

Minha mente gira enquanto tento reavaliar tudo o que pensava saber. Eu estava certa: April procurou os serviços de terapeuta de Thomas. Mas a dra. Shields não imagina que eu sei disso, ou que eu também sei que Thomas dormiu com April. É um segredo explosivo, que poderia custar muito caro a eles. Por que então ela revelou essa informação tão despreocupadamente diante de mim?

Todas as ações da dra. Shields são premeditadas. Isso não foi um deslize, portanto. Foi deliberado.

Meu estômago se contrai como um punho fechado quando percebo que ela está segura de que eu não contarei esse segredo a ninguém.

Um segredo só deixa de ser segredo se as pessoas não o guardam consigo.

O que ela pretende fazer para garantir que eu não revele tudo?

Vem a minha mente uma visão de April caída no banco do parque.

Eu me encolho no meu assento e meu corpo inteiro começa a tremer. Minha boca está tão seca que não consigo engolir.

A dra. Shields ajeita uma madeixa desgarrada, e vejo a veia em sua têmpora palpitar, uma mancha azul-esverdeada num rosto branco como marfim.

O prato cheio de aperitivos saborosos, o fogo crepitante, a elegante biblioteca com livros de capa em couro enfileirados numa estante – quem disse que coisas ruins não podem acontecer nos ambientes mais agradáveis?

"Concentre-se!", digo a mim mesma.

A dra. Shields não é uma pessoa fisicamente violenta. A arma mais poderosa que ela tem é a sua mente. E ela a usa sem piedade. Serei derrotada se sucumbir ao pânico.

Esforço-me para continuar olhando para ela enquanto Thomas balbucia:

— Lydia, eu sinto muito. Eu não devia ter…

— Eu também sinto muito, Thomas — ela o interrompe.

Então percebo algo: há um contraste entre suas palavras e seu tom de voz.

Sua voz não soa nem furiosa nem agressivamente sarcástica, como seria de esperar de uma esposa num momento como esse.

Pelo contrário: ela transborda compaixão. É como se a dra. Shields acreditasse que ela e Thomas são aliados no combate à traição; como se ambos fossem vítimas inocentes do destino.

Enquanto meu olhar se desloca de um para o outro, me dou conta do motivo pelo qual a dra. Shields não se separou simplesmente de Thomas: ela não consegue.

Porque ela o ama desesperadamente.

Ela não deu os comprimidos para April apenas porque estava enciumada e furiosa. Ela também fez isso para proteger Thomas, para que April nunca tivesse a chance de revelar que havia sido paciente dele. Certa vez eu disse à dra. Shields que vi o que o amor provoca nas pessoas. E agora percebo que é verdade: vejo isso em seu rosto sempre que ela fala com o marido ou olha para ele. Até mesmo agora.

Mas o amor dela por Thomas é doentio, como tudo o mais que a cerca: é obsessivo, tóxico, perigoso.

A dra. Shields recoloca a folha do livro de registro debaixo do *laptop*. Então ela se senta na cadeira diante da minha.

— Podemos começar?

Ela parece completamente aprumada, como uma professora diante de uma audiência, conduzindo uma palestra.

Ela estende as mãos.

— Agora eu vou repetir a minha pergunta, desta vez para vocês dois: algum de vocês tem algo a confessar sobre a verdadeira natureza de seu relacionamento?

Thomas começa a dizer alguma coisa, mas a dra. Shields o interrompe imediatamente.

— Espere. Pensem com muito cuidado antes de responder. Para que vocês não influenciem um ao outro, vou falar com cada um em particular. Vocês têm dois minutos para decidir como vão responder. — Ela consulta seu relógio, e levanto a minha manga para checar o meu.

— O tempo de vocês começa agora — a dra. Shields avisa.

Olho para Thomas, tentando obter alguma pista do que ele vai dizer, mas seus olhos estão firmemente fechados. Seu estado é tão deplorável que não me surpreenderia se ele passasse mal de novo.

Eu também me sinto enjoada, mas minha mente não para de avaliar todos os cenários e suas possíveis implicações.

Podíamos, ambos, confessar a verdade: de fato, havíamos transado.

Podíamos mentir: seguiríamos nosso roteiro.

Eu poderia mentir e Thomas poderia dizer a verdade: ele me rifaria para obter a folha do livro de registro.

Thomas poderia mentir e eu poderia revelar a verdade: eu o culparia, diria que ele me perseguiu. Se eu fizer isso, a dra. Shields promete me dar a gravação. Mas será que isso vai realmente acabar depois?

Não, não vai. Não existe uma jogada certa a fazer.

A dra. Shields toma um gole de vinho, encarando-me através do vidro da taça.

"O dilema do prisioneiro", penso. É essa a situação que ela está recriando. Li sobre esse assunto uma vez, num artigo que alguém postou no Facebook. É uma tática comum na qual suspeitos são separados um do outro e instigados a entregar o companheiro em troca de recompensas.

A dra. Shields pousa sua taça de vinho sobre o porta-copos, e o cristal faz um leve ruído ao tocá-lo.

Deve restar pouco tempo agora.

Imagens se chocam no meu cérebro: a dra. Shields sozinha no restaurante francês, em uma mesa para dois. Eu a vejo acariciando a crista do falcão, e sinto o calor da casimira em torno dos meus ombros enquanto eu chorava no consultório dela. Uma frase tirada de suas anotações, naquela caligrafia precisa e graciosa: *Você pode se tornar uma pioneira no campo da pesquisa psicológica.*

Tentei usar as lições que ela me ensinou para apanhá-la numa cilada esta noite. Ela manobrou para esquivar-se antes mesmo que eu começasse.

Mas agora vejo que nem tudo está perdido, porque finalmente identifiquei seu ponto fraco: Thomas. Ele é a chave para a ruína dela.

Minha respiração é curta; um zumbido constante domina minha cabeça.

Preciso pensar vários passos adiante, assim como ela faz. Seja qual for a nossa resposta, sei que a dra. Shields jamais vai entregar Thomas. Ela precisa encontrar uma maneira de me culpar por tudo. Provavelmente fez o mesmo com a April, usando isso como justificativa para lhe dar o Vicodin.

Desde o momento em que comecei a participar do estudo da dra. Shields fui atentamente avaliada por ela, mas também a avaliei o tempo todo. Sei muito mais sobre ela do que eu imaginava – desde o modo como ela caminha pela rua até o que costuma ter na geladeira e, o mais importante, como a mente dela funciona.

Será o suficiente?

— Tempo esgotado — a dra. Shields anuncia. — Thomas, acompanhe-me até a sala de jantar.

Observo os dois desaparecerem de vista e reexamino mentalmente todas as variáveis pela perspectiva de Thomas. Penso em tudo o que está em jogo para ele: a imprensa sensacionalista adoraria uma história sobre um belo psicoterapeuta e seu caso com uma jovem rica e instável que cometeu suicídio. Ele provavelmente teria seu registro cassado, e ainda poderia sofrer um processo da família Voss.

Também sei bastante a respeito de Thomas. Rememoro nossos encontros: no museu, nos bares, no meu apartamento, nos jardins do conservatório. E, por último, no consultório dele.

De súbito, uma certeza me invade – sei como ele vai responder.

A dra. Shields volta à biblioteca menos de um minuto depois, sozinha. Nada no semblante dela deixa transparecer o menor indício do que ela possa estar pensando. É como se usasse uma máscara.

Ela se senta na ponta do sofá mais próxima da minha cadeira. Então estende a mão e toca levemente na minha perna nua, entre a bota e a bainha do meu vestido. Esforço-me para permanecer imóvel, embora minha vontade seja de recuar.

— Jessica, você tem alguma coisa a confessar sobre a verdadeira natureza do seu relacionamento com o meu marido?

— Você está certa — respondo, olhando diretamente para ela. — Não fui totalmente honesta antes. Nós fomos para a cama. — Tive receio de minha voz falhar, mas o tom era de convicção. — Quando isso aconteceu, eu não sabia que ele era seu marido.

Algo muda nos olhos da dra. Shields. O azul-claro de sua íris parece escurecer. Ela permanece totalmente imóvel por um momento. Então, faz que sim com a cabeça, repentinamente, como se acabasse de confirmar algo que já sabia. Ela se levanta e alisa o vestido antes de caminhar de novo na direção da sala de jantar.

— Thomas, pode vir aqui? — ela chama.

Ele entra na biblioteca vagarosamente.

—Você pode, por favor, compartilhar com a Jessica o que acabou de me dizer? — a dra. Shields lhe pede.

Mantenho minhas mãos sobre o colo e tento sorrir, mas meus maxilares estão fortemente cerrados. Ainda posso sentir o toque gelado dos dedos dela na minha perna.

Thomas me fita com um olhar apagado. Um olhar de pura derrota.

— Eu disse a ela que nada aconteceu entre nós — Thomas diz letargicamente.

"Ele mentiu."

Meu palpite estava certo.

Não fez isso para proteger a si mesmo, fez para me proteger. Ele está desistindo da chance de obter a folha do livro de registro.

A dra. Shields é obcecada por moralidade, obcecada pela verdade. Mas Thomas compreende as nuances das escolhas éticas. Ele mentiu porque acreditou que assim me salvaria, ainda que isso significasse sacrificar-se. Apesar de todos os seus defeitos, existe bondade nele. Talvez essa seja uma das razões pelas quais ela o ama tão desesperadamente.

Posso sentir a raiva crescente da dra. Shields; é como um tumor invisível tomando o recinto, pressionando-me e me impedindo de respirar.

O silêncio cai pesadamente sobre o ambiente por um momento, até ser quebrado pela dra. Shields:

— Jessica, pode repetir o que me disse?

Engulo em seco.

— Eu disse que nós fomos para a cama.

Thomas se encolhe.

— Bem, um de vocês está mentindo, evidentemente — diz a dra. Shields, cruzando os braços sobre o peito. — E parece óbvio que é você, Thomas, já que a Jessica não tem nada a ganhar com uma falsa confissão.

Faço que sim com a cabeça, pois ela tem razão.

O que ela fizer em seguida vai mostrar se minha aposta foi ou não acertada.

A dra. Shields vai até o piano e dá um tapinha no *laptop*.

— Jessica, vou lhe dar a gravação com prazer. Tudo o que precisa fazer é me devolver o que tirou de mim. — O olhar dela se volta para Thomas, e eu sei exatamente a que ela se refere. Ela não está falando de um colar.

Ela está recriando o que aconteceu com Gene French, mas com seu próprio toque maníaco. Está usando meus segredos para causar o máximo de dor que puder.

— Não posso — retruco. — Eu jamais peguei uma joia sua, e você sabe disso.

— Jessica, estou desapontada com você — ela diz.

Thomas adentra um pouco mais na sala – e fica mais próximo de mim.

— Lydia, deixe a coitada da garota ir embora. Ela contou a verdade; quem mentiu fui eu. Isso deve ser resolvido apenas entre nós dois.

A dra. Shields balança a cabeça numa negativa, com expressão de pesar.

— Aquele colar é insubstituível.

— Lydia, eu tenho certeza de que ela não o pegou — Thomas diz.

Era isso que eu esperava que acontecesse quando me arrisquei a contar a verdade. Thomas precisa perceber que, ainda que eu tenha seguido as regras da dra. Shields, ela vai encontrar uma justificativa para me destruir.

Ela sorri gentilmente para mim.

—Vou esperar até amanhã de manhã para alertar as autoridades, já que é Natal. — Após uma pausa, ela continua. — Isso também vai lhe dar algum tempo para falar com seus pais. No final das contas, quando souberem a verdade sobre Becky, eles compreenderão por que você estava tão desesperada por dinheiro. Por causa da sua culpa.

"Ela fez exatamente a mesma coisa com a April", penso, pousando a cabeça entre minhas mãos e sentindo meus ombros tremerem. Ela a convenceu sedutoramente a lhe revelar seus segredos, e depois atirou-os contra ela como facas. Fez April sentir-se completamente perdida, sem esperança, como se tudo o que ela amava lhe tivesse sido tomado. Como se não valesse mais a pena continuar viva. E então lhe deu os comprimidos.

A dra. Shields acredita que tomou tudo de mim, também: meu emprego. Noah. Minha liberdade. Minha família.

E agora ela espera que eu passe esta noite sozinha para que, no final, acabe tomando a mesma decisão que a April tomou.

Espero mais alguns instantes antes de responder.

E então levanto a cabeça.

Nada no ambiente mudou: a dra. Shields está ao lado do piano, Thomas atrás da cadeira diante de mim e o prato de comida permanece sobre a mesa.

Olho para a dra. Shields.

— Certo — digo, tomando o cuidado de que minha voz soe dócil. — Mas, antes de ir, posso lhe fazer uma pergunta?

Ela faz que sim com a cabeça.

— É ético uma psiquiatra fornecer Vicodin a uma cliente sem lhe dar uma receita? — pergunto.

A dra. Shields sorri. Sei que ela está pensando no comprimido que me deu.

— Se um amigo estiver passando por dificuldades, não é incomum que se ofereça uma dose única a ele — ela responde. — É claro que eu jamais aprovaria oficialmente esse tipo de conduta.

Eu me inclino para trás e cruzo as pernas. Thomas me encara com uma expressão desconcertada, provavelmente se perguntando por que subitamente pareço tão calma.

— Sim, mas acontece que você deu muito mais do que apenas uma dose para a Participante 5 — comento, olhando bem nos olhos dela. — Você deu a April o suficiente para matá-la.

Thomas prende a respiração. Ele dá mais um passo na minha direção; ainda está tentando me proteger.

A dra. Shields está paralisada; nem parece respirar. Mas posso sentir o cérebro dela trabalhando sem parar, elaborando uma nova narrativa para descartar a minha acusação.

Quando finalmente se move, a dra. Shields atravessa a biblioteca e se senta na cadeira diante da minha.

— Jessica, não sei do que você está falando — ela diz. — Você acha que eu receitei Vicodin para a April?

— Você é psiquiatra, tem permissão para prescrever medicamentos — retruco.

— É verdade, mas haveria um registro se eu tivesse receitado isso a ela — argumenta, levantando as mãos no ar. — E não há registro algum.

— Talvez a sra. Voss saiba de algo — insisto.

— Pergunte a ela — a dra. Shields responde.

— Eu sei que você deu os comprimidos para ela — insisto. Mas estou perdendo terreno. Ela se desvia de todos os meus golpes.

Thomas ergue a mão e toca o próprio ombro esquerdo. O gesto parece involuntário.

— Como eu poderia dar Vicodin a alguém se eu mesma nunca usei esse medicamento? — a dra. Shields pergunta num tom de voz moderado, o mesmo de quando tentou me convencer de que não havia falado com Noah nem tramado para que eu perdesse o emprego.

Meu relógio está registrando tudo, mas a dra. Shields não se incrimina. Pior: só consigo deixá-la mais enraivecida. Percebo isso nos seus olhos, na sua voz fria.

Estou perdendo o jogo.

— Você nunca usou Vicodin, Lydia — Thomas diz. Sua voz soa estranhamente arrastada.

Nós duas nos voltamos para ele. Sua mão continua sobre o ombro esquerdo – aquele com a cicatriz recente da cirurgia do manguito rotador.

— Mas eu já — ele acrescenta.

O sorrisinho desaparece do rosto dela.

— Thomas — ela sussurra.

— Eu quase não usei — ele diz lentamente. — Mas nunca joguei fora o resto do frasco. April esteve nesta casa na mesma noite em que morreu, Lydia. Você me disse que ela veio vê-la e que estava transtornada. Você deu a ela o restante dos meus comprimidos?

Ele se vira, como se fosse subir as escadas para conferir.

— Espere — a dra. Shields diz.

Ela permanece absolutamente imóvel por um momento, e então seu semblante impassível se desmancha diante de nós.

— Eu fiz isso por você! — ela grita.

Thomas cambaleia e desaba no pequeno sofá.

— Você a matou? Porque eu dormi com ela?

— Thomas, eu não fiz nada de errado. A decisão de ingerir aqueles comprimidos foi da April!

— É assassinato se você apenas fornece a arma? — pergunto.

Os dois olham para mim. Pela primeira vez, a dra. Shields não tem uma resposta.

— Mas você fez mais que isso — eu continuo. — O que você disse à April para deixá-la à beira do abismo? Você certamente sabia que ela tinha tendências suicidas no colégio.

— O que você disse à garota? — Thomas repete com voz rouca.

— Eu disse a ela que meu marido teve uma transa de uma noite e se arrependeu! — As palavras jorraram da boca da dra. Shields numa enxurrada. — Disse que ele se referiu a ela como uma ninguém. Que definiu o encontro dos dois como o pior erro da vida dele, e que daria tudo para desfazer o ocorrido.

Thomas balança a cabeça, estupefato.

— Você não se dá conta? — a dra. Shields se defende. — Ela era uma inconsequente! Sem dúvida contaria a alguém sobre você!

— Você sabia que ela era frágil — Thomas diz. — Como pôde?

A tensão toma conta das feições da dra. Shields.

— Aquela garota era descartável! Nem o próprio pai a queria por perto. — Ela estende a mão na direção de Thomas, mas ele rejeita o toque rudemente. — Podemos alegar que a April pegou aqueles comprimidos do nosso armário de remédios, que não sabíamos nada sobre isso.

— Acho que a polícia não vai enxergar as coisas dessa maneira — observo.

A dra. Shields me ignora completamente. Ela encara Thomas com expressão de súplica.

— As autoridades não vão acreditar na Jessica. Ela invadiu esta casa, perseguiu você, desenvolveu uma obsessão por mim — diz. — Sabia que ela já foi acusada de roubar antes? Um diretor de teatro respeitado a demitiu por causa disso. Ela dorme com todo mundo, mente para a família. Jessica é uma jovem muito perturbada. Muitas das respostas dela à minha pesquisa provam isso.

Thomas retira os óculos e esfrega o nariz.

Quando fala, sua voz ecoa pelo recinto com a força de um trovão:

— Não.

Thomas finalmente encontra coragem para enfrentar a dra. Shields. Não está mais tentando escapar dela com mensagens falsas e histórias inventadas.

— Se as nossas histórias combinarem, vai dar tudo certo para nós — ela insiste, desesperada. — Somos dois profissionais respeitados contra uma garota instável.

Ele a fita por um longo momento.

— Thomas, eu amo tanto você — ela sussurra. — Por favor.

As lágrimas fazem os olhos dela brilharem.

Ele balança a cabeça numa negativa e se levanta.

— Jess, vou garantir que você chegue em casa em segurança — ele diz. — Lydia, voltarei amanhã pela manhã. Chamaremos a polícia juntos.

— Ele faz uma pausa. — Se você mostrar a gravação, vou dizer que dei a chave da nossa casa à Jess para que ela pegasse uma coisa para mim.

Eu me levanto, deixando o presente ao lado de minha cadeira, e neste exato instante a dra. Shields cai no chão.

Ela fica estirada sobre o carpete, olhando para Thomas, o tecido branco do seu vestido colado às suas pernas. Lágrimas enegrecidas pela maquiagem descem pelo seu rosto.

— Adeus, Lydia — eu digo.

Então me viro e saio da biblioteca.

# CAPÍTULO 69

### TERÇA-FEIRA, 25 DE DEZEMBRO

DE TODAS AS PERDAS QUE ESTA NOITE TROUXE, THOMAS É A única que importa.

Seu trabalho, Jessica, era testá-lo para que ele pudesse voltar para mim. Em vez disso, você o tirou de mim para sempre.

Agora está tudo acabado.

Exceto pelo presente que você deixou.

É do tamanho de um livro, mas é muito fino e muito leve para ser isso. O papel de embrulho prateado e brilhante é como o espelho de um parque de diversões, distorcendo meu reflexo antes de lançá-lo de volta para mim.

Um simples puxão, e o laço vermelho é desfeito. O papel revela uma caixa branca achatada.

Dentro dela há uma fotografia emoldurada.

O sofrimento parecia ter alcançado seu ponto máximo, mas não: ainda podia ir além. Ver esta fotografia me faz experimentar um novo ápice de dor.

Thomas está dormindo de bruços, uma manta amarrotada com motivos florais cobre seu torso nu. Mas o lugar é desconhecido; ele não está em nossa cama.

Estaria na sua, Jessica? Na de April? Ou na de outra mulher qualquer? Já não importa.

Durante todo nosso casamento, a presença dele me confortou em dias de insônia. O calor que ele emanava e a cadência de sua respiração eram um bálsamo para a agitação incessante da minha mente. Thomas jamais soube quantas vezes eu sussurrei "eu te amo" enquanto ele dormia profundamente.

Uma última pergunta: **Quando você ama alguém de verdade, você sacrifica a sua vida por essa pessoa?**

A resposta é simples.

Um último registro é deixado no bloco de anotações: uma confissão completa, detalhada e precisa. Todas as perguntas que a sra. Voss tinha serão enfim respondidas. O envolvimento de Thomas com April não é mencionado. Isso deve bastar para salvá-lo.

As folhas do bloco de anotações são deixadas sobre a mesa no hall de entrada, onde serão encontradas com facilidade.

A alguns quarteirões daqui há uma farmácia que fica aberta vinte e quatro horas por dia. Mesmo no Natal.

O receituário de Thomas é retirado de uma de suas gavetas na cômoda; ele sempre mantinha um em casa para eventuais atendimentos de emergência.

Lá fora, tudo está completamente escuro agora; não há uma só estrela no infinito do céu.

E, sem Thomas, não haverá luz amanhã.

Prescrevo a mim mesma trinta comprimidos de Vicodin, mais do que o suficiente.

# EPÍLOGO

## Sexta-feira, 30 de março

A jovem mulher que vejo no vidro espelhado deveria parecer diferente.

Mas o meu cabelo encaracolado, minha jaqueta de couro preta e a minha maleta pesada de maquiagem não mudaram nos últimos meses.

A dra. Shields provavelmente diria que não se pode julgar a condição interior de uma pessoa por meio dos seus atributos externos, e eu sei que ela tem razão.

A verdadeira mudança nem sempre é visível, mesmo quando acontece com você.

Passo a maleta de maquiagem para minha mão esquerda, ainda que meu braço não doa como na época em que eu trabalhava para a BeautyBuzz. Agora que fui contratada como maquiadora em um espetáculo do circuito off-Broadway só preciso arrastá-la até o teatro na ida e na volta. Foi Lizzie quem me arranjou a entrevista para esse trabalho. Ela é a assistente do figurinista.

A produção não é de Gene French. A carreira dele acabou. Eu nunca fui incomodada pelo dilema moral de dizer ou não à sua esposa que ele era um predador. Katrina e duas outras mulheres foram à mídia contar suas histórias a respeito dos abusos que sofreram. A queda de Gene foi rápida. Comportamentos como o dele não são mais tolerados sem que haja repercussão e consequências.

Penso que de alguma maneira eu sabia por que Katrina queria entrar em contato comigo, mas eu não estava pronta para enfrentar Gene na época. Não tenho muitos motivos para ser grata à dra. Shields, mas pelo menos devo a ela a certeza de que nunca mais vou ser vítima de nenhum predador novamente.

Eu me inclino mais para perto do vidro e pressiono a testa contra ele a fim de poder ver do lado de dentro.

O Café da Manhã 24 Horas está lotado, quase todas as mesas com sofá de couro vermelho acolchoado e as banquetas do balcão estão ocupadas, embora estejamos perto da meia-noite. Noah tinha razão, pelo visto. Muita gente procura rabanada e ovos Benedict depois de uma noitada às sextas-feiras.

Não vejo Noah, mas o imagino na cozinha, medindo o extrato de amêndoas numa tigela, com um pano de prato enfiado na cintura.

Fecho os olhos, silenciosamente desejo-lhe boa sorte e sigo meu caminho.

Noah me telefonou um dia depois do Natal, quando eu estava na Flórida com a minha família. Eu ainda não sabia sobre o suicídio da dra. Shields; Thomas só me deu a notícia mais tarde naquela noite.

Conversamos por quase duas horas. Noah confirmou que a dra. Shields o havia abordado do lado de fora do prédio de Thomas. Eu pude responder a todas as suas perguntas. Embora ele tenha acreditado em mim, eu já sabia antes mesmo de desligarmos o telefone que nossos caminhos nunca mais se cruzariam. Quem poderia culpá-lo? Eu transei com Thomas, mas isso foi o de menos; depois de tudo o que aconteceu, um recomeço entre mim e Noah tornou-se impraticável.

Ainda assim eu penso em Noah mais do que gostaria.

Caras como ele não aparecem aos montes por aí, mas talvez eu volte a dar sorte algum dia.

Enquanto isso, vou construindo meu destino com meu próprio esforço.

Consulto as horas no relógio do meu celular. São 23h58 da última sexta-feira do mês, o que significa que o pagamento já deve ter caído na minha conta.

*Dinheiro tem importância vital para você. Parece ser a base do seu código de ética*, a dra. Shields escreveu sobre mim na minha primeira sessão ao computador. *Quando dinheiro e moralidade se cruzam, os resultados podem lançar luz sobre verdades intrigantes relacionadas ao caráter humano.*

Era fácil para a dra. Shields ficar sentada e elaborar julgamentos e suposições sobre como eu lidava com dinheiro. Ela tinha dinheiro mais que suficiente; vivia numa casa de milhões de dólares e usava roupas exclusivas e muito caras. Foi criada numa rica propriedade rural em Litchfield. Vi na sua biblioteca uma fotografia dela montada em um cavalo; ela bebia vinhos finos e dizia que seu pai era "influente", um eufemismo para "rico".

A rotina acadêmica dela era completamente desligada da realidade de uma existência vivida de salário em salário, na qual uma ida ao veterinário ou um aumento inesperado de aluguel podem causar um efeito dominó financeiro capaz de demolir a vida que você construiu.

*As pessoas são levadas a desconsiderar suas bússolas morais por diversos motivos básicos: sobrevivência, ódio, amor, inveja, paixão,* a dra. Shields escreveu em suas anotações. *E dinheiro.*

O estudo dela chegou ao fim. Seus experimentos terminaram. O arquivo referente à Participante 52 foi levado a cabo.

Mesmo assim, eu ainda me sinto ligada à dra. Shields.

Ela parecia onisciente. Era como se pudesse enxergar o que se passava no meu íntimo. Ela parecia saber de tudo antes que eu lhe dissesse, e extraía de mim pensamentos e sentimentos que eu desconhecia existir. Quem sabe isso explique por que eu venho tentando imaginar como a dra. Shields registraria meu último encontro com Thomas, ocorrido semanas depois da overdose fatal da doutora.

À noite, às vezes, quando meus olhos estão fechados e Leo está aninhado ao meu lado, eu quase consigo imaginar a elegante caligrafia dela formando frases em seu bloco de anotações amarelo, enquanto sua voz nítida inunda a minha mente, flanando por ela numa dança de palavras.

Se ela estivesse viva para produzir um registro desse encontro, eis como imagino que seriam suas anotações:

### Quarta-feira, 17 de janeiro

*Você liga para Thomas às 16h55.*

— Podemos nos encontrar para um drinque? — *você pergunta.*

*Ele concorda na mesma hora. Talvez esteja ansioso para falar sobre tudo o que aconteceu com a única pessoa que também conhece a história real.*

*Thomas chega ao O'Malley's Pub vestindo calça jeans e blazer e pede um uísque. Você já está sentada em uma mesinha de madeira com uma cerveja.*

— Como você está lidando com isso? — *você pergunta quando ele se senta à mesa.*

*Ele respira fundo e balança a cabeça. Parece ter perdido peso, e seus óculos não escondem as manchas escuras sob seus olhos.*

— Não sei, Jess. Ainda é difícil acreditar que isso aconteceu.

*Foi ele quem chamou a polícia depois que entrou na casa e encontrou a confissão por escrito no hall.*

— Para mim também — você diz. Você bebe um gole de cerveja, deixando o silêncio se estender um pouco mais. — Desde que perdi meu emprego tenho tido bastante tempo para pensar.

*Thomas faz uma careta de desgosto. Talvez tenha se lembrado da ocasião em que você, sentada diante dele no seu consultório, sussurrou: "Ela me fez ser demitida".*

— Eu sinto muito, de verdade — ele diz, por fim.

*Você vasculha sua bolsa à procura de um documento rosa-claro, encontra-o e então o coloca sobre a mesa, cobrindo-o com a palma da mão enquanto alisa as pontas dobradas dele.*

*Os olhos dele pousam no documento. Thomas nunca havia visto esse material; não havia motivo para isso.*

— Não estou tão preocupada assim com trabalho — você responde. — Vou encontrar outro emprego. A questão é que a dra. Shields prometeu ajudar meu pai a conseguir emprego também. Minha família tem muitos gastos médicos.

*Você alisa o documento de novo e desliza a mão para baixo para que o desenho do pombo na parte de cima do papel fique visível.*

*Thomas olha para o material mais uma vez e mexe no fino canudo inclinado no seu uísque.*

*Parece que ele está começando a perceber que este não é apenas um encontro social.*

— Há algo que eu possa fazer para ajudar? — ele pergunta.

— Qualquer sugestão que você tenha será bem-vinda — você responde, baixando sua mão mais alguns centímetros. *Agora o nome de Katherine April Voss está visível numa linda letra.*

*Thomas hesita e se inclina para trás.*

*Ele ergue os olhos devagar até encontrar os seus, e então bebe um grande trago de uísque.*

*Sua mão volta a se mover sobre o documento. Agora a citação é revelada:* "No fim das contas, o amor que você amealha é o amor que você espalha".

— April falou com a mãe dela a respeito desse verso pouco antes de morrer — *você revela. E faz uma pausa para que a informação seja assimilada.* — Acho que a garota viu esse verso em algum lugar. Talvez tenha lido isso numa caneca de café ou coisa parecida.

*O rosto de Thomas fica sem cor.*

— Eu pensei que pudéssemos confiar um no outro, Jess — ele sussurra. — Não podemos?

Você dá de ombros.

— Thomas, um amigo me disse uma vez que, se tiver de perguntar se pode confiar em alguém, você já sabe a resposta.

— O que você quer dizer com isso? — ele retruca, desconfiado.

— Eu só quero o que é justo e merecido para mim — você diz. — Depois de tudo que eu tive de suportar.

Ele bebe todo o uísque, e o gelo tilinta dentro do vidro.

— Que tal se eu a ajudasse a pagar o aluguel até você pôr as coisas nos eixos novamente? — Ele olha para você esperançoso.

Você sorri e balança a cabeça numa negativa, devagar.

— Agradeço sua oferta, mas tenho algo mais substancial em mente — você diz. — Tenho certeza de que a dra. Shields diria que eu mereço isso.

Você vira o folheto da homenagem fúnebre de April. Na parte de trás há um cifrão com um número ao lado.

Thomas engasga.

— Você está brincando, Jess?

Thomas, é claro, é o único beneficiário dos bens da esposa, incluindo a casa de milhões de dólares. Ele tem o emprego, o registro profissional e a reputação intactos. Seria estranho se você, com sua natureza curiosa e diligente, não tivesse confirmado isso antes. E você acredita que esse seja um preço pequeno a ser pago por Thomas para o bem-estar da sua família.

— Tudo bem para mim receber isso em prestações mensais — você diz, empurrando o folheto na direção dele.

Thomas está curvado em sua cadeira. Ele já admitiu a derrota.

Você se inclina para a frente, até que seu rosto fique a apenas poucos centímetros do dele.

— A confiança também pode ser comprada, no fim das contas — você diz, e em seguida se levanta para ir embora, empurra a porta e ganha a rua, caminhando a passos largos. Você rapidamente se mistura à multidão, apenas mais uma garota anônima na cidade.

Talvez você se sinta segura quanto à decisão que tomou.

Ou talvez uma pergunta insistente a persiga:

Tudo isso valeu a pena, Jessica?

ASSINE NOSSA NEWSLETTER E RECEBA
INFORMAÇÕES DE TODOS OS LANÇAMENTOS

WWW.FAROEDITORIAL.COM.BR

Há um grande número de portadores do vírus HIV e de hepatite que não se trata. Gratuito e sigiloso, fazer o teste de HIV e hepatite é mais rápido do que ler um livro.

**Faça o teste. Não fique na dúvida!**

CAMPANHA

ESTE LIVRO FOI IMPRESSO
EM JANEIRO DE 2021